U0527399

**KUWEI
酷威文化**
图书 影视

三尺春

长青长白 著

上册

江苏凤凰文艺出版社

图书在版编目（CIP）数据

三尺春：全2册 / 长青长白著. -- 南京：江苏凤凰文艺出版社，2025.3. -- ISBN 978-7-5594-9228-9

Ⅰ．I247.5

中国国家版本馆CIP数据核字第2024HT7644号

三尺春：全2册

长青长白 著

责任编辑　项雷达
特约编辑　刘　彤　刘心怡　刘玉瑶
装帧设计　安柒然
责任印制　杨　丹
出版发行　江苏凤凰文艺出版社
　　　　　南京市中央路165号，邮编：210009
网　　址　http://www.jswenyi.com
印　　刷　天津鑫旭阳印刷有限公司
开　　本　880毫米×1230毫米　1/32
印　　张　20
字　　数　375千字
版　　次　2025年3月第1版
印　　次　2025年3月第1次印刷
书　　号　ISBN 978-7-5594-9228-9
定　　价　69.80元（全2册）

江苏凤凰文艺版图书凡印刷、装订错误，可向出版社调换，联系电话025-83280257

目录

第一章　入府　　　001

第二章　新交　　　057

第三章　相依　　　115

第四章　生疑　　　161

第五章　变故　　　211

第六章　归来　　　257

第一章 入府

盛齐三十七年，都城的冬天一如往年冷得冻骨。

西北黄沙覆雪，望京蜡梅满城，护城河都被冻成了坚冰。

春节将至，城中家家户户挂上红灯笼，贴上春帖，热闹的喜气稍稍冲淡了持续一个多月的寒霜。

大年三十，更夫刚敲响五更，赶早的炭翁已经披着蓑衣骑驴挑篓出了门。

鹅毛大雪纷纷扬扬地下了一整晚，到今早也没见停，将军府前两尊石狮被雪掩了足，在将明未明的天色中目光炯炯地伫立在府门前，望着来往的行人。

年迈的炭翁骑着老驴从府门前过，留下两行蹄印，很快又被大雪淹没。

他把手拢进袖子，望了眼青黑的天，嘟囔了句："真冷啊……"

炭翁顺着墙边来到将军府的侧门，卸下驴背上驮着的木炭筐，抬手敲门："大人，今日的木炭送到了。"

话音落下，忽听"咯吱"一声，窄小的侧门从里打开，两名年轻的仆从拿着木筐出来，利落地结了银钱，合力抬起木炭筐，把炭倒进了自己的筐里。

炭翁在一旁眯眼数钱，数了两遍，"哎哟"一声："大人，给多了。"

仆从道："你就拿着吧，今儿个大年三十，管事说图个喜庆。"

"多谢大人！多谢大人！"炭翁将空筐放回驴背，本想道句恭贺新禧，可想起将军府门口既没挂红也不见彩，就没多话，笑着骑驴掉头回去了。

他还得回家和家里人过年呢。

两名仆从收了炭,转头又提着扫帚出来了,搓手绕到正门前,扫门口堆了一夜的积雪。

两人手里忙活,嘴上也没闲着。

"这都三十了,你说将军今年还回来过年吗?"

"应该回吧,我看前两天宋大管家还叫他们收拾明锦堂来着呢。"

"那可说不准,去年收拾得像娶妻一样喜庆,将军不也没回来。听说少爷还发了脾气,让把府里的红灯笼全摘了。你瞧今年宋管事都没敢装点了。"

"装不装点的,你操这闲心作甚?再说将军又不是你老爹。"

"我好奇不成吗?"

两人正说着,远处长街的大雪中忽然传来一连串踏雪的马蹄声。

马蹄戴铁,落地沉稳有力。

两人眯眼转头看去,瞧见一人骑一匹深枣色骏马穿雪而来。如此大雪,马上的人却未撑伞戴帽,只披了件黑色大氅。再仔细一瞧,氅下剑鞘笔直斜出,瞧着像是名侠客武将,威风凛凛,好生气派。

都城里,一朵梅花散了瓣儿从树上掉下来,能砸中一堆文官,武将却不多得。

大雪迷了眼,两名仆从看不清是谁,待骏马离府门还有十来步路的时候,来人的身影才变得清晰。

此人下半张脸戴了黑色面巾抵御风雪,只露了眉目宽额,但仍瞧得出是个三十来岁的男人。

剑眉星目,皮糙肤黑,寒雪之下,一双眼厉如鹰目,气势着实不凡。

两名仆从感觉这人有点眼熟,不约而同地看向对方,用眼神无声交流。

一人挤眉弄眼:有点面熟,你认识?

另一人遗憾地耸了耸肩:不认识。

既不认识,两人便不再理会马上的人,继续低头扫他们的地。

可没想到骏马逐渐靠近,男人轻拽缰绳,竟将马徐徐停在了府门前,声音低沉道:"开门。"

二人听见这命令般的语气，倍感意外，齐齐抬头看去。

男人伸手扯下面巾，露出一张饱经风霜的脸，左脸上，一道三寸长的刀疤自颧骨向嘴唇斜飞而下，醒目得扎眼。

其中一名仆从反应快些，见了这疤，心头陡然一颤，膝盖一弯直接跪了下去："将军。"

另一人脑子还迷糊着，听见"将军"二字后浑身一个激灵，打量的目光一收，也跟着跪在了地上，慌张道："将……将军。"

李瑛垂眸看了二人一眼："起吧。"

二人颤巍巍地站起来："是。"

应完，一人软着腿倒退着走了几步，而后提着扫帚转身奔向大门，抬手叩响门环，喊道："大将军回府！开门！快开门！"

另一人急忙把台阶上的积雪扫到了两侧，清出一条干净的路。

李瑛没急着下马，而是解开领口的绳子，掀开了身前裹得严严实实的大氅。

衣服一掀，下面竟躲着一个粉雕玉琢的女娃娃。

女娃六七来岁，为避风雪躲在衣裳下，被大氅捂红了脸，可爱得紧。

女娃娃戴着一只兔皮做的茸帽，帽子下一双琉璃珠似的杏眼，她看了看面前高阔的府门，有些紧张地拽住了李瑛的袖子。

沉重威严的府门从里面打开，李瑛看出她不自在，抬手将她头上巴掌大的茸帽往下扯了扯，包住耳朵："别怕。"

他语气平缓，安抚的话听着像是在下令，李姝菀没见放松，但仍乖巧地点了点头："是，爹爹。"

一旁的仆从听见这话，吓得险些没握住手里的扫帚。

将军丧妻多年，这些年镇守西北，突然独身带回一个半大的孩子，这下府里不得翻了天。

他不敢多看，低下头装瞎。

守正门的司阍是个老者，开了门，急忙探头往外看，本想看叩门的人是不是认错了家主，没想到开门就看见李瑛抱着个不知道哪里来的小姑娘，小姑娘张口就是一句"爹爹"。

老头心里直犯嘀咕,却不敢耽搁,匆匆跑去府内通报。

李瑛翻身下马,用大氅将李姝菀一裹,单臂抱在胸前,抬腿大步进了门。

将军府人丁不兴,伺候的人也少。

司阍找了一圈,最后在栖云院才见着管事宋静,刚说两句,一个身形端正的少年突然踏雪走了进来。

他轻飘飘地抬起眼皮看向司阍,一双眼冷厉得仿佛与李瑛一个模子刻出来的,语气冷淡道:"你方才说,他带回来一个什么东西?"

少年名叫李奉渊,李瑛的儿子,虽年纪尚小,性子却被磨砺得沉稳。

李瑛常年不在府中,李奉渊便是将军府唯一的主子。他这一问虽没有指名道姓,但显然话里的"他"指的是他老子李瑛。

司阍一时哑口无言,不知该如何回答,担心答错了话,惹李奉渊不快,只好将目光求助地投向宋静。

自李奉渊在褓褓之中,宋静便跟在他身边,这十数年看着他长大,对这位少爷的脾气很是了解。

倘若直接告诉他,必会惹得他大怒,是以宋静斟酌道:"回少爷,说是将军带回来一个小姑娘。"

"小姑娘?"李奉渊走入廊下,伸手拂去肩头的落雪,接着问,"哪儿来的?"

"这……"宋静又看向司阍,司阍摇了摇头,于是宋静道,"尚不清楚。"

李奉渊好似在意此事,面上却又平静得很,问司阍:"还知道什么?"

司阍撞上李奉渊的目光,思索了片刻,迟疑着道:"回少爷,奴才听见扫地的奴仆叩门,匆匆开了门,只站在门口瞧了一眼就赶来通报了。老奴老眼昏花,实在没看得仔细……"

他啰唆半天没说出个所以然来,李奉渊挑起眼皮不耐烦地瞥了他一眼。司阍心头一慌,嘴皮子一瓢,结结巴巴挤出一句:"嗯……还知道……那姑娘面容乖巧,长得像个小玉娃娃。"

这话一出,宋静无奈地摇了摇头。

李奉渊想知晓的自然不会是那姑娘容貌如何等无用之事,果不其然，李奉渊听后皱了下眉头："下去吧。"

司阍低下头，忙不迭应道："是。"

司阍走了，宋静却没急着离开。

李奉渊出身将门，自小习武，每日雷打不动地去武场，今日看来也不例外。

他方才冒雪从武场回来，发顶和衣裳被雪淋湿了一片，宋静拿出一早准备好的外衣，关切道："少爷，换上吧，风雪大，别着凉了。"

"不用。"李奉渊看也没看，抬腿进了书房，像是取了什么东西，而后又穿着一身湿衣，淋着飞雪出了院子，不知又要做什么去。

他一个人独来独往惯了，宋静知道自己劝不住他，也不敢多问，只好把衣裳挂在架子上，往明锦堂去了。

明锦堂是李瑛住的地方，李奉渊住在栖云院，中间隔了半个宅邸。

宋静在李奉渊这儿停留了会儿，出了栖云院，吩咐仆从去叫厨房准备好膳食，撑着伞又匆匆忙忙地往明锦堂赶。

一来二去耽搁得晚了，宋静一进院门，没看见李瑛和司阍口中的姑娘，只见一名侍女蹲在炉子边点炭。

宋静问："将军呢？"

侍女道："去栖云院了。"

宋静奇怪道："几时走的？我才从栖云院过来，一路上并未见到人。"

侍女看了眼炉边烧断一截的线香："去了有一会儿了。我听将军说要带小姐去见见祖宗，或许是走的停雀湖那条路。"

停雀湖旁立着李家的祠堂，宋静点了点头，担心错过，又叮嘱了一句："若将军回了明锦堂，叫人来知会我一声。"

侍女应下。宋静一刻不得歇，又撑伞迈着老腿往停雀湖跑，心想着：府里该多买些奴仆了。

停雀湖因湖中心有一方雀亭而得名，春色夏景美不胜收，时至隆冬却没什么好看，只有一片冷冰冰的深湖。

湖边冷，李瑛用黑皮大氅将李姝菀裹得严严实实，只露出半张小脸，抱着她走在停雀湖边的青石径上。

李姝菀本就穿得厚实，被沉重的毛氅一裹，更是压得坐不直腰，只能靠在李瑛胸前，睁着一双眼看着宽敞却冷清的宅邸。

冬日这条路幽静，两人一路过来没见着人，四周安静得只能听见靴底踩雪的声音。

李瑛抱着李姝菀进了祠堂所在的院子，看见祠堂的门大开着，缕缕沉香正从中飘出来。

府中姓李的找不出四个人，大年三十会来祠堂点纸燃香的，除了李奉渊没有别人。

李瑛抱着李姝菀走进祠堂，看见他两年未见的儿子挺直肩背跪坐在蒲团上，对着神龛，正低头在盆里烧东西。

而他面前的供桌上最下方的牌位，写着"李氏洛风鸢"几个字。

李奉渊听见了李瑛的脚步声，却并未回头。

李瑛目光沉沉地望着牌位，放下李姝菀，上前燃了三炷香，插在了李奉渊点燃的香旁。

他伸手蹭去沾在牌位上的香灰，回头看向了李奉渊。

李奉渊烧完手里的信，伏身对着牌位拜了三拜，站起身看向李瑛，语气平平地叫了一声："父亲。"

李奉渊这两年蹿得太高，骨骼四肢已经大概有了男人的架子，脸上稚气稍脱，李瑛差点没认出来。

风雪涌进门，荡起一股寒气，盆中未燃尽的火焰随风飞舞，很快又归于平静。

父子相见，可谁的脸上都没有笑意，神色生疏得仿佛初见的陌生人。

李姝菀站在门口，有些无措地来回看着李瑛和面前的背影，抓紧了身上拖地的大氅。

李瑛仔细打量了一番李奉渊，语气同样平淡："长高了。"

他说罢，看向李姝菀："菀儿，过来，见过你行明哥哥。"

行明是李奉渊的字。李奉渊皱了下眉头，侧身面无表情地看向了李姝菀。

李姝菀听话地脱下身上过于沉重的大氅,小跑到李瑛身边,有些紧张地看向了面前的少年。

她记得从江南来这儿的路上李瑛与她说过的话:她有一个哥哥,年长自己五岁,是除了爹爹之外,她唯一的亲人。

李姝菀在路上偷偷猜想过那位素未谋面的哥哥会长什么样,性子如何,是不是和爹爹一样沉默少语。

她料想了种种情况,做好了不被喜欢的准备,可在看到李奉渊冷漠得毫无情绪的神色时,仍旧慌得手心出了汗。

她捏着衣袖,推了推额前的帽檐,抬头无助地看了眼李瑛。

在李瑛鼓励的目光下,李姝菀鼓起勇气,怯生生地迎向李奉渊的视线,温声细语地唤了声:"行明哥哥。"

李奉渊站在她面前,垂着眼皮冷眼看着她,一言未发。

知子莫若父,李瑛似已料到李奉渊会是这种反应。李姝菀不安地看向李瑛,李瑛伸手按在她肩头,安抚道:"别怕,他不会拿你如何。"

李奉渊看着眼前这父慈女孝的一幕,只觉得讽刺:"父亲就这么断定?若我将她投进湖中淹死呢?"

他面色认真,不似在说笑。

李姝菀心尖一颤,惶惶不安地往后退了半步。停雀湖严寒冷清,她不要淹死在那处。

李姝菀年纪小,会被李奉渊的话吓到,李瑛却只是面不改色地看了一眼自己这叛逆的儿子:"你若当真做出这种事,那这些年的圣贤书可算是白读了。"

李奉渊此前在宫中做了几年太子伴读,如今又在名师座下听学,他悟性好,学得通透,虽嘴上说得厉害,但李瑛并不担心他当真行错事。

李瑛说罢,望向面前洛风鸢的牌位,指着李奉渊脚边的蒲团对李姝菀道:"菀儿,跪下,拜。"

李奉渊听到这话,神色忽而一变,不可置信地盯着李瑛,像是觉得他在外打仗伤了脑袋,失了神智。

李姝菀并没发现李奉渊骤变的脸色,她遭了他的冷眼,此时不敢

009

看他。

　　心中虽畏怯，李姝菀却不会不听李瑛的话，她应了声"是"，战战兢兢地走向蒲团，膝盖一弯，就要跪下。

　　可就在这时，身边却突然伸出一只手紧紧攥住了她的手臂。

　　因常年习武，李奉渊手上的力气全然不像一个寻常同龄少年该有的。李姝菀痛哼了一声，随即察觉到那手用力将她往上一拉，强硬地拽着她站直了身，而后又很快放开了。

　　一拉一拽毫无温柔可言，虽只有短短一瞬，仍叫李姝菀眼里痛得浸出了泪。

　　她捂着手臂，红着眼，下意识看向拉着她站起来的李奉渊，目光触及的是半张隐忍怒意的脸。

　　李奉渊冲李瑛冷笑了一声："你随随便便从外面带回来一个不知姓名的野种，就想跪我娘的牌位？"

　　他并未看李姝菀，可"野种"二字却如一根锋利的冰针刺向了她。

　　李姝菀眨了眨湿润的眼，默默地低下了头。

　　李奉渊这话说得不堪，李瑛侧目睨向他，沉声道："菀儿既是我李瑛的女儿，那便是风鸢的孩子，认祖归宗，拜见主母，有何不对？"

　　李奉渊嗤笑一声："于礼法是无不可，于人心呢？"

　　他垂眸端详着李姝菀的面容，面露讥讽："六七来岁，真是一个好年纪。六七年前，父亲在外与别的女人有染之时，恰是母亲病重、卧榻不起的时候。父亲如今带回这么一个野种跪拜母亲的牌位，心中难道没有分毫愧疚？"

　　少年终归是年轻气盛，沉不住气，李奉渊看着面前随时间褪色的牌位，语气激烈道："母亲离世时神志不清，已经不认得人，可直到最后一刻她嘴里念着的都还是你的名字。你那时在哪儿？"

　　李奉渊咄咄逼人："西北的战场？还是他人的床榻？"

　　风雪再次涌入室内，李瑛看着眼前厉声诘问的儿子，少有地沉默了片刻。

　　良久，他才开口："今后到了阴府，千般过错，我自会向她请罪。"

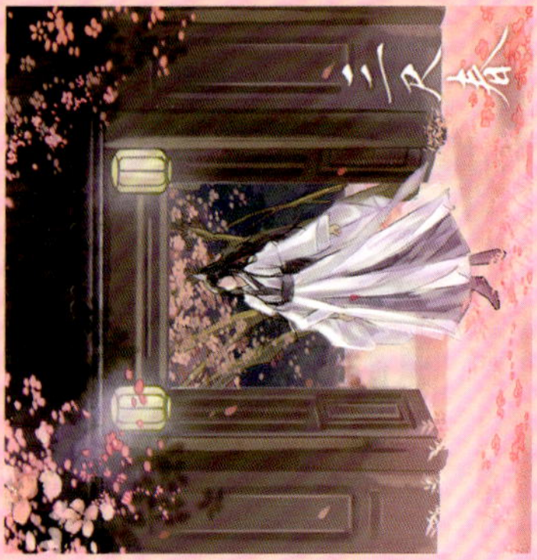

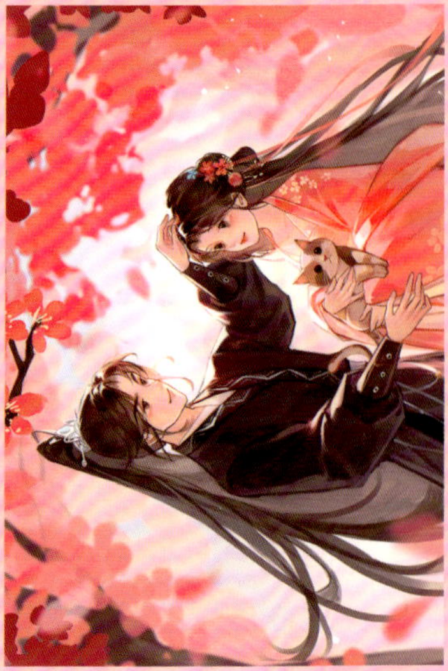

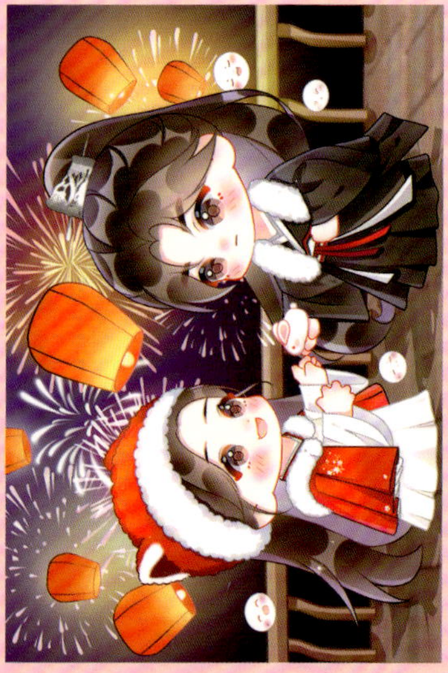

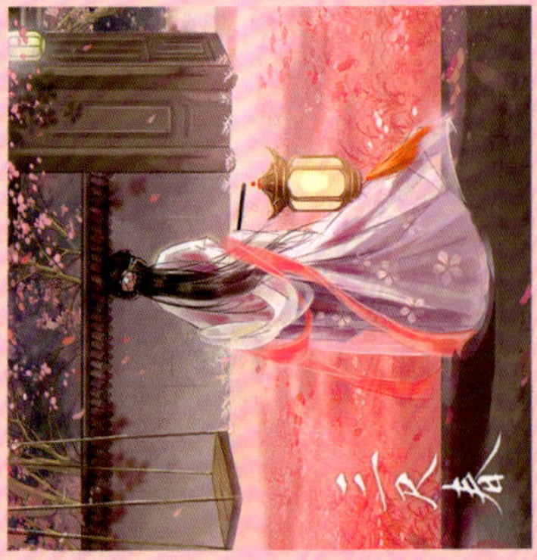

父子吵架，无所顾忌，亡人地府，什么话都说得出口。

他话音落下，李姝菀忽而小声开了口："爹爹，我……我不拜了。"

她似乎被吓到了，又仿佛觉得自己才是致使二人争执的祸源，一双小手抓紧了棉衫。她言语有些哽咽，近似请求："我不拜主母了，爹爹，你们不要生气。"

一双清澈的杏眼蓄满了泪，她忍着哭意，声音听着有些含糊，小小一个人站在李奉渊面前，还不及他胸口高。

李奉渊心头憋着火，如今她一开口，愈发闷堵。

他低头看她，就瞧见两滴豆大的泪珠从她冻得泛红的脸上滚下来，流过圆嘟嘟的白净脸蛋，滴落在了他黑色的衣摆上，晕开了两团深色的花。

她哭得很安静，泪水湿了脸庞，也不闹，更没有吵着要李瑛为她撑腰，小手抹了几次泪，却又抹不干净。

李奉渊看得心烦，竟生出一点儿自己欺凌弱小的错觉。

李瑛说得不错，李姝菀不过是一个小姑娘，即使李奉渊厌烦她的身世，也的确不能拿她一个六七岁的女娃娃做什么。

李奉渊抿紧了唇瓣，胸口几度起伏，心里因她而起的话此刻又全因她憋在了喉头。

事已至此，也没什么话可说，他冷着脸跨出祠堂，孤身淋雪走远了。

李姝菀认过李家的祖先，最终还是没拜洛风鸢的牌位。

李瑛没有强求，关上祠堂的门，抱着李姝菀离开了此处。

宋静执伞匆匆赶来时，恰好瞧见二人从祠堂出来。

平日里府中人少得冷清，李奉渊又是个不喜旁人贴身伺候的，宋静每日只用绕着栖云院做事，清闲自在，许久未像今天这样狼狈过。

他年已有五十，腿脚也不大中用了，这两趟跑得他气喘吁吁，背都汗湿了。

他远远看见李瑛高大的身影，面色一喜，忙唤了声"将军"。

李瑛闻声回头，李姝菀也跟着望了过去。

李瑛幼时，宋静还是他身边的小厮，如今坐在管事的位置上，是府中几十年的老人了。

宋静快步走近，见李瑛好端端地站着，没缺胳膊没少腿，神色宽慰："久别相见，如今看将军一切安好，老奴就是明日去，也可安心了。"

李瑛无奈摇头："许久未见，你这动不动就要死要活的古板性子倒是不曾改过。"

他同李姝菀道："此人是宋静，府里的管事，你叫他宋叔吧，以后有什么事都可去寻他。"

宋静低头看向李瑛怀里的李姝菀，李姝菀拨开额头垂下来的大氅，睁着还有点泛红的大眼睛看着他，乖乖地喊了一声："宋叔。"

半大点儿个人，和司阍说的一样，的确是如玉娃娃一般的乖巧，声儿也软和。

宋静膝下无子女，这一声叫得他心头沁了蜜似的甜，可想到她的身份，又有几分唏嘘。

主人给了面子，做下人的却不能就此忘了尊卑，宋静没有直接应下，而是微微垂首，道了声："老奴惶恐。"

李瑛对宋静道："她今年七岁，名姝菀。以后我不在府中，你多费心。"

李奉渊被李瑛扔在望京这些年，是宋静看着长大，如今将人交给他，李瑛放心。

宋静忙应下："是，将军，老奴省得。"

他说着，抖开备好的伞，上前撑在李瑛与李姝菀头顶，挡住风雪。

一人打不了两把伞，他替李瑛撑伞，自己就得淋着。李姝菀看他举得吃力，朝他伸出手，小声道："宋叔，给我撑吧。"

宋静愣了一下，没想到李姝菀会这样说，他也没见过哪家小姐从奴仆手里拿伞亲自撑着。

他看向李姝菀，见她眸色纯净，身上并无半点架子，猜到她以往在外头过的不是什么养尊处优的日子。

他心中怜惜，不自觉放柔了声音："还是老奴来吧，别累着小姐。"

第一章　入府

李瑛倒是顺着李姝菀："无妨，给她吧。"

宋静这才点头应下："是。"

三人顺着湖边往栖云院的方向走，李奉渊留下的脚印还未被细雪掩盖，孤零零一行，延伸到看不清的路尽头。

李瑛顺着李奉渊的脚印往前走，突然开口问："他常来祠堂吗？"

宋静知道李瑛问的是谁，回道："不常来，除了夫人的阳辰阴生，只有逢年过节时偶尔会来看一看。"

说完，安静了一会儿，宋静问："老奴已经让厨房备下早食，不知将军待会儿要在哪儿用食？"

李瑛问："行明吃过了吗？"

宋静道："还未曾。"

"那便一起用。"

"是。"

李姝菀高高举着伞，安静地听着二人说话，没有出声。

走着走着，李瑛好似突然想起来什么，道："回来的路上翻了车，姝儿的行装掉下了山崖，所有的东西都得重新准备。"

他说着，低头看了眼李姝菀裙摆下露出的粉鞋尖："叫人去买两双鞋，处处是积雪，行路也不便。"

李姝菀听见这话，像是觉得有点不好意思，把鞋子往裙摆下缩了缩。

宋静见他一路抱着李姝菀，以为是出自疼爱，没想到是因为踩湿了脚上这双鞋就没得穿了。

宋静连声应下："老奴待会儿就叫人去买。"

几年来府里都没什么变动，为李姝菀置办这事儿在府里是件难得的大忙事儿。

宋静在心头捋了捋要置办的东西，忽然想起一事来："寻常用物府中一直都备着，只是府里的绣娘母女前天回了老家，若要做新衣裳，得等上几日。只能先在外面买些成衣，不过外面的成衣大多料子粗糙，怕小姐穿着不自在。"

这事儿本不值一提，不过宋静想李瑛将李姝菀从外面接回来，自然是想她过上锦衣玉食的好日子，便提了一句。

李瑛不理家事，没想过还有这些问题，他问："行明从前的衣裳还在吗？"

宋静听他这么问，怔了怔，迟了半声才回："都收着。"

李瑛半点不客气："那就先取两身没穿过的衣裳给姝儿穿着，等绣娘回来了再缝制。"

当真是亲生的儿子，才吵了一架把人气走了，这时候又打起他衣裳的主意。

李姝菀听得这话，轻轻抿着唇，抬头看了李瑛一眼。李瑛会错了意，问她："不想穿他的衣裳？"

李姝菀微微摇头。她像是怕极了李奉渊，小声道："我怕行明哥哥会不高兴。"

李瑛倒是果断："他没那么小气。"

宋静听得心头苦笑：怕就是有这么小气。

李奉渊之前与李瑛一同住在明锦堂，洛风鸢离世后，他才搬到了栖云院。

栖云院比府内其他地方要清净些，落雪声都好似能听见一二。细雪飘飞，院内的飞檐积了一层白。

李瑛踏入院中，端详着眼前宽敞空旷的庭院，奇怪道："这院子重修过？"

宋静解释道："没有。只是少爷搬进来后，叫人把庭院里的几棵桂树挪了出去，院门内的香竹影壁也让人撤了，连同庭院里各种占地的造景都填平了，就瞧着空旷了许多。"

栖云院本是一座四方院，失了精细摆放的雅景后，空空荡荡，一眼能望遍所有房窗，很是死板无趣。

而李瑛与李奉渊不愧是父子，他听完点了点头："如此也好，通透宽敞，他舞枪弄剑也方便。"

宋静摇头失笑："将军说得是。"

李奉渊将栖云院的正房设做了书房,自己反倒去睡了较为狭窄的西厢,而西厢正对的东厢还空着没人住。

李瑛今日来,也正是因此。

他走入廊下,放下抱了一路的李姝菀,取下了她身上厚重的黑氅,递给宋静,牵着她沿着回廊径直往东厢走。

宋静接过大氅,冲廊下两名偷偷往这边瞧的侍女招了招手。

两名侍女快步走来,宋静将大氅给了她们,叫她们拿下去浣洗干净,又吩咐她们去叫厨房将饭食送来栖云院,然后跟上了李瑛。

东厢门正闭着,李瑛对宋静道:"我记得东厢还空着。"

"是空着。"宋静说着,上前两步推开东厢的房门,又退到了一边,"少爷平日大多时辰都待在书房,要么便是武场,东厢便一直没用。"

东厢虽没人住,但屋内家具一应俱全,宋静一直吩咐了人打扫。

晨光流入,房中窗明几净,无半点积尘,宽敞又干净。

李瑛没进门,站在门口看了两眼,便安排了李姝菀今后的去处:"姝儿,以后你就住这儿。"

李瑛的话李姝菀向来不会违抗,她点头:"好。"

应完之后,她看着眼前空荡荡的屋子,又轻轻喊了李瑛一声:"爹爹。"

李瑛低头看她:"怎么?"

她似乎觉得这院子过于冷清,眨了眨眼睛,问他:"我以后一人住在这儿吗?"

李瑛道:"不是。"

李姝菀并不知道栖云院是李奉渊的院子,更不知道李奉渊此刻就在正对面的西厢房里。

她听李瑛回答得果断,便以为他会与她一起住在栖云院,心头安定了几分。

不料下一刻又听李瑛道:"这是行明的院子,你与他一起住。"

李瑛微微侧身,隔着飞雪望向西厢:"他就住对面。"

栖云院房屋布局对称,两处厢房正正相对,中间庭院宽阔,站在东厢门口,可将西厢门窗尽收眼底。

反之也一样。

李姝菀愣了愣,不自觉抓紧了李瑛的手。

她知道李奉渊不喜她,与他同住无异于寄人篱下,可她更不能拒绝李瑛的安排,是以只能惶惶应道:"我知道了,爹爹。"

这时,侍女撑伞端着饭菜穿过月洞院门,将饭菜端入了西厢房。

李瑛对宋静道:"行明在何处?叫来一起用饭吧。"

宋静道:"少爷常常天不亮就去了武场,回来后有沐浴的习惯,今儿去了趟祠堂,耽搁了会儿,想来这个时辰应当还在沐浴。"

李瑛微微颔首,见西厢房没人抬水出来,猜想李奉渊大概还在浴桶里泡着。

李瑛道:"好。这没你的事了,你下去吧。"

宋静今日事多且杂,要打理东厢,准备好李姝菀要用的物件,去库房里翻出几件李奉渊没穿过的旧衣裳,还得张罗着安排侍女婆子伺候李姝菀,事事要准备。

他应了声"是",撑伞快步离开了。

李奉渊从西厢出来时,李瑛和李姝菀已坐上了桌。

李瑛闭目端坐着,李姝菀坐在他身边,既不敢动筷子,也不敢乱瞧,便呆呆地望着窗外的雪色,半天没眨眼,不知道在想些什么。

她听见脚步声,未回头已猜到是李奉渊,立马从凳子上跳下来,小声叫了一声"行明哥哥"。

李奉渊脸色依旧沉着,淡漠地觑了她一眼,没有赶人,却也没有应声。

他刚从浴房出来,头发只擦了个半干,时不时还有水珠从发丝流下,润湿了肩头的衣裳。

他走向饭桌,单手握着头发,拿一根绳子将长发绕了两圈,利索地束在了脑后,瞧着有几分说不出的少年英气。

李姝菀在江南时,看见别的姑娘缠着兄长撒娇,也想过自己若有一个哥哥会是怎样的场景。

如今她当真多了一个哥哥,她却只觉得不自在。

第一章 入府

屋内烧了炭,门窗半开着通风。李奉渊挑了个离二人最远的位置坐下,宁愿顶着风口吹也不肯挨二人近些。

李姝菀等他坐下,才又坐回凳子上,只是怕惹李奉渊不高兴,没再挨着李瑛坐,而是和李瑛隔了两个位置。

李瑛听见二人落座,缓缓睁开了眼。

他看了一眼两人的位置,也没多说什么,拿起筷子:"吃饭吧。"

李奉渊跟着伸手握筷,李姝菀看他动手,这才后一步摸上碗筷。

明明是坐在凳子上脚都挨不着地的年纪,她的言行举止却处处小心,通透得叫人惊讶。

李奉渊曾在宫中做太子伴读,自小养了一副缜密心肠,如今有人在他面前如履薄冰,他自然也能察觉出来。

李奉渊微微皱眉,像是不明白她在外面如何被李瑛养成了这般性子,难得主动看了她一眼。

这一眼被李姝菀瞧见,误以为自己哪里惹他不快,手微微一抖,伸出去夹菜的筷子立马缩了回去。

她扶着碗,低头扒了口白饭。

食不言,寝不语。

饭桌上,李瑛和李奉渊父子俩谁都没有说话,李姝菀自然也不会贸然开口,只安安静静地吃她的饭。

一时,饭桌上只闻碗筷轻响。大年三十,一家人相聚,却是没有一丝热闹气。

李瑛率先用完饭,放下筷子,看着面前还在用饭的二人。

李姝菀吃得慢,一小碗饭还剩大半,筷子也不敢伸长了,吃来吃去就光夹面前的两盘菜,那道松鼠桂鱼都被她吃出个缺来。

李瑛见她拘谨,用公筷从李奉渊面前的糕点盘子里夹了一块梅花糕放进她的瓷盘中。

李姝菀有些茫然地看着突然落到盘中的梅花糕,顺着筷子看向李瑛,道了句"谢谢爹爹"。

她声儿轻得仿佛搔过树叶尖的风声,软绵绵的,听得让人舒心。

于是李瑛又给她夹了两块。

李奉渊见李瑛的筷子三番两次伸到自己面前,似觉得烦,干脆将一盘子没动过的点心端起来递给了他。

李瑛也没客气,将整盘糕点放到了李姝菀面前。

李姝菀于是又道了一句:"谢谢行明哥哥。"

李奉渊自然没理她。

李姝菀这个年纪,正是喜欢吃点心的时候。她放下筷子,用手拿起透着梅花甜香的软糕咬了一口,然后又咬了一口。

她的腮帮子微微鼓起来,瞧着松鼠似的乖巧。

等二人吃得差不多,李奉渊放下筷子,李瑛开口说起正事。

"我此次回京不能久待,明日一早便要启程返回西北。"

李奉渊早已习惯他来去匆匆,垂着眼喝了口冒着热气的茶,眼皮子都没抬一下。

李姝菀正低头吃着糕点,突然听见这么一句话,抬起头怔怔地看着李瑛。

她像是没想到他就要离开,神情低落地垂下眼眸,将手里没吃完的糕点放回了盘中。

李奉渊没半点不舍,他端茶漱口下了桌,走到方几旁拿起干帕子,退到一边炭火正旺的炉子边,端下香炉盖,坐在矮凳上,摘了发绳烘擦头发。

李瑛看了他一眼,接着道:"从今往后我不在府中,你们二人便是彼此唯一的依靠。"

这话一出,李奉渊立马皱了下眉头。

李姝菀小他五岁,靠得住什么,李瑛这话明显是说给他听的。

李瑛的确有这个意思,但他说这话的时候看着的实则是李姝菀。

李奉渊身为李瑛的长子,也是李瑛唯一的儿子,除了皇权,这辈子几乎没再看过任何脸色。

他出生便登了云天,高高在上,而有些话,要寄人篱下如履薄冰才听得明白。

李瑛是在告诉李姝菀，她需得依附李奉渊，要努力让李奉渊承认她。有了李奉渊相护，她一个来路不正的私生女在这望京才能过得舒心。

　　李姝菀聪慧，听懂了这话。她有些难堪地抿紧了唇，无声地点了点头。

　　李瑛见她浅浅红了眼眶，伸手抚了抚她的头顶，动作温柔，开口却是命令的语气："我李家的子孙，不可动不动就哭啼。"

　　李姝菀立马又拿袖子抹了抹眼睛，把泪憋了回去。

　　李瑛收回手，扭头看向李奉渊道："忘了和你说，姝儿住在对面东厢。你以后别光着个膀子在院里舞刀弄枪，免得吓着她。"

　　栖云院是李奉渊住了好些年的院子，李瑛未经允许就让李姝菀住进来，终于惹得安静了许久的他忍不住开了口："谁准她擅自搬进栖云院？"

　　李瑛先斩后奏，倒是半点不心虚："我准的。"

　　李奉渊面色愠怒地站起身，看样子是欲同他辩上几句。李瑛却不急不忙地出声堵了他的话："我方才去你的书房看了一眼，见你那书架子上有好几本书很眼熟。"

　　李奉渊听他这么一说，不忿的脸色突然变得很是精彩。

　　李瑛淡淡道："你擅自搬空了我的书房，我借你一间屋子，算扯平了。"

　　与亲儿子斤斤计较，这世上怕也只有李瑛如此。

　　李奉渊握紧了拳，却也自知理亏，闷头坐回去，又不吭声了。

　　李姝菀还以为两人又要吵起来，吓得坐在椅子上大气不敢出。她听见身后李奉渊又坐下，这才敢回头看上一眼。

　　他依旧坐得远远的，背对着她与李瑛，手肘撑膝，微拱着背，看背影都能看出他正压着火气。

　　突然间，他似察觉到李姝菀落在身上的目光，回头看了过来。

　　他目光如炬，仿佛隼目，李姝菀下意识躲开，可想起方才李瑛说的那番话，又将目光挪了回去。

　　她睁着乌亮的眼看着他，撑着勇气道："我会安静待着，不打扰你。"

　　她说得认真，表情却怯怯的，生怕李奉渊不同意要赶她离开。

　　李奉渊蹙起眉心，冷漠地看着她，也不知有没有把她的话听进去。

李瑛和李姝菀从西厢出来，看见宋静带着两名年轻的侍女正在东厢门外候着。

李瑛牵着李姝菀走过去，宋静介绍道："这二人名柳素、桃青，自小就进了将军府，府中的礼仪规矩都清楚，将军若觉得无不妥，今后这二人便来服侍小姐。"

柳素和桃青屈膝行礼："奴婢见过将军、小姐。"

宋静挑的人，自然没什么问题。李瑛扫了一眼，淡淡道："有些眼熟。"

宋静道："将军眼尖。柳素和桃青之前就在栖云院当差，将军应当见过。本是安排服侍少爷，不过少爷不喜旁人近身，二人也就闲了下来。"

宋静说得委婉，李奉渊何止不让人近身，便是夜里房中陪侍的小厮都会被他赶出来。

这府中，也只有宋静能和他说上两句话。

自己儿子独来独往的性子李瑛很是了解，他微微颔首，低头看向一脸茫然的李姝菀："如何？这两人可合眼缘？"

李姝菀哪知这些，她以前在江南，身边也就一个耳背的婆婆照顾她，没有过让人精细伺候的日子。

面前两名侍女气度出众，在李姝菀看来，她们看着不像是做下人的，她自己才像。

不过她虽然不懂，也知道自己若不同意会给旁人惹来麻烦，是以便点了点头："合的，我很喜欢两位姐姐。"

李瑛道："那就她们吧。"

他松开李姝菀的手，对两名侍女道："带小姐去沐浴，换身衣裳，去去寒。"

柳素和桃青应声上前，弯腰轻轻牵起李姝菀的小手。柳素温柔道："小姐，请随奴婢来。"

李姝菀被二人拉着往房中去，突然要与李瑛分开，她显然有些慌忙无措。

她回头看向李瑛，唇瓣轻轻动了动，似乎想叫他，可最后没有出声，安静地跟随侍女朝着内间去了。

李瑛背手站在门口，看着她的身影消失在眼前，抬腿就要离开。

宋静瞧了眼越下越大的雪，上前递上一把伞："将军，把伞带上吧。"

李瑛伸手接了过来。

他撑伞出了栖云院，踩着雪独自行过停雀湖，竟是又去了祠堂。

洛风鸢的牌位依旧在供桌上，盆中李奉渊烧给她的纸钱信件已成了灰。

屋外风起，寒风拂过门口屋檐下的伞沿，吹得撑开的油纸伞打了半个旋，又涌入祠堂。

盆中尘灰扬起，轻轻落在李瑛被雪浸湿的皂靴旁。

香炉里点的香也已燃尽，李瑛上前取下香脚，又点燃了三炷新香插在了炉中。

他打开墙边的柜子，取出一叠纸钱，在香上引燃扔在了盆中。

火光腾起，他关上门，一撩衣摆在洛风鸢的牌位面前盘腿坐了下来。

祠堂未烧火炉，地面冻得刺骨，李瑛却不在意，一张一张地烧起黄纸。

盆中火很快烧旺，灼灼火光映在李瑛的眼中，烧得眼眸深处一片火红。

他垂眼看着眼前摇曳的火光，突然缓缓道："我已将她的女儿带了回来，你可以放心了。"

同亡故之人开口，似洪水开闸，李瑛一改沉默："行明长大了，方才他跪在你牌位前，我险些未认出来。他如今性格越发孤僻，想来或多或少有我的原因。我将他留在望京不管不顾多年，连他生辰也未庆过几次，做父亲做成我这样，的确失责。若你还在，他定然会开朗许多。"

他说到这儿顿了顿，过了一会儿才继续道："他容貌长开了，稚气脱去，越发像你，以后不知要叫多少姑娘伤心。"

他想到哪儿说到哪儿，说着说着话音忽然一转："西北依旧未平，乌巴安死后乱了一阵，他的儿子乌巴托继了位。此人骁勇不输其父，八月喂饱了军马来犯我境。我伤了左臂，未能痊愈，如今湿寒天总是隐痛，不过尚能忍受。我知你在天有灵，不必担心。"

说过儿子，又提过西北的战事，最后李瑛将话题拉回到了这小小的祠堂中:"行明之前说,你死时最后念着的是我的名字,这倒从未有人告诉我。"

他忽然扯起嘴角,轻笑了声:"真是瑛的荣幸。"

他一句一句说个不停,寂静的祠堂耐心地听着他低沉的话语。

他语气平缓,仿佛在与久别的熟人闲聊,可在黄纸燃烧的细微声响中,又隐隐透着抹经久入骨的悲思。

黄纸烧罢,话声也到了尽头。

李瑛站起身,掸去身上的灰:"明早我便要返还西北,下次不知什么时候才能来看你。若我明年未能回来,你勿要怪我。也说不定,我没能回来,便是来看你了。"

他望着面前的牌位,"不过还是望夫人宽宏大量,在天庇佑着我。至少等平了外患,灭了蛮夷,瑛再来见你。"

上午,李瑛出了趟府,不知去了何处,申时才归,回来时,手里拎着只脏兮兮的小狸奴。

小狸奴黄身雪肚,金被银床,两个来月大,瘦得皮包骨,细声叫个不停,很是可怜。

李瑛提着猫的后脖子迈进明锦堂,恰巧宋静在门口站着,正让下人点亮在院子里外布置好的大红灯笼。

红光一照,虽然俗气了点,但亮堂喜庆,这才有过年的气氛。

李瑛没回来时,府里就李奉渊一个主子,宋静连炮仗都不敢放一声,府里没半点喜气。

如今李瑛难得回来过年,虽只待一夜,但也要好好筹备才是。

"哎,好像歪了点儿。"宋静看着高挂在檐下的红灯笼,对高高站在云梯上的小厮道,"往右边挪挪,灯笼转个圈儿,把那木雕花露到前面来。"

"喵——"

正说着,宋静就听见身后传来了猫叫声,扭头一看,瞧见李瑛手里提着只猫,上前好奇地问:"将军回来了,这是哪里来的猫?"

"捡的。"李瑛淡淡道,"大的死了,一窝小的卧在肚皮下叫,差点让雪给埋了，就这一只还活着。"

宋静温和地笑着道："将军心善，这猫遇到将军是它的福分。"

那猫本就害怕，见宋静靠近，蜷紧了尾巴，压低耳朵，虚张声势地伸出爪子："喵！"

宋静道："倒还精神。"

"是精神，从肚子底下刨出来的时候抓了我几道口子。"李瑛说着，将猫递给宋静，"洗干净，把爪子剪了，给小姐送过去。"

宋静双手接过，那猫叫着，挣扎想跑，爪子一钩，立马将宋静的衣袖划出了几道口子。

他半捧半抱地将它举到眼前看了看，又被猫"喵"了一口。

李瑛将猫给他就进了屋。宋静看了眼这小脏猫，站在门口没跟进去，迟疑着开口道："将军，这狸奴尚小，夜里怕会叫得厉害，若是养在栖云院，只怕扰着小姐休息。"

李瑛道："她喜欢猫，不碍事。"

李瑛将李姝菀从江南带回来时，她旁的都不念，唯独念着自小陪她长大的那只老猫。

今日让李瑛捡到一只，也算缘分。

但宋静其实不只是担心这猫会扰了李姝菀，更担心这猫乱跑乱翻，惹得李奉渊不快。

这狸奴张牙舞爪，一瞧就不是个好脾气的。

他想着要怎么开口。李瑛回头看了他一眼，见他吞吞吐吐，仿佛已经猜到他想说什么，平静道："一只猫罢了，又不养在行明房中，他嫌不到哪儿去。"

宋静只好应下："是。"

大年三十团圆夜，团圆饭摆在了明锦堂。备下饭菜后，宋静让人去请李姝菀和李奉渊。

两人一前一后而来。柳素和桃青牵着李姝菀的手，撑伞执灯走在前头，随着李姝菀的步子行得缓慢。

三人在前拦住了路，李奉渊一人撑伞跟在后头，步伐也只能放缓。

路上灯暗，他看着李姝菀新换上的衣裳，怎么看怎么觉得有些眼熟。

到了明锦堂，通亮的烛灯一照，李奉渊一看，何止她身上的衣裳眼熟，就连脚下的鹿皮小靴、头上的帽子都熟悉得很。

李姝菀往灯下一站，活脱脱一副小公子的装扮。

李奉渊虽已用不上这些旧衣，不过自己东西被旁人穿在身上，总是让人心头不爽。

宋静想得没错，李奉渊的确小气。他的私物从不许别人动，若有不识趣的人动了，定要发一通火。

这人便是他老子，也不能例外。

李瑛沐浴过，换了身墨蓝锦袍，已经在主位坐着。

他见李奉渊脸色不愉地看着李姝菀，主动拿起筷子："吃饭吧。"

李奉渊自然没动，他不动筷，李姝菀也不敢动。

她偷偷看了李奉渊一眼，见他的目光没落在她脸上，而是盯着她身上的衣服，有些羞愧地抿紧了唇。

不过李奉渊似乎心里很清楚让李姝菀穿他衣服的法子是谁出的，并没把气直接撒到李姝菀身上去。

他看向李瑛，语气不善："父亲将她养在外面，连身衣服也不舍得买吗，沦落到要穿我旧衣的地步？"

他话里一股讽意。李瑛早上还信誓旦旦和李姝菀说他不会动气，哪想饭都没吃便被问责上了。

兵家多谎，李瑛的胡话亦是张口就来，他语气如常道："今年南方起旱，军饷吃紧，我的俸禄都填了进去，府中开支能省则省。大的穿新，小的穿旧，寻常百姓家的孩子都是这么过来的。"

李奉渊显然没料到李瑛会说这话，不过家里事，他三言两语竟然上升至军国大事，往下又扯到了黎民百姓。

李奉渊被堵得喉咙一哽，好似若他再多言，便是不体恤边疆将士、轻视百姓的蠢恶之徒。

李瑛不是头一回拿俸禄填给军中将士，李奉渊此刻也估不准他说的是真是假。

少年缓缓皱起眉头,看着李姝菀头上的熊皮小帽,开口道:"她头上那顶帽子,是母亲缝给我的。"

李姝菀听见这话,忙将头顶的帽子取了下来。

李瑛倒是不以为意:"我缝一顶赔你。"

李奉渊顿时眉头皱得更紧:"……不必。"

用过膳,天色已经完全暗了下来。

李奉渊和李瑛去了书房,李姝菀在侍女的陪同下往栖云院走。

下了一日的雪入夜后倒停了,天上不见星子,站在明锦堂抬头一看,四方的天暗比墨色。

出了院落,却又见闹市的方向映现出半抹红光,烟花时而炸起,轰轰烈烈映了半边天。

这几日城内免了宵禁,外面的街市比府中要热闹许多。

小径上,柳素和桃青提着灯笼分别行在前后,将李姝菀护在中间往回走。

烛光透过灯笼纸上的吉祥纹,映照在小径两侧的积雪上,沿途的雪面反射出碎星般的微弱银光。

李姝菀一只手拿着来时戴的帽子,一只手捧着一只小手炉,一路上没说话,像是装着心事。

今年冬天本来就冷,夜里寒气更是刺骨,才从明锦堂出来一会儿,她的小脸便被冻得发红。

柳素和桃青并不知道饭桌上发生了什么。走在李姝菀身后的桃青看她耳朵尖通红,开口道:"小姐可是冷?奴婢为您把帽子戴上吧。"

李姝菀缓缓摇了摇头:"这是行明哥哥的。"

她说话瓮声瓮气,带着点黏糊的鼻音,听着很是可爱。

桃青笑了笑:"小姐一身都是少爷的旧衣,为何帽子不能戴?"

柳素倒是从李姝菀的话里听出了点儿别的意思,她问李姝菀:"小姐,可是少爷方才同您说了什么?"

柳素心思通透些，也更清楚李奉渊这位少爷的脾性，对于李姝菀这个突然冒出来的妹妹，估计他不会有什么好态度。

宋管事之前特意叮嘱过，小姐才回府，出了将军府的门，在这望京半个认识的人都没。

人生地不熟，和少爷也不亲近，要她们注意着她的情绪，细心伺候，半点不得马虎。

李姝菀抿了抿唇，小声道："这顶帽子是行明哥哥的娘亲给他做的。"她仿佛觉得自己做了件天大的坏事，语气愧疚，"我想洗干净了，还给他。"

桃青没想到原来是这个原因，她朝李姝菀伸出手："小姐将帽子给奴婢吧，奴婢洗干净后，小姐您再还回去。"

李姝菀看着眼前的手，有些犹豫。

桃青的手细腻白皙，散发着淡淡香气，怎么看都不像是会洗衣裳的。

李姝菀不放心，轻轻摇了摇头："我自己洗吧。"

桃青有些一惊："小姐会洗衣裳？"

李姝菀点点头："会的，我洗过。"

寻常高门大族的小姐在这个年纪，学的是琴棋书画，礼仪女红，哪里会做这些辛苦活。

柳素心疼道："那是以前了，如今奴婢们在，小姐就不必再做这些事了。"

桃青赞同地点了点头，再次伸出手："小姐将帽子给奴婢吧，奴婢定会洗得干干净净的。"

听见她做了保证，李姝菀这才迟疑着将帽子轻轻放在了她手上。

小手触及桃青的掌心，一股子凉意。

李姝菀仰头看着她，眨了眨眼睛，红着脸蛋道："谢谢桃青姐姐。"

她身上没有半点架子，实在不像个主子，乖巧懂事，叫人喜欢得紧。

桃青听着她软和的声音，温柔地笑了笑："这是奴婢应该做的。"

回到栖云院，洗漱过后，李姝菀正准备上床歇息，宋静抱着洗干净的小狸奴迟迟来敲了门。

他身后还跟着名小厮，一手提着灯笼，一手抱着好些杂七杂八的东西，都是匆匆给狸奴准备的。

桃青开的门，见宋静和小厮这架势，愣了一下："宋管事，这是？"

宋静站在门口往屋内望了一眼，见内间还透着亮光，温声问道："小姐还没睡吧？"

桃青道："正准备歇下呢。"

宋静笑笑："看来我来得正好。"

他说着，掀开胸前的衣襟，里面突然钻出一个毛茸茸的小脑袋。

宋静笑眯了眼："将军今日外出，捡了一只小狸奴，让我给小姐送来。"

这小狸奴此前浑身脏乱，毛发拧成了团，张牙舞爪一副生人勿近的模样。

如今宋静将它洗顺了毛，喂饱了肚子，它的性子倒乖顺了些。它伸出前爪扒着宋静的前襟，"喵喵"地叫着想爬出来。

桃青没想到宋静竟带来一只猫，惊喜道："好乖的狸奴！"

她道了声"宋管事稍等"，转身快步进了内间，没一会儿，就与柳素和李姝菀一起出来了。

"宋叔。"李姝菀乖乖道。她喊着他，一双眼却好奇地看着宋静怀里探出脑袋的小猫。

宋静恭敬道："老奴扰了小姐休息，还望小姐恕罪。"

李姝菀道："不碍事的。"

宋静把猫抱起来送到她面前："听说小姐喜欢狸奴，将军特地让我送来。"

那狸奴像是知道面前的李姝菀将是它的小主人，伸长了脖子去嗅她身上的气味。

桃青欢喜道："它很喜欢小姐呢！"

李姝菀也抿唇笑了出来，她抬起手给它嗅，伸手抚了抚它的脑袋，显然也很喜欢这狸奴。

不过她突然像是想起什么，翘起的唇角一松，把手缩了回去。

她道："宋叔把它带回去吧，我没有办法养它。"

几人愣了一下，柳素奇怪道："小姐可是不喜欢？"

宋静也道:"这狸奴已经剪了指甲,不会伤人。吃食下人们会准备,养着它花不了什么功夫。"

"不是的。"李姝菀摇了摇头,"只是在这里养着不太方便。"

宋静没想到会是这个原因,也明白了她在顾忌什么。

她年纪轻轻思虑却多,宋静起先还担心李奉渊嫌弃这猫,没想到却是李姝菀懂事不肯收下。

宋静心头叹了一口气,耐心劝道:"这院子这么大,养一只狸奴不费事的。再者这狸奴才这么点儿大,若拿去别处,将养不仔细,怕活不过这个冬日。左右是将军的心意,小姐便收留着它吧。"

李姝菀还是有些迟疑:"送给别人养也不成吗?"

宋静摇头:"太小了,冬日既难养活,又不能捕鼠,怕是送不出去。"

李姝菀听见这话,看着它好一会儿,终于伸手将猫从宋静手里接了过来。

她小心翼翼地将小猫抱在胸前,小手捧着它软和的身子。它也懂事,不闹不叫,好奇地趴在李姝菀肩头看着她的脸。

李姝菀摸了摸它的背,仰头与宋静道:"那我将它养大一些后,能捕鼠了,不遭人嫌弃了,宋叔再把它送出去吧。"

之后事之后打算,只要她现在肯收下就是好的。宋静点头,哄着她道:"那就等过了这个寒冬,老奴再去给它相看好人家。"

在将军府的第一夜,李姝菀睡得并不好。

除夕一过,便是新春伊始。子时,夜色苍苍,宋静让人在庭院中点燃了鞭炮。

鞭炮噼里啪啦炸响,声音要震破了天。

李姝菀的房中烧着炭火,窗户并没关严实。飞溅的炮仗打在门窗上,将才睡下一个多时辰的李姝菀从混乱的诡梦中惊醒了过来。

柳素和桃青二人在外间守岁,听见鞭炮响起,两人不放心地进内间看了看。

李姝菀已经从床上爬了起来,小小的身子影影绰绰坐在帘子后,显然还没完全清醒,伸手揉着眼睛。

墙角的灯树上燃着几只细烛,堪堪照亮室内。柳素上前挂上帘帐,替李姝菀披上外衣:"小姐被吵醒了?"

李姝菀迷迷瞪瞪地点了点头,开口问:"柳素姐姐,什么时辰了?"

"刚过子时。"柳素笑着道,"恭贺新禧,奴婢祝小姐今岁事事如意。"

桃青也笑:"祝小姐今岁顺遂吉祥。"

她说着,变戏法似的从身后掏出一只巴掌大的用纸糊的肥兔子,递给李姝菀:"奴婢们方才闲来无事做的,小姐若不嫌弃就拿着玩玩。"

兔子脑袋连着根白色的细棉线,线的另一端缠在了一杆一尺多长的竹柄上。桃青拿着竹柄上下一晃,兔子活灵活现地在空中跳了跳。

李姝菀伸手接过,抿唇笑了笑:"谢谢姐姐,我很喜欢,也祝姐姐新年万事胜意。"

几人说着,床上的小狸奴也醒了,它从被中钻出来,"喵喵"叫着,贴着李姝菀撒娇。

这样小的猫还离不得人,不见人影便叫得厉害。它可怜巴巴地贴着李姝菀的腿,伸出爪子想往她身上爬。

李姝菀伸手将它抱起来,倏然间,忽听院中"砰"的一声,又"砰"的一声,随后一束亮光自窗户映入房中,一瞬间将屋内照得分外明亮。

桃青推开窗户往外瞧,欢欣道:"呀!宋管事他们在放烟火了!"

李姝菀也好奇地看向窗外,柳素问她:"小姐想出去看吗?"

李姝菀点了点头:"好。"

桃青在檐下摆上一张椅子供李姝菀坐,又把火炉搬了出来。主仆三人在屋檐下边烤火边看飞上天的五色烟火。

院中人不多,除了她们,就只有宋静和两名放烟火的奴仆,他们是一对兄弟,叫刘大、刘二。

远处明锦堂的方向也有烟火升空,桃青感叹道:"府中许久没这么热闹了,将军不回来,少爷是断不会允许我们这般吵闹的。"

这话有些失了规矩,柳素下意识看了眼椅中的李姝菀,伸手轻揉了桃青一把。

桃青自知失言，立马止了声。

李姝菀并没注意到二人间的小动作，分明是出来看烟火，她此刻却望着西厢透出光亮的窗户，一时有些出神。

李瑛的话一直刻在她的脑海中，待他今早离开望京，对面那房子里住着的人便是她在都城里唯一的依靠。

只是她如今还不知道，他要怎样才肯真正护着她。

正想着，对面的门忽然从里面打开，李奉渊孤身走了出来。

他显然还未曾歇息，锦冠未取，身上仍穿着此前的衣靴。

他出来似乎就只是为了看烟火，站在门边，抱臂靠在门框上，抬头望着头顶炸开的烟火，神色冷淡，不知道在想什么。

房中的烛光从背后照在他身上，在他面前的脚下拉开了一道修长的影。

但很快，烟火升空，彩色的火光照下来，脚下的影子又在烟花下消失不见。

李姝菀在江南时也没什么玩伴，她从前无事可做时，便喜欢坐在一旁观察别人脚底的影子。

在她眼里，即便人是清清冷冷的，可只要有光，那人的影子便永远鲜活。

就像李奉渊。

她虽然有些怕他，却不会害怕他的影子。

李姝菀抱着猫，坐在廊下静静地看着他面前的影子。她想她现在应该去同他恭祝新禧，可看了看腿上又闭眼睡下的小狸奴，便没去贸然打搅他的兴致。

倒是李奉渊察觉了她三番五次看过来的目光，脑袋微微一偏，望向了她。

李姝菀披着外衣并膝而坐，腿上放着揣手睡着的狸奴，手里拿着一只丑肥兔子。

李奉渊发现她并未戴之前的那顶帽子。

忽而，他像是想起什么，在怀里摸了摸，摸出两个红荷包来。

两只荷包一模一样,面上绣了一对鲤鱼,里面塞得鼓鼓囊囊,装足了银钱。

他冲着庭院里看烟火看得起兴的奴仆唤了一声:"刘二,过来。"

李奉渊难得在这府中叫人做事,刘二一听见李奉渊喊他,快步跑了过来。

李奉渊将一只荷包递给他,冲着李姝菀的位置微抬下颌,淡淡道:"拿去给她。"

刘二回头看了一眼,见李姝菀在对面东厢坐着,身后站着两名侍女。

刘二没有蠢到问李奉渊他的东西究竟是要给坐着的主子还是站着的侍女,点头应了声"是",跑去对面将荷包交给了李姝菀:"小姐,少爷让我将这个给您。"

李姝菀看着刘二从李奉渊那儿跑来,她愣了一愣,迟疑地伸手接了过来,语气难以置信:"给我的吗?"

李奉渊没指名道姓,刘二本来还挺确定,此刻听李姝菀这么一问,心头也有点拿不准,于是他又跑回去问李奉渊:"少爷,荷包是给小姐的吗?"

李奉渊看白痴似的看着他。

刘二悟了,再次匆匆跑到李姝菀跟前,憨憨地道:"少爷说是给小姐的。"

李姝菀握着手里的荷包,神色怔忡地抬眸看向对面。

隔得太远,她看不清李奉渊的表情,但她感觉他好像睨了她一眼。

但也只有一眼,直到烟火结束,他都没将视线再落到她身上。

回府不过短短一日,李姝菀便受足了李奉渊的冷眼。

她本来已经在心里做好了今后看他脸色过日子的准备,可李奉渊突然送给她一只压岁的荷包,又让她心里生出了少许希翼。

孩童总是天真,李奉渊不过稍稍改变了态度,压在李姝菀心里的石头便轰然落了地。

她想,他或许和爹爹一样,只是看着冷漠,实则都是温柔之人。

只要她听话懂事,或许总有一日他会接纳她。

031

在这样的想法中,后半夜睡下时,李姝菀的唇边都含着笑,半夜好眠。

寅时中,天色未明,黯淡晨曦从云后透出来,天上又下起雪。

房中,炉内炭火红旺,小狸奴卧在李姝菀的枕边睡得四仰八叉。

忽然,两道人影匆匆掌灯走进内间。柳素拉开床帘,将熟睡中的李姝菀唤醒:"小姐,小姐。"

李姝菀迷迷糊糊睁开眼,柳素和桃青将她扶起来,急急忙忙为她穿衣:"宋管事方才派人传话,将军已准备出发了,小姐需得去前门送行。"

李姝菀本就无赖床的习惯,听见这话,顿时清醒了过来。她从床上爬下来,任由柳素和桃青拉着她穿衣穿鞋、擦脸梳髻。

等三人到了前门,天色已经露了白。

李奉渊已经在前门,不知是何时到的。李瑛披氅站在马下,正低头与他说话。

两人肩上都落了白雪,看来已经站了有一会儿。

李姝菀知道自己来晚了,提着厚实的裙摆快步跨下阶梯,站到李奉渊身侧,抬头望向李瑛,喘着气喊了一声:"爹爹。"

她一路跑着过来的,背都起了汗,裙摆染了好些雪,湿了一片。

李瑛看了一眼她的裙摆,道:"待会儿回去换身衣服,免得着凉。"

李姝菀乖乖点了点头。她神色有些不舍,却又像是不知道该在这种时刻说些什么,唇瓣嗫嚅片刻,最后只是道了一句:"风雪大,路途遥远,爹爹一路小心。"

"好,我会小心。"李瑛稍微放轻了语气,"我昨日入宫,为你请了一位在宫中多年的嬷嬷,过些日便来教你世家女子该有的礼仪。不知礼,无以立,你要用心学,不可丢了将军府的颜面。"

若李姝菀一辈子不踏出将军府,这礼仪学不学都没什么,但李瑛并不打算将她像无知无依的雀鸟一般养着。

她今后要入学堂,拜师听学,聪慧明理,就如李奉渊一样。

李姝菀眼眶有些红,却也记得李瑛说过的话,忍着泪没哭出来。她应下:"我听爹爹的安排。"

李瑛伸手摸了摸她的脑袋,转头看向宋静,沉声叮嘱:"我把他们交给你了。"

主仆多年，许多事无须多言。宋静垂首恭敬道："将军放心，老奴定会尽心竭力照顾好少爷和小姐。"

离别之际，下一次再见不知会是什么时候，可除了李姝菀湿了眼，李瑛和李奉渊的表情都十分冷静，并不见半分伤情。

尤其是李奉渊，好似早已经习惯，脸上无一丝波澜，甚至看着李瑛的目光有些淡漠。

李瑛看着自己这沉默不语的儿子，心头的愧疚又深了一分。

他清楚记得上次离家时，李奉渊才到他胸口，这次回来，李奉渊已经长高至他的肩头。

而不知道下一次回来时，儿子又会长高多少，与他并肩，又或者高过他。

李瑛深深地看了他一眼，忽而抬起手掌，在李奉渊肩头沉沉拍了两下。

李奉渊侧头看向肩上的手掌，喉结缓缓动了动，吞咽下猛然涌上来的情绪，仍是什么话都没说。

李瑛握住缰绳，翻身上马，随后轻呵一声，头也不回地驰入了雪幕中。

他骑着回来时的马，披着归时一样的黑色衣氅，来去匆匆，除了一地脚印，什么都没留下，就好像从来没回来过。

不过确切说来，他也不是什么痕迹都没留下。

李奉渊垂眸看向站在身侧、呆呆望着李瑛远去背影的李姝菀。

留下了一个野种。

未等李瑛的身影完全消失在视野，李奉渊就已经转身往府里走。

宋静见李奉渊未撑伞，忙叫刘二跟上去为他撑伞避雪。

李奉渊听见跟上来的脚步声，偏头往身后看了一眼，淡淡道："别跟着我。"

刘二不敢忤逆他，只好停了下来。

李姝菀在门外多站了一会儿，一直望着李瑛的身影消失在雪中，才在柳素的劝说下往回走。

她本有话想与李奉渊说，可等她迈过门槛，绕过影壁，抬头一望，李奉渊已经走出好远,只好暂时打消了念头。

主仆几人回到栖云院,李姝菀换了身衣裳,掀开床帘去看狸奴。

她回来后没听见叫声,以为它仍睡着,没想此刻却见床上空空荡荡,并不见狸奴的身影。

李姝菀"喵喵"叫着在房中找了一圈,没寻着猫,只看见桌上翻倒的茶盏和桌面上留下茶渍的两只梅花脚印。

那脚印向着窗户的方向,而为了透风,窗户并未关严实。

李姝菀心头一紧,爬上椅子推开窗一看,果不其然看见窗框上也有深色茶渍的痕迹,显然狸奴趁人不在时跑了出去。

而此刻窗外风雪正急。

柳素和桃青在外间准备早食,李姝菀匆匆跑出来,着急道:"柳素姐姐,你看见小狸奴了吗?"

柳素摇了摇头:"未曾。"

桃青见她面色担忧,忙问:"小狸奴可是不见了?"

李姝菀点头:"我在桌上看见了它留下的脚印,像是从窗户跑出去了。"

柳素安慰道:"小姐别急。它那样小的猫儿,这样的雪天定然跑不远,奴婢们这就去找。"

两人不再耽搁,放下手头的活,带上伞出去寻猫了。

李姝菀也并没闲着,将几间房屋里外仔细找了一圈,然后也出了门去找。

柳素和桃青已经出了栖云院。如此冷的雪,那猫只要不傻,定然不会往栖云院外跑,多半是在某个干燥暖和的角落里躲了起来。

李姝菀既担心它脑子不灵光在外冻着,又担心它爬进了李奉渊的西厢或书房。

庭中积雪晨时已被清扫过,地上的雪此时尚只有薄薄一层,不及鞋底厚,藏不住活物。

李姝菀便沿着廊道仔仔细细地看廊上有无它留下的脚印,可细雪湿了廊上的石板,将痕迹洗刷得一干二净。就在李姝菀心乱如鼓时,她忽然瞥见书房的门轻轻动了一下,而此刻庭院中并未起风。

她跑过去一看,就见那苦寻了好久的小狸奴蜷着尾巴,竟然就躲在书房门槛和门板的夹缝里。

瘦小一只缩成了一团,毫不起眼地挤在夹缝的角落,冻得瑟瑟发抖,好不可怜。

李姝菀不过出去了一趟,它却仿佛不认得她了。李姝菀朝它伸出手,它浑身的毛一立,压平双耳,张着嘴巴害怕地冲她嘶声哈气。

"别怕,别怕。"李姝菀蹲下来,小声哄着,伸出手小心翼翼地将它从缝隙中抱了起来。

它叫得凶,但并未过多挣扎,似乎闻到了她身上有些熟悉的气味,慢慢镇定了下来。

李姝菀满脸心疼地把它护在胸口,用手给它暖着冰冷的脚掌。

她愧疚地同它道:"是我不好,未关上窗户,下次不会了。"

她说着,缓缓站起身,正准备回去,却忽然见一道人影从身后压下来,映在了面前的书房门上。

李姝菀一愣,回头看去,入目的是一段窄瘦的黑色腰身。

那腰带上,正挂着一只与昨夜李奉渊送她的那只一模一样的荷包。

李姝菀抬头看去,才从武场回来的李奉渊低头看着她,声音冷淡:"你在我书房门口做什么?"

李姝菀正要回答,怀里的猫却像是被他的气势吓着了,倏而用力挣扎起来,想从李姝菀怀里跳下去。

短钝的爪子几番划过她的衣裳,李姝菀见它想跑,下意识抓着它的前肢,不料却被它咬了一口。

它的爪子剪短了,牙齿却仍锋利,这一口咬得见了血,李姝菀手一抖,眼里立马浸出了泪。

她是个能忍痛的,没叫出声,手却本能地松开了。

好不容易找到的猫此刻又要逃走,就在这时,一只手突然伸到李姝菀面前,又准又狠地一把捏住了狸奴的后颈,微一用力,就将它提了起来。

那速度极快,李姝菀都没看清楚,就见小狸奴已经缩脖子耸起肩,蜷着四肢在他手里抖如筛糠,半点不再挣扎了。

蛇打七寸,猫抓后颈。李奉渊看着这瘦弱可怜的幼猫,眼里无一丝怜悯。

李奉渊将猫递给李姝菀,她忙伸手接过,一只手托着它的屁股,另一只手学着他的样子捏着猫脖子。

她望着他,轻轻道了声:"谢谢行明哥哥。"

李奉渊并没理会这话,抬腿越过她,面色淡漠地扔下一句:"别让我在书房看见它。"

说完他就推门进了书房。他分明帮了她,语气却又冷漠。不知道是因为厌烦她,还是因为不喜欢这猫。李姝菀有些怔忡地看着他的背影,好半响才回过神,轻轻抚摸着怀里抖个不停的狸奴,对着面前空无一人的雪地自言自语般喃喃道了声:"……好。"

小狸奴这番被吓得不轻,李姝菀回了东厢将它往地上一放,它立马一溜烟缩进了床底。李姝菀端着煮好的羊奶唤了好半天才把它诱出来。

桃青担心它再往外跑,将李姝菀房中的窗户支矮了些,又在三指宽的窗户缝前摆了几只青瓷瓶,彻底堵死了狸奴从窗户逃跑的可能性。

柳素觉得仅是瓷瓶单调了些,又折了几枝蜡梅插在瓶中,寒风顺着窗缝送入室内,拂过花枝,满屋子都是梅香。

狸奴虽然被找回来了,可因在外挨了半日冻,受了凉,精神一直不大好,入夜后把吃的东西全吐了出来。

李姝菀吓坏了,担心它难受,守了它半晚上,都没怎么睡。

风雪萧萧的大半夜,她点了支蜡烛,一个人坐在炉子边,抱着狸奴给它揉软乎乎的小肚子。

狸奴像是知道李姝菀在帮它,躺在她腿上静静地望着她,一声没叫。

不知不觉,一人一猫就这么睡了过去。

柳素第二天早上来给李姝菀房中的炉子加炭,看见李姝菀抱着狸奴蜷在椅子里睡觉,吓了一跳。

她身上衣裳穿得严实，不过脱了鞋，穿了白袜的脚掌缩在裙子底下，闭着眼睡得很沉。

柳素看见地上那一小摊秽物，大概明白发生了什么。她有些无奈地摇了摇头，对闻声醒来却仍旧懒洋洋趴在李姝菀腿上不肯起的小狸奴轻声道："遇上将军和小姐，你可真是好运气。"

狸奴已经恢复了精神气，它身上搭着一块小布巾，仿佛盖着一床小被子，只露出圆滚滚的脑袋和轻轻摇着的尾巴。

它用一双大眼睛望着柳素，格外乖巧。

柳素将它从李姝菀身上抱下来，又动作轻柔地将李姝菀抱上了床，轻手轻脚盖上了被子。睡梦中的李姝菀半点没察觉。

可小狸奴见柳素放下床帘，自己见不着陪了一夜的人了，着急地"喵喵"叫了两声。

这一叫，李姝菀倏然惊醒了。

她腾地一下从床上坐起来，掀开帘帐，抱起蹲在脚榻上的狸奴，看它是不是哪处又不舒服了。

柳素正蹲在地上清理秽物，见李姝菀醒了，放下手里的帕子站了起来："可是奴婢声音大，吵着小姐了？"

李姝菀压根没发现她在房中，怔了一瞬，抬起头看她，缓缓摇了摇脑袋："是听见狸奴的声音我才醒的。"

她声音听着有两分沙哑，一听就知道昨夜没能睡个好觉。李姝菀透窗一望，见天色已经露白，便不打算再接着睡了。

不等柳素上来服侍，她便穿上鞋，坐到了妆镜前给自己梳发，看着像是曾经给自己梳过许多回。

柳素忙走过去，从她手里接过玉篦子："小姐，让奴婢来吧。"

狸奴也跟着跳上桌，好奇地蹲在镜边看着二人。

李姝菀伸手挠它下巴，狸奴立马趴下，眯眼打起了呼噜。

柳素笑着道："小姐既然待这狸奴如此上心，何不为它取个名字？"

李姝菀倒是没想过这一茬，她点点头："我想想吧。"

用过早饭，桃青将昨日洗好晾干的帽子装在绣花布袋中拿给了李姝菀。

桃青知道李姝菀急着要，昨夜将帽子洗好后晾在了房中，屋子里又烧着炭，一夜便干透了。

李姝菀想着早些将帽子还给李奉渊，上午便坐在门口等李奉渊从书房出来。

小狸奴喝了奶吃了肉，趴在她腿上给自己舔毛。

李姝菀靠在门框上，静静望着庭院里的大雪，时不时看一眼书房的门，半个多时辰都没挪一下。

她孤零零的，看着很是可怜。

大年初二的欢庆日子，换成在其他宅邸，嫡庶妻妾的孩子都聚成了堆，玩得不亦乐乎。

唯独将军府上下就只有这么两个主子，大的还不愿意搭理小的。

桃青看得心疼，走到李姝菀身边蹲下来，提议道："小姐，奴婢带您去逛花园吧，府中的花园您还没看过吧；或者您跟宋管事说一声，奴婢带您出府去玩？"

李姝菀不为所动，看着半开的书房门："我要等行明哥哥出来，将帽子还给他。"

李姝菀不知道李奉渊的习惯，桃青却是很清楚。

李奉渊进了书房，没几个时辰出不来，指不定会忙到什么时候，有些时候要等过了正午他才会钻出那道门。

桃青道："下午再还不成吗？您这样等，还不知道要等到什么时候去。"

可李姝菀却只是摇了摇头："这帽子是行明哥哥珍视之物，早些还总是好的。"

她铁了心要等，桃青也没办法，只好搬出两个火炉免得她受冷，由着她慢慢等。

桃青猜得不错，李姝菀等到巳时末，李奉渊才出书房，他一抬眼就看见了坐在东厢门口的李姝菀。

李姝菀靠着门都快睡着了，听见开门声，半睡半醒地朝他看过来，可眼睛都还没看清楚，李奉渊又已经转身朝着西厢走了。

狸奴睁眼见了李奉渊，如同见了鬼，腿一蹬，飞速从李姝菀腿上跳下来，一阵风似的逃进了屋。

李姝菀见李奉渊要走，心一急，提着装帽子的布袋子冒雪穿过庭院朝他跑了过去。

"行……行明哥哥。"她结结巴巴喊了一声。

李奉渊停下脚步，转头看着她："有事？"

他目光依旧冷淡，李姝菀心头一紧，不自觉地避开视线低下了头。

他换了身衣服，可腰上还系着那只红荷包。李姝菀想起李瑛走之前说过的话，又想起李奉渊前天夜里送她的那只和他腰上这只一模一样的荷包，心头忽然升起一股莫名的勇气。

她咬了咬唇，小心翼翼地问他："待会儿，待会儿我能同你一起吃午饭吗？"

李奉渊听见这话，很是奇怪地看了她一眼。

那眼神里有不解，有轻视，或许还有几分说不出来的厌烦，唯独没有李姝菀期望中的善意。

他眉眼间的冷漠令李姝菀好不容易撑出来的勇气瞬间散了个干净，李奉渊问她："你是以什么身份问出这话？"

李奉渊的语气很平静，没有过大的起伏，比起他在祠堂诘问李瑛时要和缓太多。

可此时此刻，这句话落在李姝菀的耳朵里仍充满了讽意。

她想过或许会被李奉渊拒绝，可并没有料到李奉渊会给出这样的回答。

李姝菀被他问得哑口无言，手足无措地捏紧了袖子："我……"

她不清楚要怎么回答，更不知道要怎么面对他冷漠的神情，无助地低下了脑袋。

目光扫过他腰上挂着的荷包，李姝菀如同被那一抹红点醒，低头从袖中掏出了一模一样的荷包。

她将荷包捧在手中，紧张地抿着唇，有些犹豫地递到李奉渊的眼前："这只荷包……"

李奉渊垂眸看着她掌心的荷包，她还没说完，他却像是已经猜到了她内心所想。

他皱了下眉头,反问道:"你觉得这荷包是我送给你的?"

这话令李姝菀明显怔了一瞬,不需要回答,这反应在李奉渊的眼里已经无异于默认。

他像是觉得李姝菀的这种想法十分荒谬,冷眼看着她,毫不犹豫地打破她因误会而产生的幻想:"你为何觉得我会送你东西?父亲将你从外面带回来,让你叫我一声哥哥,难道你便当真把自己当作我的妹妹了?"

他这话说得难听,好似李姝菀半点不配和他攀亲。

也是,世家长大的少爷,祖上四世三公,权贵显赫之门,自然不肯轻易认李姝菀这养在外面的野种。

若李姝菀年纪再小些,只有一两岁也就罢了,可偏偏她出生在洛风鸢离世的那一年。

李瑛没有提起外面那个女人是谁,李奉渊也没问过,不过却无意听见底下的仆人私下在猜。

若李姝菀的母亲出身清白,有名有姓,李瑛自然不会就只抱个孩子回来。

都说她的母亲大概是哪地的歌坊秦楼养的伶人,地位低下,大将军才提都不曾提起。

李奉渊并不关心李姝菀的出身,也不在意她的母亲姓甚名谁。

他只是不待见她罢了。

李姝菀面上的血色在李奉渊短短的的一句话里尽数褪去,她不由自主地往后退了一步,险些撞上身后的廊柱。

余光瞥见院门外,几名仆从端着餐食低头立在雪中,眼观鼻鼻观心,不知道听了有多少。

李姝菀脸色惨白,唇瓣嗫嚅,更说不出话来。

她如此年纪,又生得乖巧,眼眶一红,便像是受了天大的委屈。

李奉渊见她这般模样,也意识到自己的话有些重了,不过他的心或许是枪尖的陨铁做的,和他的枪一般硬,并没有心软半分。

他的语气依旧冰得冻人:"我不管你如何以为,也不管李瑛之前和你说了什么,但我李奉渊和你没有关系。"

丢下这句话,李奉渊径直转身走了。

这样一番话后,李奉渊本以为李姝菀再不会来打搅他,可没想还没进门,身后就响起了脚步声。

"行……行明哥哥。"李姝菀还是这么叫他,只是声音低弱,语气怯怯,好似害怕他会因为这一声称谓而生气。

李奉渊皱着眉回过头,看见李姝菀小跑着追上来,将一直拿在手里的布袋子递给了他:"你的帽子。"

她并没有看他,微微垂着眼睛,眼眶很红,声音也有些哽咽,显然在强忍着哭意。

"已经洗干净了。"她道,说罢又像是担心他会嫌弃,又说,"是桃青姐姐洗的,用布袋子包着给我的,我没有……我没有碰它……"

她说着,声音越发哽咽,像是有点憋不住了,低下头,颤着手擦了擦眼睛。

再放下时,袖子上已经有了湿痕。

李奉渊看着面前只到他胸口高的李姝菀,心头忽然有些说不上来的堵。

他伸手接过布袋,李姝菀立马将手收了回去。

她没有再纠缠他,更没提一起用饭之类的话,动了动嘴唇,声音细如蚊吟:"我……我回去了,不搅扰你了。"

说罢,瘦小的身影跑进庭院,如刚才一样,又淋着雪回了东厢。

只是方才是满怀期待,如今却是落荒而逃。

李奉渊看着她的身影消失在门后,又低头看着手里的布袋,心中的郁气更深。

他沉默着站了好半晌,直到手都冻得发僵,才转身回房。

李姝菀与李奉渊说了两句话后匆匆含着泪回来,柳素和桃青一看,便猜到她这是在李奉渊那儿受了委屈。

李姝菀年纪小,性子也柔和,受了李奉渊一顿辱也没有放声哭闹,只是回到房中,独自坐在椅中偷偷拭泪。

柳素和桃青看得心疼，却不知道该如何安慰她。

桃青上前递上一只手炉，默默替李姝菀擦去头顶的雪，柔声道："天寒，小姐当心着凉。"

柳素端来一碗熬好的姜茶，李姝菀捧着碗慢慢喝了，止了泪，可情绪仍旧低落。

她本就是安静的人，如今更是不发一言，就这么静静坐着，看着桌上的梅花。

二人不知道李奉渊说了什么，可看李姝菀伤心成这样，大抵是极难听的话。

小狸奴见一屋子里三个人都围在一起，也凑了上来。

它一甩尾巴灵活地跳到李姝菀腿上，前肢扒在她胸前，用雪白柔软的爪子好奇地去拨弄她睫毛上挂着的泪珠子。

门外厨房的人端来午食，桃青轻声退了出去，带上了里间的门。

柳素看着李姝菀和跳闹不停的狸奴，开口牵起话头："小姐想好要给这小狸奴取什么名了吗？"

她本是想将李姝菀的思绪引到这狸奴身上来，好开心一些。

不承想她问完后，李姝菀却摇了摇头："⋯⋯不取了。"

柳素愣了一下："为何？"

李姝菀轻轻摸了摸狸奴的脑袋，低声道："我之前和宋叔说好了，过了冬，等天气暖和了，就要把它送走，给它找个好人家。"她沉默了一会儿，"它只是暂时在这儿落脚，这里不是它的归处，就不取了。"

柳素听见这话，轻轻叹了口气："好。"

初六雪停，宋静将买来的奴仆调教好了，送进了栖云院。

李奉渊那儿伺候的人没什么变动，买来的仆从大多都送来了李姝菀的东厢。

院内走动多了，渐渐热闹了几分，可似乎又没什么变化。

府里的绣娘也从老家回来了，母女二人熬了几夜，给李姝菀赶制了两身冬衣。

李奉渊的旧衣换下来后,李姝菀依旧将衣服交由桃青洗得干干净净,晾干还了回去。

只是这回她没再傻愣愣地将衣服还给李奉渊,而是交给了宋静。

那日之后,李姝菀再没有主动和李奉渊说过话,也未再上赶着往李奉渊身前凑,大多时候都待在她的房间里,连门都鲜少出。

直到李瑛在宫里请的嬷嬷来了府中,李姝菀有了事做,每日不再坐在窗前无所事事地发呆,才开始有了点儿活气。

将军府宽阔,为方便,嬷嬷就住在栖云院近处的一座阁楼中。

每日晨时和午后,李姝菀便到阁中受教。

李姝菀在江南时没学过礼仪,也没人教过,因性格安静看着有几分沉静之气,但实则站坐无态。

嬷嬷并未因她是将军府的姑娘便惯纵她,反倒因此更加严厉。李姝菀学礼第一日,便吃了大苦头。

楼阁二层,四面窗户大开,缕缕熏香蜿蜒升起,入鼻是一股静心宁神的禅香。

房间中,李姝菀头顶与两肩各顶着一只装了水的瓷碗,身形僵硬地站着。

嬷嬷侧身站在她前方,正垂着眼看她,语气缓慢道:"……不可跑跳,不可秽语,不可散发乱衣,桌上不可拨菜翻盘……"

嬷嬷并不年轻,和宋静差不多大的年纪,头发梳得板正,说话的声音又低又缓,仿佛尼姑念经。她一口气念了二十来个不可,说完问额心冒汗的李姝菀:"记住了吗?"

李姝菀身上三只碗,个个装了八分满的清水,她不敢乱动,下意识转着眼珠,用眼角余光看嬷嬷。

不料下一刻就见嬷嬷沉了声,厉声道:"我方才说过什么?"

李姝菀立马收回目光,看向眼前低矮的桌案,回道:"……不可斜眼视人。"

她头上的白瓷碗稍动了一动,碗中的水也跟着晃了一晃,好似要摔落头顶。

李姝菀屏息凝神,稳住身形,待碗中水平静下来,才缓缓吐了口气。

嬷嬷严厉,除去未动用戒尺,教李姝菀用的是小宫女那一套教法。

李姝菀不知道其中弯绕,便以为望京的姑娘都是这么学过来的,自然也不敢松懈,直至傍晚,仍在阁楼上练习。

接连五日,日日如此。

有时李奉渊从阁楼外经过,见阁楼亮着灯,抬头一看,便能看见李姝菀仿佛一尊木头顶碗持灯静静立着。

他眼力好,虽隔得有些远,也能透过大开的窗户看见她的身形。

世家女子没有不学仪态的,李奉渊起初并未在意,直到这日他从阁楼下过,撞见李姝菀步伐缓慢又僵硬地从阁楼出来。

身边的侍女搀扶着她,愤愤不平:"那老嬷嬷仗着自己是贵妃身边的人,也太拿自己当回事了,怎可叫小姐站上一个时辰也不让歇。小姐若伤了身,她如何担得起这个责?"

李奉渊本不打算理会,听见这话,却若有所思地停下了脚步,看了过去。

短短几日,李姝菀看着竟比前些日要瘦削几分,目露疲态,大冷的天,额角却浸出了汗。

李姝菀看见站在路上的李奉渊,停下脚步,屈膝行礼,垂首轻轻叫了一声"行明哥哥"。

李奉渊曾做太子伴读,在宫中待过几年,他虽然没学过女子仪态,但一眼就瞧出李姝菀这行礼的姿势不对。

屈膝垂首,不像个世家小姐,倒像个伺候人的宫女。

身后的侍女没见过宫女,看不出李姝菀这姿势有何不对的地方,低下头跟着行礼。

李奉渊看着姿势如出一辙的三人,扭头看向阁楼之上,紧紧皱起了眉头。

暮色苍苍,细雪点染花窗。

李奉渊出书房时已近子时,夜已深,而东厢房还亮着灯。

宋静提伞站在东厢门口，柳素和桃青正不满地和他说着什么。

声小，没等传进李奉渊的耳朵就散了大半。

他沿着长廊往西厢走，隐隐听见"嬷嬷""腿疼""严苛"等字眼。

柳素和桃青看见李奉渊从书房出来，似有些担心深夜低语扰了他清静，说着说着便渐渐止了声。

宋静微微叹了口气，和二人道了句"我知道了"，便撑伞朝着李奉渊走了过来。

李奉渊像是没看见他，推门进了屋，但门开着，没关。

宋静将伞合上靠在门外，跺了跺脚底的细雪，这才跟着进门。

西厢的炉中添满了炭，炉子上烧着一壶茶，房中暖如早春。

宋静进门时，李奉渊已进了内间。

他解了护腕，正挽起袖子站在盆前用冰凉彻骨的水洗脸，像是半点不觉得冷。

房中幽暗，只燃着一支烛，还是李奉渊方才从外间端进来的烛台。

宋静老眼昏花，这点儿光实在看不清楚，若不是听见了李奉渊的洗脸声，连李奉渊站在哪儿都不知道。

他摸黑拿起桌上的烛台，走到墙边，挨个点燃灯树，房中这才逐渐亮堂起来。

李奉渊不喜人伺候，夜里更甚，通常不准他人进门，下人也多是趁他不在时才来房中打扫。

宋静知道他的习惯，一般不会来打扰他。

像今夜这般情况，多是宋静有事情拿不准，来请李奉渊的意。

说来他也不过快十三岁的年纪，因身边没个长辈，迫不得已当家做主，年纪轻轻性子就被磨砺得稳练，也不知算是好事还是不幸。

李奉渊那日和李姝菀说的话，宋静已经听说了。如今事关李姝菀，他有些不知道该如何提起。

宋静思忖着开口道："方才小姐的侍女和我说，将军请来的嬷嬷教学太过严苛，小姐每日起码要站上三个时辰，日日这样练下去，怕是有些吃不消。"

这话宋静说得委婉,何止吃不消,李姝菀是腿疼得路都走不顺,两只脚腕都肿了起来。

他刚才便是去给李姝菀送消肿的敷药。

宋静拿嬷嬷这事来问李奉渊,是因为他做不了主:一是因那嬷嬷来自宫中,是贵妃身边的人;二是这嬷嬷是李瑛去请来的。

他一个将军府的管事,听着威风,可说破了天也不过一个奴仆,没资格管也没能力去管。这件事只能由李奉渊出面。

李奉渊看过李姝菀今日向他行的礼,知道那嬷嬷教得有问题。

他拿着布帕擦干脸,没说别的,而是问了一句:"她既然不愿意,为何不反抗?若侍女不开口,她莫不是就打算这么逆来顺受地忍着?"

宋静被这突如其来的一句话问得一愣,不知道李奉渊是怎么得出李姝菀逆来顺受这样的结论。

他沉默片刻,叹气道:"小姐性子乖顺。"

李奉渊言语锐利地道出事实:"懦弱。"

宋静有些无奈地想:小姐年纪小,突然到了望京,自然是会规矩乖顺些。如今她又没个依仗,你也不向着她,全府的人都知道你轻视她,她身处这样的局面,哪里敢反抗。

不过宋静并不打算和李奉渊讲清楚其中这小姑娘家弯弯绕绕的敏感心思,估计李奉渊也并不感兴趣。

果不其然,李奉渊并没追问,下一句就将话题扯开了,他问宋静:"那嬷嬷是贵妃身边的人?"

宋静点头:"是,姓易,贵妃身边的老人了。"

有了这句话,李奉渊似乎想明白了什么。他没再多问,语气平静地道了句:"我知道了,你回去吧。"

宋静见他像是有了打算,应了声"是",安静退下了。

翌日,李姝菀拖着疲累的身体从床上爬起来,用过饭后,又往阁楼去。

柳素今早见她难受,本打算去为她请一日休,但李姝菀没有同意。

她不想给旁人添麻烦。

她昨日睡前泡了脚，脚踝已经不肿了，只是双腿走路还有些酸疼。她忍得下来。

易嬷嬷教学时不准李姝菀的侍女在一旁伺候，李姝菀在楼上，柳素和桃青便在楼下等着。

那嬷嬷在阁中设了铃铛传音，若有事相传，便一扯铃铛唤来仆从，再行传话。

桃青讽刺她不愧是宫中出来的，规矩繁多琐碎。

柳素和桃青扶着李姝菀去到阁楼，竟出乎意料地看见李奉渊站在阁楼下。

他抱手靠在雕柱上，正闭目养神，看样子像是在这儿站了有一段时辰，听见三人的脚步声，掀开眼皮看了过来。

昨夜积雪未化，透亮的冰凌挂在树梢，地面的雪踩着咯吱作响，天依旧冷得叫人心生畏意。

李姝菀裹着新做的白狐围脖，戴着雪白的绒帽，手缩在袖子里，捧着刚填了热炭的手炉，全身上下就露出了小半张白净的脸庞，穿得要多厚实有多厚实。

而李奉渊却衣着单薄得像是在过秋天。

他身上只一身青衣锦袍，衣裳的袖口和衣摆处绣有银丝水云暗纹，窄袖收入一对铁打的护腕，金纹漆面，一看便价值不凡。

他单单站在那儿什么也不做，浑身上下的贵气配上一张清俊面容，便是一副英姿勃发、气势逼人的少年扮相。

这样的少年，全望京恐怕也再难找出第二个。

李姝菀有一瞬看呆了眼，竟莫名其妙红了一下脸。她反应过来后，立马收回了目光，微微蹙起眉，屈膝行礼："行明哥哥。"

那日李奉渊的话说得刺耳，可她见了他，开口说话仍旧轻轻柔柔，听不出半点对他的不满，便是无常的心肠也该软化了。

不过李奉渊心比阎罗，态度仍是不咸不淡，他放下手臂，对李姝菀道："走吧。"

李姝菀愣住:"去哪儿?"

李奉渊垂眸看着她,声音听着有几分沉:"上楼,看看你那嬷嬷都教了你什么。"

易嬷嬷的规矩在,柳素和桃青二人候在楼下,没有跟着李姝菀上楼。

凌云阁年久失修,易嬷嬷来之前,并无人踏足,如今踩上木阶梯,时而有一两阶会发出轻微的咯吱响。

李奉渊走在前,李姝菀跟在他身后。

她的腿脚明显还没恢复,左手捧着手炉,右手扶着栏杆,步子迈得很慢。

李奉渊踏出三步,她才走上一步。

李奉渊听着身后的脚步声越隔越远,回身看她。

他并未出声催促,但也没有伸手扶她,宁愿站着不动看她一步一步慢慢往上挪。

李姝菀见他停了下来,担心他等得烦了,忍着痛默默走快了些。

凌云阁建了三层高,石台做基,立柱架空,雕梁画栋,气势磅礴。站在三楼的观景台上,可以望见府外热闹的街市。

李奉渊幼时曾和洛风鸢登过凌云阁观景,洛风鸢离世后,他自己便再也没有来过。

李姝菀和李奉渊上了二楼,见炉火正旺,炉上吊着的水滚沸,但并未看见易嬷嬷的身影。

李奉渊问李姝菀:"易嬷嬷呢?"

李姝菀道:"应该还在楼上。"

三楼是易嬷嬷和她的两名侍女住的地方。

李姝菀说着,在桌上放下手炉,走到墙边,摇响了一只挂在墙边的银铃。

银铃挂在一根编织成股的长绳上,绳子贴墙延伸至三楼,三楼的楼梯口处,也挂着一只银铃。

长绳晃动,引得楼梯处的银铃一同响起,两只银铃响了片刻,易嬷嬷才迟迟现身。

李奉渊看着缓缓从三楼下来的易嬷嬷，问了李姝菀一句："往日她也是这样让你等？"

李姝菀一时没反应过来李奉渊是在与她说话，有些迟钝地看向他，见他垂眼看着自己，才回道："会等上一会儿。"

正说着，易嬷嬷就下了楼梯。她抬眼望过来，在看见李奉渊后，脚步稍稍顿了一下，面色有些异样，但很快便恢复了平静。

易嬷嬷缓步走近，李姝菀率先问好："嬷嬷早。"

"小姐早。"

李奉渊立在李姝菀身侧半步远，面色沉静地看着易嬷嬷，没有开口。

他眼尾的弧度锋利，眸色深如浓墨，直直垂首看着一个人时，叫人心头有些发寒，仿佛被一头尚未成年却已野性难驯的猛兽盯着。

易嬷嬷活了几十年，还不至于被一个半大少年的一个眼神吓住。她打量着身形高挑的李奉渊，缓缓道："想必您就是府中的少爷了。"

"是。"李奉渊面不改色，"我今日得闲，想来看看嬷嬷是如何教授礼仪的。不请自来，望嬷嬷勿怪。"

他一个少爷，无缘无故要看女子学仪态，难免有些奇怪。

易嬷嬷不清楚李奉渊究竟是何意，猜测着是不是李姝菀不满这些日的授课，特意叫来李奉渊为她出头。

可当她看向李姝菀，却发现李姝菀亦是满目茫然地看着李奉渊，似乎并不清楚他今日的目的。

李奉渊没再解释，自顾自走到墙边，抱着手随意往墙上一靠："嬷嬷请开始吧。"

易嬷嬷见他当真要在这旁观，皱起了眉头。

她道："自古女子学礼，没有男子旁观的道理，这不合规矩，还请少爷回避吧。"

李奉渊没动，淡淡道："将军府就这一个小姐。嬷嬷关起门行课，不许人看着，实在让人放心不下。这里不是宫中，也并无旁人，烦请嬷嬷免去这些烦琐规矩，让我见识见识这女子的礼，究竟有什么妙处。"

他一口一个嬷嬷叫得恭敬，可语气却毫无敬意。易嬷嬷见他态度坚决,又搬出了将军府,不好再说什么,只能任他在一旁站着。

李姝菀听着二人语气平平地争执了两句,有些担心地看着李奉渊,见他也看着自己,莫名心里有些慌张。

易嬷嬷看向李姝菀,抬手示意她在桌前坐下,道:"今日我们学茶艺。"

李姝菀看了看倒扣在桌面上的三只瓷碗,诧异道:"今日不顶碗练站了吗?"

她这话只是无心一问,但听者却有意。易嬷嬷下意识快速看了一眼墙边的李奉渊,见他并无什么反应,才道:"今日暂且不练。"

李姝菀站了几日,今天突然免了,心里有些奇怪,倒也松了口气。她点头:"嗯。"

易嬷嬷教得慢,李姝菀学得也慢,一壶茶泡好,香也烧过了一炷。

李奉渊静静看着,一言不发,好像当真就只是想看看李姝菀在她这儿学了什么。

易嬷嬷看着李姝菀将茶斟至品茗杯,忽然道:"这杯茶,小姐何不奉给少爷尝尝。"

李姝菀端着公道杯的手一顿,下意识扭头朝墙边的李奉渊看过来。

往日这时候,他不是在武场便是在书房,今日白白耗时间在这儿站着,李姝菀实在想不明白他想做什么。

她端起茶杯,缓缓站起身,将茶送到李奉渊面前,仰面看着他,轻声道:"请用茶。"

李奉渊低头看着奉至眼前的茶,又看了李姝菀一眼,松开抱在胸前的手,手指托上了碗底。

李姝菀以为他会接过去,松开了茶杯,没想到李奉渊托着茶杯,将茶缓缓送到了她嘴边。

瓷杯贴上嘴唇,李姝菀愣愣地看着他,李奉渊道:"张嘴。"

他语气好似命令,李姝菀都还没反应过来,便下意识启了唇。

随即李奉渊手腕微微一抬,将茶送入了她口中。

第一泡茶重,入口有几分浓苦。李奉渊看着她皱眉将茶咽了下去,这才开口道:"你是将军府的姑娘,君父在上,除此外,这世间没什么人需得你亲自去奉茶。"

他语气平静,说的话却狂妄至极,倒当真有了兄长的样子。

李姝菀看着他漆黑的眼睛,似懂非懂地点了点头:"我知道了。"

茶是易嬷嬷让李姝菀给李奉渊的,李奉渊这番话,便是明指易嬷嬷教导无方,不成体统。

他拿着李姝菀喝尽的茶杯,在手里缓缓转了一圈,抬眼轻飘飘看向了椅中面色有些难看的易嬷嬷。他淡淡道:"听闻嬷嬷在宫里服侍贵妃娘娘和皇子皆尽心尽力,没想到出了宫也没忘掉这些伺候人的本事,将训诫宫女这一套规矩教到了我将军府的小姐身上。"

他语气平缓,易嬷嬷却是听得极不痛快。她是贵妃身边的老奴,背后有贵妃撑腰,心里并不怵李奉渊。

她看向这个仅仅十多岁的少年,提声道:"奉一杯茶罢了,少爷是长兄,自然受得起。"

李奉渊冷笑了一声:"一杯茶是小事,一行一礼也是小事?"

他不依不饶,直接将一顶"帽子"扣在易嬷嬷头上:"嬷嬷教的这礼节哪哪都错,不知情的,还以为是成心要把我将军府的小姐教成宫女。"

李姝菀听见这话,很是诧异地看向了李奉渊,见他神色冷肃,并不似说笑,心头顿时生出一种被愚弄的难堪,同时也分外不解。

她抿唇看向易嬷嬷,易嬷嬷皱着眉头站起身来:"少爷这是何意?我和小姐无冤无仇,何苦做出这等蠢事?"

李奉渊面无表情地看着她,沉了声音:"卑躬屈膝的宫女礼,难道不是嬷嬷教的?"

易嬷嬷嘴皮子一动,反驳道:"宫女也好,小姐也好,女子仪态皆是相通……"

李奉渊出声打断她的话:"嬷嬷教贵妃娘娘的七公主时,也是从宫女礼教起的吗?"

易嬷嬷再度变了脸色,唇瓣嗫嚅,还要狡辩,却又听李奉渊接着道:"至于仇怨,这就要看易嬷嬷对当年宫中发生的事作何感想了。"

李奉渊做太子伴读时,有一回与太子祈伯璟走在宫道上,撞见姜贵妃的儿子——四皇子祈铮让手底下的太监欺凌别宫的宫女，将那宫女的脸扇得红肿不堪，口溢鲜血。

那宫女看见祈伯璟，如看见救世的菩萨观音，哭着跪爬过来求他救命，俯身磕地，额头都磕出了血。

祈伯璟心头不忍，问清缘由，才知道这宫女原是丽妃宫里的人。

丽妃新得圣宠，惹得姜贵妃不快，祈铮见到丽妃身边的人，便随便寻了个由头叫手底下的太监将她打成了这样，为的就是给姜贵妃出气。

区区一个宫女，又被扣了一个"冲撞皇子"的罪名，这事本来没什么大不了，可问题就在于此事被祈伯璟看见后，祈铮仍不肯收手，执意要把这宫女打成废人。

后来此事闹到了皇后跟前，祈铮一口咬死不认，身边的太监宫女自然也是向着自家主子，和祈伯璟各执其词。

最后同行的李奉渊被祈伯璟拉出来做了个人证，事情才有了定论。

祈铮身为皇子，皇后不能随意责备，但祈铮身边伺候的人全都没能逃过刑罚。

李奉渊随祈伯璟离开后宫时，院子里趴了一地受杖刑的宫女和太监。

行刑的太监是皇后的人，高抬板子全往死里去打。板子砸在肉身上的沉闷声接连响起，鲜血染透了衣裳，凄惨哀号不绝于耳。

而当初趴着的那一堆人中，便有如今的易嬷嬷。

李奉渊彼时年幼，仅七岁，是人生中第一次见到那样血淋淋的场景。他没想到自己一句话会招致如此祸端，心中惊寒万分，是以直至今日都还记得当年的事：祈铮的哭号、姜贵妃和满院的太监宫女看向他时厌恨的眼神……

他当初无心之下得罪了姜贵妃，如今这迟来的恶果却降到了李姝菀身上。

李奉渊自然不会坐视不理。

也好在李奉渊和李姝菀皆年幼，一个半大的少年和一个孩子，掀不起什么风浪。

姜贵妃没把二人放在眼中，只是让易嬷嬷教给李姝菀一些不成体统的规矩给李奉渊添点堵，出一口当年的恶气，宽一宽她宝贝儿子的心。

不然若是李奉渊和李姝菀二人年纪再大些，入了官场又或是定了姻亲，以姜贵妃睚眦必报的性子，必然不会这么简单了事。

当年的事易嬷嬷和李奉渊心知肚明，此刻李奉渊提起，易嬷嬷却是没有承认："老身不知道少爷指的何事。"

这种事认下来，便是坐实了报复之名。她看着这二人："不过既然少爷认为我没有教小姐的本事，那老身便收拾收拾，回宫里继续伺候贵妃娘娘了。"

李奉渊巴不得如此，他垂眸睨着她："嬷嬷想走，那我便不挽留了。"

他说罢，又低头看向身侧没缓过神的李姝菀："还不谢过嬷嬷这些日的教导。"

李姝菀愣了一下，下意识就想行易嬷嬷教给她的礼，做了一半，又反应过来，抻抻衣裳站直了身。

她看着易嬷嬷，微微颔首："谢谢嬷嬷。"

"不敢当。"易嬷嬷道。

她瞥了眼李奉渊，浅浅提起嘴角，语气好似感叹："我听府中奴仆说少爷和小姐关系疏远，今日一见，分明如一母同胞，不分彼此。"

李姝菀学了好些天，李奉渊今日才迟迟现身，何来的"不分彼此"，更罔论"一母同胞"。

大将军李瑛带回个私生女的消息在京都传得沸沸扬扬，易嬷嬷怎会不知李姝菀身份特别，她这话分明是在暗讽李奉渊凭空多出一个这么大的妹妹。

李瑛在洛凤鸢重病之时在外面有了李姝菀，这是李奉渊心中迈不过去的一道坎。

李奉渊瞬间沉了脸色，而李姝菀像是也想起了那日李奉渊对她说过的话，沉默地低下了头。

易嬷嬷见此，冷哼一声，转身上了楼。

虽然易嬷嬷的事得以解决，可李奉渊和李姝菀却都不见得有多高兴。两人一前一后下楼，如来时一样，仍是李奉渊走在前，李姝菀走在后。

053

李姝菀认认真真跟着易嬷嬷学了好些日，今日才突然得知学的尽是些不伦不类的礼，平白无故被人践踏了一番，心里有些说不出来的难受。

她是个软和的泥人，被人戏弄了，却也不懂得发作，只会闷在心里，反思自己的过错。

她从李奉渊和易嬷嬷的话里隐隐能听出两人从前有过恩怨，有些想问李奉渊，但又怕惹他烦。

李姝菀心里正犹豫，却忽然听李奉渊开了口。

"几年前在宫中，我因一些事得罪过姜贵妃和四皇子。"他仿佛知道李姝菀心头在想什么，淡淡地继续道，"易嬷嬷是姜贵妃的人，她罔顾尊卑胡教你这些不三不四的礼仪，是厌恨我的缘故，与你并无关系。"

李姝菀没想到他会主动与自己解释，她想了想，轻声问他："爹爹走的时候说，嬷嬷是他请来的。既然行明哥哥和易嬷嬷有恩怨，那爹爹为什么要请易嬷嬷来？"

李奉渊沉默须臾，道："父亲并不知道我与姜贵妃之间的瓜葛，我也没有告诉他。父亲去宫中请人来教你，估计也并未点名道姓要谁来教，这嬷嬷多半是姜贵妃主动送过来的。"

李瑛多年镇守边关，将李奉渊独自扔在望京，常年不管不问。父子间心生隔阂，一年到头偶尔相见，李瑛又来去匆匆，李奉渊便鲜少提起这些无关紧要的琐碎事。

不过一桩陈年旧事，无人提起，李奉渊这些年也几乎没想起过，哪承想如今会牵扯到李姝菀身上。

李姝菀听他语气不太好，安静了一会儿，有些忐忑地问了一句："那我以后还学吗？"

李奉渊几句话把易嬷嬷请走了，正在想上哪儿去再给她找一个嬷嬷来教。听见她问起，他突然停下来，回头看她。

李姝菀怕摔，下楼扶着栏杆，低头盯着脚下的木阶梯，没想到他会忽然站着不动，一不小心，脑袋便撞上了他的下巴。

"咚"，沉闷的一声轻响，倒是不疼，不过李姝菀戴着帽子，帽子上柔软细腻的兔毛搔过李奉渊的脸，有些难忍的痒。

第一章 入府

　　李奉渊敛起眉，微微仰头避开。
　　李姝菀也连忙往后退了一步，抬起手扶起额前坠下来的帽子，露出帽檐下两道细细弯眉。
　　眉下一双干净漂亮的眼睛怯怯地看着他，她道："对不起，我不是故意的。"
　　李奉渊没说话，抬手用手背蹭了蹭发痒的脸。李姝菀以为自己撞疼了他，紧张之下，下意识抬起了手，想去揉他被撞到的下巴。
　　李奉渊看着她伸过来的手，眉头紧皱，倏尔偏开了头。
　　他动作幅度很大，疏离之意昭然，李姝菀一惊，后知后觉又把手猛地缩了回去。
　　她有些无措地看着他，低声又说了一遍："对不起。"
　　她怕他怕得要命，好似他是什么洪水猛兽，她稍做错了事，他便要她拿半条命来抵。
　　李奉渊见她这般模样，眉头不仅不松，反而皱得更深。
　　胆小如鼠，半点不似李家人。
　　李奉渊收回目光，语气淡漠："学礼的事，之后再说。"
　　不等李姝菀回答，李奉渊又换成严厉的语气，接着道："这几日学的，统统忘干净。"
　　他神色严肃，李姝菀忙点头应下："我知道了。"
　　李奉渊得了她的应诺，没有再多言，直接转身率先离开了。

　　柳素和桃青看见李奉渊一个人从凌云阁出来，想问他一句"小姐呢"，可见李奉渊脸色不好看，便又没敢开口。
　　二人回去寻李姝菀，看见她抱着手炉步伐缓慢地下了楼，几步迎上去，关切道："小姐今日不学了吗？"
　　李姝菀轻轻"嗯"了一声："不学了，嬷嬷要回宫里了。"
　　柳素和桃青怨易嬷嬷过于严苛，可也没想过把人请回宫里，两人忙问："为何？"
　　李姝菀没有提李奉渊和姜贵妃之间有过恩怨，只道："行明哥哥说的。"

055

柳素有些担心，又问："那今后谁来教小姐呢？"

李姝菀道："行明哥哥说之后再说。"

桃青听她句句离不开李奉渊，笑着问道："那少爷还说什么了吗？"

李姝菀想了想，道："行明哥哥让我把之前学的都忘了。"

柳素仿佛看出什么，她看了看李奉渊孤身远去的背影，蹲下来将李姝菀头上的兔皮帽子轻轻扶正了。

她颇为怜爱地看着李姝菀，小声问她："小姐是不是很喜欢少爷？"

她这话问得突然，李姝菀缓缓眨了下眼睛，良久都没有回答。

从江南来望京的路上，或许李瑛自己都没有意识到，他每每和李姝菀提起李奉渊时，语气中总隐隐透出一股骄傲之意。

李瑛告诉李姝菀，说李奉渊天资聪颖，自小便远胜同龄者；说他长得像母亲，俊逸而不阴柔，是小姑娘都喜欢的模样。

博学多识，筋骨绝佳，将来从文也好，从武也罢，定都大有作为。

李姝菀见到李奉渊的第一眼，便觉他几乎和她想象中的兄长一模一样。

是一个面若冠玉、气质出尘的少年郎。

只有一点不同。

李姝菀抿了抿唇，并没有回答柳素的问题，只轻轻道了句："他不喜欢我。"

第二章 新交

易嬷嬷走后,李姝菀没了事做,又过回了从前坐在窗前发呆的日子。

李奉渊倒是忙得不可开交,每日往外跑得勤了些,不怎么待在书房了。李姝菀经常看见他傍晚才回栖云院。

几日下来,李姝菀发现他出门时衣冠楚楚,回来时却是衣裳染尘。

仔细一看,在这寒天里,他的头发有时候竟是汗湿的,发冠也重束过,看上去远不比出门时矜贵沉稳,多了几分说不出来的狼狈。

就像是在外边被人狠揍了一顿。

柳素这日看见李姝菀趴在窗前目不转睛地盯着外面,弯腰透过支起来的窗户缝往外看了一眼,正瞧见李奉渊沉着脸大步穿过庭院。

他步伐迈得很大,身侧掀起风,衣摆也跟着飘动,好似心头憋着火。

柳素问李姝菀:"小姐在看少爷吗?"

李姝菀轻轻"嗯"了一声,像是有些担心他,轻声道:"他看起来不太高兴。柳素姐姐,你知道行明哥哥去做什么了吗?"

柳素听她这么问,又弯腰仔细往外看了看。她见李奉渊戴着护腕,一身装扮干练利落,回道:"应当是练武去了。"

李姝菀不解:"宋叔说行明哥哥每日都练,可他之前并不这样。"

柳素奇怪道:"哪样?"

李姝菀想了想:"脏兮兮的,闷闷不乐,像被人欺负了。"

李姝菀这话说得好像李奉渊是个多开朗的少爷似的,柳素忍不住笑了笑:"那是因为之前少爷是自己一个人练,如今却是被人练。"

李姝菀问:"被人练?"

柳素道:"是教少爷枪法的师父,前卫将军杨炳。杨将军此前回老家探亲,前些日才回到望京,回来后便将少爷拉到了武场去磨刀练枪。少爷每回挨了揍,回来便冷着脸。"

柳素不懂武,对于切磋对练这种事最多也只能点评一句谁挨的揍多。

杨炳上战场杀敌时莫说李奉渊,便是李瑛都还没出生。

他南征北战,戎马一生,后来花甲告老,做了李奉渊的师父。他虽然年纪大了,可浴血破敌的功夫还在,李奉渊一个半大的小子,能打得过就有鬼了。

在柳素的记忆里,李奉渊只要去武场见了杨炳,就没有一回不是板着脸回来的。

李姝菀更不懂武术,听柳素这么说,天真地问道:"会揍得很重吗?"

柳素倒还没想过这个问题,她思忖着道:"应当是不重的,不然少爷也没法爬起来,坚持着天天去挨揍了。"

两人正说着,李奉渊像是听见了什么,忽然偏头看了过来。

他眸色沉冷,额角带着一块明显的瘀青,哪里像是伤得不重?

李姝菀的窗户支得低,她偏头趴在桌上看着他,此刻猝不及防和他四目相对,愣了一下,如同偷窥被发现,心虚又紧张地坐直了身,转而盯着窗前瓷瓶中的蜡梅。

好在李奉渊看了一眼,很快便收回视线,推门进了屋。

日子一天天过去,李奉渊身上的伤好了又添,总不见一张好全的脸。

杨炳无意折腾他,可李奉渊自己不肯放过自己,每日缠着他苦练。

元宵这日,杨炳找借口给李奉渊放了一日假,让他回去休息。李奉渊没听,早上仍去武场练了一个时辰才回栖云院。

他回去没多久,宋静抱着一只狭长的木头盒子来了西厢,寻他说事。

李奉渊正坐在矮榻上解护腕,看了那箱子一眼,淡淡道:"宫里送来的?"

"是。"宋静道,"太子殿下派人送来的。和往年一样,一早便送来了。"

第二章 新交

祈伯璟和李奉渊私交甚笃,每年元宵都要送给李奉渊一份不大不小的礼。

就是朝贡,李奉渊都从祈伯璟那儿收到过。

李奉渊微微抬了抬下颌,道:"打开看看。"

宋静打开木盒,看见里面有两件东西:横躺在盒中的是一把带鞘的长剑,黑鞘铁柄,还没露锋,已知其锋利;另一件是一只放在盒子角落里的巴掌大的木盒子。

宋静取出剑,正想给李奉渊,却见他伸手拿起了那只小木盒子。

打开一看,里面竟是一方砚。巴掌大的砚台,却细雕着春日湖畔桃花景,仔细一闻,似还能嗅到砚台透出的淡淡桃花气。

宋静看着砚台上雕着的湖水:"这雕刻的好像是江南卢湖的春景。"

"是。"李奉渊道,"江南的桃花砚。"

桃花砚因其别具一格的香气和景色而闻名,颇受文人雅士喜爱,可谓千金难求。

宋静道:"往年太子殿下都送一些刀枪箭甲,这还是第一次送给少爷文人用的东西。"

李奉渊道:"不是给我的。"

易嬷嬷教了李姝菀几日便被李奉渊送出了府,祈伯璟多少能猜到些曲折经过。

这砚台产自江南,又刻着江南景,想来是给李姝菀的歉礼。

李奉渊将砚台放回木盒,把盒子递给宋静:"拿去东厢。"

宋静放下剑,腾出手接过:"给小姐吗?"

李奉渊"嗯"了声。

宋静不清楚李奉渊和姜贵妃之事,更想不明白太子为何会无故送礼给李姝菀,他犹豫着问李奉渊:"若是小姐问太子为何赠礼……"

李奉渊不假思索:"就说太子仁厚。"

宋静应下,又忽然想起什么似的,问李奉渊:"少爷,今日既是元宵,可要和小姐一起用膳?"

李奉渊正在端详祈伯璟送来的剑,听见这话,抬起眼皮子看了宋静

061

一眼。

轻飘飘的一眼,气势却沉。他没说话,宋静却已经心领神会:"老奴明白了。"

他拿着盒子转身往外走,心中无奈道:太子仁厚,做哥哥的却不太仁厚。

李姝菀得了一方好砚,宋静下午便去库房为她取来了余下的文房三宝。

午后天晴气清,难得见了日头,暖和的春光照入东厢。李姝菀坐在外间梨木矮榻上的方几前,柳素侍立一侧,正为她研墨。

宋静也背手站在一旁看,他道:"据说用桃花砚磨出来的墨,自带一股沁人的桃花香,小姐不妨闻一闻。"

桃花砚虽然产自江南,可绝不是寻常人家能用得起的东西。李姝菀以前并没接触过这等风雅之物,听了宋静的话,好奇地凑到砚台前轻轻嗅了嗅。

那模样乖巧,就像小狸奴嗅她似的。

柳素笑着问她:"如何?小姐可是闻到了桃花香?"

李姝菀皱了皱鼻子:"有桃花的味道,可是并不好闻。"

宋静听她这么说,拿毛笔沾了墨,送到鼻尖轻嗅。

库房里的墨条是从街上买来的寻常货,磨出来的墨汁气味过于厚重,再加上砚台的桃花香,气味杂乱,的确冲鼻难闻。

宋静放下笔,有些遗憾地叹了口气:"看来库房里的笔墨配这桃花砚,还是差了些。"

李姝菀倒是不甚在意,她提笔悬于纸面,似要落笔,可笔尖在纸上游离半晌,也没能写下一个字。

吸饱的墨汁从笔尖滴落,摔在纸上,迅速晕染成一团。

宋静见她迟迟不落笔,以为她不满意从库房取出来的笔墨宣纸,开口道:"小姐若是不喜欢,明日老奴便去街上买些上好的笔墨回来。"

李姝菀缓缓摇了摇头,她看着纸上的墨点,却是道:"这笔很好,只是我没有写过字。"

柳素和宋静听得这话,皆吃了一惊,显然都没料到李姝菀竟然不会写字。

二人不约而同地将目光投向李姝菀执笔的手,这才发现她执笔的姿势的确生疏又僵硬。

都知道李姝菀从江南来,可她从没提起过在江南的日子,也就没人知道她曾过的是何种生活。

只因她是李瑛带回来的,人人便都当她在江南的生活即便比不上将军府,也该是锦衣玉食、奴仆满院。

可细细想来,哪家小姐不是自小读书明理,又怎会如她这般谨小慎微、懵懂茫然呢?

李姝菀握着笔,试着在纸上写起来。她写得认真,可因没学过,落笔抖如微波,笔画亦是粗细不匀。

她并不着急,一笔一画写得极慢。柳素站在她身后看了看,最终见纸上写的是"黄芩"二字。

黄芩,一味常见的药材。寻常人写字,学的多是自己的名,写一味药的倒是少见。

柳素不解:"小姐为何写这二字,可是有何深意?"

"没有深意。"李姝菀道,将笔放回笔搁,回道,"我会的字很少,以前在医馆的时候,药柜上写着这两个字,看得多了,就记得深刻了些。"

这还是她头一次提起过去,宋静问:"小姐以前住在医馆?"

李姝菀点点头,不过她像是不想多说,轻"嗯"了一声就没了下文。

她看着纸上丑得离奇的两个字,似有些不好意思,握着纸边将自己的丑字卷起来遮住了。

她抬头看向宋静,温温柔柔地问他:"宋叔,你能帮我买一本字帖吗?"

字帖这东西,府中倒有许多。宋静想问一问李姝菀喜欢哪位名家的字,可一想她不会写字,估摸着也不懂这些,便直接应下:"是,老奴这就去办。"

宋静答应了李姝菀,立马便出门直奔李奉渊的书房去了。

栖云院最宽敞的房屋便是这间书房,有一整面立地顶梁的书架,架上藏书无数,许多都是李奉渊一本接一本从李瑛的书房拿过来的。

房中立有一面多扇相连的屏风作隔,将屋子分作两侧,一侧是长桌宽椅,另一侧则摆了一张极其宽大的沙盘,几乎占了半间屋子。

盘中聚沙成堆,西北大漠与大齐山河之景尽数囊括其中。李奉渊站在沙盘前,正在推演兵书中所述的战事。

宋静走进书房,并未越过屏风去到李奉渊所在的那一侧。他立在屏风后,隔着屏风开口唤道:"少爷。"

李奉渊盯着沙盘头也不抬:"何事?"

宋静直言道:"小姐想学字,老奴想来找您借几本名家的字帖。"

李奉渊隔着屏风朝宋静的方向看了一眼,淡淡道:"她让你来借的?"

李姝菀当初不过戴了他一顶帽子,之后立马洗干净给他送了回去,哪里还敢找他借东西?

宋静如实道:"不是。小姐让老奴去外面买一本,只是外面流通的字帖定然比不上府中书房的,老奴便擅作主张来问一问您。"

宋静说得有理,李奉渊还不至于小气到连几本字帖都不肯借给李姝菀,他道:"书架左侧六七层,你自己拿吧。"

宋静道:"是。"

既然开了口,宋静想了想,试探着又道:"太子送小姐的桃花砚名贵,库房里的墨条粗糙了些,不甚相配,磨出的墨也不太好闻,少爷能否再赠些墨条给小姐?"

李奉渊道:"书架左侧上方的木盒子中。"

宋静听李奉渊允得痛快,接着顺杆往上爬,又问:"库房中的纸笔也是从街上买的便宜物,少爷您能否再赠些纸笔给小姐?"

他一要再要,李奉渊失了耐性:"你不如将我的手砍下一并给她送过去。"

宋静垂眉讪笑一声:"老奴知错。"

他转身去架子上取字帖和墨条，行了几步，忽然又听见李奉渊的声音从屏风后传了过来。

"纸笔在靠墙的柜子里，沉香木盒中的笔别动，其余的你自己看着拿。"他说完顿了一瞬，又道，"这些东西以后若需再用，不必再问我。"

宋静露出笑意，温声道："老奴替小姐谢过少爷。"

正月过罢，天地渐渐回暖，身上的衣裳也薄了一层。

二月初五，学馆开了学，李奉渊每日既要去武场，又要跑学馆，比以往更忙碌。

李姝菀有时候起得早，便能看见他从武场回来，沐浴后又背着书袋出门，目光里隐隐有些艳羡。

李姝菀没提读书的事儿，但每天早晨都会一个人坐在窗前照着字帖描红临字，一坐便是几个时辰。

柳素隐约看出来李姝菀想读书的心思，便问她想不想去学堂，可她却摇头，回答说"这样就很好了"。

有笔墨可写，就已经很好了。

府里奴仆的猜想是对的，李姝菀的身世并不光彩。她是秦楼里的女人生下来的。

李姝菀出生后，被人用褴褛裹着于深夜扔到了江南一家医馆门口，身上没有任何能证明身份的东西。

但她身上的褴褛用料特别，是秦楼女子所穿的鲜艳衣衫裁成的，透着一股厚重的劣质脂粉气。

江南富饶，遍地都是吞金吃银的消遣窟。那秦楼楚馆里的女子有时怀了身孕，又不敢告诉别人，便会偷偷吃药打了，若是打不掉，就只能偷偷瞒着生下来。

李姝菀便是这么来的。

医馆名叫"寿安堂"，开医馆的郎中是个瘦巴巴的小老头，与耳背的妻子一同苦心经营着这小小一方医馆。

二人年迈，膝下无子无女，觉得李姝菀的出现是天意，便收养了她。

江南医馆众多，寿安堂地儿小，靠着给穷苦之人看病勉强谋生，其中不乏一些卖身染病的女人，很是可怜。

李姝菀自小便帮着郎中按方子抓药，方子见得多了，便认识了许多字，但写却是写不来的。

医馆每日人来人往，李姝菀见过许多病人。在她的记忆中，一个戴着面纱的秦楼女人总是频频出现。

那人并不让郎中号脉问诊，也很少开口说话，大多数来的时候都带着一张补气血的药方子，递上方子，让李姝菀给她抓两服药吃。

极偶尔时，她也会让郎中给她开一服堕胎药。而那之后，她便很少再来。

起初她半年来一次，之后越来越频繁，三月、一月、半月，到最后每七八天便来。

可哪有人的药吃得这样快，再者便是无毒无害的药，按这样经年累月地吃下去，也要吃出病来。

李姝菀年纪小，没想太多，不过收养她的郎中和婆婆却猜到这个女人或许便是她的母亲。

卖身求生的女人大都是身不由己的苦命人，自己都养不活，带个女儿更过不下去。

二人在考虑要不要将这猜测告诉李姝菀的时候，那个女人却不知为何消失了，接连好久都没再来过寿安堂。

郎中和婆婆便将这猜测瞒了下来。

再后来老郎中离世，李姝菀和婆婆二人相依为命，靠着余下的药材抓方子活了半年。

药材卖空后，寿安堂也关了门。实在没办法，婆婆便想着将李姝菀卖给大户人家做丫鬟。

横竖是条活路。

可就在这时，那个女人又出现了。本是靠身体营生的美艳女人，再见时却已容貌不再，好端端的手脸长出了吓人的斑疹。

李姝菀之前见过这症状，这是染上了花柳病。

第二章 新交

女人临死想起来认这苦命的女儿，将李姝菀的身世告诉了婆婆。

也是在那时候，李姝菀才知道自己原是秦楼女子所生。

女人时日无多，没想过要带李姝菀走，她告诉李姝菀，她写了一封信，托人送去了西北。

再后来，李瑛便来了。他给了婆婆一笔钱，将李姝菀就这么带走了。

或许是不耻李姝菀母亲的出身，回望京的路上，李瑛叮嘱李姝菀今后不要再提过去之事。

李姝菀应了下来。

他带她回了世人憧憬的望京，住进了豪奢阔气的将军府。

回来那日李瑛告诉宋静装行李的马车翻下了山崖，所有的东西都要重新置办，实际是因为李姝菀根本没有从江南带回来任何东西。

就像当初还是婴儿的她一无所有地出现在医馆的门口，后来的她也是一无所有地进了将军府。

在这里人人都称她小姐，尊她敬她，可在李姝菀心里，她却一直都活在那一所小小的寿安堂，从没有走出来过。

她从前仰仗郎中和婆婆生活，如今便仰仗李奉渊。

将军府便是她心中又一处医馆。

柳素问她想不想读书，她自然是想的，她想如李奉渊一般读书明理。

可学堂圣贤之地，她想她这样的身份是不能踏足的。

这样就很好了，李姝菀经常在心里告诉自己，她如今已经衣食无忧，日子不知道比从前好出多少。

不应该再奢求更多。

一大早，清雾漫漫，宋静喜笑颜开地来到了栖云院。

李姝菀刚用完早食，正坐在矮榻上抱着小狸奴给它梳毛。

这猫在李姝菀这儿好吃好住养了一月余，吃胖了些，原来粗糙的毛发也长得顺亮，还长了不少，一不梳理，便容易打结。

它如今性子越养越傲，不愿给旁人碰，只亲近李姝菀，梳毛这事便落到了她头上。

宋静进门，便看见李姝菀手里拿着一把小木梳，狸奴露出肚皮躺在她腿上，眯着眼打呼噜。

之前李姝菀和宋静说好等春暖后要将这猫送走，眼见春天来了，再过上一段时间天气便要暖起来，但宋静再没提过这事。

这猫本就是李瑛当初捉来给李姝菀让她开心的，她每日能因这猫露上一时半会儿的笑，便足够了。

宋静甚至觉着，便是再寻几只猫来也不是不可。

只是后来想了想，怕猫多了，夜里闹腾起来惹李奉渊烦，他又打消了这个念头。

李姝菀不知道宋静心里的打算，问过他好几次有没有寻到好人家，宋静每回都说还在寻，这一拖再拖，便到了如今。

桃青和柳素坐在一旁翻花绳，看见宋静笑着进门，问道："宋管事是得了什么好事，这样开心？"

宋静从袖中取出一封帖子，呈给李姝菀，笑着道："方才含弘学堂派人送来的，说后日开学，让小姐做好准备。"

李姝菀愣了一下："开学？"

这些日，只有柳素问过她想不想读书，李姝菀疑惑地看向柳素，柳素微微摇头，示意自己并不清楚发生了什么。

桃青也觉得奇怪："含弘学堂不是少爷读书的地方吗？"

宋静道："是。含弘学堂是杨家设在西街的私塾，杨家人丁兴旺，特意在外面买了处宅子，请了两位先生坐馆。供子女读书，后来又花大力气请来了两位大儒，是以有几户与杨家有私交的达官贵人也将子女送去那儿读书。"

他看李姝菀还是一脸茫然，解释道："将军离府前特地给杨将军留了信，托付了小姐上学一事，如今快要开学，那边便送来了消息。"

桃青不解："可少爷都上学好长时间了，怎么如今才来通知？"

宋静道："有好几个先生分别给不同年纪的少爷小姐授课，年长些的入学也要早些；像小姐这般年纪的，家里都放心不下，特意等如今暖和些了才开的学。"

这本是件好事,可李姝菀却有些犹豫。她性子卑怯,总觉得自己不配和李奉渊一般入学堂。

柳素见她不说话,问她:"小姐是不想读书吗?"

李姝菀摇了摇头:"不是。"

"小姐可是紧张?"宋静开口安慰道,"听说教小姐的那位先生性子温和,并不严苛,大多也就教一教诗词歌赋、简单的字画之类。"

大户人家的女儿没有不读书明理的,像李奉渊这般好学自律的乃是少数,大多都还是贪玩性子,就算不想学,家里也都会压着学。

世家大族,都不愿自己家中的子孙长成纨绔之徒。

虽说李姝菀乖巧,但此时见她迟疑着不肯应下,宋静也只当她和其他孩童一样不愿每日枯燥地跑学堂听天书。

他语气温和道:"将军已经安排好了,小姐就算不喜欢读书,也可去认识些朋友。"

宋静搬出李瑛堵死了路,没给李姝菀选择,于是就在惊喜与忐忑之中,李姝菀随宋静去学堂向先生送了束脩,和李奉渊一样开始了早起读书的路。

学堂设在西街,离将军府有一段路。

李奉渊会骑术,每日骑马上学。他在府中独来独往,出了府,宋静却不放心,派刘大跟着。

李姝菀坐的马车,柳素陪着她一起,刘二驾的车。

这是李姝菀来望京后第一次出府,眼下时辰尚早,还没开市,街上还很安静。

李姝菀坐在车中,低着头,手指缠弄着腰带,肉眼可见的有些紧张。

到了地方,李姝菀踩着车凳下了马车,却发现学堂外的场景和她想的有些不同。

只见门口有几个不知哪家的公子小姐瘪着嘴哭哭啼啼,正被侍女小厮哄着劝着牵进门,这学是上得半分不情愿。

更有甚者,年纪小,哭得太厉害,又坐上马车回去了。

相较之下，安静随柳素进学堂的李姝菀，倒显得有几分沉稳。

含弘学堂极大，听说还设了马场。入了大门，曲曲折折拐过几道弯，行过小花园，才见上课的地方。

几名先生教课之处隔得不远，这时先生还没来，少爷小姐们都聚在一起说话。

人不多，大大小小十来人。

望京就这么大，能把自己的儿女送来杨家私塾读书的，私底下大多都相识。众人突然见李姝菀这么一个生面孔，好奇地打量着她，但都没上前来。

这时，一个看着和李姝菀差不多大的姑娘瞧见李姝菀，松开侍女的手走过来，好奇地绕着李姝菀看了两圈。

李姝菀不明所以，有些紧张地看着她。

柳素道："这位是杨家的小姐，少爷和她哥哥关系很好。"

杨惊春打量完，站定在李姝菀跟前，咧开嘴角笑了笑："你长得可真好看。你是不是李姝菀？"

少有姑娘家说话似她这般洪亮，李姝菀一上来便挨了一句夸，有些茫然地眨了眨眼，轻轻点头："我是。"

听她应下，杨惊春热情地握住她的手，爽朗道："我叫杨惊春，我爷爷是杨炳。他常去你们府里教奉渊哥哥武艺，你有没有见过？"

李姝菀听她称呼李奉渊为"奉渊哥哥"，心里有些意外。

李姝菀本以为按李奉渊的性子，该是对谁都冷冷淡淡，现在看来似乎并不是这样。

李姝菀摇头："我没有去看过他练武，也没有见过杨将军。"

杨惊春大大咧咧地一甩手："没见过也没事，之后你来我府上玩，就能见到了。我爷爷特意叮嘱我，叫我一定要好好关照你。你若是有什么事，就和我说。"

她热情得叫李姝菀有些难以招架，李姝菀轻轻点头道："谢谢你。"

杨惊春听她说话温声细语的，似乎很喜欢她这娇滴滴的模样，看着她道："你说话真好听。"

第二章 新交

李姝菀被夸得有些不好意思，稍稍红了脸。

杨惊春越看越喜欢，伸手捏她红嘟嘟的脸蛋，又去拉她的手，开怀道："那我们就是朋友了。"

感受到手上传来温热的触感，李姝菀心头的紧张忽然消散了大半。

她轻轻回握住杨惊春握上来的手，点头："嗯。"

杨惊春和李姝菀做成了朋友，兴冲冲拉着她去认识其他同窗。

杨家嫡出只一双儿女，杨惊春和她的哥哥杨修禅。

嫡庶有别，世家大族将嫡庶之分看得很重。一般嫡出的子女自小被捧着长大，倨傲得很，不愿和庶出的兄弟姐妹玩到一起去。

杨惊春倒是不在意这些，只要是本家的兄弟姐妹，这个也叫姐姐，那个也叫弟弟，身上没一点架子，众人都很喜欢和她玩。

李姝菀被她牵着，风筝似的游窜在众人之间，上一个还没记住名字，又被杨惊春拉着去见下一个。

柳素怕李姝菀摔着，仔细跟着二人，可稍一没看住，杨惊春就拉着李姝菀溜去了别处。

杨惊春的随身侍女倒很冷静，在场十几个侍女小厮个个都紧跟着自家小姐和少爷，只有她提着杨惊春的书袋，淡定地站在一旁看着，不像柳素一般慌里慌张追在二人屁股后面跑。

柳素追得气喘，停下来同杨惊春的侍女道："你家小姐可真是活泼好动。"

对方显然早已经习惯杨惊春风风火火的性子，无可奈何地耸了耸肩："自幼便这样，以前还喜欢蹬梯子上房爬树，恨不得飞到天上去。"

柳素一听这话，顿时大惊失色，像是生怕乖巧的李姝菀被杨惊春拉着去攀树揭瓦。

对方见柳素吓成这样，连忙找补道："不必担心，那都是以前的事了，如今小姐长大了，只是在地上跑跑，很让人放心了。"

柳素这才松了口气。

李姝菀长得好看，杨惊春同别人介绍她时，总爱伸出手捏她的脸。

071

李姝菀也不躲，就站着让杨惊春捏。众人见李姝菀脾气好，也伸出手来捏她的小脸蛋。

姑娘也就罢了，有个小公子看李姝菀好看，也跃跃欲试地伸出爪子想摸她的脸。

李姝菀这时候就不肯了，会抿着唇，不情愿地偏头躲。

杨惊春如同"护花使者"，看见对方伸出手，一巴掌就拍了上去。

"啪"的一声脆响，旁边的小厮吓了一跳："少爷！"

这个年纪的姑娘比小公子们长得要快些，高一些，力气也大。

小公子被打痛了，苦着脸收回手，嘟囔道："就摸摸嘛。"

"不准。"杨惊春才不让，说罢拉着李姝菀离开了。

那小公子握着被打红的手，露牙冲着李姝菀笑。

不过也不是所有人都和善可亲。其他高门贵族送来读书的嫡子嫡女有几个性子傲气，和杨惊春说话时带着笑，对上没见过的李姝菀便要冷淡一些。

不过听杨惊春说李姝菀是李奉渊的妹妹后，又会有些惊讶地看着她，随即变脸似的换上一副和缓些的神色。

李奉渊的身份在含弘学堂的一众学生里位居一二，再者李奉渊长得格外俊朗，姑娘都喜欢好看的少年，小公子们明面不说，心底都有些艳羡他的皮囊，是以李奉渊在一众学生里很招人喜欢。

李姝菀很清楚这些人待她友善只是因为李奉渊，但别人和她说话时，她仍旧温温柔柔地回答，没表现出来分毫。

正聊着天，一人忽然看向不远处的青石路，"哎"了一声："你哥哥来了。"

她这一声也不知道是说给杨惊春还是李姝菀。杨惊春率先回过头看去，跳起来摆手唤道："哥！"

李姝菀也转身看去，看见青石路上，一个和李奉渊差不多大的少年和他一同走了过来。

十二三岁的少年，拔高个的是少数，但此人身量却和李奉渊差不了多少，在这一堆小矮个前，分外扎眼。

那人搭着李奉渊的肩，正低头和李奉渊说话，李奉渊竟也愿意让他搭着肩，二人似乎关系很好。

少年听见杨惊春的声音，抬头看过来。他和杨惊春的眉眼有三分相似，皆是明媚如火一般的妙人。

杨惊春晃了晃李姝菀的手，指着少年道："菀菀你看，那是我哥，杨修禅。"

杨修禅看见妹妹唤自己，揽着李奉渊的脖子大步往这边走。李奉渊被他拽得踉跄了一步，皱眉拉开他的手，抻直脖子，抬手揉了揉发酸的后颈肉。

就在他看见杨惊春旁边站着的李姝菀时，动作肉眼可见地顿了一瞬，显然没想到李姝菀会出现在学堂。

杨修禅看他定住不动，扯着他走过来。李姝菀望着李奉渊，轻轻喊了一声："行明哥哥。"

她的脸刚被人捏过几下，有点红。明明身处学堂，可她却像在府中一样，面对李奉渊还是小心翼翼的模样。

此时周遭有几人正看着他们，可李奉渊却并没有应声。李姝菀听见旁边很快有人窃窃私语起来，有些难堪地垂下了眼。

杨惊春大大咧咧，没察觉出什么，她见李奉渊和杨修禅的靴面有灰，问道："你俩偷偷去马场赛马了？"

杨修禅不以为意，摆摆手："就跑了两圈。"

杨惊春道："仪态不端，先生肯定又要罚你。"

她说着，见杨修禅身上像是少了什么东西，"呀"了一声："哥，你的书袋呢？又忘家里了吗？"

杨修禅微微一挑眉，脸上一股子聪明劲儿："我偷了个懒，把书袋扔学堂没带回去，这下就不会忘记了。"

杨惊春眼神一亮，有样学样："那我今后也不带。"

杨家兄妹你一句我一句，衬得旁边安静不语的李姝菀和李奉渊的关系淡漠得不同寻常。

杨修禅心思敏锐，瞧出李奉渊态度冷淡，快速看了李奉渊和李姝菀一眼。

他见李奉渊哑巴似的不出声,弯腰凑到李姝菀跟前,笑眯眯地打招呼:"这是姝儿妹妹吧,真是漂亮。"

杨惊春将自己和李姝菀握在一起的手抬起来给杨修禅看,炫耀道:"好看吧,这样好看的菀菀可是我的朋友。"

"不愧是我妹妹,真是厉害。"杨修禅夸赞道,又冲李姝菀道,"我叫杨修禅,是春儿的哥哥,你可以叫我修禅哥,哎——"

他话说一半,李奉渊忽然自顾自抬腿走了。

杨修禅看向两三步远的李奉渊,哈哈一笑:"下次聊,下次聊。"

说罢忙追了上去。

等走远后,杨修禅叹息着摇了摇头,同李奉渊道:"我真是不懂你这人,这样好看的妹妹,你还丧着个脸干什么?"

李奉渊反唇相讥:"等令尊某日也带回个这么大的女儿回来,我看你笑不笑得出来。"

杨修禅闻言乐道:"我爹背着我娘天天喝大补药呢,他才没能力弄回来什么弟弟妹妹。"

男人无比重要的面子事就这么被杨修禅给点破于外人面前,李奉渊瞥他一眼,面无表情地夸耀道:"你可真是你爹的好儿子。"

"哎,过奖,过奖。"

教李姝菀他们的先生是个中年人,学生都还是七八来岁的年纪,先生教的东西也简单。教一教诗词,学一学字画,一上午很快就这么过去了。

下课前,先生挨个点评学生写的字。

杨惊春性子欢脱,一手字却极为秀逸。在一众同窗中,她的字最是好看。

李姝菀课上同她做的邻桌,看过她的字,很是漂亮。

李姝菀自己练了半月字,没有老师指导,只能自己摸索,写得极困难,字也不算好。

第二章 新交

先生评过杨惊春的字,又来看李姝菀的字。

他知道她是李奉渊的妹妹,看过她的字后问她:"你临的是李奉渊的帖子?"

宋静当初从李奉渊那处取字帖,一股脑搜罗来好几本,名家字帖有,李瑛的字有,李奉渊的字也有。

李奉渊三岁握笔,虽是少年,笔势却遒劲有力,如游云惊龙。

先生看过李奉渊的书法,李姝菀的字虽然还未成型,但已隐隐有他的影子。

不过李姝菀却握着笔杆子摇了摇头:"是爹爹的字。"

李瑛当年给李奉渊写了一本字帖,李奉渊临过无数遍,如今又到了李姝菀手中。

先生恍然大悟:"我原先见过李奉渊的字,还奇怪他年纪轻轻为何有一股锋锐之气,原来是临的大将军的字帖。"

他说着连赞了好几声:"不错,不错。"

也不知他是在夸李姝菀临得好,还是在夸李瑛的字妙。先生说罢,又去看其他学生的书法。

杨惊春听见先生夸赞,只当是在夸李姝菀,很替她高兴。等先生走老远了,她凑过来笑着同李姝菀道:"先生夸你了,菀菀真厉害。"

李姝菀不敢认下:"先生不是在夸我,我的字不好看。"

右前坐着的一名学生听见这话,回头朝李姝菀的桌面看了一眼,见她的字如春蚓秋蛇,撇了撇嘴角,扭头和自己的朋友耳语道:"她的字分明丑得像虫爬出来的,不知道先生为何还赞不绝口。"

这人刚得了一句不高不低的评价,心情正低落,听见这话,也回头去看李姝菀桌上的纸。

隔得远,没看清,只看见李姝菀笑着和杨惊春说话,不过他自然帮顾着自己的朋友,应和道:"先生怜她今日才来,好意夸她一句,你瞧,她倒沾沾自喜起来。"

两人说完,不大高兴地将刚写好的字揉成一团扔进了书袋。

年纪小的学生下课要早一些，下午也不上课。

杨惊春和李姝菀手拉着手走在路上，路过杨修禅他们的讲堂外，忽然听见有人压低声音用气声远远唤道："妹妹。"

杨惊春回头一看，就见讲堂门外，杨修禅一个人站得笔直，头上滑稽地顶着一本书册。

杨惊春瞬间苦了脸，似嫌她哥丢人，松开李姝菀的手，快速道："菀菀，我……我先回去了。"

说完三步并作两步跑了。

李姝菀有些怔愣地看着杨惊春逃跑的背影，又回头看了看还站着的杨修禅。

她和他不算熟，冲他微微点了下头，就准备离开，不过还没走上两步，就听见杨修禅开始小声喊她："姝儿妹妹，姝儿妹妹。"

柳素失笑，道："小姐，杨公子在叫你呢。"

李姝菀想了想，朝他走过去。

室内先生还在讲学，杨修禅不知什么原因独自在这儿受罚，不过杨修禅脸皮厚，也不觉得自己丢人，见李姝菀走过来，变戏法似的从兜里掏出来一把糖："姝儿妹妹，给你。"

李姝菀不知道该不该接，有些迟疑。

杨修禅道："拿着吧拿着吧，我从朋友那儿拿的，我不爱吃甜的东西。"

李姝菀这才伸手接过："谢谢……"

今日认识的人太多，她脑子一糊，忽然忘了他叫什么名字。杨修禅笑了笑："杨修禅，你随春儿叫我一声修禅哥哥就行，不然叫我名字也行。"

李姝菀握着糖，听话道："谢谢修禅哥哥。"

杨修禅笑着摸了摸她的脑袋。

李姝菀看他头上顶着书，问他："修禅哥哥，你为什么在这里站着？"

杨修禅取下书给她看，只见书册一角残缺不全，他叹气道："我将书放在学堂,谁知被耗子啃坏了,先生看见后,便罚我站在外面。"

李姝菀有些担心:"那不听课了吗?"

"听啊。"杨修禅将书放回头顶,继续顶着。他指了指耳朵,又指指室内,笑着道:"我耳朵灵,能听见先生讲课。"

杨修禅背窗而站,正说着,他背后的窗户忽然从里面被推开了。

李姝菀一怔,往里看去,就见讲台上坐着的老先生望着她和杨修禅,显然听见她和杨修禅在外面低声说话。

室内一众学生都看了过来,而李奉渊也看着他们。

他身量高,仿佛一根早生的劲竹立在同窗里,很是显眼。

李姝菀被这么多双眼睛盯着,很不自在。她隔窗对着老先生垂首致歉:"学生知错,打扰先生上课了。"

老先生看她知礼,捋了一把胡须,并没有怪罪,缓缓道:"无妨。"

学堂就这么几位学生,老先生似乎知道李姝菀与李奉渊的关系,问她:"你是行明的妹妹?可是来寻他?"

李姝菀不知该如何回答。她知道,若她应是,李奉渊大概也不会应和她的话。

就在这时,杨修禅忽然取下头顶的书,探着脑袋伸到李姝菀面前,笑着同老先生道:"回先生的话,是我妹妹。"

李姝菀听见这话,愣了一下。

杨修禅揽下过错,继续道:"我得了几颗糖,方才看见姝儿妹妹下了课,便叫她过来,想给她吃。先生别怪罪她,要罚就罚我吧。"

老先生闻罢点了点头:"兄妹和睦,手足情深,谈何过错。你进来听课吧。"

杨修禅没想还有这好事,面色一喜:"谢先生。"

他似当真将李姝菀当作妹妹,笑着同她道:"回去吧,哥哥进去听课了。"

他称自己哥哥称得熟稔,李姝菀呆呆点头:"嗯。"

离开前,她回头看了一眼室内坐着的李奉渊,见他微拧着眉,看着眉开眼笑的杨修禅,不知脑中想着什么。

杨修禅给了李姝菀一把糖,李姝菀回去便点灯熬夜做了两只荷包,将一半糖装在其中一只里,第二日带去给了杨惊春。

而另一只荷包,她打算回赠给杨修禅,当作谢礼。

她鲜少受人恩惠,得了别人一点好便心心念念地记着,想着要早些还回去。

李姝菀虽然不善书画,但绣工却很好。医馆的婆婆年轻时是绣坊的绣娘,有着一手好绣工。李姝菀跟着婆婆学了许多针线活。

后来郎中走了,在江南最后的那段时日,她便和婆婆一起做扇面荷包卖。

她每日能做上两三个,摆在寿安堂前卖,挣得不多,不过也有几分银钱。

时间赶,李姝菀做给杨惊春的荷包小巧,恰好能将几颗糖装进去,荷包被撑得胖嘟嘟的,多的便放不下了。

她在荷包上绣了一朵春日开的垂丝海棠,抽绳编成了南瓜结,串上了一串晶莹剔透的红色细珠,很是可爱。

这般年纪的小姑娘很喜欢这类物什,越是小而精巧越好,最好一只小荷包只能勉强装上一颗糖,才惹人爱。

杨惊春得了李姝菀的海棠荷包,迫不及待地挂在了腰上,趁先生还没来,在讲堂里走来窜去,逢人便炫耀:"瞧,菀菀给我做的荷包。"

李姝菀本来还担心她会不喜欢,忐忑了好一阵,此时见杨惊春如此高兴,自己也忍不住抿唇笑起来。

她拿着书袋,走到昨日的桌案前坐下,方把书本掏出来摆上,忽然看见桌面一角有一只青色的小胖虫子。

她没忍住往后躲闪,小小惊叫了一声,下一刻,就听见前方传来了两声戏谑的笑声。

声音很低,隐藏在周围嘈杂的说话声里,听不清是谁。

李姝菀抚着胸口,这才看清这虫子不是活的,乃是画的,栩栩如生,她一眼看去还以为是一只活虫。

待李姝菀看清是一只假的,再往前方看去,已经看不出是谁在笑了。

第二章　新交

她知道这是旁人在戏弄她,只是不明白为什么。她想不通,索性不想了,轻轻抿了抿唇,默默掏出书本,温习昨日先生教的诗词。

杨惊春炫耀完新得的荷包,糖也分出去大半。她回到座位上,见李姝菀似有些不高兴,奇怪道:"菀菀,你怎么了?"

李姝菀指着桌上的小胖虫道:"这里有人画了一只小虫子。"

杨惊春从前是个喜欢爬树掏鸟窝的姑娘,多的是掏出肉虫子的经历,并不害怕。

她倾身凑过来看,瞧见是只活灵活现的大青虫,夸张地"哇"了一声,赞叹道:"像真的一样!"

她说着还用手指头摸了一下,似当真觉得这只虫子是只活物。

李姝菀点头道:"我方才也以为是真的,吓了一跳。"

"菀菀,你怕虫子吗?"

李姝菀有些不好意思地"嗯"了一声,不过又道:"不过画的不怕。"

杨惊春问她:"这是谁画的,莫不是想吓唬你?"

李姝菀摇头:"不知道。"

杨惊春字写得好,这人画得好,同窗能人辈出,李姝菀看着青虫,有些钦佩地道:"这人真厉害,我一点都不会画画呢。"

暗中画了虫子想要吓唬李姝菀的那人正偷偷观察李姝菀的反应,没想到她不仅不生气,反倒真情实意地佩服起他来,忽然心头有点别样的不自在。

不过他又忍不住支着耳朵听杨惊春和李姝菀的夸赞,听着听着,还稍稍红了耳朵,提笔在纸上偷偷又画下一只小虫子,自顾自欣赏了会儿,心道:当真有这么好吗?

上午先生一共讲两堂课,中间会稍作休息。李姝菀和杨惊春趁这时间,带着荷包一起去找杨修禅。

李姝菀和杨惊春说了昨日之事,杨惊春摇头叹气:"你见我跑得那样快,就该知道我哥找我不会是什么好事,下次可不要傻傻地凑上去了。"

李姝菀点头:"那下回如果他还在罚站,我就不过去了。"

李姝菀昨日来时扰了先生上课,今日再来便有些不自在。杨修禅的同窗见了她,笑着道:"这不是修禅兄的妹妹吗?"

李姝菀听见这话,连忙认真解释:"惊春是修禅哥哥的妹妹,我不是的。"

她心思细腻,不过杨惊春并不在意,问那人:"我哥哥在讲堂吗?"

"在。找他做什么,可要我帮你唤他?"

杨惊春抬起李姝菀的手,给他看李姝菀手上拿着的胖嘟嘟的荷包,笑着道:"给他送小荷包。"

正说着,二人身边忽然压下来一道黑压压的身影。

李姝菀和杨惊春侧头一看,见李奉渊不知何时走了过来。

他今日着一袭玄衣,乌发用玉冠高束在脑后,虽面色有些冷淡,却也挡不住一身少年英气。

撞见李奉渊不奇怪,可他停下来看着自己便让李姝菀有些诧异。

她轻声唤道:"行明哥哥。"

杨惊春见是李奉渊,忙道:"奉渊哥哥,你把荷包带给我哥吧。"

李奉渊看了她一眼,又看向李姝菀手里的小荷包,问李姝菀:"谁让你随意赠给他人荷包?"

女子赠男子荷包,赠的是相思,是男女情意。

李姝菀年纪小,送个荷包给朋友年长的哥哥,一般人看来也不觉得有什么。不过李奉渊是个小古板,自然不准许李姝菀做出这种事。

他口中的"他人"指的是男人,可杨惊春听了,却觉得也包含自己。

她以为李奉渊小气,不准李姝菀将做的漂亮荷包往外送了,连忙伸手捂着自己的小荷包,警惕地看着李奉渊,往后退了两大步,那模样好似李奉渊要把李姝菀送她的荷包抢回去。

李姝菀有些茫然,问李奉渊:"不能送吗?"

李奉渊皱了下眉头,斩钉截铁:"不能。"

李姝菀和杨惊春年纪还小,不太明白其中道理,李奉渊也不解释清缘由。

李姝菀低低"哦"了一声,想着今日不能回杨修禅的好意,有些失落地低下了头。

李奉渊见她应了声，只当她打消了念头，抬腿便走，不过走了两步，又转身回来，朝她伸出手："给我。"

他像是上课收缴学生玩具的先生，李姝菀眨巴眨巴眼睛，只好轻轻把荷包放在了他掌心。

小小一只荷包，精致小巧，不及他巴掌大。

李奉渊看了一眼，将荷包往怀里一揣，冲李姝菀道了声"回去上课"，说完转身走了。

杨惊春亲眼看着李奉渊把李姝菀的荷包收走了，有惊无险道："还好我躲得快，不然我的荷包也要被他拿走了。"

她不死心地问李姝菀："菀菀，你以后还能给我做荷包吗？"

李姝菀不想她难过，可又不敢不听李奉渊的话，一脸为难："可是行明哥哥不让。"

杨惊春摸了摸腰上的小荷包，深深叹了口气："好吧……"

春芽萌生，天地换景，草木一日一高，少年也一日一长。

李奉渊这日早上起来，嗓音突然变得格外沙哑。

他自己起初并没察觉，临出门吩咐宋静这几日若日头盛，将他的书拿出去晒晒，宋静这才听出他声音不对劲。

近来气候多变，早寒午暖，宋静还以为他染了病，连忙请来了郎中。

郎中仔细瞧过，说这是到了换声的年纪，叮嘱李奉渊平日少言少语，勿大声吼叫，连服药都没开，便挎着药箱走了。

往常李奉渊一般比李姝菀早些出门，二人虽都在含弘学堂上学，但从来都走不到一处去。

今日李奉渊一耽搁，出门便迟了些，难得和李姝菀一同出门。

不过上了街，李奉策马一奔，李姝菀便又被远远甩在了后面。

李姝菀上学也有一月多，没一回是和李奉渊一起到的学堂，二人便是偶尔在学堂遇见，也不会说什么话。

李奉渊和杨修禅是好友，李姝菀又与杨惊春关系亲近，这四人便免不了被人拿来比较。

渐渐地，其他学生便瞧出来李姝菀和李奉渊关系疏远。

几位因李奉渊而与李姝菀交好的学生也因此态度冷淡，甚至私下生出闲话，议论起李姝菀的身世。

李奉渊出生时，将军府摆了三日盛宴，李瑛逢人便吹嘘自己得了麟儿。

然而李姝菀却是突然出现，在今年年前，望京里无人听说过将军府还有这样一位小姐。

仿佛一夜雨后忽然从地里冒出来的菌子，说出现就出现了，在这之前一点儿风声都没听见，连娘亲也不知道是谁。

即便李姝菀是个庶出，但按李瑛的身份，她娘亲的家世也不会差到哪儿去。

如此不清不楚，莫非身世低贱到见不得人。

不过这话旁人也只在私底下偷偷说上两句，不会大张旗鼓地到李姝菀面前去问。

李姝菀偶尔听见几声闲言碎语，也只装聋作哑当没听见。

她仿佛无事人般半点不给回应，多嘴之人说了几回没了新鲜趣儿，渐渐也就不说了。

柳素随着李姝菀去了学堂，家中的狸奴便由桃青照顾。

它吃得多，一日吃三顿，夜里偶尔李姝菀还要给它加顿小夜宵，半岁不到，吃得脸圆肚肥，胖了不少。

桃青事忙，顾不过来这位小祖宗，便将一些简单的活计安排给了栖云院新来的小侍女。

狸奴警惕心重，往日从不靠近这几位新来的侍女，如今春日到，想小母猫了，倒对她们亲近了些。

这日小侍女照常收拾狸奴吃饭用的小猫碗，它"喵喵"叫着，贴在她脚边蹭来蹭去。

可惜今日这位小侍女不大喜欢猫，见自己裙摆被蹭上了毛，屈肘就把它推开了:"一旁去。"

狸奴身子一倒,耍赖躺在地上,冲她翻开了肚皮。

小侍女并不理会,它叫了两声,站起身,抖着尾巴又蹭了上来,用毛茸茸的脑袋去蹭她的手。

小侍女瞧出它这是发情了,猛缩回手,一脸恶心地伸脚踢开它:"滚远些。"

不料还没缩回脚,忽听一阵水声,小侍女只觉脚上一阵湿意,随后一股子浓厚的尿骚味冲进了鼻腔。

这鞋子是府里才下发的,总共就两双,侍女眼下被尿了一脚,顿时汗毛耸立,忙拎高裙摆避免沾湿。

她万般可惜地看着自己打湿的绣鞋,左看右看,实在气不过,又恼又恨地踢了狸奴一脚:"你这乱尿的小畜生!"

狸奴毫无防备,一脚被踢出许远,"咚"一声撞上椅腿。

它吃疼,站起来,浑身毛似刺猬般炸开,张嘴冲她"喵"了一声,如一道影钻出了房门。

桃青特意吩咐过,无人看管时狸奴绝不能出东厢,便是它要去外面玩,也得拴绳,别让它跑丢了。

侍女一惊,顾不得自己湿透的鞋,忙起身追出去找,不料只见廊上几个延伸向书房的湿梅花脚印,不见狸奴踪影。

今天日头足,院里晒了一院的书,书房的门此刻半开着,小侍女往书房一看,暗道一声"不好",忙跑了过去。

平日没有准许,这书房是绝不准她们进去的,可小侍女害怕这狸奴闯出祸事,环顾一圈见四周无人,咬牙溜了进去。

她一进门,便见狸奴缩在书架子底层,瞪着一双眼睛警惕地望着进来的侍女。

她心中慌张,却假意做出温和神色,弯腰慢步走向狸奴,放柔声音哄道:"好狸奴,快过来,到我这儿来。"

猫虽只是畜生,可不蠢,它才受了她一脚,哪会信她,见侍女朝它走来,装腔作势地弓高了背。

侍女张开手，猛朝它扑去，狸奴灵活地从她臂下一钻，她便扑了个空。

侍女紧追过去，狸奴立马疯了似的在房中飞蹿，慌不择路跳上墙边柜子，一脚踢翻了柜子上的烛台。

膏油顿时如水流出，铺洒柜面，瞬间烧成一团烈火。

明亮火光映入眼瞳，侍女惶惶往后退了一步，满目惊色。

她还没反应过来，那猫便受惊又从门缝飞跑了出去。

待她追出来一看，正见它跑回了东厢。

书房外立有太平缸，侍女正准备打水救火，可当她透过窗户纸看见那房中红烈的火焰后，又突然改了主意。

她慌张回到书房，跪在地上快速用袖子擦去自己和猫留下的脚印，随后假装无事发生，在人看见之前，回到了东厢。

午时，繁闹嘈杂的街市上，刘二驾着马车，缓缓往将军府去。

李姝菀坐在马车里，手里捧着本诗册，翻到了先生今日刚教的这页。

她想着在回府的路上将新学的诗背下来，可此时日头正暖，马车又晃晃悠悠，才背上几句便催得她发困。

柳素劝道："小姐若是困便睡吧，读书也不急于这一时半刻。"

可李姝菀一听，歪倒在靠枕上的身子又坐直了，看着书逞强道："不困的。"

然而看上两眼，眼皮子又垂了下去。

忽然，车前驾马的刘二瞧见一名将军府中的仆从神色匆忙地在街上跑，他忙勒马停下，出声叫道："欸欸，等等，你做什么去？"

不过那人跑得太急，人没叫住，急停的马车反倒将李姝菀惊醒了。

手中书本落地，她受惊睁开眼，身子也往前歪去。柳素手疾眼快地扶住她的肩，隔着车门责备道："怎么突然停下，险些摔着小姐。"

刘二不好意思地挠了挠头："我方才看见府里的一名奴仆慌张地跑了过去。"

柳素推开车窗往外看去，街上人影憧憧，并没瞧见人。她问刘二：

"看清了吗？"

"青天白日，应当没看错，是栖云院的小厮。"刘二道，"只是我看他神色慌张，像是出了什么事。"

李姝菀听得这话，再困倦的脑袋也醒了，她轻声问："是往学堂的方向去了吗？"

刘二惊讶道："对，是转了个弯，往学堂的方向去了。小姐如何知道？"

"既是栖云院的小厮，应当是去学堂寻行明哥哥。"李姝菀喃喃，心头忽然生出一股不祥的预感，同刘二道，"快些回去看看。"

刘二一甩马鞭："是！"

刘二驾车的速度已经够快，可未等抵达府门，两匹赤红色的骏马先一步疾驰而至，停在了侧门外。

刘二看见马上的人，惊道："那人当真是去学堂找少爷了。不过杨少爷怎么也来了？"

李姝菀听见这话，扶着车门弯腰钻出马车，正看见李奉渊和杨修禅翻身下马。

在看见李奉渊的脸色后，李姝菀倏然怔了一瞬。

她上回见李奉渊的脸色这般阴沉还是初来将军府那日，他与李瑛在祠堂起了争执的时候。

李奉渊下马后半步未停，将缰绳扔给身旁的杨修禅，大步进了府。

杨修禅捧着缰绳，有些无奈地叹了口气，把缰绳交给了门口的马奴。

他正要跟着进府，忽然听见身后有人唤他："修禅哥哥。"

杨修禅回头，看见李姝菀快步朝他走来。她看了看已瞧不见影的李奉渊，神色有些担心："发生了何事？"

杨修禅见她满面茫然，诧异道："你还不知道吗？"

李姝菀轻轻摇头。杨修禅解释道："方才将军府的奴仆来学堂，和奉渊说府中走了水，烧毁了好些东西。"

李姝菀愣道："何处？"

杨修禅苦笑一声："你猜一猜？"

李姝菀没想到这时候他竟还有心思开玩笑。她想了想，问道："是他的寝房吗？还是祠堂？"

"倒也不至于祠堂这般严重。"

李姝菀稍微松了口气，不过下一刻，又听杨修禅摇头叹息："不过若是他的寝房便好了。是他的书房。"

李姝菀强装镇定，吞下惊声，柳素倒没忍住感慨了一句："天爷，这可怎么得了！"

李姝菀和杨修禅行至栖云院门口，还没进去，一股浓烈的烧焦的木头味便涌入了鼻中。

李姝菀快步进院，猛然被眼前的场景吓了一跳。

只见四四方方的庭院中，黑压压俯身跪了半地的仆从，桃青也在其中。

而另半边庭院，则摆着一地被火烧过又被水浸湿的书册和柜架。

书房的火已经熄灭，书房外表看似安然无恙，可仔细一瞧，有两扇窗户已大半被烧成了黑木。

混着灰烬的水缓缓从书房门口流出，片絮状的黑色灰烬飘飞在明媚的日光中，一片惨状。

庭院中央，有一只半人高的表面被烧得焦黑的木柜。

李奉渊就站在那木柜前，手里拿着一只从柜中取出来的一尺长半尺宽的已经被熏得看不出原貌的木盒。

盒中不知装着的是何紧要之物，他拧眉打开盒盖，正要取出里面的东西，在看见指上沾染的黑灰后，朝一旁站着的宋静伸出手："帕子。"

他声音低沉，辨不出喜怒。宋静连忙掏出白帕递给他，李奉渊将手擦净，这才去碰里面的东西。

盒有双层，上面一层铺着柔软的锦缎，中间躺着一支笔，白玉杆，细狼毫，不可多得的佳品。

李奉渊见笔无碍，手竟有些抖。他取出放笔的隔层，只见下面还装着厚厚一叠信。

柜子烧成这般模样，里面信的边角已被熏得发黄，但好在并未烧起来。

而每一封信上都写着一列字,吾儿行明"某"岁启。

李姝菀隔得远,看不清信上的字,但她看得出李奉渊有多重视这些信件,也大概猜出了是谁写下了这些信。

李奉渊将盒中的信尽数取出,正反两面都看了一遍,见信件无碍,这才闭上眼,颤着手松了口气。

他将信与笔收回盒中,盖上木盒,沉着脸看了眼这一地烧得不见原貌的书册。

阳光照在他沉冷的面庞上,春光都好似映出了一抹寒。

久在栖云院做事的人颤抖着伏低了身,而那些新来的奴仆似乎还不明白接下来要发生什么,神色惊惶地面面相觑。

李奉渊转身垂眸扫向跪了一地的仆从,声音冷如冰霜:"今日是谁进了我的书房?"

在李姝菀住进栖云院之前,栖云院冷清,却也安宁。

寥寥几名仆从各司其职,数年来没有丝毫调动。没有惊扰,自然也没有差错。

书房莫说失火,便是一只虫子都不会多出来。今日这火骤然烧起来,在人为,而非巧合。

李奉渊一问,伏地的仆从无人敢应声,仿佛一旦开口,这过错就背在了自己身上。

一旁的宋静见此,率先对李奉渊道:"回少爷,老奴今日进过几趟书房,将书架上的书取出来晒了晒。"

他语气低缓而沉着,并非请罪,而是以身作则,给地上的这帮吓蒙了的仆从打个样,告诉他们只要实话实说,若是无罪并不会平白无故地受罚。

一名聪明伶俐些的小厮明白其意,声音发颤地跟着道:"回少爷,奴才……奴才今早进书房擦了书架上的尘灰。当时……当时宋管事也在。"

"奴婢也搬了书册……"

"奴才擦了地面……"

"奴才也……"

其他人也接连承认,但无一例外,没人认下是自己纵燃了这场突如其来的大火。

宋静一问,都说只见书房大火燃起,不知是何时燃的火。

可众人也知道,今日若找不出纵火的人,这院子里跪着的,没一个逃得脱责罚。

院子重新安静下来,寂静的恐惧再次笼罩在众人头上。

而李奉渊在问了那句话后,从始至终都没有开口,锐利的目光一一扫视过低伏在地的众人,最后锁定在了一名侍女身上。

忽然间,他抬腿动起来,步伐所至之处,奴从皆颤颤巍巍伏低了头颅。

那侍女看着最终停在自己面前的皂靴,本就惊慌乱跳的心脏瞬间震若擂鼓。

她心虚地压低了身躯,努力将自己缩成一小团,可冷如寒冰的声音还是从她头顶降了下来。

"火烧之时,你在何处?"

声音一出,冷汗瞬间湿了她一背,可她仍强装镇定,颤着声音道:"奴婢听……听桃青姐姐的吩咐,在房中喂狸奴。"

宋静猜李奉渊看出这侍女有所不对劲,他问道:"桃青,可有此事?"

桃青声音也抖得厉害,立马应道:"回管事,奴婢的确吩咐了此事。"

那侍女稍稍松了口气,可下一刻却又听桃青快速撇清关系道:"不过那时奴婢并不在栖云院,并不知其中经过,等奴婢回栖云院时,火已经烧了起来。"

小侍女听得这话,不可置信地看向了桃青,似乎不明白她为何要将事情撇得这样干净。

随即她又忍不住多想桃青是否知道了什么,才会多此一句。

李奉渊看出这侍女紧张得诡异,目光扫过侍女握在手中一直没有松开过的袖子,突然抬腿踢向了她的手肘。

第二章　新交

这一脚踢在筋骨处，用力不重，却叫她瞬间失了平衡。

侍女痛叫一声，身体控制不住地往旁边倒去，紧握的掌心一松，收在掌心的袖口暴露在眼前。

她下意识拢住衣袖，慌慌张张就要爬起来，可左臂却麻痹不堪，半点使不上力，只得眼睁睁看着李奉渊用靴尖将她皱巴巴的袖口一点点碾开展平。

只见雪白的袖口上留下一片擦地后的污迹，其中灰黑色的油污分外明显。

而这栖云院，只有李奉渊的书房中有两盏油灯，油中添了驱虫的香料，为的是防书册生虫。

侍女眼见败露，面色惊慌地抬头看向李奉渊和宋静："不是我，不是——"

李奉渊没心思听她辩解，转身冷声丢下一句："杖三十！"

这侍女年不过十五，三十杖一受，怕是不剩多少气可活。

李姝菀闻言吃了一惊。她来将军府这么久，府中向来一片祥和，从未有人受过罪罚，更不知责罚如此之重。

侍女一听这话，脸上的血色顿时褪了个干净，她颤颤巍巍单臂支撑着向前爬，求饶道："少爷，少爷！奴婢冤枉！是小姐的狸奴纵的火，奴婢冤枉啊，奴婢只是去将它抓回来啊！"

这话一出，李姝菀还未出声，她身后的柳素便立马竖眉怒目地呵斥道："放肆！竟然牵系小姐！这狸奴一直关在房中养着，怎会跑出来！"

侍女自然不肯认，她面若白纸地看着李奉渊，狡辩道："奴婢并未撒谎！奴婢一时未看住狸奴，叫它跑了出去。奴婢在书房外将它找回来，见它爪子上有油，便擦了一擦，当时并不知它烧了书房啊！少爷明察！"

李奉渊停步，垂眸看向趴在他脚边的侍女。侍女见此，以为李奉渊听信了她编造的谎话。

入府一月多，她从不少人口中听说过李奉渊厌恶李姝菀，也知道李奉渊并不喜欢狸奴，不然李姝菀也不会常将它关在房中养活，连东厢的门也出去不得。

她忍不住心存妄想：若是她将过错全推到那狸奴身上，或许就不会受罚了。

她看向宋静，楚楚可怜道："管事救我。"

宋静轻叹口气，入东厢，将李姝菀的狸奴抱了出来。

他走到李奉渊面前。那狸奴一见侍女，忽然嘶声叫着用力挣扎起来，险些从宋静手中逃脱出去。

宋静捏着它的脖子拖着它的后腿，抬起狸奴的后爪一闻，面色稍凛，下意识看了李姝菀一眼，随后才同李奉渊道："少爷，狸奴的爪子上的确有膏油气。"

李姝菀闻言一怔，下一刻便见李奉渊回头，面色冷淡地睨向了她。

他面色冷肃，李姝菀迎上他的目光，禁不住往后退了半步。

她仿佛回到了当初在廊下被他羞辱那日。

杨修禅看李姝菀神色惶惶，似乎怕极了李奉渊，伸手撑着她的背，出声安慰道："别怕，奉渊他明辨是非，不会错怪你的狸奴。"

虽这么说，可谁知道狸奴是否被错怪，倘若当真是它无意打翻了油灯，还有的活吗？

那侍女心生希冀，继续为自己辩驳："少爷明察，奴婢冤枉——"

李奉渊看着靴上一双白净纤细的手，换作旁人，见侍女年幼，多少会动两分恻隐之心。

可李奉渊绝非心软之人。

"狸奴是在你的看顾下逃了出去，你有何冤枉？"

侍女被他这一句问得哑口无言，半晌后才喃喃："可我只是放走了狸奴，并未失手烧了书房……"

她骗得连自己都信了，神色悲切地磕头求饶："少爷，是那狸奴的错，是小姐的狸奴踢翻了烛台！"

知错不改，还将过错推诿到主子身上。

宋静可恨又可惜地摇了摇头。

李奉渊冷漠地看着她，退后一步甩开她的手，唇瓣一动，沉声吐出一句："拖下去，乱棍打死。"

第二章 新交

　　李奉渊的书房起火，杨修禅本是因担心他才跟来将军府，最后却安慰起被迫见证了一场残忍生杀的李姝菀。

　　那纵火的小侍女被小厮拖出栖云院，压在院门外受刑。

　　腕粗的实木棍一棍接一棍砸在她瘦小的身躯上，既是冲着要她性命去，行刑之人便半点没收力，使足了蛮劲砸下来，似要连骨头都打断。

　　那小侍女扯开嗓子叫得撕心裂肺，其他仆从站在院中听得心惊胆战，却无一人敢出声。

　　宋静在一旁监刑，故意没堵侍女的嘴，惩一儆百，该让全府的人都知道纵火的下场。

　　柳素将李姝菀扶进了房，可单薄的门板挡不住侍女的惨叫，杨修禅见她脸都白了，心生不忍，伸手捂住了她的耳朵。

　　温热的手掌覆上来，李姝菀坐在椅中，睁着双干净澄澈的眼怯怯地看着他，像她那被吓着了的小狸奴似的。

　　杨修禅冲她笑了笑，安抚道："别怕，别怕。"

　　杨修禅的父亲有好些妾室。后院女人多，半生困在一方狭窄天地，难免生出许多是非。杨修禅自小便见识过他母亲的雷霆手段。

　　一个蓄意纵火还试图推罪给主子的侍女，不处死反倒留着才是奇怪。

　　可李姝菀自小在寿安堂，跟着老郎中做的是救死扶伤的善事，今日亲耳听着一条活生生的性命就要被打死，吓得脑子都不清醒了。她怔怔地看着杨修禅脸上的笑意，不知道他怎么笑得出来。

　　那侍女的哀号一声比一声弱，打了几棍，嗓中仿佛含着血，求饶声也开始变得含糊不清。

　　可如此一来，那棍子砸在肉身上的声音便越发明显。

　　似乎已经打碎了皮肉，砸在了骨上，声声闷响传入寂静无声的栖云院里，每砸一下，李姝菀便控制不住地抖一下，那棍子像是敲在了她自己身上。

　　她红润的眼眶里噙着泪，湿了眼睫毛，似嫩花瓣尖上挂着的露珠，将落不落地坠着。

杨修禅忽然想起自己家里那虎头虎脑的妹妹。

他那妹妹平日天不怕地不怕，闯了祸被训斥了，亦是号啕大哭，鼻涕混着泪，要叫所有人都知道她受了委屈。

要不要人哄另说，总之声势得做足。

杨修禅原以为姑娘都该像杨惊春那样，如今见了李姝菀，才知道原来有的小姑娘哭起来是安静如水。

明明怕得很，却哭得不声不响的，楚楚可怜，任谁看了都不忍心。

他心中轻叹，越发想不明白李奉渊是怎么舍得对这么乖巧的小姑娘摆冷脸。

他屈膝蹲下，手掌捂着李姝菀的耳朵，让她的脑袋轻轻靠向自己肩头，像在家哄杨惊春似的，开口哼起曲儿来。

是江南的小调，婉转动人，低缓温和的声音阻断了侍女的惨叫，李姝菀眨了眨湿润的眼睛，过了好久，轻轻将下巴靠在了他肩上。

她闻到了一股淡淡的檀香。

在这一刻，李姝菀忽然觉得杨修禅比李奉渊更像兄长。

杨修禅察觉到肩上的重量，抬眸给柳素使了个眼色。

柳素顿悟，快步出门去找宋静，俯在他耳边说了几句话。

宋静了悟，叫执棍的小厮退下，换刘大刘二来行刑。二人力气大，几棍子下去，吊着一口气的侍女很快便彻底没了气息。

杨修禅听外面安静下来，哼完一曲，将手从李姝菀耳朵上挪开，还掏出帕子给她拭了拭泪。

李姝菀哭过，声音有点糯："谢谢修禅哥哥。"

杨修禅笑笑，看了看帕子上的水痕，心想着待会儿得拿去给李奉渊看看，让他瞧瞧把小姑娘吓成了什么样。

宋静处理了侍女之事，站在庭院中训诫仆从。

桃青看管狸奴失责，罚了三月的工钱；其他在栖云院当差的一干人等，未能及时发现火势，罚一月的工钱。

比起那侍女的下场，众人只觉得庆幸。

桃青尤甚。她知道，若非自己是李姝菀的贴身侍女，定然要挨上几棍才能了事。

李姝菀偏头听着宋静在外头训话，似在思索什么。

过了一会儿，宋静抱着洗干净爪子的狸奴从门外进来，柳素扶着跪肿了膝盖的桃青跟在身后。

这狸奴今日受了惊吓，眼下蜷着尾巴畏畏缩缩，看见李姝菀后，也只细细叫了一声。

宋静想着把狸奴抱来哄一哄李姝菀，没想人已经被杨修禅哄顺了。

他颇为感激地看了一眼杨修禅，将手里的狸奴抱给李姝菀："小姐，洗干净了。"

狸奴朝她伸出爪子，想爬她怀里躲着，可李姝菀却没有伸出手。

她抿了抿唇，似下定了决心，同宋静道："宋叔，你帮它找个好人家吧。"

宋静闻言愣了一下，杨修禅也有些诧异："这样乖的狸奴，不养了吗？"

李姝菀声音很低："不养了。它不是很乖。"

它如果乖，就不会烧了行明哥哥的书房。

李姝菀看重这狸奴是众所周知的事，她明显心有不舍，言语间却没有转圜的余地。

宋静想着还劝一劝，可一看李姝菀的神色，也只是缓缓点了点头："老奴知道了。"

杨修禅看这狸奴四肢有力，想了想，同李姝菀道："硕鼠在学堂打了窝，你若愿意，将这狸奴养在学堂，每日上学也能看见它。"

李姝菀将这狸奴养了这样久，不用与它分开自然是好，她眼睛一亮，可又有些担心："它若闯祸又推翻了烛台该怎么办？"

杨修禅一耸肩："老鼠早推翻过不知多少回烛台了，也不差它推倒两次。"

宋静觉得这法子甚好，问李姝菀："小姐觉得如何？"

李姝菀迟疑着点了点头，不放心地嘱托道："若哪日它在学堂闯了祸，用不着它抓鼠了，修禅哥哥你可以把它给我，我再给它找好人家。"

她这番模样活像一位嫁女儿的母亲，杨修禅揉了揉她的脑袋，笑着应下："好。"

杨修禅回去后认认真真挑选了个良辰吉日，呈帖下聘，将狸奴聘去了杨家的学堂。

学堂幽静，讲堂外有一处花园，草木茂盛，虫鸟也多。狸奴每日捕鸟逐虫，比从前在栖云院关着还快活许多。

枯燥乏味的学堂里忽然多出一只活泼好动的狸奴，学生们都很是新奇，争着抢着想同它玩。

不过狸奴的性子还是和从前一般孤傲，不愿让旁人搂抱，只喜欢亲近李姝菀，有时候上课也跑来她脚边蜷着睡。

它不吵不闹，先生看见了，也只睁一只眼闭一只眼，并不赶它出去。

这日下课休息的间隙，几人围在李姝菀桌案旁和狸奴玩。

一人轻戳它的肚腩，夸一句"好肥的肚子"；另一人摸它的胡须，赞一句"好圆的脸"。

春日发困，狸奴窝在李姝菀的书袋上打盹，任由一只接一只的小手摸它耳朵抚它脑袋，支着耳朵听周围叽叽喳喳吵闹，却懒得不肯睁眼。

李姝菀本打算温习方才课上先生教的词，此时被这么多人围着，有些不自在，索性将狸奴抱起来放在桌上，自己溜到一旁去看杨惊春和别人翻花绳。

一位小小姐好似很喜欢狸奴，摸着摸着就想去抱它，不过才搂上狸奴的肚子，它却睁开眼不乐意地冲她"喵呜"了一声。

它从她怀里钻出来，左右一看，不见李姝菀，直接跳下桌从窗户跃了出去。

一人见狸奴跑了，遗憾道："它不让你抱呢。"

这小小姐叫万胜雪，是万侍郎家的姑娘，年仅六岁，是学堂里年纪最小的姑娘，在家中骄纵惯了。

她有些抹不开面，甩袖轻哼一声："不抱就不抱，我才不稀罕呢。"

第二章　新交

她性子傲，嘴上虽这么说，但第二日来学堂时，却从家中抱来了一只胖嘟嘟的狸奴。

她那狸奴通体雪白，毛比李姝菀那只狸奴的毛还要长一些，双眸异色，很是漂亮。

最要紧的是，这狸奴性子温顺黏人，谁都能抱住，半点不反抗。

万胜雪也学李姝菀上课时将狸奴放在身旁，下了课，众人得了新趣儿，便丢下李姝菀，围着她去了。

她颇为得意地看了眼李姝菀，杨惊春见她满面神气，同李姝菀道："菀菀，她好像在同你炫耀呢。"

李姝菀正给狸奴梳毛，闻言抬头看向被众人拥簇的万胜雪，茫然道："有吗？"

杨惊春点头："不然为何她今日也带一只狸奴来学堂，还总是抱着狸奴在你面前晃来晃去？"

李姝菀想了想："许是她觉得她的狸奴好看，想带狸奴给别人瞧瞧。"

杨惊春觉得这话也有道理，思忖片刻，兴奋道："既如此，那我明日把我院中的狗也带来给你们瞧瞧！"

李姝菀听杨惊春说过她养的狼犬，身长五尺，体若雄狮，极其凶狠，忙劝她："要不……要不你还是带一只兔子来吧？"

杨惊春叹气："可我家里除了锅中的那只，没有别的兔子啊。"

万胜雪抱着狸奴来学堂玩了几日，两只狸奴渐渐混熟了。

这日先生正上着课，忽听见窗外响起几声凄惨的猫叫，宛如鬼嚎，吓了室内的学生一跳。

李姝菀和万胜雪一听这猫叫声，有些担心地望向了门外。

二人不约而同站起身，万胜雪正要出门去看，却听身后李姝菀同先生行礼请示："先生，那好像是学生的狸奴，学生想去看看。"

万胜雪反应过来，迈出去的步子又收了回来，也同先生道："先生，学生也想去看看。"

先生抬手示意二人坐下："少安毋躁，我先去瞧瞧。"

他放下书卷,起身出门,循着猫叫声看去,只见廊上的褐漆木柱下,发了春儿的狸奴翘着尾巴叠在一块,那金毛的骑着雪色的,两只狸奴兽性大发,正行春日放纵事。

靠窗的学生们坐不住,推开窗户探头往外望,木柱挡住了视线,他们只瞧见狸奴的上半身。

学生年纪还小,不懂男女之事,看见上面这只狸奴咬着下面那只的后颈,发出低沉的呜呜声,而下面那只仰头叫得悲惨,以为两只狸奴打了起来。

一人好意同万胜雪道:"万姑娘,你的狸奴被打了。"

万胜雪一听,急急奔过去往窗外看,果不其然见自己的狸奴被李姝菀的狸奴压在身下。

她心急道:"朝朝!"

声音一惊,李姝菀的狸奴知道做了坏事,顿时一溜烟窜远了。

而万胜雪的狸奴惨叫一声,可怜巴巴地仍趴在原地。

万胜雪见此,又气又急,回头狠狠瞪了李姝菀一眼。

李姝菀平白受她一记厉眼,有些无辜地抿了抿唇。

先生见两只狸奴已经分开,上前将万胜雪的狸奴抱回给她,轻咳一声,同她道:"明日不要带它来学堂了。"

万胜雪心疼地摸了摸狸奴被咬湿的后颈毛,等着先生的下一句。

然而先生却转身回了讲台,让众人坐好,继续上课。

万胜雪听没了下文,咬了咬唇,不甘心地指着李姝菀道:"那她的狸奴呢?她的狸奴也不该带来学堂才是。"

先生道:"那是学堂的狸奴,不是李姑娘的。"

万胜雪不听:"那狸奴日日黏着她,旁人抱都抱不得,怎么就不是她的了?"

先生不知道这狸奴是从李姝菀那儿聘来的,解释道:"那狸奴的确是学堂的狸奴,只是或许喜欢李姑娘。"

万胜雪听这话瞬间红了眼,抱着狸奴号啕大哭起来,抹着泪道:"不公平!先生偏心,先生偏心!"

她一哭,其他年龄小些的学生也张嘴跟着哭。

李姝菀急忙从自己的书袋里掏出做给狸奴吃的小鱼干,上前递给万胜雪:"万姑娘,别哭了。"

"谁要你的东西!"万胜雪恶狠狠道,说完却听见怀里"嘎嘣"一声脆响,低头一看,见自己的狸奴不争气地伸长了脑袋,已在吃李姝菀手里的鱼干。

她愣了一下,随后哭得愈发大声,夺过李姝菀手里的鱼干,一边哭一边喂狸奴。

先生一见场面失控,高喊了两声"肃静",没见起作用,只得暂作休息,让各家候在外面的侍女小厮进来,哄起自家的小主子。

他站在廊上,听着屋中号哭之声,想起自己那花甲之年便白了发的老师,长叹一声,忧心忡忡地摸了摸自己的青鬓。

狸奴打架一事后,万胜雪告了好些日的假。

她本来年纪就小,一日两日不来,学生们只当她在闹脾气,后来十来日都不见她来学堂,众人便猜测着她是不是不再来了。

李姝菀心里有些歉疚,觉得是因为自己的狸奴欺负了她的朝朝,万胜雪才一再告假。

这日晨时李姝菀来学堂,下意识往那方空了许久的桌案看了一眼,竟看见万胜雪在位置上坐着,此刻低头执笔,正在习字。

她终于放下芥蒂肯来学堂,李姝菀压在心头的石头骤然一松,想了想,缓步走过去,打算为那日之事同她致歉。

不过未等走近,就见她抬起头来提笔添墨,李姝菀愣了一下,这才看清她并不是万胜雪,而是另一位身形与万胜雪相似的姑娘。

李姝菀有些失望地抿了抿唇,往自己的位置上走。

这时,她忽然听见身后传来一声恼喝:"你怎么坐这儿?!"

李姝菀下意识回头,还没看清来人,左肩便被人重重撞了一下,身体一歪,若非扶稳了手边柱子,眼看就要摔倒在地。

李姝菀抬眼看去,看见一道气势汹汹的身影从她身侧快步行过,冲着那坐在万胜雪位置上的姑娘跑了过去。

撞她的人叫姜闻廷,吏部尚书家的公子,他父亲与万胜雪的父亲同在吏部当差。

其父官高一级,他的性子亦比万胜雪还傲上几分。

李姝菀听人说过,他喜欢万胜雪,总想和万胜雪一块玩,不过万胜雪并不喜欢他,在学堂对他也是爱搭不理。

万胜雪没来学堂的这些日子,他成日闷闷不乐,见了李姝菀更是没有好脸色,时常找她麻烦。

不是经过她桌案时刻意碰掉她的书笔,就是在课上趁没人注意时冲她扔小纸团。

李姝菀很不喜欢他。

姜闻廷快步跑到万胜雪的桌案前,皱着眉头,冲着坐在万胜雪位置上的姑娘生气道:"你为什么坐他人的地方?!你起来,回你自己的位置去。"

学堂里十几张桌案,学生们向来是随意坐,只是因一个位置坐习惯了,身边也都是相熟的好友,所以平日并无人换地方。

那姑娘不太想回自己之前的位置,握着笔坐着没动,解释道:"春来日晒,窗边的日光晒得我脸都黑了,我想要坐这里。"

她好声好气,姜闻廷可不会听,他心里只想着这是万胜雪的位置。

姜闻廷伸手拽那姑娘:"这是万姑娘的位置,你找别的地方去坐。"

那姑娘不肯,伸手推开他的手:"你松开我,我不要去。"

姜闻廷扯得凶了,她也恼了,提声道:"万姑娘这么久都没来学堂,她不会来了。"

姜闻廷一听气得跳脚:"你不许胡说!她定是还要来的!"

时辰尚早,学堂里只几个学生,几人听见吵闹声,纷纷扭头看向拉拉扯扯的二人。

李姝菀想着上去劝一劝,正巧杨惊春来了学堂,担心她被伤着,忙把她拉远了。

眼见姜闻廷两只手都用上了,有人看不下去,仗义执言道:"姜少爷何苦如此，大家都是随意坐的位置，等万姑娘来，再重新找张桌案坐不就行了。"

姜闻廷气红了眼："那不一样！"

"有什么不一样？"

姜闻廷说不出话来，但其实大多数人都清楚理由。

万胜雪的桌案是和姜闻廷的桌案挨在一起的，等她换了张桌子，二人便坐不到一处了。

姜闻廷看着周围人谴责的目光，倏然涨红了脸。他胸口几经起伏，最后扭头冲着站在一旁的李姝菀大吼一声："都怪你！若不是你，她就不会告假了！"

李姝菀握着书袋带，还没开口，杨惊春率先道："你休要将事怪在菀菀身上，分明是两只狸奴惹的祸。"

姜闻廷抬手指着李姝菀道："本就是她的错！我都知道了！那是她府里的狸奴，她不养了，才送来学堂的！若她不把狸奴送来学堂，万姑娘的朝朝怎会被欺负？！"

他不知道从哪里得来的这消息，消息是真的，可他心偏，理也偏。

杨惊春拍开他的手，一把将李姝菀护在身后："你怎么不说是因为万姑娘将狸奴带来学堂才会被欺负！"

姜闻廷被她堵得哑口无言，说不过她，便打算将话口再度对准李姝菀。

可他眼神一转，竟看见李姝菀眼神发亮，目不转睛地看着维护她的杨惊春。

就如唱戏的角儿演了一场英雄救美，被救的美人望着英雄的眼神，崇拜之意几乎要溢出眼角眉梢。

姜闻廷背脊一寒，半肚子话到了嘴边，忽然变成一句："你这么看着她做什么？"

李姝菀抿着唇，有些不好意思地收回了视线，脸也羞红了，她微微摇了摇头，颇有些欲盖弥彰地道："没什么。"

姜闻廷的目光在李姝菀和杨惊春之间转了两遍，也不知道心里在嫉妒什么，心头忽然一股子气。

或许是想到了万胜雪平时看他的目光和看头顶的檐、路旁的树没什么两样，他恼道："先生偏心，你们俩也合起伙来欺负我！"

随后他气冲冲地撞开站在一起的二人，跑出讲堂，不见了人影。

课间，杨惊春咬着从家中带来的桃花酥，偷偷摸摸塞给李姝菀一块，二人一边偷偷吃酥饼，一边凑在一起说悄悄话。

讲堂庄严之地，不准学生贪食，是以二人面对墙壁，背对他人，老鼠偷食似的一口一口吃得小心，时不时还要回头看一眼，避免被先生发现。

姜闻廷一下课又跑去和那坐在万胜雪位置上的姑娘理论，那姑娘不胜其烦，捂着耳朵不听。

姜闻廷便拉开她捂着耳朵的手，凑到她耳边接着劝，和尚念经似的恼人。

姑娘被他烦得实在没办法，冷哼着提着书袋换了个位置。

杨惊春含着酥饼鼓着腮帮，回头有些担心地看了一眼如同打了胜仗守住城池的姜闻廷，小声和李姝菀道："姜闻廷这般维护万姑娘，连一个位置都不许旁人坐。若万姑娘一直不回学堂，他怕不会轻易善罢甘休，我担心他今后会找你的麻烦。"

杨惊春和姜闻廷都是去年入的学，做了一年同窗，杨惊春很清楚他高傲好强的性子。

李姝菀只想安安静静读书，想了想，问道："那他会打人吗？"

杨惊春道："那倒不会。"

李姝菀小口咬着桃花酥，轻声道："那便不怕。"

杨惊春不放心："怎么就不怕，他下次还欺负你怎么办？"

李姝菀摇摇头："无妨。"

李姝菀想的简单，她想既然姜闻廷不打人，那便只好用以前的办法欺负她，无非就是摔坏她的笔墨罢了。

她现在学聪明了，带来学堂的文具不是之前从李奉渊的书房掏出来的宝贝,而是宋静从街上买来的便宜物,摔了就摔了,也没什么。

杨惊春见李姝菀不以为意,还要再说什么,忽然一只脑袋无声无息地从二人头上探了过来。

杨惊春和李姝菀见面前的地上投下一小片影,心头一颤,不约而同将桃花酥一藏,抬头往后看去。

姜闻廷双手叉腰站在二人背后,垂着脑袋面无表情地看着二人手中藏着的桃花酥。突然,他提唇狞笑一声,回头冲着讲台上正给学生解惑的先生大喊道:"先生!有人在讲堂里偷嘴!"

这个年纪的学生大都喜欢吃些零嘴,同窗们瞧见了也只是互相包庇,并不做告状的小人,就看会不会走霉运,被先生抓着。

杨惊春和李姝菀苦苦盯着先生,竟忘了防姜闻廷,真是失策。

姜闻廷声音大,众人纷纷看了过来。先生似已经习惯,头也没抬,扬手一指门外:"带上诗书,自己找个阴凉处站着。"

杨惊春瞪了姜闻廷一眼,和红着脸的李姝菀拿着书本乖乖站到门口去了。

所谓屋漏偏逢连夜雨,好巧不巧,李奉渊和杨修禅他们刚下了马术课,一群人大汗淋漓,浩浩荡荡从马场回来,正撞见二人拿着书册在门外站着。

杨惊春以往嫌杨修禅罚站丢人,轮到自己罚站脸皮也薄,她一见来了人,忙拿书册捂着脸,连耳朵都没露出来。

身边的李姝菀罚站罚得本分,捧着书看着一群人走过来,看见杨修禅时倒还只是羞红了脸,看见李奉渊后,连耳朵根都红透了,脑袋也垂了下去。

饶是遮住了脸,杨修禅也一眼就看出了李姝菀身边站着的是自己的亲妹妹。

今早杨惊春出门时非要带桃花酥去学堂和李姝菀一同偷吃,杨修禅还打趣说她要被抓着,杨惊春没听,哪想竟当真被先生拎出来罚站了。

也不知杨修禅是嫌杨惊春不够丢人还是嫌李姝菀不够丢人,竟笑着抬手打了声招呼:"好妹妹们,罚站呢。"

杨惊春捂紧了脸上的书册,一声不吭,连头发丝儿都绷直了。

若只是杨修禅便罢了,可李奉渊与他在一处,李姝菀便也装不认识。

谁料杨修禅竟搂着李奉渊走了过来。

他手欠,非要去掀杨惊春脸上的书册,笑眯眯道:"遮住干什么?我杨家的姑娘敢做敢当,露出来,丢脸也要大大方方!你看姝儿妹妹!"

杨惊春死活不肯,手指把耳朵和书页捏在一起,气得伸脚盲踹他。

旁边打闹得火热,李姝菀和李奉渊却依旧没什么话讲,只是今日的沉默还带着两分说不出的尴尬。

李姝菀偷偷看了眼站在面前的李奉渊,涨红了耳根子,唇瓣嗫嚅半晌,才结结巴巴喊出一声:"行……行明哥哥。"

李奉渊从来没听她这声称呼喊得这么艰难过。

他半身立在春光中,半身隐在李姝菀身前的廊影下,垂眸静静地看着她。

目光扫过她唇角沾着的一点桃花酥,料到她是在讲堂偷吃了零嘴,语气平平地道了一句:"不错,学会丢脸了。"

他似夸非夸,李姝菀本就红透的脸更是烧起来似的烫。

杨修禅逗罢杨惊春,又歪头看李姝菀,瞧见她唇边的那点桃花酥,笑了笑,伸出手去帮她抹:"点心粘嘴上了。"

不过手还没碰到李姝菀的脸,李奉渊忽然皱着眉头伸出手,攥住了他的手腕。

修长的五指扣在他腕上,看似没用力,却是半点动不得。

杨修禅疑惑地看向李奉渊,李奉渊也冷冷淡淡地看着他。

他反应过来,很是无奈地笑了一声:"我当妹妹看的。"

不过他虽这么说,却是将手放下了。

李姝菀伸手摸上嘴唇,摸了几下都没摸到那粒点心。

李奉渊看她一眼,伸出食指在她唇上轻轻一抹,不等李姝菀反应,便和杨修禅走了。

李姝菀一愣,缓缓举起书册挡住下半张脸,一双眼睛露在外面,有点呆地望着李奉渊离开的身影。

第二章 新交

直到李奉渊的背影消失在视野中,她才收回视线。

杨惊春说得不错,姜闻廷厌恨李姝菀,的确不会轻易罢休,势要为万胜雪出一口恶气。

翌日,李姝菀来到学堂,发现桌案下有一只湿漉漉的死鸟。

已经死了有一段时间,鸟的身体已僵直,翅羽湿润凌乱,双目惊瞪,嘴里还含着半条肥虫。

鲜绿的虫血糊在鸟喙上,就这么明目张胆地摆在她的桌案下,李姝菀一坐下便看见了,乍然吓了一跳。

姜闻廷早早就来了学堂,从李姝菀一进门就盯着她,见她惊呼出声又一瞬间白了脸,靠在桌上笑得肩膀直抖。

此刻尚早,讲堂里除了李姝菀和姜闻廷,还剩下一位总是来得很早的小公子,叫沈回。

沈回听见她惊叫,也捧着书转头看向她。

李姝菀不怕死鸟,却很怕那半条臭虫子,她提着书袋站得离那死物远远的,蹙着眉头看向乐不可支的姜闻廷:"你放的?"

李姝菀和学堂里的其他人没什么恩怨,除了姜闻廷,不会有第二个人。

姜闻廷轻哼一声,振振有词地否认:"怎么就是我?就不能是你那狸奴叼来孝敬你的?"

如果是狸奴,鸟身上定有齿痕或爪伤,而李姝菀桌案下的鸟像是被水淹死的。

姜闻廷不肯承认,李姝菀也不想徒劳同他争辩。

她从书袋里取出一张宣纸,想了想,又取出一张,两张叠在一起,有些害怕地将那鸟的尸体包起来,打算拿出去葬在外面的梨树下。

沈回看李姝菀面色畏怯地将鸟捧在手里,两条手臂平平直直伸得老长,像架在肩膀上的竹竿子似的。

沈回忽然站起来,有些忸怩又傲气地朝她伸出手:"你若是怕,我可以帮你拿出去。"

李姝菀感激地看着他，将鸟小心翼翼地交到他手中，轻声道："谢谢。"

姜闻廷见有人帮李姝菀，提着的嘴角瞬间又落了下去，似嫌沈回多管闲事，白了他一眼。

姜闻廷好不容易抓到一只死去的鸰鸟，却没如意想之中地把李姝菀吓哭出声，心头很是郁闷。

他"喂"了一声，问李姝菀："你就不好奇这是什么鸟吗？"

李姝菀不认得，不过她猜姜闻廷嘴里说不出好话，并不打算回他。

然而沈回却像是认得，看了姜闻廷一眼，和李姝菀道："这是鸰鸟。"

鸰，人尽可夫的淫鸟，书词之中深受文人诟病。姜闻廷放这样的死鸟在李姝菀桌下，多半是因为前段时间听说过众人私底下对她母亲身份的猜测。

可李姝菀并不知这鸟在书词中的含义，反倒夸赞起沈回来："你懂得真多。"

沈回没想到李姝菀会这样说，愣了一下，随后面色骄傲地昂起头，装模作样地轻咳一声："我常画虫鸟鱼兽，所以才认得。"

他这么一说，李姝菀忽然想起什么，若有所思地回头看了一眼桌面上那还没擦去的青虫。

不过她只当自己多想，并没多问，只同沈回道："你真厉害。"

被无视的姜闻廷见李姝菀不仅未被激怒，反倒和沈回有说有笑，心头愈发不快。

他忽然站起身，不管不顾地冲着李姝菀大声道："他们都说你母亲是秦楼女子，你出身不清白，是也不是？"

在姜闻廷这样千娇万宠、母族辉煌的嫡子眼中，庶出已足够上不得台面，若是生母为婢为妓，那更是卑贱。

即便是将军府的小姐，也没什么不同。

姜闻廷似乎觉得这话足以击垮李姝菀，说罢昂首抱着臂，颇为得意地看着她。

沈回显然也听过学生间的那些猜测，听见这话，亦是心头一震，下意识看向李姝菀,似怕她承受不住落下泪来。

这样直白难听的话,任谁听了都不可能无动于衷。如姜闻廷所料,李姝菀果然被他一句话问住了。

她身子一颤,脸色比方才更白了些。

李姝菀比任何人都清楚她母亲的身份。

若她仅有一位出身秦楼楚馆的母亲,李姝菀便只是个随处可见、毫不起眼的卑贱之人。

可她偏偏又有个名声煊赫的父亲。权父贱母,于是她便成了不尴不尬、不伦不类的存在。

沈回有些不忍,轻轻拉了拉她的袖子:"李姑娘……"

李姝菀微微摇头,示意自己没事。她没有理会姜闻廷,同沈回道:"我们出去吧,我想将这鸟葬在树下。"

姜闻廷自然不肯轻易放她离开,他跑过来拦住她:"你想去哪儿?你还没回答我的问题呢。怎么,莫不是被我说中了,心虚,不敢回答吗?"

李姝菀垂眸抿了抿唇,想从他身旁绕过,可姜闻廷又堵了上来。

几番下来,眼见他怎么都不肯让自己离开,李姝菀终是停了下来。她看着他,缓缓开口:"你这样坏,万姑娘是不会想和你一起玩的。"

她从来任姜闻廷欺负,被他摔了笔砸了墨也没红过脸,这还是第一回逞口舌之快。

姜闻廷似乎没想到她会回嘴,还提起万胜雪,怔了一瞬。

方才占据的上风陡然掉转了个头,他竖眉怒目地瞪着李姝菀,吼道:"你胡说!"

"我没有胡说。"李姝菀道。

她又道:"不过坏与不坏也没什么分别——"

姜闻廷以为她要改口,却听她说:"万姑娘本来就不喜欢你。"

李姝菀声音轻轻柔柔的,说的话却直扎人心窝:"你好你坏,你善你恶,你为尊为卑,为嫡为庶,她都不会喜欢你,怎么都不会喜欢你。"

姜闻廷外强中干,一听这话很快红了眼眶,忍了又忍,还是没忍住,气急败坏道:"你胡说!你胡说!我讨厌你!我讨厌死你了!"

105

他大叫着用力将李姝菀狠狠一推,李姝菀始料不及,狼狈地摔倒在地上。

欺辱他人未成,姜闻廷像是受了委屈,大哭着夺门而出。

李姝菀的裙摆飞起又落下,露出一双粉绣鞋和被雪袜裹着的脚踝,沈回本想扶她,一见此,忽然脸皮子一热,僵直身体转过了身,背对她问道:"李姑娘,你……你没事吧?"

李姝菀没注意到他发红的脸,慢慢地撑着站起身,拍了拍身上的灰:"没事。"

沈回转过身,看她摔了也不哭不闹,偏头盯着她多看了会儿。

李姝菀注意到他的目光,抬眸看向他:"怎么了?"

沈回倏然收回目光,挠了挠额头,嘟囔道:"我以为你会哭呢。"

他后面还有半句:总觉得你是个特别爱哭的姑娘。不过沈回想了想,又把这句话吞回了肚子里。

李姝菀道:"爹爹说过,女孩子不能总是哭。"

沈回没听过这个说法,只听过男儿有泪不轻弹。

他思索一会儿,同李姝菀道:"姜闻廷总是欺负你,你何不告诉你哥哥,叫他替你出头?"

沈回想的简单,李姝菀听了他的提议,却是沉默须臾,缓缓摇了摇头:"他学业繁忙,还是不要打扰他了。"

她语气听着莫名有些空落落的,沈回快速瞥了她一眼,见她低垂着眉眼,点头"哦"了一声,没再说了。

姜闻廷和李姝菀大吵一架跑了出去,便再没回来过。临近上课,他的小厮来了讲堂,同先生称他头疼脑热,告了一日假。

姜闻廷也不知是随便寻了个由头好告假回家还是当真被李姝菀三言两语给气昏了头。

杨惊春听沈回说李姝菀又被姜闻廷欺负,心头十分恼恨。

她看见李姝菀桌案下的地面上还沾着抹绿色的虫血,有些嫌弃地皱了皱鼻子,同李姝菀道:"这地上都脏了,菀菀,你换个位置坐吧,也免得他之后再偷偷在你的桌案下放些死鸟臭虫之类的腌臜物。"

李姝菀闻言低头往地上看了一眼，瞧见脚边那抹血迹后，蜷了下腿，往上轻提了提裙摆："姜闻廷若要吓唬我，坐哪儿都是一样的。"

杨惊春道："怎会一样？你去坐万胜雪的位置，保管他连一粒石子儿都不会往你桌底下扔。"

她说完，又自言自语般反驳道："不过这也不行，你若坐了万姑娘的位置，他怕是会气得往你的书袋里放虫子，那更恶心了。"

李姝菀听得有些想笑。

她思索着和杨惊春道："其实我想了个办法——我昨夜拟了封给万姑娘的信，请她宽宥；若她肯原谅我，回来上学，想来姜闻廷就不会再找我的麻烦了。"

她说着，从书册里取出一张密密麻麻写满了大半张的信纸递给杨惊春："可是我还没有写过信，不知写得合不合礼。惊春，你能否帮我看看？"

"是个好办法。"杨惊春道，但也有些替她委屈，"可是你并没有做错什么，为何还要致歉？"

李姝菀并不这么觉得，她摇头认真道："狸奴伤了万姑娘的朝朝，终归是因为我没有教好它，怎么会没有错？是该要道歉的。"

杨惊春不知道她怎么就这么好脾气，有些无奈地伸手接过信："好吧好吧。可如果万姑娘还是不回学堂上课，姜闻廷今后再继续欺负你，我便要去告诉哥哥他们，让他们将姜闻廷揍上一顿。"

她说他们，便是带上了李奉渊，李姝菀心头一慌，忙道："不能告诉他们。"

杨惊春听她语气紧张，疑惑道："为什么？"

她至今仍没看出李姝菀和李奉渊关系疏离。李姝菀低头，有些拘谨地搓着袖子。

她不想骗杨惊春，可也羞于启齿自己在李奉渊心里并不受待见，便用上了早上搪塞沈回的话，小声道："他们是要读书考功名的，还是不要拿这些事烦他们了。"

杨修禅在家里也和李奉渊差不了多少,常手不释卷,是念着以后要考个官来做做。

杨惊春没有多想,应下来:"好吧,那若他再欺负你,我就把哥哥削给我的木剑带来,吓唬吓唬他。"

她说着,如游历天地间的小侠女抬手作刃,比了个砍杀的手势,话里话外都想着把姜闻廷揍一顿。

李姝菀抿唇浅笑,眼神亮晶晶地看着她意气风发的圆润脸庞,点点头:"嗯!"

李姝菀和杨惊春想着如何化解干戈,而此时因病告假的姜闻廷正拉着他的小厮蹲在学堂的花园里行坏事。

一棵粗壮的百年柏树后,姜闻廷的小厮一只手将李姝菀的狸奴按在花泥里,有些不忍地将粗布往它口中塞。

姜闻廷手里拿着一把锋利的剪子,候在一旁跃跃欲试:"按稳些,别让它乱动。"

他说着,扭头往路尽头看了看,虽没看见来人,但还是心虚地拉着小厮往树干后躲了躲。

狸奴不停地甩晃脑袋,喉咙里发出惊恐的悲叫,利爪已将那小厮的手抓了好几道口子。

小厮塞好粗布,捏着狸奴的后颈,有些担心地看了眼姜闻廷手里的大剪子:"少爷,真要这么做吗?"

姜闻廷抽抽鼻子,不服气道:"谁让李姝菀和我作对,她骂我时就该知道我会拿她的狸奴出气。"

姜闻廷是个半大点的孩子,小厮可不是。

他此刻帮着姜闻廷作恶,若惹出了事,闹大了,姜闻廷顶多跪一跪祠堂,他一个奴才没劝住主子,却可能因此连命都丢了。

他惶惶不安道:"可是少爷,李姑娘毕竟是将军府的小姐。"

姜闻廷不想听,一撇嘴:"庶女罢了,有何惧?"

庶出子女的尊卑全仰仗家主,若是不受宠,便是天家的皇子也只能任宫中的太监宫女欺辱,大将军家又岂能例外?

在姜闻廷看来,李瑛不在府中,李姝菀的尊卑便仰仗李奉渊。

姜闻廷道:"李奉渊天天臭着个脸,压根不在意她,更别说她的狸奴了。你看杨惊春的哥哥时常关怀她,体贴着她是不是饿了渴了。可开学这么久了,李奉渊可来寻过李姝菀一回,问过一句?"

小厮道:"可我昨天还看见李少爷和李小姐说话来着。"

姜闻廷问道:"说什么了?"

小厮想了想,讪笑着道:"好像是说她丢人。"

姜闻廷哼笑一声,握着剪子豪气挥手:"按住了,我要将它的毛剪干净,叫它变成丑八怪,再把它抱去给李姝菀看。"

小厮一愣:"只是剪……剪毛?"

姜闻廷奇怪地瞅他一眼:"不然剪什么?把它的爪子耳朵和尾巴剪下来吗?"

小厮心里当真是这么想,他舒了口气,奉承道:"少爷良善,是奴才糊涂了。"

姜闻廷蹲下来,又嘱托了一声"按住了",随后拿着剪子对着狸奴便是一顿乱剪。

猫毛如成捧成堆的柳絮随处乱飞,扑到脸上,姜闻廷和小厮一齐连连甩头呸了几口,只觉得那毛多得冲着喉咙里钻。

剪刀摩擦的锋锐声听得心惊,狸奴"呜呜"叫着挣扎得厉害,不知怎么蹭掉了嘴里的烂布,反头一口咬在了小厮手上。

小厮吃痛,下意识松开按着狸奴后爪的右手,狸奴腿一蹬,猛要翻身而起。姜闻廷酸累的手一下没拿住剪刀,锋利的剪子猝不及防地朝着狸奴的皮肉剪了下去。

他只觉手底下传来一股钝阻,随即听到一声凄厉的猫叫,狸奴瞬间爆发出一股猛力,从小厮手中挣脱,飞一下顺着树干爬去了树上。

鲜血从它肚皮上如瀑流出,淅淅沥沥淌红了苍枯的树皮,顺着树干如浓墨流淌而下。

姜闻廷见这么多血,一时吓蒙了。小厮也愣住了,捂着被咬伤的手,

109

问姜闻廷："少爷，这……这要怎么办？还剪吗？"

姜闻廷仰头看着站在树枝上的狸奴，见短短片刻，它的腹部腿部便尽被血染红了，结结巴巴道："它……它流了好多血，它不会死吧？你……你把它抓下来看看。"

这狸奴终究是学堂的狸奴，掉了毛说得过去，流血致死便不好说清了。

小厮心头惶惶，挽起袖子就往树上爬。

狸奴身上被剪得乱七八糟的毛全都炸开，警惕地弓着背，死死盯着往树上爬的小厮，喉咙里发出低吼的威胁声。

就在小厮要够到它的枝头时，它忽而嘶叫一声，从挑高的树枝头朝着另一头一跃而下。

"哎哎——"姜闻廷本能而徒劳地伸出手，眼睁睁看着它结结实实摔在地上，而后爬起来如一阵风飞快地逃走了，眨眼便没了影。

倦鸟归巢，伤兽回穴。往日神采奕奕的狸奴受了伤，拖着虚弱的身体一瘸一拐地钻过草木贴行墙角，朝着李姝菀上课的讲堂而去。

春日正暖，先生低缓的嗓音催得树上的鸟也昏昏欲睡。从前伴它入梦的声音此刻却让狸奴心生警惕。

它屈身躲在讲堂门口正对的草木丛中，舔舐着腹部鲜血淋漓的伤口，时而抬头看一眼讲堂里坐着的学生。

待看见那最后一方坐着的李姝菀后，它略微放松了低垂的尾巴，趴在草木根下的黄泥上，静静地等待着。

春日草木疯长，足够掩盖它的身影。过了许久，待到它快睡着，忽而一串摇铃声响，昏昏欲睡的狸奴睁开眼，看见学生们背着书袋从门口鱼贯而出。

它没有跳出来，而是压低了耳朵，绷紧了身体，警惕地盯着学生们。

没有人看见路旁微微摇晃的草叶尖，也没有人发现地上浅淡的血迹。

它静静地看着每一个从讲堂出来的学生的脸，直到瞳孔中映现出那熟悉的身影，这才低低叫了一声。

声音虚弱，瞬间便被微弱的春风吹散了。

李姝菀和杨惊春正聊先生留下的课业，并没听见草丛中传来的细微声响。

可忽然间，李姝菀似乎察觉到什么，转身看了一眼。

杨惊春也跟着回头看。两人下课后习惯走在最末，身后空空荡荡，只听逢春的老树在风中哗哗作响。

杨惊春问："怎么了菀菀？可是落下了什么东西？"

李姝菀摇摇头，握着肩上的书袋带，转身和杨惊春并肩往前走："我好像听见了狸奴的叫声。"

杨惊春没看见狸奴，便道："许是你听错了。"

李姝菀摸了摸书袋里用油纸包着的小肉干，有些失落："它今日都没来找我，可惜我还特意为它准备的小肉干，明日怕是都馊了，吃不得了。"

草丛里，狸奴看见李姝菀的背影越走越远，摇摇晃晃地站起来，想跳出来拦住她，可才走了两步，又无力地倒了下去。

它看着李姝菀，张开被血染红的嘴又叫了一声："喵——"

只是声音依旧细弱，仍没传入李姝菀的耳朵。

柳素和杨惊春的侍女候在讲堂外，二人看见李姝菀和杨惊春，迎上来接过她们的书袋。

柳素看李姝菀的书袋明显鼓起一小包，问道："小姐今日的肉干怎么还在，狸奴不吃吗？"

李姝菀遗憾道："它不知道去哪儿玩了，今日并没有来找我。"

柳素看着狸奴长大，最清楚它多黏李姝菀，有些奇怪地道了一句："往日都来，今日怎么没来？"

李姝菀缓缓摇头，示意自己也不清楚。

可听柳素这么说，她又有些不放心，忽然又停下来回头看了一眼，抿了抿唇，同杨惊春道："惊春，你先回去吧，我将肉干带给它去。"

狸奴住在学堂一间空置已久的房屋里，一日三餐有人专门照顾，杨修禅还让人像模像样地给它搭了一张小榻，说不定它正窝在榻上打盹儿呢。

杨惊春也想和李姝菀一起去,她的侍女看出她心中所想,轻声细语道:"小姐,夫人还等着您回去一起用膳呢。"

杨惊春只好打消念头,叹了口气:"那菀菀你去吧,明日见。"

"明日见。"

二人道过别,李姝菀和柳素一同往狸奴的住处去。李姝菀以往来过这里两次,熟门熟路,只可惜今日去并没见着狸奴。

她进门后找了一圈,没看见它,只好将肉干撕碎了放在它的小食碗中,便和柳素离开了。

然而出门后行出不远,李姝菀竟在路上撞见了两个意想不到的人——姜闻廷和他的小厮。

二人脚步匆忙,时不时朝四周打望,似怕被人看见。

李姝菀看着二人慌慌张张的背影,又想起不见狸奴的身影,心头忽然生出一股不安感,出声唤他:"姜公子。"

姜闻廷听见李姝菀的声音,回过头,见了鬼似的看着她。

他故意躲了许久,便是想等学生放了学再出来,怎么也没想到会遇上李姝菀。他结结巴巴道:"你怎么……怎么还在学堂?"

李姝菀没有回答,而是问他:"你可有看见学堂的狸奴?"

她说着,迈步朝他走去。姜闻廷将染血的袖子藏在身后,如遇猛虎连连后退几步:"不……不清楚。"

说罢竟是心虚地拔腿跑了。

那小厮看了看自家少爷,心有戚戚地冲着李姝菀行了个礼,嘴皮子一动似想说些什么,不过最终还是什么也没说,追着他的少爷去了。

李姝菀抚上发慌的胸口,不安道:"柳素姐姐,我有些害怕,狸奴会不会出事了。"

柳素知道她和姜闻廷之间生出些龃龉,也知姜闻廷的小厮今日替他告了假,二人应当回了家才是。

她心头亦隐隐有些不安,可嘴上还是安慰道:"小姐别急,狸奴应当是贪玩躲起来了,奴婢陪您找找。"

园中柏树皮上的血迹已经被清洗过,深浅不一的苍枯沟壑中,隐隐可见浓黑难消的血色。

李姝菀和柳素走了半个学堂,在墙角发现了几只带血的梅花脚印。

二人心头一颤,顺着地上若隐若现的血迹,最终竟是在李姝菀讲堂外的草丛里发现了寻觅已久的身影。

毛发被剪得杂乱的狸奴奄奄一息地蜷在草地中,雪白的腹部几乎已经被血染透,两条可怖的伤口看得人心惊,它后侧一条腿无力地蜷着,似折了。

李姝菀拨开草丛,不敢置信地看着这一幕,眨了眨眼,眼眶瞬间便被泪染湿了。

柳素看着狸奴,亦捂住了嘴:"怎会这样?"

李姝菀见着不该在学堂的姜闻廷时,便想过他或是对狸奴做了什么,可也没想到狸奴会被伤成这般。

她双手发颤地将狸奴从草地中抱起来,忘了该有的仪态,拔腿便朝着大门跑。

柳素忙追上去:"小姐慢些,别摔着了!"

迎面的风吹起李姝菀额前的头发,露出湿红的眼睛。她半步没停,声音哽咽:"郎中,柳素姐姐,需得找个郎中瞧瞧。"

她说着,抿着唇,含着泪,眼泪串了线似的往下落,哭得要多难过有多难过,颤声道了一句:"怎么办?柳素姐姐,它摸着好凉。"

柳素见李姝菀哭成这样也慌了神,背上李姝菀的书袋,劝道:"好,好,小姐莫急,咱们这就去就近的医馆。"

她朝李姝菀伸出手:"小姐将狸奴给我吧,奴婢抱着它跑得快些。"

李姝菀小心翼翼地将狸奴给她,哭得脸都花了,却不忘叮嘱:"它后肢似是断了,柳素姐姐你别压着它的腿。"

"奴婢省得。"柳素应到。

她托着狸奴的腹部,摸到它微弱的心跳时,心头又是一惊。

在她看来,这狸奴再紧要也不过是一只畜生,死了固然可惜,但再去外头聘一只回来便行了。

可柳素看着李姝菀伤心的模样,却觉得这像是她在望京最为牵绊的

113

存在，或许比起李奉渊还要紧要几分。

柳素忍不住在心中叹了口气，一刻不敢耽搁，跑出学堂，让刘二骑了刘大的马，抱着狸奴快马送去了医馆。

第三章 相依

刘二送狸奴快马去了医馆，李姝菀放心不下，想跟去。

可柳素不会御马，李姝菀只好作罢。

学生们的马车都候在学堂门外搭的棚子底下，棚子下等候小主的家奴众多，有人见李姝菀这位小姐哭得梨花带雨，好奇地探头张望。

刘大也在棚子下的阴凉处遮阳，等着李奉渊下课，护送他回府。

他瞧见旁人打望，便牵来李奉渊的骏马站在李姝菀身侧，将旁人打望的视线遮得严严实实。

柳素见一片阴影照过来，回头感谢地看了眼刘大，扶着哭得伤心的李姝菀上了马车。

刘大还是没离开，牵着马似尊门神像立在李姝菀的马车旁。

车中低泣阵阵，李姝菀低头坐在车中，不停地拿袖子抹着泪。

白嫩的小手从宽袖中露出来，掌心还沾着抱狸奴时染上的血。

柳素看得心怜，掏出帕子给她拭泪，哄道："小姐，不哭了啊，会没事的。狸奴养得那样壮硕，一点伤，会好起来的。"

别的孩子听了这话或许会信，可李姝菀在江南的医馆时见过病人身上百般伤痕，深知伤势轻重。

狸奴那样瘦小的身子，却流了那许多的血，怎会没事？

柳素用车上的茶水将帕子打湿了，一点点擦净李姝菀手上的血："不哭了，小姐的眼睛都哭肿了。"

刘大在车外听见李姝菀的哭声，亦心生不忍。

他看了眼学堂，估摸了下李奉渊下课的时辰，隔着车窗同李姝菀道："小姐，不如奴才送您去医馆吧。"

李姝菀下意识便要应好，可话到嘴边，却又生出顾虑："还是不去了，行明哥哥待会儿就要下课了，我在这里等便是了。"

明明心中忧急，她却还考虑着他人，带着哭音的语气也尽力放得低缓，想要做出一副安然模样，不让人担心。

李姝菀在府中待一众下人总是和蔼。刘二给李姝菀驾马车数月，没得过一句重话。

便是有一回下雨，刘二送李姝菀去学堂迟了小半刻，她受了先生的罚，却也没怪罪刘二。

换了其他小主子，怕早迁怒下人了。

刘大听刘二说过她不少好话，对李姝菀很是敬重。

李姝菀越是善解人意，刘大越是心生怜意，不自觉放柔了语气："小姐不必多虑，奴才跑快些，或许回来赶得上少爷放学。"

可李姝菀还是拒绝了。

从学堂回将军府有好一段路，刘大若陪她去了医馆，最后又没能赶回来，按李奉渊的性子，必然不会在门口等，只会独自骑马回府。

虽是青天白日，可回府之路途径闹市，路上鱼龙混杂，若出了意外该如何是好。

李姝菀再三拒绝，刘大便没再强求。

等到李奉渊下课，刘二还没有回来报信。

李奉渊和杨修禅在门口分别，一抬眼，就看见李姝菀的马车停在棚子下，而刘大牵着他的马守在一旁。

刘大看见李奉渊，正要牵马过去，李奉渊一抬手，示意他等着，抬腿走了过来。

李奉渊走近，刘大接过李奉渊的书袋，唤了声："少爷。"

李奉渊看着马车紧闭的车窗，问道："怎么回事？"

刘大放轻了声音："小姐的狸奴受了伤，刘二送去了医馆。小姐很不放心，便在这里等，方才哭了好一阵，这时睡着了。"

李奉渊听得皱了下眉头，也不知道是没听清刘大最后那句"睡着了"

还是怎么，抬手叩响车窗："打开。"

"咚咚"两声，不轻不重。

柳素连忙打开窗户，春光涌入马车中，照亮了车中小案和李姝菀半片月白色的裙摆。

她靠坐在软榻中，微微歪着头，眉心皱着，眼角还闪着抹泪色。

李奉渊冷冷看了眼柳素："既哭过一阵，门窗还关这么紧，是想闷死她？"

柳素一愣，想起方才哭着哭着便昏昏欲睡的李姝菀，这才意识到李姝菀是哭昏了脑袋，而非当真困得睡着了。

"奴婢知错。"她忙道，而后立马将另一面车壁上的窗户也打开了。

几声微响，李姝菀眼皮动了动，随后惊醒般挺起身，开口时声音沙哑："柳素姐姐，刘二回来了吗？"

"小姐，还没呢。"柳素说着，示意李姝菀看车窗，"少爷来了。"

李姝菀扭过头，这才看见李奉渊站在车外，正垂眸静静看着她。

她在李奉渊面前总注重仪态，担心自己惹他不喜，这时见了他，下意识抬手理了理睡乱的头发。

她正要开口唤他，李奉渊却突然道："回去。"

她才醒，不知道李奉渊已经清楚狸奴受伤的事情，突然听见李奉渊这么一句，有些愣神。

刘大同李姝菀解释道："奴才刚已将狸奴的事告诉了少爷。"

李姝菀还没回答，可李奉渊似乎也没打算要她的应允，他冲刘大微微抬了抬下巴，示意刘大去驾李姝菀的马车："回府。"

刘大不敢有异，将手里的缰绳交给李奉渊，去解马车套在栏上的绳索。

李姝菀见此，双手有些着急地搭上车窗，仰头望着李奉渊道："我……我还想在这里待一会儿，等一等刘二。"

这是她第一回驳逆他，李奉渊皱了下眉头，问道："等多久？"

李姝菀唇瓣嗫嚅，给不出定数。

春日照亮了她哭得发肿的眼眸，李奉渊看着她眼下那抹泪痕，问她："刘二一时不回，你能等一时。若他半日不回，你难不成就要候到天黑？"

还是你觉得等了有用处,就能救它于鬼神手中?"

他话有理,却无半点情。李姝菀被他问得答不上来,缓缓低下头,坐了回去。

也不知道是李奉渊的话伤了她还是在担心生死未卜的狸奴,李姝菀缩回车中春光不能照及之处,抬手偷偷抹了下眼睛。

哭了。

李奉渊的目光在扫到她抬起的手后滞了一瞬,忽而将她的车窗关了半扇,遮住了他的视野,也挡住了接下来沿途的目光。

他皱着眉翻身上马,双腿轻夹马肚走在前方,同刘大道:"跟上。"

马蹄踏响,刘大一甩马鞭:"是,少爷。"

李姝菀久久未归,宋静心中担忧,在府门外张望许久,正打算派人去学堂寻,恰等到李姝菀的马车和李奉渊一道回来了。

宋静见二人的车马一前一后走在一块,李奉渊还缓缓骑马在前方开路,还以为二人关系缓和了些许。

可没高兴一会儿,就见李姝菀鼻红眼湿地从马车上下来了,好似受了谁欺负。

可将军府的女儿谁敢招惹?

宋静下意识看了眼车前神色冷淡的李奉渊,暂且把疑虑留在了肚中,派人叫厨房热了热冷掉的饭菜,打算先让两位主子填饱肚子,余下之后再问。

虽一同回府,可李姝菀和李奉渊仍是在各自的厢房用的膳。

李姝菀食不下咽,勉强吃了点东西。

宋静趁着她用膳的工夫,将柳素拉到门外,低声道:"小姐今日回来时怎么红了眼?"

李姝菀回府时他不问,这时迟迟才提,柳素有些奇怪,但还是将狸奴的事告知了他。

没想宋静听罢,竟先如释重负地缓和了面色,而后听狸奴伤重,才又拢了眉心,关切起它的伤势。

第三章 拥你

柳素看他面色先缓后忧，疑惑道："宋管事怎还松了口气？"

宋静解释道："唉，我看少爷和小姐一同回来，还以为小姐是在少爷那儿受了委屈。"

这二人本就心隔天堑，宋静不期盼他们在短短几月里冰释恩怨，却也不愿看着二人渐行渐远。

柳素了悟，可她想起李奉渊那番不近人情的话，又道："或许也有少爷的缘故。"

宋静不解地看着她，柳素道："小姐先前在学堂外等刘二回来，少爷来了后，不仅没安慰一句，还说等也无用，干等也救不了狸奴之类的风凉话。小姐听完当下便落了泪，路上泣了半路，因少爷行在一路，还不敢哭出声音叫他听见。"她说着，忍不住感叹了一句，"也不知小姐和少爷的关系何时才能有所缓和……"

宋静听着也叹了口气："将军在外驻守边关，少爷五岁便独自一人守着空府，等着将军回来。一年又一年，战报从西北遥遥传回望京时，难免有闻将军受了伤吃了败仗的时候。少爷心中忧惧，可除了一日盼一日地候着下一封战报传来，什么也做不得，想来因此才会说出等也无用的话。"

柳素听得唏嘘，对李姝菀的怜爱忽然碎成了两份，分了一小份到李奉渊身上去，感慨道："原是如此，少爷也着实不易。"

午间小憩后，李奉渊又去了学堂。

李姝菀以往习惯午休片刻，今日却没能睡着，她心不在焉地坐在窗前翻看先生讲过的诗册，焦急地等候刘二的消息。

她时而掏出帕子擦一擦泪，一刻钟坐下来，帕子都湿了一半。

宋静已遣人去医馆打探消息，日头西斜之时，刘二才终于带着狸奴回来。

候在府门处的桃青送来消息，李姝菀忙扔下书，跑出院子去看。

刘二买了一只青竹做的方笼，将狸奴放在里面，提着带回来的。

李姝菀见到它时，它萎靡不振地趴在窄小的笼子里，痛得吐舌喘气。她瞬间眼眶便湿了。

121

万幸的是，它并无性命之虞，不过腹部伤口较深，缝了数针，上了药缠了纱布，摔断的腿也绑了硬木，只等慢慢换药恢复。

李姝菀想碰它，又怕伤着它，缩回手仰头问刘二："郎中说什么了吗？那条腿以后会不会走不得路？"

刘二道："小姐别担心，郎中说了，未伤及要害，好生照料便能恢复，但伤口千万不能化脓。"

他说着，将狸奴提到李姝菀面前让她仔仔细细看清楚，以宽她的心。

可没想那安静半日的狸奴忽然低低叫了一声，李姝菀一听，本还能包着的泪珠子滚了下来。

刘二傻了眼，立马无措地收回了手。

宋静成日围着李姝菀和李奉渊打转，既知李姝菀看重狸奴，那这小东西在府中便是天大的事。

如今它无恙，宋静也露了笑意，问李姝菀："小姐，狸奴还是养在东厢吗？它如今病弱，不便走动，老奴好叫人下去准备准备，为它造一块儿好动作的地方。"

李姝菀轻轻抚了抚狸奴的脑袋，摇了摇头："不必麻烦了，待会儿还要将它再送回学堂的。"

宋静听得一愣。在他看来，这狸奴伤成这般，李姝菀又疼它，既已经拎了回来，待他明日去向杨家说明情况，再下个聘礼，就算接回了娘家。

可没想到李姝菀竟还舍得将它送回去。

宋静看着她分明不舍的神色，只觉得她有时候太过懂事，失了自私纯粹的孩子气。

他本想劝一句，可想起之前书房的大火，沉默须臾后，道："是，老奴这就让人套车。"

李姝菀喂狸奴吃了点东西，又随着马车将它送回了学堂。

这一去，直到天将入夜，都还没回。

李奉渊放学回府后，便钻进了书房，并不知李姝菀不在府中。

黑幕垂落，他从书房出来，见东厢灯火黯淡，才察觉出不对劲。

他叫住端着铜盆从东厢出来的侍女，问道："小姐呢？"

李奉渊和东厢一向没什么来往，上次书房失火重罚之后，府中的奴仆多少都对他心生畏惧。

那侍女听见李奉渊问话，吃了一惊，还以为自己听错了，抬眼一看，瞧见李奉渊看着自己，这才反应过来，低头道："回少爷，小姐还没回来。"

此刻已至戌时，再一个时辰便是宵禁，深夜还未归家，李奉渊深敛了下眉："去哪了？"

侍女听他声音低沉，有些紧张地道："听说是送狸奴去……去学堂了。"

李奉渊下午让刘大打听过，那狸奴的确被送回了学堂，但没想到是李姝菀送回去的。

再者那是至少两个时辰前的事了，何故此时还未归？

李奉渊看了眼几乎快要黑尽的天色，眉头拧得更紧，又问："宋静呢？"

侍女察觉出他语气隐怒，头摇得似拨浪鼓，害怕被他迁怒，战战兢兢回道："奴婢不清楚，好像也出府了。"

正说着，院门外忽而出现几抹亮光，数道轻轻重重的脚步声响起，李奉渊看去，正见李姝菀一行人回来。

夜里风细，寻丝穿缝地缩入庭院中的石灯台，吹得台中的烛火摇晃闪烁。

脚下影子拉长了照在地上，深深浅浅一重又一重，叠在一处，如同绰绰鬼影。

李姝菀进了院子，先是瞧见了东厢门口僵硬站着的侍女，接着看向侍女所对的方向，才见立在廊下的李奉渊。

他立在明灭不定的光影之中，正皱着眉头看着她。

李姝菀当场被抓住晚归，脚步一顿，停了下来，有些心虚地低下了头，隔着许远喊了李奉渊一声。

她说话的声音本就轻，此时更是难以听清。

李奉渊抬腿沿着长廊朝西厢走去，离李姝菀也越来越近。

他看见她身旁一把年纪的宋静此刻有些气喘，猜到是宋静出府去请了她。

如此深夜，若是不请，怕还不知道回来。

他立在西厢门外，缓缓开口，语气有些冷："为何晚归？"

他没叫李姝菀的名字，但人人都知道李奉渊在和她说话。年纪上明明只差五岁，但此刻二人的气势迥异，看起来却像是足足差了一个辈分。

李姝菀的眼睫毛轻轻动了动，垂着脑袋如实道："我在学堂陪了会儿狸奴，便回来晚了。"

倒是半句借口都不给自己找。

柳素怕李奉渊动气，忙为李姝菀找补道："回少爷，那狸奴今日伤痛，吃不下东西。小姐陪着哄着喂了些肉，这才耽搁了时辰。"

李奉渊面色一冷，声音也沉了下去："小姐不知早晚，身边伺候的人也忘了时辰吗？"

这话一出，素日伺候李姝菀的一行人统统跪了下去。

宋静亦垂低了头没说话。

李瑛手握兵权在外，这望京里不知道有多少双眼睛盯着将军府。

无人敢明目张胆闯入将军府，可府外，入了夜，妖魔鬼怪便统统现了身，保不齐就有什么妖鬼从暗处窜出来将她掳去。

就是李奉渊，也鲜少在夜里出门。

李姝菀看见身后人跪了一地，想起那被杖毙的小侍女，有些害怕地捏着袖子，看向李奉渊。

她不为自己辩解，却会为身边人求情："我……我今后不会这么晚回来了。"

她声音有些抖，并不清楚李奉渊为何动这么大的火气，李奉渊也没有解释。

他望着她胆怯的目光，心头忽然如午时见她躲在马车中落泪似的堵。

他收回视线，转身推开房门，正要进去，又忽然停下来，侧首对宋静道："以后小姐出门，多派几人跟着。"

宋静恭敬应下："老奴知道了。"

姜闻廷回府后，吩咐小厮隐瞒狸奴之事，但那小厮害怕之后事情暴露,思前想后,还是将姜闻廷伤了狸奴的事禀告给了姜闻廷的母亲。

姜氏送子入学堂,是盼其读书明理,日后长成傲骨铮铮的正人君子,入仕做一位福泽一方的能臣。

而今听闻他在学堂不思进取,学会了逗猫欺人,一时怒火中烧,将他拎去了祠堂跪着。

那小厮虽通报了姜氏,可在姜闻廷惹事时没劝住主子,也没能逃脱责罚。

姜闻廷在祠堂跪着,那小厮被按在祠堂外的院中受了二十棍刑。

姜闻廷和小厮仅一门之隔,姜氏故意要让姜闻廷听个清楚,牢记今日错处。

小厮肉体凡躯,在长棍下败下阵来,一声声叫得凄惨,姜闻廷被吓得号啕大哭,面对祖宗牌位又是磕头又是认错,哪还有在学堂的傲慢之姿。

午时,姜闻廷的父亲姜文吟下朝回来,饭桌上姜氏与他说起了此事:"孩儿今日伤了一只狸奴。"

六部事忙,姜文吟身为吏部尚书,少有闲暇。

姜氏一般少与他说家中琐事,如今听她提起,问道:"府中何时养了狸奴?"

姜氏摇头道:"不是家中的狸奴,是杨家学堂里的狸奴,听说还是李家送去的。伤得很重,流了血,断了腿,我派人去学堂打探消息,有人瞧见那狸奴被李家的姑娘抱走了,说是送去了医馆,还不知道能不能活下来。"

姜文吟微一皱眉:"哪个李家?"

姜氏看他一眼:"这望京有名有姓的李家,除了大将军府,还有哪家值得说道?"

旁人敬畏李瑛,姜文吟听罢,却只是面不改色地饮了口酒,淡淡道:"一只畜生,伤了就伤了。你待会儿派人给杨家送个礼道个歉,就行了。"

姜氏见他说上一句就没了下文,追问道:"那李家就不管了?"

姜文吟道:"如何管?娘娘一直厌烦李家那小子,之前还派身边的嬷嬷上李府磋磨了一顿李瑛半路接回来的那个小姑娘。我们若拿着礼去李

125

家赔礼道歉,娘娘知道后,心中必然不痛快。"

姜文吟口中的娘娘乃是姜贵妃,而姜文吟正是姜贵妃的表哥。

姜贵妃原姓何,她父母早亡,自小便住在姜家,后来改姓姜,入宫坐上了贵妃之位。

前朝后宫牵扯不清,从来分不开。李奉渊与太子相近,姜贵妃不喜他,姜文吟自然不会和李家交好,给自己在后宫的妹妹添堵。

姜氏是商贾之女,不懂这些事,只觉得儿子做错了事,该上门致歉才是正理。

不过她也知道这些事自己做不了决定,便没多话,沉默地用过膳,下午去库房选了件玉器让人送去了杨家。

这礼一送来,杨惊春和杨修禅便也知道了狸奴之事。

翌日上学,趁先生还没来,着急忙慌的杨惊春拉着李姝菀一起去看望狸奴。

它被纱布包得似一个剥了一半的粽子,没什么力气地趴在铺了软绸的平榻上。

照顾它的奴仆给它换药时,它可怜巴巴地看着李姝菀叫了几声。李姝菀倒是忍住了,杨惊春却生出怜意,情不自禁掉了几颗金豆子。

李姝菀反过来安慰了她好一阵。

这边杨惊春不好受,那边杨修禅心中也不痛快。当初是他向李姝菀提议将狸奴送来学堂,如今狸奴受伤,他自认难辞其咎,不知该如何给李姝菀一个交代。

最不济,也该赔礼请罪。

下了课,李奉渊在位置上坐着看书,杨修禅搬凳子凑过去,问他:"你知道姝儿妹妹喜欢什么吗?"

李奉渊没答,而是淡淡道:"问这做什么?"

杨修禅道:"姝儿妹妹的狸奴是在我家的学堂受的伤,我总要赔礼以示歉意。"

他看着李奉渊:"你同我说说,姝儿妹妹有什么喜好。"

李奉渊翻了页手里的书,只道了两个字:"狸奴。"

第三章 相依

杨修禅喉咙一哽，苦巴巴地看着李奉渊。若非李奉渊神色如常，他都要觉得李奉渊是故意噎他。

杨修禅又问："除了狸奴呢？"

李奉渊并不了解李姝菀，哪里知道这么多，他道："你何不自己去问她？"

杨修禅叹了口气："我哪有脸见她？春儿昨日听说姝儿妹妹的狸奴受了伤，怪罪我没让人照顾好它，说那小狸奴以后若变成瘸子，便要拿木剑劈断我的腿。"

李奉渊没有亲兄妹，待李姝菀也是冷淡疏离，有时候并不理解杨惊春和杨修禅这对兄妹尊卑颠倒的相处态度。

李奉渊道："她都翻到你头上了，你也不管？"

"兄妹之间，哪会在乎这些？"杨修禅拍了拍他的肩，"以后等你和姝儿妹妹关系亲近了，情同我和春儿一样，你便明白了。"

李奉渊撩起眼皮，淡漠地看着他。杨修禅举手，无奈地改口："行，行，换个说法。等你以后有了心悦的姑娘，她骑到你头上你还只觉得快乐时，你便懂了。"

李奉渊轻哼一声，显然仍对这说法不以为然。

杨修禅在他这儿问不出话，挪凳子坐了回去，打算找自己的妹妹去打探消息。

这时，李奉渊忽然屈指敲了下桌案，看着杨修禅道："我记得你上次来时，说想要我那一罐蒙顶茶，拿去为令堂贺寿。"

杨修禅一听，一扫颓唐之态，双目放光道："你肯舍爱赠我？"

李奉渊从书袋里掏出一只掌心大的青瓷罐："拿去。"

杨修禅惊喜又诧异，伸手接过，开盖一闻，茶香满溢，的确是上佳的黄芽。

他盖上瓷盖，正要往自己书袋里放，又忽而从惊喜中醒过神来："姝儿妹妹的狸奴在我家的学堂受了伤，你还要送我好茶喝。奉渊兄，这是何意啊？"

李奉渊慷慨道："朋友一场，你为令堂贺寿，我又如何好私藏？"

他说着看了杨修禅一眼,伸出手:"若是不要,便还我。"

杨修禅抱起茶罐跳出三尺远,笑得眯了眼:"赠我了,怎好拿回去?要的,要的。"

李奉渊慷慨赠茶,杨修禅听了他那"朋友一场"的鬼话后,半点没多想。

放学后,他唯恐李奉渊反悔,抱着瓷罐先走了一步。

李奉渊看他走了,慢吞吞收拾了书册,却没离开学堂,而是去了狸奴的住处。

屋里没旁人,只有照顾它的奴仆在扫地。

李奉渊进去时,那小东西正趴在碗前喝水。

它依然很怕他,听见李奉渊的脚步声,扭头看来,一身丑杂的乱毛猛然炸成了刺猬,满身防备地盯着他,好似李奉渊是什么以猫为食的洪水猛兽。

李奉渊扫了一眼它住着的这屋子,看见角落里的竹笼,走过去拿到了狸奴面前。

他打开笼子,把狸奴榻上铺着的锦缎铺在了笼中,然后伸手抱起惊恐哈气的狸奴就要往里塞。

那仆从本以为李奉渊和李姝菀一样,只是来看看,却见他一连串动作活似个偷猫贼。

仆从快步走过来,有些忐忑地问道:"李公子,您这是?"

李奉渊面不改色地将狸奴装进竹笼子,扣上笼盖,平静道:"我已给你们家公子下过聘狸奴的礼,狸奴我便带走了。"

那奴仆认识李奉渊,也知李奉渊和杨修禅关系交好,是有些疑虑,但并没怀疑李奉渊的话。

他愣了一下,问:"是大公子吗?下的是什么聘?"

李奉渊拎着竹笼站起来,淡淡道:"一罐好茶。"

他说完,便带着猫走了。

等在学堂门口的刘大看见李奉渊出来时提着只笼子,心里有些奇怪。

他牵马走近,低头一看,瞧见笼中畏畏缩缩趴着的竟是李姝菀的狸奴。

他疑惑道:"少爷,这不是小姐的狸奴吗?"

李奉渊淡淡"嗯"了一声。

刘大见他不说话,心头泛起嘀咕:少爷怎么把这狸奴带了出来?要把它送走?还是扔了?总不能是突然生出一副好心肠,要将这狸奴带去医馆让郎中看看伤痛。

刘大接过李奉渊的书袋,有些狐疑地看了看狸奴,又看了看他。

李奉渊正要上马,察觉到他的目光,抬起眼皮子瞥了他一眼,脸上写着四个字:有事说事。

刘大自知无权过问李奉渊要带这狸奴去做些什么,他摸了摸鼻子,只能委婉问:"少爷,我们接下来去哪?"

他一连问出两个蠢问题,李奉渊似是觉得他喝过酒昏了头,又看了他一眼,观他神色如常,这才道:"回府。"

刘大听见这话,倏然睁大了眼:"少爷要把这狸奴带回府去?"

在他看来,当初书房失火,李奉渊没把这狸奴打死都算心软了。

李奉渊反问:"那不然扔了?"

他说完这话,不由自主想起若当真丢了这狸奴带来的后果,紧接着,脑海中便浮现出一张哭得无声无息、梨花带雨的脸。

嘴巴轻轻抿着,眼泪聚在眼眶里,要忍到不能忍了才滚出来,一滴滴似海珠。

李奉渊自己是打断牙混血吞的硬性子,也不喜旁人窝窝囊囊地哭。

他浅皱了下眉头,心头忽然有些烦躁。他将李姝菀的哭相从脑中摒弃,一踩马镫翻身上了马。

他一手提笼,一手持缰,低头看了眼笼中惊怯地望着四周的狸奴,对它道了声:"坐稳了。"

随后一夹马肚,胯下骏马如箭飞驰而出。

学堂外的路静,行人寥寥,马跑得也快。

那狸奴在笼中颠簸,起初还有精神冲头顶的李奉渊恐吓低叫。

到了闹市之中,李奉渊放缓了速度,它便只敢蜷紧了尾巴贴在靠着他身体的那片笼壁上,或是因为害怕路上汹涌的人潮,叫声竟变得格外柔软。

"喵——喵——"

颇有一种向李奉渊示弱的意味。

母猫死得早,小猫被李瑛捡回来后大部分时间都被关在李姝菀的东厢,没见过多少人潮涌动的大场面。

以前便是见人,也只是穿行在一双双高矮的靴鞋旁,何曾坐在高头大马之上望见过一颗颗长着乌发的圆脑袋。

它可怜巴巴地缩成一团,一小块乱糟糟的皮毛从竹棍缝中挤出来,贴着李奉渊的身体,透过衣裳能感受到些微的暖意。

李奉渊低头看了它一眼,忽然大约明白李姝菀为何如此在意这小东西。

若是黏人乖顺,不吵不闹,也的确有几分可爱。

回了府,李奉渊本想让宋静把这狸奴给李姝菀,但回栖云院的路上没见着宋静,便自己提到了院中。

李姝菀已用过膳,刚洗漱罢,正准备上床小睡一会儿。

李奉渊见东厢的门半关半开,里面熄了烛火,猜到李姝菀或许在休息,正打算将笼子放在门口便作罢,忽然晃眼一看,又瞧见东厢的窗户上有道影影绰绰的影子。

他未多思索,直接走过去,抬手叩响了窗户。

不轻不重,三声,"咚咚咚"。

桃青正为李姝菀解梳发髻,忽然听见声响,抬头一瞧,窗户上不知何时现出道人影来。

虽是白日,也吓得主仆俩一个激灵。

桃青以为是府内的仆从,敛眉肃声道:"有门不进,谁在外敲窗,如此不懂规矩?"

她说着抬高窗户一看,先瞧见的是李奉渊的青蓝锦袍,腰上挂着一只荷包。

待窗户往上支得足够高,便见李奉渊静静地站在窗外。

桃青哪想过外面站着的人会是李奉渊,怔愣一瞬后,吓得背上立马浮出一层薄汗,认错道:"奴婢该死,奴婢不知是少爷在叩窗。"

她上回犯过一次错,如今见了李奉渊很有些怕他。李奉渊看她吓得不轻,淡淡道了声"无妨"。

李姝菀亦很是意外,呆呆瞧着李奉渊,而后下意识抬手摸了摸自己被拆开的长发。

分明是李奉渊叩了她的窗,可她却觉得自己这披头散发的模样失仪,有些尴尬地抓着自己一缕头发,轻轻喊了一声李奉渊。

青丝如瀑,垂在她肩侧胸前。房中光暗,李奉渊又挡了她的光,此刻他垂眸看着她,觉得她瘦小得似个因饥寒而死的小女鬼。

李奉渊正要说话,笼子里的狸奴似乎听出了李姝菀的声音,开口柔柔地叫了一声:"喵——"

李姝菀还以为自己产生了幻听,可下一刻,就见李奉渊变戏法似的提起竹笼,放到了她的桌子上。

"你的狸奴。"

他的语气一如既往的平淡,可此刻在李姝菀耳中,却如菩萨祥音。

李姝菀呆呆地看了看笼子里的狸奴,又呆呆地看向李奉渊,傻了似的眨巴了下眼睛,然后忽然一点点红了。

李奉渊没理会她这笨模样,开口道:"狸奴已经带了回来,以后夜里无紧要事,不可出府,便是有要紧事要出去,也得问过我的意。还有,无论何时,只要出府,需得让刘二跟着,不可支走他。"

他背着手,似个小老头子语气平静又严肃地念叨了几句,说完却半晌都没听见李姝菀应声。

他敛眉又道:"听清了吗?"

李姝菀没说话,双脚忽然踩上凳子,上半身探出窗户,伸出一只手朝他抱了上来。

李奉渊全无防备,见她伸出手,下意识想推开她,可望了一眼她背后的桌沿,又硬生生停住了手。

任由李姝菀将他抱了个满满当当。

扑上来的风吹扬起他的头发,带着一股春意迎面的暖。

这是自从洛风鸢离世之后,李奉渊得到的第一个拥抱。

柔软温热的身躯靠在李奉渊身上,就像那笼中的狸奴一样,只是这感受更清楚，更暖和，也更让人不知如何应对。

李奉渊切切实实地因这拥抱怔了片刻，以至于他竟没有在第一时间扯开她环在腰上的手。

桃青看着眼前这一幕，亦是惊讶得张开了嘴。

李姝菀一手抱着笼子，一手环着他，或许是因为感激，又或只是单纯的高兴，声音带着一点不太明显的哭腔："谢谢。"

李奉渊没说话，他拧起眉头，不太自然地扯开她的手，也没看她，直接转过身走了。

春去秋来，寒来暑往。今年的冬天，梅花依旧傲立枝梢，大雪盖地，和去年一样的冷。

李姝菀每日往返在学堂与将军府之间，不知不觉，日子似水流去，又到了一年除夕。

学堂放假后，李姝菀和杨惊春常书信往来。除夕一早，李姝菀又收到杨惊春托人送来的信。

她坐在桌前，展信一看，原是杨惊春邀她今晚去逛除夕夜市。

……晚上可好玩了！舞狮驯兽、烟火炮竹，去年还有歌姬游船献曲……

杨惊春像是怕她不肯来，半张纸里写满了趣味儿，李姝菀逐字读过，仿佛见了杨惊春兴奋落笔书信时的模样。

信最后写着：

菀菀，若愿同游，请快快回信，我夜里驾车来接你。

信末画了一只小人甩鞭驾车的小画，很是可爱。

李姝菀浅浅扬起嘴角，可忽而她又收了笑意，透过窗户，有些忐忑地望了一眼书房的方向。

第三章 相你

狸奴见她呆坐着不动,缓步走过来,跳上她的膝盖,用脑袋顶着她的肚子,轻轻"喵"了一声。

李姝菀放下信,摸了摸它毛茸茸的脑袋,小声问它:"百岁,你觉得他会同意我出门吗?"

除夕夜市万人空巷,鱼龙混杂,虽有金吾卫巡街,可也并非绝对安全。

李奉渊不许她夜里出府,李姝菀若今晚想出去,需征得李奉渊的同意。

李姝菀想了想,将杨惊春送来的信压在砚下,穿上斗篷,揣着袖炉往李奉渊的书房去了。

柳素和桃青围着炉子在做冬袖,看见李姝菀往门外去,放下手中的针线站起来,问道:"小姐要出门吗?"

李姝菀系紧了斗篷,道:"我去书房同行明哥哥说事,一会儿就回,不必跟着我。"

东厢到书房就几步路的距离,柳素和桃青坐了回去,应道:"好。"

书房里炉火烧得暖,窗户关着,开了小半扇门透风。

李姝菀站在门口,没贸然进去,站在门外抬手敲了敲门框,喊道:"行明哥哥。"

冷风肆意地朝着书房里灌,门后应该有东西挡着,风吹不动。李姝菀不比门板,才出门片刻,便被风雪冻得打了个激灵。

她戴上斗篷的帽子,站了会儿,没听见书房里有声音传出来。

李姝菀又抬手敲了敲门,稍微提高了声音:"是我,我能进来吗?"

可还是没听见回答。

莫不是不在?李姝菀心生疑惑。

可李奉渊素来用功,这个时辰不是在书房,还能是在哪呢?

正这时,身后忽然响起细微的踏雪声,李姝菀转过身,瞧见李奉渊正穿过雪幕从院外回来。

大雪如柳絮,徐徐飘落在他身上。他今日穿了件月白的外裳,化开的雪打湿了衣裳,肩头洇开了一片水色,看一眼都觉得冷。

他一向忍得冻，也一向不爱撑伞避雪。李姝菀微蹙了下眉，取了靠在书房墙边的伞，淋着雪朝他跑了过去。

到了跟前才撑开，油纸伞高高举起，如一片游来的低云挡在了李奉渊头顶。

近一年的时间，二人都长高了一些，可少年长势猛如春竹，冲得快，李姝菀一只手拿着袖炉，单手举伞罩着他很是吃力。

衣袖顺着她的手臂自然地往下滑去，露出一小段纤细的手腕，有点抖，不知道是因承不住伞的重量还是冻的。

手抖，伞也抖。李奉渊从她手里抽出伞，稳稳撑在了二人头上。

他道："几步路，何必跑过来，能受多少雪。"

李姝菀没有吭声，估计下次见着他淋雪，还是会跑过来为他撑一把伞。

自李奉渊把李姝菀的狸奴从学堂带回府中，二人的关系渐渐有所缓和，但坚冰难除，隔阂难消，这微乎其微的变化很不明显，只有从李奉渊说话时不比从前冷硬的语气中窥见一二。

李奉渊抬腿往西厢走，李姝菀也小跑着跟上去。

她动了动鼻子，闻到他身上有一股淡淡的烧纸味，意识到他是去了祠堂。

她记得她来府里的第一日，李奉渊便是在祠堂跪拜洛风鸢。

李姝菀想着，微微偏头偷偷看他，却并没见他脸上有多悲戚的神色。

又或者，悲伤与内敛本就是他的底色。

李奉渊察觉到她的目光，垂眸望了她一眼，问道："找我有事？"

李姝菀点点头，可忽然有些不知道要怎么开口。他正难过，她总不好闹着要夜里同杨惊春去外面玩。

她察觉到他身上散出的凉意，将手里的袖炉递给他，李奉渊道："不用，自己拿着。"

李姝菀于是又收了回来，紧紧捂着，将小小一只圆鼓鼓的滚来转去在手里烤。

白雪落在伞面，化成水滴下来，掉入脚边的雪地里。

李奉渊忽然想起什么，开口同李姝菀淡淡道："父亲今年不回来。"

李姝菀点头,轻声细语地道:"宋叔和我说过了。"

她语气平静而柔和,似乎并不很在意李瑛回来与否。

李奉渊在她这么大的时候,每到过年听见别人家欢声笑语,压抑已久的思念便爆发而出,想病死的娘,想活着却一年到头都见不着的爹。

此刻李姝菀如此冷静,李奉渊稍有些意外,问李姝菀:"他不回来,你不觉孤独吗?"

李姝菀看着脚下的路,缓缓摇了摇头,柔声道:"有你啊。"

李奉渊没想到她会这么说,步伐短暂地顿了一瞬。

李姝菀并没有察觉,她问李奉渊:"你呢?爹爹不回来,你会觉得孤独吗?"

她戴着帽子,一圈柔软的白绒围着她的脸,脸颊被风雪吹得有点红,琉璃般的眼珠里映着天地间白茫茫的雪景,看人时透着星月般的亮色。

李奉渊看着李姝菀眼里的自己,沉默片刻,缓缓道:"不知道。"

李姝菀听他这么说,有些为他难过,可片刻后,又听见李奉渊平静地开了口:"或许今年不会。"

回到西厢,李奉渊进内室换了一件干净的外袍,李姝菀捧着袖炉站在堂屋等他。

门大开着,冷风直往屋内灌,她摘下斗篷的帽子,默默挪到了炉子边上。

李奉渊从内室出来,看见她低着头安安静静地坐在炉边烤火。

门口,仆从进进出出呈上早膳,但桌上却只有一副碗筷。

仆从们自然看见了房中的李姝菀,可二人向来分桌而食,没有李奉渊的吩咐,无人敢擅作主张为她端凳添碗。

李姝菀其实已经吃过,她本想等李奉渊用完早膳再和他提今晚出府的事,可此刻她像块石头在一旁看着李奉渊落座,忽然觉得有些道不明的尴尬。

仿佛二人表面维持的和缓关系在此刻被桌上仅有的一副碗筷无声打破了,露出了府内人尽皆知的并不近密的真正面目。

李姝菀有些拘谨地从炉边站起来,打算先回去,等李奉渊用完膳再

135

过来。

她正要开口,却忽然听见李奉渊对下人道:"再拿副碗筷来。"

李姝菀有些怔愣地看着他,因用过膳,便下意识想要推辞,可话到嘴边,又倏然回过神,将未出口的话吞了回去。

李奉渊说完,等下人拿来碗筷,李姝菀脱下斗篷落座,他才动筷。

他素日并不铺张,一人吃饭时只一荤一素一汤。

不过今日除夕,宋静让厨房荤素各加了一道,顺道做了一碟热乎的甜糕。

李姝菀早上吃的也是一样的菜,此刻还没饿,吃不下多少,抱着一小碗暖热的鸽子汤慢吞吞地喝。

李奉渊看她不怎么动筷,将桌上的甜糕端到了她面前。

她一向爱吃甜腻的糕食。

李姝菀偷偷看了他一眼,拿了一块送进嘴里。

二人用过膳,李姝菀放下瓷碗,提起自己的来意。

"方才惊春托人送来一封信,邀我今夜出府游玩。"

她似乎担心李奉渊不肯答应,偷觑着李奉渊的脸色,见他神色如常,才接着道:"她说若我去,她便驾车来接我,想来杨府会派侍卫随行,并不危险。"

李奉渊问她:"你想去?"

李姝菀听这话有戏,轻轻点头:"想。"

李奉渊并没如李姝菀想象中那样劝阻她,直接应允道:"那便去吧。"

李姝菀打了一肚子腹稿,此刻有些诧异他就这么轻易地答应了,愣了一下,随即面露喜色:"我这就去给惊春回信!"

她喜不自胜,笑意藏都藏不住,跳下凳子就要往外去,李奉渊叫住她:"衣裳。"

李姝菀脚步一转,又跑回来。侍女将换过炭芯的袖炉递给她,拿起斗篷为她系上。

李姝菀抱着袖炉,在侍女给她系斗篷的这点时间里,欢喜得发热的头脑稍微冷静了几分。

第三章 相你

她站在门口,侧目望着孤身坐在桌前的李奉渊,想了想,轻声开口道:"今夜是除夕,晚上我们……我……"

她欲言又止,李奉渊抬眸看过来,等着她接着往下说。

冷风肆意地从大开的门灌进来,李姝菀想起当初在这门外李奉渊是如何拒绝她的,后面的话像是被情绪堵在了喉咙,忽然便问不出口了。

她用力咬了下嘴唇,放弃道:"没事了,我……我去回惊春的信了。"

她说完便跑了。

李奉渊敛眉看着她逃出门外的身影,目光淡淡瞥过桌上她用过的碗筷,似乎明白过来她未尽的话,缓缓松开了眉心。

李姝菀快笔写了一封信,让人将信速速送去了杨府。

桃青和柳素听说李奉渊准了李姝菀出去逛夜市,皆很高兴,这意味着她们也可以跟着一同出去游玩见识。

主仆三人围在一处,柳素和桃青聊起往年除夕夜所见所闻,李姝菀双手支着脑袋,听得入神。

她时不时望着窗外,第一次盼着天色早些暗下来。

夜近雪停,烛火长燃,快到用膳的时辰,宋静忽然提着灯来到东厢,笑着同李姝菀道:"小姐,少爷邀您去西厢。"

李姝菀已梳妆打扮,等着用完膳便出门,听见宋静的话后有些意外:"行明哥哥有说是何事吗?"

宋静和蔼地笑了笑:"小姐莫不是忘了日子,今日是除夕,一家人自然是要在一起吃团圆饭才是。"

李姝菀听罢,有些难以置信地看着宋静,又问了一遍:"他叫我一同用膳吗?"

"是啊。"宋静见她有些呆愣地站着,摇头失笑,温声催促道,"小姐快请吧,少爷正等着您呢。"

李姝菀这才动身。

李姝菀跟着宋静来到西厢,李奉渊已坐在桌前等她。

他穿了一身今冬新做的青蓝锦衣,仍是不御冷的单薄一层,样式较素，没太多花色，只在衣摆下绣了几根斜生的青竹，衬得人格外挺拔。

圆桌上已摆上一桌子好菜，和早上不同的是，桌上备有两副崭新的碗筷。

李姝菀进了门，唤了一声"行明哥哥"。李奉渊看了一眼旁边的空凳，示意她上桌。

李姝菀上桌后，一眼就看见桌上唯一一盘点心摆在她碗前，身前的碗中盛了三只饺子，饺子汤冒着热气，汤面飘着几粒葱花。

虽是团圆之夜，可李奉渊也没说什么团圆吉利的漂亮话，他拿起筷子，道："吃吧。"

李姝菀"嗯"了一声，低头先吃碗里的饺子。

她吃了一只，吃到第二只时，忽然咬到什么硬物，牙口猛一阵酸。

她苦着脸朝咬开的饺子馅里看去，见肉馅里竟包着一只金灿灿的小元宝，难怪她方才觉得这只饺子有些重。

宋静看见李姝菀吃出了金元宝，眉开眼笑道："唯一一只小金元宝馅的饺子被小姐吃到了，小姐真是好运气，新的一年定能顺遂吉祥。"

李姝菀看了看桌上盛着饺子的瓷碗，又看了看李奉渊正吃着的饺子，问宋静："只有一只吗？"

"厨房只包了一只。"宋静道，他见李姝菀脸上没有半丝高兴，又道，"小姐这碗饺子还是少爷方才盛的，想来是少爷赠给小姐的福气。"

李姝菀听见这话，有些意外地看向了李奉渊。

他神色如常，好像知道这唯一一只带着福气的元宝饺子在李姝菀的碗中。

李姝菀将小金元宝从饺子里挑出来，侍女端来清水，李姝菀把小金元宝洗干净，用帕子包起来揣进了小荷包里，然后把剩下的饺子也吃了。

她吃着吃着，忽然抿唇偷偷笑起来，实在忍不住心里的欢喜，小腿都跟着在桌下轻轻晃。

李奉渊察觉桌子在动，低声道："坐好。"

李姝菀笑眯了眼，乖乖点头："嗯。"

第三章 相你

　　天色完全暗了下来，今年李奉渊不必一人过年，宋静早早便让人在府中挂灯添彩。茫茫夜色中，红灯笼一点，年喜满堂。

　　四方墙外，远处天边烟火炸开，流光溢彩。李姝菀和李奉渊用过膳，回到东厢，兴致勃勃地戴上绒帽，披上斗篷，将自己裹得似一只要藏在山洞中冬眠的小熊，全身上下就只有一张白净的脸露在外面，揣上小手炉准备出门。

　　她同杨惊春约好了，酉时初在东侧的小门外见，再晚就要迟了。

　　她踏出房门，看见李奉渊站在门外廊檐下。他侧对东厢，望着远方天际徐徐升空的烟火，似在等她。

　　刘大刘二站在他身后，二人见李姝菀出来，道了声"小姐"。

　　李奉渊闻声回过头，道："走吧。"

　　李姝菀一怔，小跑两步到他身侧，歪着脑袋看他："你和我一起去吗？"

　　李奉渊道："闲来无事，出去走走。"

　　李姝菀从未见过他贪玩享乐，他每日不得闲暇，何来无事可做一说。李姝菀悄悄扬起嘴角，与他并肩往外走。

　　到了侧门外，一辆四方挂着灯笼的马车迎面而来，车后跟着几名随从和侍女。

　　隔着许远，车窗里便探出来一只脑袋，那人冲着站在门外等着的李姝菀大喊："菀菀！"

　　学堂放假，李姝菀与杨惊春已有许久未见，她笑开了眼，正要应声，却见一只修长的手忽然跟着从车窗伸出来，把杨惊春伸出窗的脑袋摁了回去。

　　李姝菀瞧见了那只手，同李奉渊道："修禅哥哥好像也来了？"

　　李奉渊道："是他。"

　　往年杨修禅和杨惊春除夕出游，总会邀李奉渊一道，不过李奉渊从没应约。

　　马车徐徐停在二人面前，杨惊春扒着车窗望出来，朗声道："菀菀！奉渊哥哥！"

　　李姝菀低着头在怀里摸了摸，掏出一只双面绣着福字的小荷包，踮着脚从车窗递给她:"惊春,我做了一只小荷包给你。"

杨惊春伸手接过,摸到里面圆鼓鼓的,竟还装了压岁钱。她欢喜道:"菀菀,你真好。"

李姝菀腼腆地笑了笑。

李奉渊扫了一眼杨惊春手里的荷包,又望了眼李姝菀,别过了目光。

杨修禅从马车里钻出来,瞧见李奉渊后开口便打趣道:"杨某何德何能,竟得李少爷陪我们这些俗人同游,实属荣幸。"

李奉渊没理他。

杨修禅习惯他的性子,也不在意,说完从怀里也掏出一只装着压岁钱的荷包,递给李姝菀:"姝儿妹妹,新春吉乐。"

李姝菀伸手接过,将荷包妥帖收进怀里,仰头笑望着杨修禅:"谢谢修禅哥哥。"

李奉渊淡淡道:"走吧。"

李姝菀和杨惊春坐在车中,李奉渊和杨修禅在前驾车,随从侍女浩浩荡荡跟在车周。

两个小姑娘久别重逢,凑在一起似有说不完的悄悄话,李奉渊和杨修禅听着车内时不时传出笑语,聊了几句闲话,片刻便到了街市热闹处。

长街上车水马龙、熙来攘往,驾着马车实属寸步难行,是以四人下了马车,沿着长街慢慢悠悠一路往前逛。

李姝菀第一次逛夜市,被除夕的盛景迷得目不暇接,沿途的叫卖吆喝声不绝于耳,她只一双眼一双耳,竟有些不知该往哪里看、往何处听。

江南静,她所住的寿安堂到了夜里更清宁,从没有这么热闹的时候。

头顶彩灯高挂,夜空中烟火长燃。和杨惊春说的一样,河上有歌姬游船献曲儿,酒楼之上有舞姬起舞助兴。

四面八方皆是人声鼎沸,仿佛群蜂于耳畔嗡鸣。喧嚣繁闹驱散了冬夜的寒气,这份辉煌璀璨,是只有京都才得见的人间盛景。

杨惊春兴奋得像刚钻出深山的猴子,拉着李姝菀四处奔走,哪里人多,她便往哪里挤。只要瞧见喜欢的玩意儿,她也不管贵贱,吐金兽似的乱买一通。

李姝菀跟着她,帽子都给人挤掉了两回。

只可惜李姝菀的荷包本就小,里面还塞了一只吃饺子吃出来的小金元宝,没装下几个多余的银钱。

买了几件东西,还没觉着趣儿,荷包便见了底。

李奉渊和杨修禅都对这夜市不怎么感兴趣,年年相似,毫无新意,看得已有些腻了,出门只为瞧个热闹,主要是盯着两个妹妹。

二人仿佛随行的侍卫跟在杨惊春和李姝菀身后,并不往人堆里凑。

逛了半个时辰,杨惊春仍旧兴致勃勃,半点不觉累,才离开提灯的小摊,眨眼又朝糖画摊挤了进去。

李姝菀今日穿得厚实,走走跑跑一路,没想到身上竟然发起热来,起了一身汗。

她解下斗篷,打算递给桃青和柳素,却见二人手上已经拿满了东西。

她又看向刘大和刘二,刘大、刘二手上东西也不少,倒不尽是李姝菀的,也有兄弟二人给自己买的小玩意儿。

正当这时,李奉渊伸出手:"给我吧。"

李姝菀抬头看向他,将斗篷递了过去,柔声道:"谢谢。"

杨惊春从糖画摊前的人堆里探出脑袋,冲李姝菀喊道:"菀菀,你喜欢什么样式的糖画?这个爷爷说他什么都会做!"

李姝菀摸了摸荷包里的小金元宝和几枚通宝,囊中已然羞涩,她有些不舍地将荷包绳抽紧了,不打算吃糖画了。

李姝菀正准备回杨惊春的话,李奉渊忽然掏出钱袋子递给了李姝菀。

李姝菀看着伸到面前的鼓囊囊的钱袋,愣了一下,目光顺着眼前的手臂看向了李奉渊。

李奉渊见她呆住,索性直接将钱袋塞进她手中,他道:"既然出门玩,自要尽兴。去吧。"

他话一说完,李姝菀忽然张开手朝他抱了上来。

软和的身体靠上来,短短须臾,李奉渊下意识想推开,可伸出的手在空中顿了一瞬,最后却是伸向了李姝菀头上歪掉的绒帽。

他将她遮住眉毛的绒帽扶正,收回手:"去吧。"

141

李姝菀轻轻点头，拿着他的钱袋子去找杨惊春了。

杨修禅目睹了全程，忍不住闷笑起来。他抬手搭上李奉渊的肩，语带调侃道："我当初说什么来着？等你和姝儿关系亲近了，她就是翻到你头上，你也甘愿。"

李奉渊没应声。

可杨修禅并不打算放过他，用力拍了拍他的肩头："记不记得？嗯？记不记得？就在学堂说的，你当时还分外不服气来着，现在可认了？"

他摸了摸李奉渊臂上搭着的李姝菀的月白色斗篷，"啧啧"叹了两声："都学会给姝儿妹妹拿衣裳了，真是难得，你李奉渊何时行过伺候人的事？"

他喋喋不休，似势必要在李奉渊这儿找到一两分同为兄长的归属感。

李奉渊瞥他一眼，甩开他的手，朝着糖画摊走了过去，同正做糖画的老人道："劳烦，做只王八。"

而后冲着李姝菀抬了抬下巴："付钱。"

李姝菀打开自己的小荷包，取出了两枚通宝。

杨惊春皱皱鼻子，不解道："奉渊哥哥，你要王八做什么啊？要只威风凛凛的虎兽不好吗？"

李姝菀也有些疑惑地看着他。

千年王八万年龟，没人喜欢王八。

李奉渊面色淡淡地回道："王八壳硬，软了堵不上你哥的嘴。"

杨修禅哈哈大笑。

挤挤攘攘逛了半条街，杨惊春和李姝菀竟在面具摊前遇到位熟人——沈回。

他挑了张半边脸的白狐狸面，正往脸上戴，只有鼻尖和下颌露在外面，瞧不清晰模样。

杨惊春和李姝菀没认出来他。

沈回透过面具看见二人，很是意外。他透过狐狸眼定睛细看，确定是杨惊春和李姝菀，开心道："杨姑娘！李姑娘。"

杨惊春和李姝菀扭头看去，沈回歪着脑袋望着二人，扬唇笑起来：

第三章 相你

"好巧。"

他一张面具挡了半张脸,杨惊春有些脸盲,还是没认出来,李姝菀试探着问:"沈公子?"

沈回将面具往额头上推去,露出面容:"是我。"

沈回曾在学堂帮过李姝菀一回,后来几人便渐渐成了朋友,此时街头偶遇,三人皆很是欣喜,站在面具摊前闲聊了一会儿。

沈回身后跟着两名小厮,手里拎满了东西,杨惊春好奇道:"你买了什么有趣的东西,能否让我和菀菀瞧瞧?"

此处热闹,三人说话要提高声音才听得清。

沈回大声道:"没什么有趣的,多是一些笔墨书画和泥塑石雕,还有一些常见的小玩意儿。"

虽这么说,他还是让小厮把买来的东西拿给杨惊春和李姝菀瞧。

他似个卖杂货的小商人,捡出几样仔细介绍,这画是在哪家买的,那雕了荷池的砚又是何处得的。

不是什么名贵之物,胜在精巧别致,听他介绍,看得出来都是他极为喜欢的东西,只是在这盛节之日,笔墨之物难免显得有些无聊。

不过——

杨惊春看了看,指着一支笔杆顶端立着只呆玉兔的毛笔问他:"这兔子笔好可爱,在哪儿挑的?"

沈回扬手一指:"就在前面那家'四宝堂'挑的。"

杨惊春很喜欢,同李姝菀道:"菀菀,待会儿我们也去买两支吧。"

李姝菀点头:"好啊。"

"这儿的面具也好看,等我先挑一挑。"杨惊春说着,一头扎进面具摊,"菀菀,你等我一会儿。"

李姝菀自然应好。

杨惊春看上的兔子笔的笔杆是用青竹做的,不知用了什么法子,留住了细竹本身的鲜青色,顶端的玉兔抱着青笔杆,很是可爱,一瞧就是姑娘喜欢的东西。

李姝菀问:"沈公子是买给家里姐妹的吗?"

143

沈回听得这话，不知怎么脸竟稍稍红了："不是。我是家中独子，并无姐妹。"

他这话声音低，李姝菀并没听清他说了什么，不过看他摇了下头，猜到他否认了。

沈回将笔装回笔盒，并没递给身后的小厮，而是握在了手中。

他看向李姝菀，目光迎上她水灵灵的眼，忽然冲她笑了笑，夸赞道："李姑娘，你今日真好看。"

他眼神认真，又带着点羞赧，一句话说完，耳根子都染了些粉色。

可惜他声音太低，李姝菀还是没听见他说了什么。

她微微靠近，将耳朵附过去："我方才没听清，你说什么？"

沈回缓缓摇头，没有再说。他将手里的笔盒递到李姝菀面前："这支笔，其实是买来赠你的。"

李姝菀愣了一下："给我？"

沈回抿了抿唇，道："当初我心胸狭隘，乱生妒忌，在你的桌案上画了一只肥青虫。你这样聪颖，想来已经猜到了。"

李姝菀没想到他突然提起旧事，有些茫然："这事我都快忘记了。"

沈回道："我忘不掉。那之后我心中一直过意不去，但又不知该如何同你道歉。今夜一见这杆兔子笔，斗胆猜你或许会喜欢，便买了下来。本打算开学给你的，只是……"

说到这里，他突然顿住话声，没再继续说下去。

他将笔盒递给她："不是什么贵重之物，若你肯原谅我，便请收下吧。"

他语气诚恳，叫人难以拒绝。李姝菀伸手接过，但心中却没有将此作为歉礼，道："谢谢你，我很喜欢。"

沈回手上一松，心头也骤然松了口气。

李姝菀道："你的画真的很好，那只青虫我一直没舍得擦去。"

沈回没想这时她还要夸他一句，红了脸："我今后若有所成，你不嫌弃的话，我来为你作像。"

李姝菀道："好啊！"

沈回郑重其事地伸出小拇指："拉钩作誓。"

第三章 相伴

李姝菀笑着回应。他道:"一言为定,等我有所成,定会回来寻你。"

几步外,李奉渊看着李姝菀和一个不知从哪里钻出来的小子聊着聊着忽然牵上了手,浅浅皱了下眉头。

他连李姝菀打算送给杨修禅的荷包都要收缴,哪能看一个不知身份的外男和她如此相近?

李奉渊屈肘轻撞了下杨修禅:"你可认得那人是谁?"

"谁?"杨修禅嘴里塞着糖葫芦,正为旁边的杂耍喝彩,听见李奉渊和他说话,转过身顺着李奉渊的目光看去,道,"沈家的公子,春儿她们的同窗,说是很好的朋友。"

李姝菀在学堂除了杨惊春,玩得最好的友人便是沈回,杨修禅都清楚,没想到李奉渊却不知道。

他有些奇怪:"菀儿妹妹平日在家时,难道不和你说学堂的趣事吗?"

李奉渊没说话,算是默认。

杨修禅见李奉渊一直望着沈回,似有些在意,便将自己知道的一股脑都吐了出来:"听春儿说,之前这小少爷在菀儿妹妹的桌上画了只大虫子吓唬她,后来不知怎么忽然转了性,在闻家那小子欺负菀儿妹妹时出手相助,几人便成了朋友。"

李奉渊稍一敛眉,思索着道:"沈?前不久因议论当年'棋坛事变'被贬的沈家?"

杨修禅隐隐记得自己的爹在家里的饭桌上提过一句什么"沈家酒后失言遭贬"的话,道:"好像是有这么一回事。你从哪知晓的?"

李奉渊道:"师父说的。"

师父,便是杨老将军,杨修禅的爷爷。

杨修禅了然地"哦"了一声。

既遇见了,沈回和李姝菀、杨惊春便一路同行。杨惊春给自己买了一只猛虎面具,替李姝菀挑了一只雄狮面具。虎狮同行,要多威风有多威风。

临别之际,几人逛至河畔,各买了一盏荷花灯,放河中许愿。

盏盏明灯承载着人间万千心愿,顺静谧的河流渐行渐远,密如天上点点繁星,贪求甚多却也不可触摸。

杨惊春看着自己的灯漂远了,问李姝菀和沈回:"菀菀,沈公子,你们许了什么愿?"

李姝菀有些迟疑:"说出来,会不会就不灵了?"

杨惊春大大咧咧道:"就是要说出来!如此天上的神灵才听得见。"

李姝菀觉得这话有几分道理,望向烟火绽放的天际,认真而又缓慢地道:"我希望爹爹平安,希望每年都像这样大家一起过除夕。"

她说着,扭头看了一眼身后的李奉渊。他手托一盏莲花灯,正提笔写愿。杨修禅扒着他的肩,看见他落笔写下了四个字:西北安定。

李奉渊察觉到李姝菀的目光,抬头朝她看了过来。李姝菀扬起嘴角,冲他笑了笑,然后回过头,抬头望着辽阔的天际,在心里道出了未说完的话:我希望一直和大家在一起。

李姝菀问杨惊春:"你呢,许了什么愿?"

杨惊春心思纯粹,心愿也简单明了,她有模有样地摆弄了几下拳脚,大声道:"我要做天底下最厉害的女人!"

周围的人听见这豪迈之语纷纷看过来,杨修禅无奈扶额:"每日早起都要命,怎么敢大放厥词?"

杨惊春吼了三遍,确保天上的神明听见了,问沈回:"沈公子,你呢?"

沈回看着自己行远的灯,徐徐开口道:"我以往随母亲去寺里礼佛时,总要拜在佛前求上许久才肯起。虽所求甚多,却大多都未灵验。如今我只希望家人安宁。"

李姝菀和杨惊春不知他父亲被贬,只当他许下了一个寻常的愿望。

沈回也没有解释。他不想在这欢乐之际告诉李姝菀和杨惊春自己要随被贬的父亲离开望京,再不能和她们一起上学。

他自认是个无趣之人,不想再做破坏欢乐的无趣之事。

看罢烟火,沈回同杨惊春和李姝菀在河畔告了别。

李姝菀和杨惊春目送他隐入人群,二人没有想到,这一面之后,从此许多年都未再见。

元宵后,沈回随家人离开了寒冷的京都,前往温润的南方——

宥阳。

沈父遭贬，往日相识之人唯恐受其牵连，对其避之不及，因此沈府一家人离开京都时悄无声息，并无好友相送。

等初春开了学，李姝菀和杨惊春不见沈回来学堂上课，打听之下，才得知他已经离京。

昔日好友无言相别，不知何时再见，二人为此十分难过。

有学生听说沈回的父亲受贬是因妄议了一桩称为"棋坛事变"的旧事，在课上问起先生："先生，棋坛事变究竟是何事，为何沈回的父亲不轻不重论了几句便落得如此下场？"

正值春寒料峭，讲堂闭了门窗。寒薄的春光透过窗纸照在学生充满稚气的脸庞上，道道窗格横竖相隔，在光亮中生出几道不可弃除的影。

先生坐在讲台之上，看向下方一道道不解的目光，沉默了片刻，似乎不知道要如何解释这一桩沉重的往事。

当年棋坛事变牵连了许多官员，诛的诛，贬的贬，因此事殒命的有过百人之多，是以鲜有人提起。

也是这一群涉世不深的年轻学生，才敢如此光明正大地问起来。

先生开口道："众所周知，齐人好棋。十多年前，蒋家在望京城中设了一处棋阁，邀天下棋士论棋对弈。"

一学生开口接话道："我知道。那棋阁名天地阁，就在明阳湖畔，如今改成了一处酒楼，听说汇聚了各方名厨，生意很是红火。"

先生道："正是。"

另一学生问："沈回的父亲便是在这酒楼中论了当年之事吗？"

先生缓缓点了点头，接着道："棋阁论棋，只论棋术高深，不看出身尊卑，士族庶民皆聚于此，一时天地阁名声远播。然而雅兴之下，后来却有乱臣贼子借棋坛之便，暗中谋策祸国之事。事情暴露之后，贼子伏法，天地阁也因此再无人问津。"

他虽做了解释，可含糊其词，其中细则皆隐瞒不言，并没言明。

学生懵懂，不依不饶地追问："先生可知那乱臣贼子谋划了什么祸国之事？贪污枉法、谋逆抑或谋害皇室？"

提问的学生似从别处听说过当年之事，略了解一些事实。只是他虽问了，先生却不能答。

学生是芽。在他为人师后，他的老师曾这般告诉他。

新芽懵懂，以后长成何种模样，全看传道解惑之人如何栽培教化。

在这一刻，他深切地明白了这话中本意。

棋坛事变中的阴谋诡计不该剖明在这一群幼弱无知的孩童面前。先生提声道："于现今的你们而言，这早已定论的陈年旧事并不重要，重要的是当因此明白，为人臣当忠君爱国。若今后尔等身怀抱负踏足官场，应以此为鉴，行正道，为能臣，不忘初心。"

学生们闻言肃容，齐声道："学生谨遵先生教诲。"

声音稚嫩，却自有一番正气，先生点点头："天寒，今日之课便上到这儿，下课吧。"

放学后，李姝菀回府默了两遍今日所学的课文，等着李奉渊回来一道用膳。

自除夕之后，二人的关系又更近了一步，如今午晚都一起用膳。

本来早上也同桌而用，不过李奉渊上课的时辰要早一刻钟，去学堂也要早些。

李姝菀冬日贪觉，起早了总发困，坐在饭桌上常抱着碗打瞌睡，脑袋都快掉进碗里。

有过两次，李奉渊便让她晨时多睡一会儿，不必勉强一起。

午膳在东厢用。李姝菀和李奉渊吃饭时，狸奴后肢踩凳，前肢搭在桌边，探着脑袋凑上桌瞧有什么好吃的。

李姝菀宠它，有什么好吃的都分它一小口，一岁大点儿的狸奴被她喂得头肥肚圆，她都快抱不动了。

今日也一样。不过她似食欲不振，只顾着喂狸奴，自己却没吃多少东西。

李奉渊看她不言不语，开口问她："姜家的小子又欺负你了？"

李姝菀听他忽然开口，抬头看过来，似不明白他为何这样问，摇头道："万姑娘今年回来上课了，姜闻廷如今黏着她，不再欺负我了。"

李奉渊又问:"那为何心绪低落?"

李奉渊性情内敛,寡言少语,不动声色,李姝菀似乎便觉得自己安静时也是如此。她听李奉渊这样问,面露诧异,很奇怪他如何知道她不高兴的。

李奉渊看出她心中所想,不过并没解释。

往日能吃下半碟子糕点的人今日只吃了半块,长了眼睛的人都能看出来。

李姝菀将想要爬上桌的百岁抱下桌,开口道:"我在学堂有一个很好的朋友,离开了京都,不再来上学了。听说年前他家中出了变故,我今日方知,觉得有些难过。"

她没有指名道姓,不过李奉渊猜到是除夕那日见过的沈回。

他问:"你是怨以你们的关系他却没有告诉你要离京之事,还是难过今后不能再与他相见?"

李姝菀道:"我并不怨他,只是除夕那日我们还见过,我却没有察觉他心头背负着重事,作为朋友,我太过失责。"

李奉渊听她语气低落,不怪沈回倒埋怨起自己,定定地看了她一眼,见她面色伤怀,心道:听着还像是情伤。

李奉渊直言问道:"喜欢他?"

别的姑娘听见这话或许要红着脸起身反驳,不过李姝菀压根没多想,只当李奉渊问的是朋友间的喜欢,大大方方应下:"喜欢的。"

李奉渊了然:心悦的小公子离开了自己,自然是要伤心难过一番。

他放下碗筷,替李姝菀盛了一碗甜汤,放到她面前:"喝吧,甜的,去苦。"

李奉渊所问的喜欢和李姝菀回答的喜欢并非一回事,不过二人谁都没察觉出来不对劲。

这小小一颗误会的种子就这么埋下了。

李姝菀喝着李奉渊盛给她的甜汤,忽然想起件事来。她开口道:"之前在课堂上,先生说起一件棋坛事变的旧事。"

她说着,从碗里抬起明眸看向李奉渊。

沈回的父亲因议棋坛事变而被贬，李奉渊是知道的。他看向她："为何问此事？还是因你那离京的朋友？"

他说起"朋友"二字，语速有些许的不同，不过李姝菀没听出来，她点头"嗯"了声："先生今日课上说起此事，但不知为何闪烁其词，不肯言明，我有些好奇。"

李奉渊道："他如何同你们说的？"

李姝菀一五一十地道："他说蒋家曾设天地阁邀天下棋友论棋，后乱臣贼子于此地暗中谋祸国之策，最终贼子伏法，而天地阁不再辉煌。"

先生的话笼统，丝毫未深入根本。贼子如何祸国，何官伏诛，死伤几何，此等关键处皆讳莫如深。

难怪李姝菀云里雾里，回来又问李奉渊。

李姝菀的先生或是因为并不知棋坛事变的实情，又或是因为担心议论此事后如沈回的父亲一般惹来麻烦，总之是隐瞒良多。

李奉渊回答前，抬眸淡淡看了一眼候立一旁的柳素和桃青。二人心领神会，领着伺候的仆从退下，关上了房门。

李姝菀听见声音，奇怪地回头看了一眼，有些不明白他们为何退了出去。

她还不明白，有些话只能私下言，不能让旁人听见。

沈回的父亲便是最好的例子。

李奉渊见人退下，这才开口道："你的先生只提及浅表，而未言及根本。棋坛事变的根本当属党争，而非贼子谋逆。"

李姝菀不懂，蹙眉问："什么是党争？"

李奉渊解释道："皇上福厚，膝下子嗣众多。其中，当属中宫太子祈伯璟与姜贵妃之子四皇子祁铮最有可能继位。朝中势力也大多分作两党，太子党和四皇子党。两党因利益结作党派，又因利益相斗，便是党争。"

李姝菀半知半解地看着他，李奉渊继续道："棋坛事变时，中宫未定，支持五皇子，也就是如今太子的蒋家设立了天地阁。朝官有爱棋者，也常入天地阁论棋，官员之间因此私交过甚。后来四皇子党以此为把柄设局，称蒋家结党营私，有谋逆之嫌，向圣上参了一本。后来的事你都知道了。"

　　这等实情旁人并不得知，棋坛事变时李奉渊仅五岁，关于此事起初只从洛风鸢的口中听过几句，后来入宫做了伴读，又听太傅与太子论起此事，才了解了些许内情。

　　李姝菀听得唏嘘："如此说来这竟是一桩陷害的阴谋，那因此受难的官员岂不冤枉？"

　　李奉渊淡淡道："许多事没有对错。各官以论棋之名，私下联络是真，想要扳倒四皇子党亦是真，四皇子党自然不可能坐以待毙。自古以来，党争从未断绝，然而当时边患未定，皇上不可能任由两派势力愈斗愈烈，搅乱朝堂稳固的局势，因此下旨降罪牵扯不清的官员，之后又立五皇子为中宫太子，两党势平，朝中也因此平息至今。至于各官谋划祸国之事究竟是真是假，真相隐于皇权和泥下白骨之中，冤与不冤，旁人终究难以得知。"

　　李奉渊说到此处，沉默少顷："事后大多官员被贬，只有设天地阁的蒋家所受罪罚最重，落得个满门抄斩的下场。"

　　李姝菀深深蹙紧了眉头，好似看见了那血流成河的画面。她听出李奉渊口吻惋惜，问他："你在蒋家有相识之人吗？"

　　李奉渊道："算有吧。"

　　李奉渊并不同情蒋家，只是洛风鸢有一亲如姐妹的好友明笙，于棋坛事变前嫁入蒋家，不过短短一年余，蒋家便遭了难，她也未能脱险。

　　她曾来探望过卧病在床的洛风鸢，李奉渊见过。她拿着小玩具逗他，要他唤她姨娘。

　　李奉渊从小就臭屁，自然不肯，再后来便听到了这位姨娘罹难的消息。

　　李奉渊想到这儿，脑海中忽然闪过一道不可捉摸的头绪。

　　这一念头极快，还未留住便消失得无影无踪。

　　李姝菀见李奉渊沉默不语，只当自己提起往事惹他伤心。她想了想，伸出手，轻轻握住李奉渊放在桌面上的手，安慰道："不难过了。"

　　稚嫩柔小的手掌覆上来，李奉渊垂眸看了一眼，脸上神色平淡，却抬手搓了下她软乎的小手指头，平静道："我并不难过，只是世事无常，令人唏嘘。"

　　李姝菀抿了抿唇，扯开话头："我听他们说，天地阁如今改成了一座酒楼。你去过吗？"

　　她话头转得僵硬，李奉渊听她突然提起酒楼，只当她肚子里生了馋虫，问她："想去外面吃酒楼？"

　　李姝菀有些茫然地摇了摇头。她并未作此想，只是想叫他别想着沉重往事罢了。

　　她正要解释，李奉渊却像是认定她是个贪吃嘴，伸手揩去她嘴边的点心酥渣，道："近来不空，先馋着吧。等月末先生放了假，再带你去。"

　　李姝菀看他一眼，在心头辩解：我不馋的……

　　光阴似江中水流，长远不见尽头，却也匆匆。

　　日复一日，月复一月，吃过几次酒楼，逛过几回除夕夜市，转眼四年已过，又是一年烈烈盛暑。

　　十二岁的李姝菀拔高了身量，颊边的婴儿肉也消失了。这些年李奉渊将她养得如润玉明珠，真真切切成了一位端庄知礼的小姐。

　　她仍在含弘学堂念书，也还是从前的先生。只是温和的先生如今变得严苛许多，不再视他们为懵懂孩童，而将他们当作了读圣贤考功名的学子。

　　如当年早出晚归的李奉渊一般，李姝菀如今每日晨间午后都要去学堂，学的东西也越发晦涩难懂，头发挠乱了也想不明白，常往李奉渊的书房里钻，向他请教。

　　书房里的屏风如今有了更大的用武之地，屏风一展，李奉渊在沙盘一侧读兵书演战术，她便在另一侧埋头苦学。

　　她用李奉渊的桌案，练李奉渊临过的字，读书架上李奉渊曾读过的书，一步步走他走过的路。

　　这日暮色临近，宋静揣着宫里送来的请帖来到书房，摇曳烛影下，恍惚一眼竟将书桌前端坐的娇小身影看作了年幼的李奉渊。

　　再一瞧，一个身形高挑的少年正背对房门，抬手在书架上取书；而桌案前的小人儿穿裙梳髻，哪里是李奉渊，乃是长高了的李姝菀。

宋静心头感慨万千，仿佛昨日还丁点大的人儿，眨眼便都长大了。

李姝菀面前的桌案上放着只算盘，正拨弄作响，她此刻算的是将军府下几处庄子的账。

将军府下的庄子田地丰饶，账本也厚。往年都是年末宋静才把各处的账本收上来，拿来给李奉渊过目，但前些日李奉渊却让他把庄子今年春的账册和各庄的鱼鳞册一同收了回来。

宋静起初还不知要做何用，眼下见李姝菀面前摊开了账本，抱着算盘算得眉头紧锁，才明白原是用来教她管账。

李奉渊听见宋静的脚步声，回身看过来。

比起性格愈发开朗的李姝菀，如今的李奉渊反倒更加寡言，也更加成熟稳练。

他将满十七，身上青涩尽褪，面骨轮廓削薄，透着一股介于少年和男人之间的锋锐英气。常年习武的骨架长开后，往那儿一站，俨然已有了能独当一面的气势，实实在在长成了个男人，让人心安。

宋静笑着从怀中掏出帖子，上前递给他："少爷，宫里送来的。"

李奉渊接过，还没打开看，像是已经知道是何事，开口问道："武赛？"

望京每五年都会在城郊外的武场办一次武赛，专邀束发至弱冠之年的年轻人，比射御蹴鞠之能。

文武官不论，只要年龄相仿，都可参加。

这武赛最初本是为选拔世家中的年轻武将之才而设，是以十多年前比得尤为血腥，设了数方擂台，真刀真枪地比。

李瑛当年便是在武赛中崭露头角，弃了祖上传下的墨笔，入军从戎。

不过也是那年，一名老臣的儿子妄自尊大，在擂台上惨败，重伤摔下擂台，没撑得过来，一命呜呼。

老臣失子悲痛，于朝堂上伏地痛哭，求圣上还其公道。

从此后武赛便改换了形制，撤了擂台，免了无眼的刀剑，只比一比无伤大雅的君子射御之能。

若是体魄强健，还可赛一赛蹴鞠。

宋静道："回少爷，是武赛，听说今年还是太子殿下举办的。"

李姝菀本在算账,听见这话,有些好奇地看了过来。

　　李奉渊瞥她一眼:"算清楚了?"

　　李姝菀立马又苦着脸缩回脑袋:"未曾。"

　　先生才教算学不久,李姝菀学得尚浅显,庄子的账册又复杂,她算了两遍也没算明白,心中很是颓败。

　　她低着头又拨起算盘珠子。李奉渊见她继续,收回视线,拆开帖子看了看。武赛定在六月十五,李奉渊看罢将帖子一合:"去不了。"

　　宋静一愣:"这……"

　　他见李奉渊面色淡然,提醒道:"少爷,这是宫里递来的帖子。"

　　李奉渊道:"前些日江南来信,今年外祖母花甲之寿,让我若有时间便下江南看看。"

　　李奉渊的外祖母当年本就不满李瑛与洛凤鸾的婚事,洛凤鸾病逝之后,她悲女痛极,更少与将军府来往,这些年一直居住在江南。

　　李奉渊曾与她书信,她也鲜少回,即便回信,信中口吻亦是冷淡漠然。

　　她不喜李瑛这个女婿,怨女儿的死是李瑛的疏忽所致,连带着神似李瑛的外孙李奉渊,她或也是带着怨愤。

　　她如今主动来信,想来是终于从悲痛中走出,才肯见他。

　　既是这个原因,宋静便不好再劝,他算了算时日,又道:"少爷如果贺寿归来加紧行程,或许还能赶上武赛。"

　　李奉渊道:"若应下后途中又生变,赶不回来岂不落人口舌,还是拒了为好。明日我书信一封,说明缘由,你派人送入宫中。"

　　宋静只好应下:"是。"

　　宋静退下,李姝菀又从拨乱的算盘珠子里抬起了头,看向李奉渊,动了动嘴唇。

　　她本是想问"你要去江南吗?何时回来?"。

　　可话到嘴边,却又只改成平平淡淡的一句:"你不去武赛了吗?"

　　李姝菀听杨惊春提起过武赛,她说李修禅这些日一直在家中搭弓挽箭,拉着兄弟练蹴鞠,决心要在人前一展身手,展示杨家儿郎的风采。

　　武赛既是比赛,自然设了座席。各家不参赛的少爷小姐都可在一旁

第三章 相你

欣赏年轻人的风姿。

李姝菀本还期待着在席间看李奉渊展示武艺,没想他却不能去。

李奉渊听她语气有些低落,问她:"想我去?"

这算什么问题,他武艺如此出众,不去岂不是可惜?

李姝菀正要回答,李奉渊忽然又问:"是想我陪你去武赛,还是不想同我暂别?"

他侧目看着她,李姝菀挪开视线,低下头不说话了。

自她来到将军府,便从来没有与李奉渊分开过,心中自然不舍。

可他此番是要去看他的外祖母,于情于理,她都不该相阻。

她拨正算盘,将记乱的账又重头算起。

李奉渊看她脑袋越埋越低,抬腿走过去:"不高兴了?"

李姝菀摇头,声儿低低的:"没有,只是这账怎么都算不清楚。"

李奉渊没有拆穿她,他站在她身后,手越过她肩头,将账册一合:"那便不算了。"

李奉渊这些年头一次出远门,准备只带刘大一路随行。宋静怕出岔子,劝李奉渊多带几名随从,路上稳妥些。

然而李奉渊自己一身武艺,连如今的杨老将军也难敌他,他嫌旁人拖累,没应。

宋静劝不动从前的李奉渊,而今他大了,更听不进宋静的连声絮语。

但宋静怎么都放心不下,李奉渊临行前一晚,宋静梦见李奉渊去江南的途中遇到山匪,他拔剑拼杀斩尽匪寇,自己也被砍出一身血。

宋静梦中惊醒,吓出一身冷汗。

第二日一早,宋静挑了十来名身强体壮的侍卫打算塞给李奉渊,不过他并没去找李奉渊,而是直奔了东厢。

李姝菀今日向先生告了半日假,替李奉渊送行,天蒙蒙亮便醒了。

宋静来时,桃青正替她梳发。狸奴在她脚边蜷着。

宋静站在一旁,先同李姝菀寒暄了几句,而后状似随意地问道:"小姐昨夜睡得可好?"

李奉渊此去江南要离开二十来日,这些日子李姝菀的不舍藏都藏不住,宋静是看得清清楚楚。李奉渊今天要走,她昨晚又怎么睡得香?

　　果不其然,桃青替李姝菀回道:"小姐这几日都没睡好,昨天半夜里更是醒来好几回。宋管事,要不去请个郎中来瞧瞧,开几服安神的药?"

　　宋静应道:"好,待会儿送走少爷,我便让人去医馆请郎中。"

　　李姝菀这儿伺候的人安排得足,一般用不着宋静守着。往常早晨这时辰,他不是在厨房盯着便是往李奉渊那处去了。

　　今早他在李姝菀这儿无所事事地站着,李姝菀猜他或是有话要说,开口问道:"宋叔,你是不是有什么事要同我讲?"

　　宋静正不知道要怎么提,听她问起,轻轻叹了口气:"说来怕惹小姐不高兴,老奴昨晚做了个梦,惊得心慌。"

　　李姝菀偏头看他:"什么梦?"

　　宋静徐徐道:"老奴梦见少爷去江南的路上遇上一伙劫财越货的山匪,起了争执。"

　　宋静提这梦,本意是打算让李姝菀等会儿帮忙去劝一劝李奉渊,让他多带几名随从一道下江南,并不想吓着李姝菀,是以简简单单说了这么一句便停了。

　　李姝菀听得担忧,蹙眉道:"这一去的路途中盗匪猖獗吗?"

　　宋静忙安慰道:"少爷去江南走官道,想来遇不上匪徒。只是个诡梦罢了,老奴不该说的,平白让小姐担心。只是梦里少爷身边无人护着,老奴想起少爷此去江南又只带了一人随行……"

　　李姝菀才松了口气,听见这话心又吊了起来,难以置信道:"只一人吗?谁?刘大?"

　　李姝菀平时出个门李奉渊都起码安排六人跟着,很难想象李奉渊自己出门竟只带一名随从。

　　宋静终于把话引到关键上,忙道:"是。只刘大一人。老奴本打算安排十多名随从,不过少爷担心人多拖累脚程,老奴便只好作罢。"

　　李姝菀听得这话,刚展平的眉一紧:"路途遥远,自然是稳妥最为重要,怎能任性?"

第三章 相你

桃青插上最后一支发簪，李姝菀站起身便往西厢去，边走边吩咐道："还是要有侍卫护着才安全。宋叔，劳你再去挑些能手，备下良马一路跟着去江南，我去劝劝他。"

宋静弯眼一笑，忙应道："老奴这就去安排。"

今日虽要离京，可李奉渊一早还是去了武场练枪。风雨不惧，李姝菀一日都未曾见他歇过。

西厢门开着，李姝菀进去，李奉渊正坐在椅中擦拭长剑，剑鞘斜放在桌上。

他方沐浴过，头发未束，凌乱地散在肩背，长及腰身。

几根发丝缓缓从额前垂落，挡住视野，他抬起手将额前的发随意往后一抹，露出剑眉星目。

跟在李姝菀身后的桃青微微看红了脸。

李奉渊见李姝菀此刻来，有些意外地看了眼门外天光，问道："今日不贪睡了？"

李姝菀走过去，在他身边的椅子坐下来，轻声道："睡不着。"

李姝菀直接问道："你这次去江南只带刘大吗？"

李奉渊一听就知道她想说什么，他擦着剑，头也不抬："宋叔和你说的？"

李姝菀"嗯"了声，劝道："还是再多带几人吧。山高路远，你若只带着刘大，宋叔不能安心的。"

李奉渊停下手里的动作，抬眼看向她。李姝菀微抿着唇，亦看着他，神色有几分祈求之意，显然怕他不答应。

宋静劝了好几次李奉渊都置若罔闻，李姝菀这一劝，李奉渊倒并未直接拒绝。他问她："是宋叔不能安心，还是你不能安心？"

这话问得奇怪，李姝菀不懂这有何分别。李奉渊看她神色茫然，语气平平地解释道："宋叔看着我长大，或许是可怜我从前一个人，自小我无论做什么他都忧心忡忡，担心飞来横祸。不必太在意。"

宋静受李瑛嘱托，这些年照顾着李奉渊和李姝菀，深觉肩头的担子比天大，忧思过重已成了习惯。

李奉渊说着又道:"若是你也不能放心——"

这次他话没说完,李姝菀便轻声回道:"我自然也不放心的。"

她声儿低低的,听来柔柔弱弱,一双杏眼直直地望着他,尽是藏不住的担忧。

好似他这一去,她便要没了依靠。

李奉渊猜到宋静多半是说了什么话唬她,才叫她一早来当说客。

不过李奉渊并没深究,他看李姝菀面露忧色,直接答应了下来:"既如此,我此去便多带几人。"

得了李奉渊的允诺,李姝菀总算能稍微安下心。

可她一想到他此去要近一月的时间,又忍不住叮咛道:"此行路途遥远,天气又正炎热,若路上受不住暑气,便多在客栈歇一歇,晚一两日的,想来老夫人也不会怪罪。"

她想到什么便说什么,话讲得慢吞吞的,说完又道:"江南雨足,你若要出门玩,记得带上伞,不要淋了雨又不当回事,染了寒症就不好了。若是水土不服,很难将养好的。"

李奉渊一手持剑,一手拿着柔软干燥的帕子,认真擦过剑身,就连剑上血槽也一点点擦得干干净净。

他垂着眼,好像眼里只有手上的活,没听李姝菀在说什么。

可每在李姝菀话语的间隙,他又会轻"嗯"一声,示意自己听着,也记下了。

李姝菀知道他的性子,吃得苦,嫌麻烦,更不爱拖沓。

莫说天热,便是天上降下冰坨子,他都不见得会在客栈里白白多休息一炷香。

她听他淡淡应了两声,渐渐止了声。李奉渊扭头看她:"不说了?"

李姝菀有些无奈:"我知道你在敷衍我。"

李奉渊听见这话,倒还笑了一声:"既然这样不放心,为何不同我一起去江南?"

擦拭得干净明亮的剑身反射出锋利的剑光,光线闪过清澈的眼眸,李姝菀趴在桌上,脑袋枕在手臂上,伸出一只手指头去碰他的剑。

李奉渊微转剑身，避开剑刃，将剑脊面向她，道："小心伤着。"

指腹挨过剑身，即便在这六月盛夏，也透着一股极其寒凉的冷意。

李奉渊看她好奇，索性将剑放到她面前，自己又拿起剑鞘擦起来。

他少用剑，多用枪，这把剑在库房吃满了灰，剑鞘上多雕刻，一时半会儿难擦干净。

他不收拾行李，只顾着拭剑，不知道的，还以为他此去是要上山剿匪，而非探亲。

李奉渊没听见李姝菀回答，又问了一遍："当真不去？你若改变主意，现在收拾行李还来得及。"

李姝菀缓缓摇头："我和惊春约好了，要在武赛上为修禅哥哥鼓劲儿，不能去了。"

这些年，李姝菀一直没提过江南的旧事。她不主动提，李奉渊也没问。

可江南毕竟算是她的故里，她又显然是个念旧重情之人，没道理不想回去看看。

李奉渊知道她给出的理由只是个借口，但并未追问，转而委婉道："你在江南还有故人吗？若有旧人，可书信于他们，我替你带去。"

李姝菀听见这话，脑海中立马浮现出一个年迈驼背的老妇人身影。

婆婆照顾李姝菀多年，后又同她相依为命。当年离开江南时，李瑛给了婆婆一笔不菲的钱财，足够她安度晚年，为的便是让李姝菀宽心，忘却旧事，永不记挂江南。

李姝菀记得李瑛的叮嘱。她做了将军府的女儿，在他的荣光之下享受着衣食无忧的生活，过着从未有过的好日子，自应当埋葬过去，不提起自己的身世，损害他的威名。

李姝菀很听话，这些年从没提起过任何有关江南之事，只是偶尔午夜梦回，她会回到那小小的寿安堂中，在夜中点一盏灯，和婆婆一起借着微弱烛光穿针引线，绣扇缝衣。

李姝菀眨了眨眼睛，将目光慢慢从眼前的剑身转到了李奉渊的侧脸上。

有一瞬间,她想将曾经的一切同他和盘托出,可最后,她仍只是浅浅摇头:"没有了。没有故人了。"

她语气轻缓,听来怅然若失。她既不愿说,李奉渊便没再追问。

李奉渊此番前往江南,行囊收拾得轻便,两身衣裳,一把银钱,外加擦拭干净的锋利长剑。

用过膳,李奉渊便准备启程。

李姝菀和宋静到门口送他。李奉渊把行李挂上马鞍,宋静将一只灌了凉茶的水囊递给他:"老奴让人煮了一壶祛暑的凉茶,少爷拿着路上喝。"

李奉渊伸手接过,也挂在了马鞍上。

李姝菀站在他身边,静静地看着他,叮嘱的话都说了好些遍,这时候反倒没有什么话讲。

在李奉渊将要上马之时,李姝菀突然张开手朝他扑了上来。

李奉渊像是早有预料,自然而然地摊开双臂,任由李姝菀结结实实撞上来,将她接了个满怀。

软和的身体撞上来,小脸埋在他胸前,李奉渊垂眸看着李姝菀的头顶,揽着她的背,明知故问道:"舍不得我走?"

李姝菀点头。她抱得很紧,却并未任性缠着他不放,只一会儿便松开了手,睁着有点红的眼,仰头看着他。

她似乎有话想说,可开口却只是一句:"一路顺风。"

李奉渊抬手轻轻抚了抚她的脑袋,随后一撩衣袍利落地翻身上马:"走了。"

说罢,他双腿一夹马腹,带着一队侍卫驰骋远去。

高挑的背影很快消失在视野中,李姝菀站在街道旁,在心里小声道出了未对李奉渊说出口的话:早些回来。

第四章 生疑

顶着烈日跑了数日，李奉渊一行人于第五日烈日正盛的正午抵达了江南。

老夫人派了人到城门口相迎。

李奉渊同老夫人十来年未见，早已不是当年脸上带着三分肉的孩童，但来迎接他的老奴却一眼就认出了他。

李奉渊一入城门，那老奴远远一望马上之人，便从凉棚底下钻出，快步走上前来："少爷。"

李奉渊勒马停下，看着马头前拦住去路的人，隐隐觉得有两分熟悉。他开口问道："洛府的人？"

那老奴听李奉渊声沉气稳，气势不凡，多打量了他几眼。

待目光触及李奉渊冷静的视线，老奴抬起手行了个礼，恭敬道："回少爷，是。老奴张平，是洛府的管事。老夫人年事已高，经不得暑气，特派老奴来接您。"

李奉渊听见"张平"二字，一道模糊但更为板直的身影在脑海中隐隐浮现，他依稀记得，这人当年总跟在他外祖母身后，深受她器重。

李奉渊淡淡道："有劳。"

"不敢。"张平说着，遥手一指凉棚下停着的马车，"日头猛烈，这儿离洛府还有一段路，少爷您看要不要乘马车回去？"

李奉渊道："不必，就这么回吧。"

张平擦了擦额头的汗，没有勉强："是。"

李奉渊经得晒，张平一把年纪却扛不住，他坐在另一辆普普通通的马车里，在前面开道，领着李奉渊一行人浩浩荡荡往洛府去。

163

老夫人姓洛，单一个佩字。洛家数代在江南经商，经营织造生意，根深蒂固，深有名望。

在江南或有人不知将军李瑛，但提一句江南洛家，却少有人不知来头。

洛家无论男女，皆不外嫁，世代招婿。李奉渊的外祖父亦是入赘洛家。

洛佩生下洛凤鸢后无暇修养，劳碌经营，亏空了身体，是以子女福薄，一生就洛凤鸢一个女儿。

李奉渊外祖父走得早，如今洛佩到了年纪，身边无亲无故，只得千里外李奉渊这一个外孙。

李奉渊到了洛府，先至客房洗沐更衣，才去见的洛佩。

正堂，一方十尺长三尺宽的玉桌上，铺展开了几片色泽各异的柔软丝布。

玉桌一旁，摆着一张方桌，桌上摆着笔墨纸砚，摊开了账册，还有一把同是白玉做的算盘。

打眼一看，富贵尽显。

房中角落里置了一方青铜冰槛，凉气阵阵，置身房中，丝毫不觉热。

洛佩闭目坐在方桌后的宽椅中，一名三十来岁的女子站在她身侧，手持账本，正一边拨算盘，一边缓缓为洛佩念着账目。

这女子名叫张如，是张平之女，一直服侍在洛佩前后。

她念罢，未听见洛佩开口，上前轻轻晃了晃洛佩的肩："老夫人，老夫人……"

洛佩很快睁开眼，拍了拍她的手背："醒着，听着呢。"

张如看她双眼清明，收回手，又继续照着账本念。

洛佩听了两句，又闭上了眼。

李奉渊进去时，张如停下声，下意识朝他看过来。她合上账本，同洛佩道："老夫人，少爷到了。"

她说着，像是担心洛佩不知这"少爷"是谁，又道："李奉渊少爷，远道从望京而来。"

李奉渊停在方桌前两步,定定看了眼椅中满头白发的洛佩,弯腰行礼,唤道:"外祖母。"

洛佩缓缓睁开眼,嗓音沙哑地开口道:"渊儿?"

李奉渊许久未听见有人如此唤他,怔了一瞬。他抬眸看向洛佩,见她手扶椅臂,上身前探,努力眯着眼看他,似已年老昏花,看不清他的模样。

近十年未见,长者已老,少者已成。

李奉渊顿了须臾,抬步上前,在洛佩面前屈膝蹲下:"外祖母,是我。"

洛佩的目光缓缓扫过他的脸庞,点点头:"长大了。"

忽而,她又轻敛眉心,目光凝在他锋利深刻的眉眼处,又道:"也越发像你父亲了。"

李奉渊长得像李瑛,而洛佩身上,也始终看得出三分洛风鸢的影子。

他见她思故,她见他却生怨。

洛佩说罢,伸手在李奉渊手肘处虚扶了一把:"起来吧。"

李奉渊站起身,洛佩也缓缓站了起来,她道:"一路舟车劳顿,想来是累着了。先用过膳,再谈其他吧。"

李奉渊听见这话,看了眼外头还明朗的日头,有些奇怪。

张如上前来扶着洛佩:"老夫人,这才申时初呢,不到用晚膳的时辰。您若饿了,我去叫厨房做些小食送来。"

洛佩偏头一望门外,日头燥烈,阵阵蝉鸣入耳,她摇头:"糊涂了,糊涂了。"

她坐回椅中,同李奉渊道:"那就先陪我坐会儿吧,待我将余下这点账听完。"

李奉渊自然应好:"是。"

他看了看,在方桌前坐下,耐心地等。

于是张如拿起账本又继续念起来。

一炷香过去,张如见洛佩不知何时又闭上了眼,上前轻拍她的肩:

165

"老夫人、老夫人。"

洛佩徐徐睁眼，然而这次她没理会张如，而是看向了在她面前坐着的李奉渊。

仍是探头前望，仿佛短短一会儿，她便不认得他了。

忽而，洛佩一竖双眉，露出了极其不耐烦的神色："将军今日怎又来了？我绝不可能将鸾儿嫁给你，请将军死了这条心，回去吧。"

李奉渊突然听见这前言不搭后语的话，显然怔住了，而张如却并不惊慌，开口道："老夫人认错了，这是李奉渊李少爷，不是李瑛将军。"

洛佩有些恍惚地看着李奉渊，喃喃重复了一遍："李奉渊？"

张如道："是。少爷特意从望京来看您的。"

洛佩闻言沉思片刻，缓缓展开了眉头，仿佛忽然想起他是谁，弯着苍老的眼，温柔地冲他笑了一笑："原来是渊儿。"

她满面和蔼，李奉渊却拧紧了眉，未等他想明白这究竟是怎么一回事，又听见洛佩问："渊儿，你母亲呢？怎么没有一道来？"

洛佩的嗓音温和轻缓，可出口的话却叫李奉渊惊诧。

他定定地看着洛佩含笑的眼睛，似要从中看出这只是洛佩在与他开玩笑。

可现实总比玩笑更在人意料之外。

未听见李奉渊回答，洛佩又道："渊儿怎么不说话？是不是嫌外祖母老了无趣，不愿和外祖母坐在一处闲聊了？"

她语气打趣，带着几分笑意。李奉渊看着她和善的面庞，忍不住想，如果洛风鸾还在世，洛佩待他大概就会如眼下这般亲近。

可越想，李奉渊心思越沉重。他缓缓握紧膝上的手掌，大抵能猜到这是怎么一回事。

他曾听闻一种病症，人在上了年纪之后，会在某日毫无征兆地开始失智妄言，既记不清前尘旧事，也识不得亲朋友人。

此症无药可治，无法可解，一旦患病，便会渐渐从清醒沦落至浑噩无识的地步，直至老死黄土。

听说有的人到最后连自己是谁都忘得干干净净。

第四章 生嫌

久别未见，再见却得知至亲身患苦病，李奉渊心间似破开一道缝，缝中丝丝缕缕溢出了几分难言的悲凉。

不过他并未表现在脸上。他开口回洛佩的话："外孙一直心系外祖母，怎会嫌弃？"

他说着顿了一瞬，再开口时语气又缓了些："这么多年，外孙一直没来江南看望外祖母，只望外祖母勿要嫌我不孝。"

洛佩听他如此能说会道，开口笑起来，笑罢又压平嘴角，佯装不满："是不孝。你不来，你母亲也不来，白白让我苦想。她人呢？"

一旁候着的张如闻言有些紧张地看着李奉渊，似乎在担心他接下来的话刺激到洛佩。

她抬手挡唇，小声提醒："少爷，老夫人经不得伤怀，更动不得气，还望您说些舒耳之言，勿伤了老夫人的心。"

她话说得委婉，实则就是要李奉渊说谎骗一骗洛佩。

李奉渊微一点头，示意自己明白。

张如话声低，洛佩年老耳聋，并没听见。

李奉渊开口同洛佩道："天热，母亲在望京，这次没有来江南。等熬过夏日，天气凉爽后，她再来看望您。"

洛佩听得发笑，摇头道："她自小就怕热，这点倒是一直没变过。小时候热得哭，央我在院子里头给她造了一方小池子，蓄了水，在里头泡着玩，顽皮得很。"

在李奉渊的记忆里，洛风鸢卧床不起的时候居多，身上总萦绕着一股清苦的药味。

如今从洛佩的口中得知温婉的母亲也曾有娇横撒野的一面，他的脑海中不由自主浮现出幼时的洛风鸢闹着要戏水的画面。

可那脸却模糊不清，再怎么想，都拼不出一副明确的五官。

洛佩唇边噙着笑，问李奉渊："如今呢，你母亲到了夏日也还贪凉吗？还是有了别的解热的法子，不再像条翻了肚皮的鱼一样泡在水里？"

李奉渊答不上来。他方才骗洛佩时有模有样，可她一追问，他便卡了壳。

167

因他也不知道，他的母亲若还在世该会是怎样的脾性面貌。

……他已连她的模样都记不清了。

闲谈片刻，张如劝着洛佩回了房中休息，出来时，见李奉渊在门外站着。

他负手而立，静望着院中的一方清池，默默不语。

张如轻手轻脚关上门，唤道："少爷。"

李奉渊没有回头，沉声开口："外祖母是从何时开始出现此种症状的？"

张如恭敬道："回少爷，是去年冬日，除夕的午后。老夫人素来有午憩的习惯。除夕那日，老夫人少见地昏睡至了傍晚，醒来后问奴婢老爷去哪了，又问怎么不见小姐。只是没一会儿，老夫人又恢复了清醒。当时奴婢只当老夫人睡糊涂了，并未放在心上。"

她说着，轻声叹道："后来，老夫人这病症发作得越来越频繁，请郎中来瞧过，也开了药，服用后却不见丝毫好转。直至今日，老夫人每天都有那么一时半会儿神思恍惚。"

李奉渊背在身后的手用力握紧，责问道："既已有数月，为何此前从未来信告知？便是这次寄来的信，也未提及只言片语。"

张如听出他语气愠怒，垂首道："回少爷，这是老夫人的意思。奴婢提过送信去望京，可老夫人不允。"

至于为何不允，张如并未言明。不过李奉渊大抵猜得到原因。

无非是因一个怨字。

洛佩怨恨将军府，怨李瑛远在西北不能照拂她的女儿，怨李奉渊的出生耗干了她女儿的气血。

在她眼里，将军府无疑是一座令人生厌的魔窟，将她懂事乖巧的鸢儿一点一点吞吃殆尽，连骨头都没吐出来。

当年洛佩曾千里迢迢来将军府看望病中的洛风鸢，年幼的李奉渊在门后听她同洛风鸢说过这样一段话。

"若你未嫁给李瑛，当初听娘的话留在江南招婿继承家业，不知比现在快活多少倍，何至沦落至此地步。"

第四章 生疑

李奉渊当了真，在洛佩走后，问洛风鸢是否后悔嫁给李瑛生下他，拖着病弱之躯被困在这将军府。

他仍记得洛风鸢当时温柔地笑着给他的回答："你父亲是天底下最为顶天立地的男儿，是大齐百姓的英雄，是母亲的心上人。"

李奉渊那时还不懂这些，在他眼里，父亲就如同一座一年才得见一面的青山，高大沉默，看似就在眼前，可等想要依靠他时，却又隔着青天云雾之远，遥遥不能及。

而李奉渊在此刻忽然惊觉，他作为外孙，也在不知不觉中做了好几年青天云雾外的远山。

傍晚，洛佩醒来已恢复了清醒，让张如请李奉渊来她房中用膳。

饭桌上，祖孙俩都默契地没有提及下午发生的事，而神志清醒的洛佩又变回了那副不冷不热的态度。

洛佩年迈，用得不多，吃了几口便放下了筷子。她看着低头用饭的李奉渊，关切道："你父亲远在关外，你独自在将军府过得可还好？"

李奉渊听洛佩问话，咽下口中饭菜，正要落筷回答，洛佩见此微微抬手，示意他不必拘礼。

她见李奉渊的碗快空了，看了眼侍候的侍女，侍女忙上前，又为李奉渊添了一碗饭。

李奉渊于是又端起碗筷，回话道："外孙如今并非一人，有一个妹妹相伴。"

洛佩仿佛突然想起这一茬："哦，对，你父亲当初是从江南带走一个小姑娘。"

李奉渊听洛佩知道李姝菀，问道："外祖母见过她？"

洛佩摇头道："未曾。"

李奉渊此番来江南，不仅看望洛佩，也打算查探清楚李姝菀在江南的过去。

洛佩仿佛知道他接下来要问起李姝菀的事，同房中的仆从道："你们先下去吧，我们祖孙俩说点体己话。"

张如领意,带着房中的侍女接连退了出去。

门轻轻关上,李奉渊思索着开口道:"关于李姝菀,外祖母可知道些什么?"

洛佩和李奉渊虽多年未见,但从他每年的来信中,读得出他是一个性格内敛却又重情之人。

他既然主动问起,想来很在意那个姑娘。

洛佩没有回答,而是反问道:"你想知道什么?"

李奉渊沉默片刻:"外祖母可知道李姝菀的母亲如今在哪儿?"

"死了。"洛佩道。

李奉渊已猜到这情况,可当亲耳听见,仍然皱了下眉。

洛佩继续道:"江南就巴掌大的地方,你父亲来江南接那姑娘时,我很快便得到了消息。当时他或许知道没脸见我,只派人送了口信,并未登门。后来我便派人去查探,查到那女人出身秦楼,染了病,我找到她时已经只剩一垒坟包了。"

李奉渊听人谈论过李姝菀母亲的身份,说她的生母多半是出自烟花之地,才未被李瑛带回府中。

李奉渊当时并未多想,也无甚在意,然而当此刻洛佩切切实实告诉他李瑛曾与秦楼女子有染,他心底反倒生出了一抹疑虑。

李瑛当初为了求娶洛凤鸢,没少在洛佩面前晃悠。洛佩在某些方面比李奉渊更了解他的父亲。

她显然也有所怀疑李瑛与李姝菀母亲之事,公正道:"我虽然不喜你父亲,却不得不承认他对你母亲用情至深。他与你母亲成亲多年,从未有过二心,更没听说身边有过别的女人。即便因你母亲病弱,他一个男人去过那等腌臜之地,以他的谨慎,想来也不会弄出个不清白的孩子。"

李奉渊越听心里的疑虑越深,他看向洛佩:"这猜测外祖母可曾与旁人提起过?"

洛佩道:"我哪有心思同旁人道这些碎语,今日也是见你在意那姑娘才与你说起。"

李奉渊道:"外祖母说的是,是外孙思虑不周。"

第四章 生疑

他如此谦逊知礼，倒让洛佩生出半分亲近。

洛佩替他盛了碗冰镇过的莲子百合绿豆汤，止住话题："好了，快吃吧，菜都凉了。"

李奉渊接过瓷碗："谢外祖母。"

用过膳，与洛佩闲聊片刻，李奉渊便回了客房。

刘大抱手站在门口等他，见他回来，迎上前去："少爷——"

李奉渊抬手打断他："进屋说。"

刘大闭上嘴，进屋后将门窗一关，语速飞快地同李奉渊道："都打探清楚了。小姐的生母乃是一名秦楼女子，那女子生下小姐后，自知养不活她，将小姐放在了一所叫'寿安堂'的医馆门口。经营医馆的老夫妻心善，收养了她，从此小姐便在医馆中长大。不过小姐她……"

李奉渊见他支支吾吾，看了他一眼："不过什么？"

刘大想起从医馆的婆婆那打听来的话，小心翼翼地看着李奉渊的脸色："不过小姐后来过得不太好，熬了好些年的苦日子。"

李奉渊听得这话，脑中立马浮现出李姝菀初来府中时在他面前卑微小心的姿态。

一时间，他的胸口如被浸湿的棉堵住，生出些窒闷难言的苦涩，李奉渊不自觉放低了声音："我知道了。继续说。"

刘大道："后来小姐的生母病重，临死前告知了小姐她的身世，此后将军便来江南，将小姐带回了望京。"

李奉渊听罢沉默片刻，问刘大："那老夫妻还在吗？"

刘大道："只剩一位婆婆，现还住在寿安堂。少爷可是要去找她？"

李奉渊没答，又问："那女人埋在哪儿？"

刘大愣了一愣才明白李奉渊口中的女人指的是李姝菀的母亲，他道："城郊外一株柳树下，那些烟花场所病死的女人大多都埋在那儿。"

李奉渊透过窗纸，看了眼窗外即将黑尽的天色，算了算时辰，起身道："去拿把铲子，跟我走。"

刘大有些疑惑，不知要铲子做什么，但并未多问，出门找人借了把结实的铁铲，跟着李奉渊出了门。

李奉渊提着灯,二人一路骑马来到城郊外,到了李姝菀母亲的坟前。

此处荒僻,了无人烟,只生了一片茂盛凌乱的野柳。每株柳前几乎都起了一座土包。有些柳树皮上刻了亡者名姓,但大多都空白一片。

李姝菀母亲的坟堆靠着的斜柳上亦未落名姓。

惨白月光照在密密麻麻的坟堆上,或许是此地阴气太重,四周连虫鸣都未听见,静下心来,似乎连若有若无拂过树梢的夜风都听得见。

刘大看了看眼前的坟,又看了看手里的铲子,忽然意识到李奉渊想做什么。

李奉渊平静地看着面前的土堆,问他:"确定是埋在这儿吗?"

刘大有些发怵,指着柳树上一截断了的枝条道:"是。斜柳断枝,埋她那人是这么说的。"

李奉渊闻言,忽然抬手对着面前死气沉沉的坟堆行了个礼,道了声:"得罪。"

而后他往旁退开半步,留出位置供刘大施展,语气平淡却又瘆人地道:"挖出来。"

四周寂静,夜幕苍苍。刘大手持铁铲,用力铲入柳树前凸起的坟包。铲出的泥沙堆在一旁,片刻后,一口棺材的边角渐渐显现出来。

李姝菀的母亲生时苦命,下葬时亦只有一口薄棺,如今大半棺木都已经被虫蚁啃食干净,承着泥土的棺材盖也早已腐坏。

铲子轻轻一凿烂得只剩半面的棺盖,没怎么用力,便碎成了片。

泥土早顺着朽烂的棺盖埋住了尸身,多半早已化成了白骨。刘大稍微放缓了速度,以免一不小心将尸骨铲个粉碎。

待瞧见泥下一抹若隐若现的骨头,刘大忽然神叨叨地念了一句:"罪过罪过,夫人勿怪。"

念完他似仍觉得此举太损阴德,紧接着一清嗓子,突然气势浑厚地扬声唱起了哀乐。

嗓音粗沉,语调却凄婉,半点听不清字音。

这荒郊野外,他乍然高歌来这么一曲,李奉渊冷不防被他吼得定了一瞬。

第四章 生疑

他瞥了刘大一眼:"声儿再大点,鬼都要被你召过来。"

刘大听见这话有些发怵地扭头看了一圈,只见四周漆黑寂然,不见人不见鬼,却看得人心慌。

便是半夜埋人刘大都不觉得无德,可半夜凿人坟堆,这事儿便没多少人干得出来了。

他呼出口凉气,回头拿铲子将尸骨上面的泥土轻轻刮开,待显现出几近完整的尸骨,同李奉渊道:"少爷,好了。"

李奉渊屈膝蹲下,持灯往坟穴中照去。尸体的血肉早被蛇虫鼠蚁啃食了个干净,坑中只余一副森森白骨和几片腐烂得褪尽颜色的破布衣衫。

李奉渊持灯将光从白骨的头部缓缓下挪,一点一点看得很认真。

忽然,不知他看见了什么异样,一皱眉头,撑地跳下坟穴,用手掌拂开了尸骸腰腿表面的泥沙。

细看片刻后,他赤手从中拿起了一块骨头。

是一块耻骨。

刘大不清楚李奉渊想做什么,见此一愣:"少爷,您这是……"

李奉渊仔细看着手中的骨头,眉头越皱越紧。他徐徐开口:"《昭雪录》中记载,女子生育之后,骨骼亦会有所变化,盆骨会变宽而耻骨联结之处会更为突出,与寻常女子不同。"

刘大不懂医,听得一脸茫然。李奉渊抬眸看他,又问:"你确定那女子埋在此处?"

刘大这次听出了李奉渊话里的弦外之音,他吃惊地瞪圆了眼睛,见李奉渊不似玩笑,认真回道:"奴才下午来这里瞧过,这一片长得歪七扭八的柳树多,可树上还断了一截残枝的,便只这一株。"

他说罢,看了一眼坟冢中的白骨,问李奉渊:"少爷,此人……"

李奉渊放下白骨,接过他的话:"此人并非李姝菀的生母。"

他正要爬上来,忽而手中提灯一晃,骸骨手侧的一物上忽然显出一点萤火之微的亮色。

李奉渊拿灯一照,见是一颗半埋在泥土中的青玉珠。

他将玉珠刨出,发现玉珠串在一条已近朽坏的细绳上。绳子已成黑色，不过轻轻拿起，那绳便断开了。

李奉渊没理会绳子，他擦净玉珠，将玉珠贴近手中提灯，隐约觉得近来在何处见过这模样的珠子。

玉珠打磨得不算圆润，晶体半透不透，李奉渊不懂女子首饰，看不出名堂。

他将玉珠递给刘大："可瞧得出什么？"

刘大喜摆弄这些玩意儿，买了不少女子首饰，说准备以后给自己讨媳妇儿用。

如今他媳妇儿没找着，不过辨识姑娘首饰的能力倒是派上了用场。

他接过玉珠仔细看了看，道："晶体剔透，水色饱满，玉质不错，不过做工粗简，像是用石头磨出来的。"

他若有所思："按道理这样的品色不该用这样粗制滥造的做工才是，实有些暴殄天物。"

李奉渊问他："你可见过有谁身上有此种玉饰？"

刘大思索片刻，摇头道："未曾。少爷可是觉得这玉有古怪？"

"有些眼熟。"李奉渊淡淡道，"你既说这玉不菲，那为何下葬之人没有将这玉取走典卖了？"

刘大猜测道："或是下葬之人心善，所以留了下来。"

李奉渊对此存疑："也可能是有人在她下葬时为她戴上的。"

他从坑底翻上来，问刘大："是谁替她下的葬？"

刘大道："闹市里有一家灵坊，专替人敛尸。当初有人来找他们，说江畔的茅屋里死了一名女子。那人薄纱覆面，又带了帷帽，只知是个女人，但不知是谁。"

李奉渊脑中一片乱麻，从刘大手里拿回玉珠，定定看了坑中的尸骸一眼，忽然开口道："打碎骨头，埋回去。"

刘大于心不忍，但知事情复杂，不得不照办。他挠了挠耳根，问李奉渊："少爷，是只碎腰胯处还是全都碎了？"

李奉渊面不改色："只碎部分倒让人生疑，全碎了。"

刘大一听这无情话，仿佛看见今夜这女鬼伸长了爪子来索命的画面。他低声应下,抄起铁铲又开始干活。

数铲下去,骨裂声响起,泥土混着碎骨溅开,很快,这一副完好的尸骸便再看不出原本模样。

李奉渊和刘大回到洛府时,已是戌时末。

为防路上被人发现身份,二人以黑布覆面,入了府才取下来。

守门的阍者见二人此等打扮,起先还以为是什么夜闯洛府的贼子,待看见李奉渊那张脸,又冷静下来,让人跑去通报了管事张平。

洛府不似将军府人少灯暗,即便府中只洛佩一位主子,府内亦是灯烛透亮,彻夜不灭。

李奉渊和刘大回到院子,看见张平已在门口站着。

夏夜闷热,主仆二人策马扬鞭从洛府到城郊野坟跑了一个来回,皆起了一身热汗。

李奉渊倒还好些,刘大拎着铁铲又挖又埋,汗湿了衣裳不说,还惹了一身污泥。

主仆二人傍晚时出,深夜晚归,出去了足足两个时辰,然而张平却似乎并不好奇他们去了何处。

张平看着刘大和李奉渊走近,见李奉渊额角有汗,语气和缓道:"少爷,热水已经备好,现在就可沐浴。"

他对着李奉渊说话,目光却不动声色地在刘大手里的铁铲上停留了片刻。

上面因为铲过坟包而留下了明显的泥痕,且李奉渊和刘大的靴底、衣摆上都沾着黄土。

廊下烛明,张平一垂眼,便将二人身上的泥瞧得清清楚楚。

刘大就住在李奉渊屋子旁的侧屋里,他身上汗腻得难受,抬手抹了把脸上的汗,打算还了铁铲也回房冲个凉水澡。

张平看他拎着铁铲,伸出手:"给我吧。"

这一路回来也没个净手的地方,刘大看了看铁铲手柄上的泥,有些不好意思地笑了声:"多谢。"

张平不问二人去了哪，李奉渊便也没有要主动告知的意思，刘大更不会多说。

李奉渊抬腿进屋，准备沐浴换身干净衣裳。

候在房中的数名侍女见他径直往内室去，为首的侍女柔声问道："少爷可是要沐浴？"

李奉渊没多想，"嗯"了一声。

哪料他这话一出，几名侍女如逐蜜的蜂齐齐朝他围了上来。

一名侍女低眉垂目，款款行至他身前，直接屈膝在他面前跪了下来，随之素手一抬，就要解他腰上衣带。

另一名侍女站在他身后，双臂高抬，便要摘他发冠。

左右还有两名侍女静静站着，等着他抬臂，替他宽衣。

洛佩眼光挑剔，洛家坊中坊织的丝布要求花色精美，洛府中伺候的侍女亦是身柔貌美的姑娘。

一时间，李奉渊如朵待采的高山之花，被一众软香宜人的侍女围在了中间。

李奉渊在将军府孤身惯了，十来年都无仆从近身伺候，一时没料到这几名侍女会跟着他入内室，更没想会被围住。

侍女身上的各式馨香涌入鼻尖，叫嗅觉敏锐的他略感不适地皱了下眉头。

他抬手挡住面前侍女伸向他腰间的手，开口道："不必，都退下吧。"

洛府侍女多，可大多都是用来伺候来洛府的宾客的。洛佩虽是女子，但往来的商贾却是男子居多。

宾客有时留宿洛府，夜里来了兴致，少不了拉着侍女消遣，若是看上了，也不客气，第二日直接向洛佩要人。

而洛佩自然不会为了一名婢女得罪宾客，给了卖身契，便让人把侍女带走了。

男子多薄情，大多商贾只是一时起兴，要来了人却也只宠幸短短一段时日，腻了便弃之一旁。

运气好些的，还能安稳待在商贾身边做个小婢女；运气不好的，便又被卖去别处或用来伺候宾客，和秦楼的女子也没什么两样。

对于这些侍女而言，比起伺候大腹便便的商贾最后落得个苦命的下场，她们更愿意在李奉渊面前一搏他的青睐。

大将军李瑛之子，哪个年轻的姑娘会不喜呢？

便是只有一晚，以李奉渊如此身姿仪表，也算风流之事。

是以李奉渊这话一出，众侍女皆有些茫然。她们伺候人惯了，见多了财色之辈，不知为何到了李奉渊这儿就只得一句"退下"。

侍女闻声齐齐跪下，不安道："少爷恕罪，可是奴婢们做错了什么？"

李奉渊看着前后左右跪着的侍女，淡淡道："没有。"

他只道了两个字，并未有解释之意，但观他冷淡神色，也看得出不想让她们服侍。

身前跪着的侍女听他语气，却觉得他态度温和，挑起一双明眸大着胆子看了他一眼，朝他伸出玉手："既如此，少爷，就让奴婢们伺候您吧。"

李奉渊见此，眉心一敛，心头顿生烦意。

他隔着衣袖捏住侍女的手臂，正要训斥，可目光扫过侍女白净的手腕，忽而神色一动，瞬间忆起了在何处见到过那青玉珠。

那侍女见惯了贪财好色之徒，并不觉得这世上有不近女色的男人，见李奉渊抓着自己的手，只当他改变了主意，扬唇妩媚一笑，就要去碰他的腰带。

可下一刻，李奉渊却突然毫不留恋地松开了她。

侍女愣愣地抬起头，只见眼前身影一晃，李奉渊竟是长腿一迈，毫不留恋地丢下她们转身出了门，大步朝着洛佩的院子去了。

剩下屋子里一众侍女茫然地面面相觑。

李奉渊回房后，张平提着灯来到了洛佩的院子。

夜深月明，但洛佩还未歇息，她合目坐在梨木椅中，正等着张平。

张如坐在她身前，正替她按揉腿脚。一名年轻的侍女立在她身后，轻扇团扇。

张如看见张平进门，和他对视了一眼，同洛佩道："老夫人，张管事来了。"

父女二人一站一坐，都等着洛佩开口，想看她此刻是否清醒着，还是又糊涂了。

好在洛佩神思尚清明。她未睁眼，缓缓问道："渊儿回来了吗？"

她显然知道李奉渊出去过。张平开口道："回老夫人，少爷和他的小厮都已经回来了。"

洛佩微微颔首，又问："可知他二人去了何处？"

张平道："少爷和他的侍从此前骑快马离府，老奴没法派人跟着。不过离府前，少爷让那侍从拿了一把铁铲，二人回来时身上又有泥，老奴猜测，少爷应是去了城郊外的坟地。"

洛佩听到此处，微敛了下眉头。她睁开眼，面色疑惑地看着张平："铁铲？"

她并不奇怪李奉渊去了坟地。李奉渊既知道了那小姑娘或许并非李瑛亲生，必然要去将她的身世查个清楚。

而要查清这旧事，他多半要去寿安堂找从前照顾李姝菀的老妇抑或上坟地里看一看。

不过——

洛佩有些疑惑："他带把铁铲做什么？"

张平老实回道："老奴不知，不过老奴斗胆猜测……"

他说至此处顿了顿，见洛佩神色如常，而后才道："少爷他或许……大概是掘开了那女子的坟。"

洛佩闻声愣了愣，诧异地看着张平，颇有些不可置信地道："什么？"

齐人重生死殉葬，就连秦楼里落花似亡了的一位位无名女子都有一处郊外柳林可葬。

不论贵贱，也都至少有一口薄棺。

掘人坟墓此等荒唐事，便是亡命恶徒都不一定做得出来，洛佩实在没想到李奉渊会行此事。

张平自己也觉得这想法荒诞，可若非如此，又实难解释那铁铲上的污泥是从何而来。

洛佩不动声色地望了眼身畔替她摇扇的侍女，很快又收回了视线。

她正要接着问张平，一道颀长的身影突然闯入了房中。

她眯眼细瞧，看不清脸，但看得出来人身姿挺拔，正是李奉渊。

洛佩朝替她按腿的张如微微抬了下手，张如停下来，将洛佩搭在矮凳上的腿轻轻放在地上，起身站到了一旁。

李奉渊大步进门，神色严肃，但该有的礼节都没忘。他抬手向洛佩行了个礼，唤了声："外祖母。"

李奉渊此时前来，必然有事相谈，洛佩看了眼张平，张平轻轻摇头，示意自己并不清楚。

李奉渊立在房中，敏锐的目光扫向房中一名名侍女，最后落到了洛佩身后持扇的侍女身上。

随之视线下移，凝在她的手腕处。

侍女抬手摇扇，袖子便自然落了下去，手腕上的饰物也跟着滑入袖中，只露出了一截细红绳。

而绳上显然串着什么东西。

傍晚用膳时，这名侍女替李奉渊盛了一碗饭。李奉渊依稀记得，那红绳上串着类同青玉之物。

洛佩见李奉渊看着她身侧的侍女，意识到李奉渊或许查到了些事，同张平道："你们先下去。如儿你留下。"

张平应声，带着房中余下仆从退下。

那摇扇的侍女也跟着往外走，然而就在她行过李奉渊身侧时，李奉渊忽然抬臂，将她拦了下来。

那侍女一怔，下意识看向李奉渊。李奉渊垂眸看向她的手腕，语气微沉："你腕上戴着什么？"

他说完，侍女却只是茫然地看着他。

李奉渊正要再问，侍女忽然抬起了手，但她没有露出手腕给李奉渊瞧，而是有些紧张地指了指自己的耳朵，又指向自己的咽喉，摆手示意自己听不见，亦不能言。

洛佩身边的侍女皆是精挑细选，李奉渊没想到她耳舌皆失。

他轻敛眉心，直接隔衣抓向她的手腕，微拨开袖口一看，见她腕上的红绳上果然串着和那玉珠几乎一样的青玉。

不过侍女手上的玉像是摔碎的玉镯，裂成了截，磨钝了尖锐处，再穿孔用红绳串成。

而那磨钝的边角，和李奉渊找到的珠子上的磨痕如出一辙。

李奉渊从怀中掏出青玉珠，正要比对。而侍女看见他手上的珠子后，神色忽然变得激动起来。

她指着李奉渊手上的珠子，张嘴发出了"啊、啊"的声响，眼中亦浮出了泪，显然识得这颗珠子。

张如见此，忙上前来将侍女拉开，同李奉渊请罪："她天生聋哑，还望少爷勿怪。"

李奉渊淡淡道了声"无妨"。

他看着红了眼睛的侍女，猜测这珠子对她或是贵重之物，将珠子递给了她。

侍女伸手接过，如视珍宝般将其捧在手心，低声啜泣起来。

张如拉着她去到一旁，耐心安慰。

而看着这一切一直没出声的洛佩，这时终于语气和缓地开了口。

"坐下说吧。"她平静道，"你这一去，都知道了什么？"

李奉渊观洛佩从容不迫，心头疑惑更盛。

他在椅中坐下，并未回答洛佩的问题，而是道："我在秦楼女子的坟墓中找到了一颗青玉珠，而外祖母您近身侍女的腕上戴着一样的青玉首饰。"

那秦楼女子与洛佩的侍女有关，而洛佩不会留身份不明的人在身边。

李奉渊抬起黑眸望向洛佩，语气不解："并非我知道了什么，而是外祖母您瞒了我什么。"

洛佩大半辈子都在经商，一向老谋深算，但李奉渊怎么也没想到她

第四章　生疑

会算到自己这个外孙身上。

李奉渊满腹疑问，洛佩却是不慌不忙，实在道："的确瞒你许多。"

面前若是旁人，李奉渊或还能用几分威逼利诱的手段以得真相。可面前人是他的至亲外祖母，长幼有序，他反倒有些无可奈何。

洛佩看他面色凝重，打消了捉弄他的心思，缓声问道："说说看吧，查到了什么？"

李奉渊看了房中安慰侍女的张如一眼，洛佩察觉到他的顾虑，开口道："如儿自幼在我身边，你所问之事她大多都知情，不必避她，说吧。"

李奉渊这才开口："我上城郊查验了一番，祖母所说的那秦楼女子，的确并非李姝菀的生母。"

洛佩此前同李奉渊说李瑛与那秦楼女子清白干净，是因知晓真相，此刻听李奉渊这么笃定，倒有些好奇。

她问道："何以断言？"

李奉渊似觉得掘人坟土之事有些难以启齿，沉默了须臾，才道："女子生产后，尸骨与寻常女子有所不同，我命人挖开了那女子的尸骨，并非生子该有的骨相。"

洛佩虽已从张平那得知他做了掘人坟墓之事，可听他此时亲口承认开坟验尸的荒谬事，仍有些意外。

她反思道："原来如此。当初那女子病逝，我让如儿请了灵坊之人替她安葬，倒忽略了这一点。看来还得寻个时日，私下将那女子的尸骨迁至别处。"

她说罢，似觉得这方法仍不够周全，又道："最好再挪一副生育过的女子尸骨进去，如此才算稳妥。"

洛佩思来想去，都没提过要毁人尸骨，李奉渊听罢，心中难得有些惭愧。

他同洛佩道："不必了。"

洛佩疑惑："为何？"

李奉渊沉默一瞬："那女子的尸骨已经碎了。"

洛佩闻言不由得面露惊色。她望着李奉渊，好似终于意识到自己这个外孙已不是当初稚声唤她"外祖母"的孩童,他手段狠厉,不拘礼法,叫她有些陌生。

片刻后,她叹息着摇了摇头:"如此行事,看来你当真是在意那姑娘。"

帘幕之后,聋哑的侍女仍在捧珠低泣。李奉渊隔着帘幕看了那影影绰绰的身影一眼,问洛佩道:"此侍女和那秦楼女子是何关系?"

洛佩道:"二人是亲生的姐妹。既用人行险事,自然要留软肋在手。那秦楼女子最在意的便是这个妹妹,她入秦楼身不由己,这妹妹无依无靠难免步其后尘。我留她妹妹在身边,既是掣肘亦是恩泽。"

李奉渊又问:"此举是父亲的谋划还是出自外祖母的意?"

洛佩道:"我忙得不可开交,哪有心思去管旁事,当然是你父亲授意。当初你父亲派人在秦楼寻到这女子,以她妹妹为交易,让她扮作李姝菀母亲多年。只是你父亲远在西北无暇相顾,故而请我相助,将这软肋留于我手罢了。"

李奉渊默声回忆着刘大打探来的消息,心中谜团愈浓。

秦楼女子被安排假扮李姝菀的生母,是为掩人耳目;而李瑛大费周章为李姝菀造如此身份,自是看重于她,因此不会当真让一名秦楼女子将李姝菀养育长大,才会有秦楼女子将李姝菀"遗弃"寿安堂外,交由郎中和老妇养育。

他理清这一层,心间一时只剩下最后一个疑问。他沉声问道:"父亲如此费尽周折,李姝菀的爹娘究竟是谁?"

洛佩没有回答这个问题。

她循循劝道:"渊儿,你有没有想过,你父亲宁愿你对他心生误会,也不愿告诉你真相的原因?"

李奉渊拧眉不语。洛佩缓缓道:"你父亲为旁人的孩子都肯费此心思,何况对你。他不告诉你,是为护你。渊儿,有些答案,还是不必执着为好。"

李奉渊并未听进洛佩的话。他执拗道:"既然决意瞒我,外祖母为何与我说父亲品行端正,道父亲不会与秦楼女子有染,引我起疑?"

第四章 生疑

洛佩解释道："我说与不说并不重要，重要的是旁人会不会作此想。若有朝一日有人因此查出端倪，岂不坏事，如此倒不如让你先去查。若查不出什么自然最好，做儿子的都查不出当爹的谋算，别人来查，也只会受表面假象所惑，以为李姝菀就是李瑛在外荒唐，与秦楼女子留下的种。而若你查出问题，以你对李姝菀的在意，想来也会想法子处理干净。"

她说到这儿，轻笑了笑："我本以为已经做得够隐秘，没想到还真让你查出了端倪。"

所困的迷雾渐渐散开，李奉渊敏锐地道："以父亲的身份，若要庇佑一个平民出身的孩子，何必如此费尽周折。若李姝菀出身名门贵族，却沦落至此也要护住真实身份，那她必然是出生罪臣——"

至此，李奉渊话音猛滞，当年在与李姝菀谈起棋坛事变时一闪而过的思绪猛然从陈年记忆的缝隙里钻了出来。

那时未能抓住的念头，在此刻陡然变得异常清晰。

他记得，他母亲那位嫁入蒋家后受棋坛事变牵连而丧命的至交好友明笙，在离世之时，已怀有九月的身孕。

细细算来，若她的孩子降世，也当如李姝菀一般年纪。

李奉渊神色一凛，心头倏然如针刺般剧烈地痛了一瞬。

李姝菀，原是应当命丧腹中的罪臣之后。

在得知李姝菀身世后，李奉渊怔愣一阵，又很快平静下来。

他垂目凝神，虚望着面前烛影飘摇的地面，细细思索着李瑛的计划有无纰漏之处。

片刻后，他问洛佩："那女子从前所在的秦楼位居何处，家住何方，可有人知晓她还有个妹妹？"

李奉渊提到的，洛佩早已想过。她回道："你父亲心思缜密，命人暗中在江南寻探许久，才从十数座风月楼里挑出这一名女子，自是查清了她身有软肋却又与旁人无牵扯瓜葛，这一点你不必多忧。"

李奉渊抬眸看着屏风后哭声已止的侍女："她知李姝菀的事吗？"

洛佩循着李奉渊的目光看去："她一个聋哑的姑娘，听不见声也不识得字，入府后，和她姐姐也只寥寥见过数面，从哪去知这些？"

183

李奉渊仍不放心,又问:"那珠子是怎么回事?"

洛佩沉吟片刻:"这我倒是不知,不过我想,大概是她们姐妹俩之间的信物吧。"

张如听见这话,忽而从屏风后行出,在二人面前屈膝跪了下来:"老夫人,少爷。"

张如自小就在洛佩身边养着,洛佩见此,立马从椅中起身:"如儿,你这是做什么?快起来。"

张如没动,反倒身子一低,伏地请罪道:"珠子是奴婢给那秦楼女子的,那原是小月母亲留给她们姐妹俩的遗物。后来镯子碎了,小月取其中一块磨成了珠,让奴婢交给她姐姐。奴婢怜她们姐妹不能常相见,擅作主张,怎料险些酿成大祸。"

她以额抵着手背,言辞恳切:"还望老夫人、少爷恕罪。"

那侍女不能听亦不能言,见张如跪在地上,不知发生了何事,目光胆怯地看了眼李奉渊,随之膝盖一弯,也跟着伏跪在了寒凉的地面上。

她手中,还紧攥着李奉渊从坟墓中刨出来的玉珠子。

洛佩实在不忍责怪张如,见二人出来,叹了口气:"我知你心善,既未成祸,何来恕罪一说,起来吧。"

说着,洛佩上去亲自扶她。张如不敢让洛佩使力,随势直起了腰,可膝盖却还牢牢粘在地上,仍等着李奉渊发话。

张如是洛佩贴身的侍女,照顾洛佩多年,似仆亦似女。

而李奉渊身为外孙,不能在洛佩跟前尽孝,对于尽心服侍洛佩的张如,心中是抱有一丝感激之情的,自然不会抓着这等小事不放。

他没说话,直接起身虚扶了她一把。张如这才拉着侍女一道起身。

张如自小由洛佩看着长大,而这侍女年幼入府,又由张如拉扯成人,三人站在一处,气氛温馨,倒比李奉渊看着更似相依相伴的一家人。

他没再多言,抬手向洛佩行礼告退,踩着月色回了客房。

虽下了江南,但李奉渊并未懈怠己身,翌日天色方明便起了。

他在院中打了几套拳法,估摸时辰差不多了,又去向洛佩请安,陪洛佩一同用膳。

第四章 生疑

之后,他带上佩剑,在刘大的随同下,出门往寿安堂去了。

主仆二人打马穿过闹市,在临近乡野的街尾看见了一座由石头和茅草搭建而成的房屋。

李奉渊和刘大在门口勒马停下,看见房屋的门屏上挂着一张匾额,匾额上黑墨字迹已在风雨的侵蚀下褪败了墨色,只余下中间隐约能识清的一个"安"字。

门半掩着,李奉渊使了个眼色,刘大上前敲响房门,等了一会儿,却没听见声音。

刘大直接开口喊道:"有人在吗?"

仍无人应答。

刘大清了清嗓子,正要提声再喊,李奉渊却直接推门走了进去。

刘大只好抬腿跟上。

李奉渊行了两步,忽而想起什么似的,停下来,解下腰上佩剑,递给了刘大:"拿着。"

他向来剑不离身,此举倒是叫刘大有些奇怪,不过他并没多问。

房中并不宽阔,入门便见柜台后一只顶天立地的药柜。寿安堂曾是医馆,但如今只剩下一个空壳,久无伤病之人光顾,柜上已蒙了尘。

穿过无人照看的前堂,里面是一方窄小的四方院。

日头正热,院子中央晒了一簸箕的葵花籽。一位粗布麻衣的老人坐在屋檐下,正晒着晨光悠闲自在地剥葵花籽吃。

她似没听见声音,待李奉渊和刘大走近,影子落到眼前,她才抬头看。

阳光照得她眯起了眼,她先是看了看模样端正的李奉渊,又看向落后李奉渊半步的刘大,瞧见刘大身上两把长剑后,神色也变得防备。

她扶着柱子缓慢站了起来:"你们是谁啊?"

李奉渊并没表明真实身份,而是道:"在下途经此处,天热口渴,想同您讨碗水喝。贸然叨扰,还请勿怪。"

他语气缓慢而恭敬,可老人耳背,并没听清。她侧着耳朵大声问:"什么?"

刘大重复道:"我家少爷说想同您讨碗水喝。"

那老人还是没听清,她摇头赶人:"医馆不开了,你们去别处吧。"

刘大轻叹一声,往老人身前迈近一步,似想附在她耳侧说。可老人一见他腰上的刀、手里的剑,有些害怕地往后退了两大步。

李奉渊见此,食指指天,示意天热,随后抬手比碗,向老人做了个喝水的动作。

老人看他模样端正,又无刀剑,稍微放下心来,点点头:"喝水是吧,好,好,等我片刻。"

她转身回屋时,还略有些戒备地看了一眼手持利剑的刘大,而后才扶着墙慢吞吞进了门。

一只老猫趴在阴凉的门槛后,甩着尾巴看着二人。李奉渊与它对视片刻,它冲着他轻轻叫了一声。片刻后,老人慢吞吞地端着两碗茶水出来。她贴着远离刘大的门边出来,将一碗水递给李奉渊,又伸长了胳膊小心将另一碗水递给刘大,似生怕刘大拔刀而出。

刘大看她如此防备,才知李奉渊为何要把剑交给他拿着。

若他二人方才一同持刀剑进门,怕会被当作擅闯的恶徒,将老人吓着。

老人的目光静静扫过李奉渊的眉眼,忽而将他的脸和记忆中曾将李姝菀带走的李瑛对上了模样。

她有些小心翼翼地开口问道:"公子,你可认识一个叫小十七的姑娘?"

她叫着一个李奉渊从未听过的名字,但李奉渊却清楚地知道她指的是谁。

他看着老人希冀的目光,忆起李姝菀不愿与故人相认,面不改色地回道:"不认识。"

老人似并没抱多大希望,她看李奉渊摇头,有些失落地接过茶碗,转身又进了屋子。

李奉渊站在院中,抬眸扫视过这一方宁静安详的院子,从怀中掏出一大袋子钱币,弯腰将其放在簸箕中,同刘大道:"走吧。"

第四章 生嫌

刘大嘴里茶味都还没淡去,做好了李奉渊要和这耳背的老人促膝长谈的准备,忽然听到要走,自是万分不解:"就这么离开了?少爷不再问些关于小姐的旧事?"

李奉渊没说话,只是摇头。

他朝刘大伸出手,刘大将佩剑递还给他,心头还是不明白:"不辞辛苦跑这一路,就只为看一眼?"

李奉渊的确是这么打算的,看看李姝菀从前的落脚之处,见一眼她从前相伴的家人,就行了。

事无巨细地打听一人的过往,又何尝不是一种冒犯。

李奉渊淡淡道:"往事已逝,若将来有一日她将我看作可以依靠的家人,自然会告诉我,何必多问。"

刘大似明白了几分,轻点了下头,没再多问。

自洛风鸢离世,洛佩便再未为自己贺过寿,今年花甲之寿亦未大操大办。

寿辰这夜,她让人在院中支了两排小酒桌,暂忘尊卑,与李奉渊、张平、张如一同对月吃了顿佳肴,便算又过了一年寿辰。

洛佩虽不设寿宴,但有心之人仍遣人登门送来了贺礼。

李奉渊亦准备了份寿礼,放在了一只平平无奇的木盒中。

那木盒在一堆金银俗礼中甚不起眼,张如记述礼单时打开盒子一瞧,才见盒中竟然是一副专门从太医院求来的养身方子。

药方末还落有太医之名和太医院的钤印。

李奉渊这份心难能可贵,洛佩嘴上没说,心中却十分舒坦。

寿辰过罢,李奉渊又陪了洛佩几日,之后便要返京。

洛佩身患恍惚之症,李奉渊其实并不放心留她一人,可他不能长留江南照顾洛佩,而洛佩拼搏一生,亦不会丢下江南的产业随他去望京养老。

祖孙只得相别。

此一别不知何时还能再见。临行之日,在昏沉将明的天色中,李奉渊朝洛佩跪下，结结实实叩了三拜，约下再见之期："您若不嫌外孙叨扰，等今年冬，外孙带李姝菀来同您过年。"

商人不轻许诺，洛佩深知自己病症一日日加重，不知还能有多久可活，是以并没应允李奉渊。

她拄拐弯腰，缓缓扶着李奉渊站起身。

在这将要别离的时刻，洛佩望着李奉渊的脸，依稀在自己这并不亲近的外孙身上看见了几许和自己女儿相似的影子。

她突然意识到，面前这个内敛沉稳的少年，是她的女儿与李瑛在这世间留下的唯一血脉。

浑浊的目光安静地凝望着李奉渊。洛佩看着他，又不只是看着他。

苍老的脸庞浅浅浮起一抹温和的笑意，她拉着李奉渊的手："好孩子，好孩子，你有这份心，外祖母很高兴。"

她轻轻拍了拍李奉渊的手背，又松开了他。李奉渊不厌其烦地叮嘱道："外祖母，万望保重身体。"

"都言少年多愁思，这话倒真是不假。"洛佩无奈地摇了摇头，"时候不早，此时天明，太阳又未出，赶路正好。别再磨蹭了，跟个小姑娘似的。"

她说起小姑娘，似是想起了洛风鸢出嫁时依依不舍的模样，皱纹横生的面容间隐隐露出几分不舍的神色，就连眼神也不自觉变得温柔。

李奉渊没有注意到她一瞬间变化的神色，他翻身上马，垂首看向洛佩："外祖母，我走了。"

洛佩轻轻点头，缓声道："去吧。此行路远，万般小心。"

李奉渊颔首应下。铁蹄踏响，离去的马队扬起晨风，洛佩眯起昏花的眼，静静地注视着少年挺拔的身影在晨光中逐渐远去。

六月十五，城郊外武场，武赛如期举行。

金吾卫披甲持剑，将城郊武场里里外外围了一层又一层。于气势雄厚的擂鼓声中，京中儿郎脱下锦衣玉冠，摩拳擦掌，齐聚此地。

当日，杨修禅早起先行一步，李姝菀和杨惊春赖床得很，多睡了会儿，不过也比平日去学堂早起了半个时辰。

可等二人乘马车到了地方，才发现靠近武场那一段路早已被各家的马车围得水泄不通，生生堵了好些时辰。

李姝菀和杨惊春紧赶慢赶跑着落座时，蹴鞠赛事早已开场。

赛场周围建了回廊亭，亭中摆下了一张张桌案，中间以青褐色的薄竹帘作隔。

所望之处，几乎座无虚席，叫好声阵阵，不绝于耳。

李姝菀和杨惊春穿着凉爽的纱裙趴在栏杆前，看着场中跑来跑去的矫健少年郎，被太阳晒得脸颊发烫也没舍得挪开眼。

但凡家中有兄弟姐妹参了赛的，今日几乎都来了，李姝菀和杨惊春才来一会儿，就已经瞧见了好几名同窗。

姜闻廷和万胜雪也在。

不知道姜闻廷说了什么话惹万胜雪不高兴，万胜雪蹙着眉目不斜视地从李姝菀和杨惊春的席前经过，没看见她们二人。

而姜闻廷一双眼只装着万胜雪，像只蝴蝶似的追在她屁股后边，不停地道："万姑娘，我错了，你别不理我。"

他道歉诚恳，可万胜雪却只是冷哼，没给他好颜色看。

杨惊春和李姝菀好奇地看着二人从远处走到跟前，又转着脑袋目送二人走远，最后不约而同地将视线又投向了赛场。

参赛者分甲乙两队，以不同色的腰带区分，双方各有一杆三尺高的木杆，杆顶设了空一尺的风流眼，将球踢入对方的风流眼便算得一分。

香燃尽后，分高者胜，平则加时。

杨修禅属甲队，身系红腰带，暂且落后两分。

杨惊春睁大眼睛在场中搜寻了一圈，看见杨修禅的身影后，以掌围唇做喇叭状，跳起来大声喊："哥哥！跑起来，跑快些！把他们都踢趴下！"

她的声音很快淹没在场上的喧闹声中，杨修禅离得有些远，或是没听见，并没回头。

不过场上一名戴了面具的少年听见这活泼爽朗的助威声后，扭头遥遥看向了杨惊春。

只走神了这么一眼,上一刻还远在半场外的蹴鞠便猛朝着他的脑袋飞了过来。

杨惊春的目光也跟着蹴鞠看向他,他听见蹴鞠飞来的风声,按住脸上面具迅速回头,一跃三尺余高,单腿截住蹴鞠,一脚将球踢进了对方杆上的风流眼。

席间喝彩声起,杨惊春眼睛一亮,亦忍不住拊掌赞道:"好!"

李姝菀看着那人腰上的蓝腰带,提醒道:"惊春,那是修禅哥哥的对手。"

杨惊春像是这才看见,懊恼地一拍栏杆,跺脚道:"助错威了!"

那高挑的少年仿佛被杨惊春这模样逗乐,抬手摁紧脸上的面具,笑得肩膀轻耸。

细香燃尽,蹴鞠赛停,甲队最终以一分之差不幸落败乙队。

杨修禅拼尽全力却输了比赛,心头难免有些遗憾,与他同队之人亦是捶胸顿足,纷纷遗憾地下了场。杨惊春和李姝菀在栏杆后向他挥手,杨修禅瞧见,大步跑了过来。

他没走正道,单手撑着栏杆跳进席间。

杨惊春和李姝菀本想安慰他,他却喘着气摆了摆手示意等会儿,随即两步行至案边,拎起桌上的茶壶,掀了壶盖儿,仰头便往嘴里灌。

天热气闷,他顶着烈日踢了一炷香,此刻干渴得和泥地里的鱼没什么差别。

脖颈上喉结用力滚动,他几口便将一壶茶喝了个尽。

侍女见此,忙又为他续上一壶,杨修禅同样喝了个干净。

方才他在场上时李姝菀和杨惊春没瞧清,此时一见,才发觉他身上的衣裳几乎已经被热汗浸透了。

薄薄一件贴着身躯,他此时呼吸又急,胸口的起伏便分外明显,隐隐能看见衣下结实的肌肉线条。

李姝菀和杨惊春见他累成这样,往左右看了看,瞧见竹帘未挡住的席间,那些个刚踢完蹴鞠的少年郎无一不是如杨修禅一般,顾不得仪态,抱着茶壶咕噜咕噜往肚子里倒。

瞧着莫名有些趣儿。

杨惊春瞧见一个体胖的少年喝得肚皮圆滚,笑着凑到李姝菀耳旁,以耳语道:"蛤蟆灌水。"

李姝菀低头偷笑,笑着又觉得这样背地取笑他人非君子所为,浅浅抿起了嘴角。

杨修禅一口气喝了个畅快,放下茶壶,长舒一口气:"累,真是累!"

杨惊春看他满头汗水,从怀里掏出帕子递给他,惋惜道:"就差一分。"

李姝菀也觉得有些可惜:"是啊,差一点就胜了。"

杨修禅听二人语气失落,擦着汗水,反倒笑吟吟安慰起她们来:"技不如人,输了就输了,别恼,别恼。"

杨惊春一听,颇为赞同地点了点头,语气一改,钦佩道:"的确,乙队中那位戴着面具的人真是好生厉害,光他一人就踢进了五回,哥哥你才进四回呢!"

杨修禅自己自叹不如倒无妨,但听杨惊春附和这一长串,便不情愿了。

他哭笑不得地戳杨惊春腰上的痒痒肉:"你今日到底是来为谁助威,怎么还帮着他人说话?"

杨惊春扭腰往一旁躲,大声道:"可那人的确很厉害啊。"

杨修禅眉毛一挑,难得小气:"无关厉不厉害,你可是我妹妹,自然要站在哥哥这头才是。"

他夸张地叹息了一声:"若是今日奉渊在场,姝儿妹妹必然是一眼都不舍得分给旁人,只为他呐喊助威,哪似你,还去数旁人进了几回球,眼睛都黏旁人身上了。"

兄妹俩小打小闹,李姝菀不好说什么,端着一碗冰镇过的绿豆莲子汤躲旁边去了。

那戴面具的少年踢蹴鞠时和跑跳不停的他人有些不同,他一双眼紧盯着场上游走的蹴鞠,脚下大多时却闲庭信步似的慢。

等找准时机,他又如虎豹般迅猛难挡,一瞧便是如杨修禅一样的常年习武之辈。

那人身姿矫健非常,杨惊春后半场不自觉盯着他看了好长时间,此时被杨修禅戳破,有些心虚地摸了摸鼻尖。

不过她又忍不住歪着脑袋往赛场看去,想瞧瞧那戴着面具的人究竟是谁家的少年郎。不过看了一圈,她却没找到那人的身影。

李姝菀也有些好奇,跟着一起站在栏杆前往四处瞧。

人没找见,是时,忽听场上擂鼓声又起,另有两队英姿勃发的少年自信上场,齐聚赛场中央。

蹴鞠赛共四队三场,此时比的是丙丁二队。

杨惊春和李姝菀皆以为蹴鞠只赛一场,此刻一见,顿时又精神起来。

杨惊春惊喜道:"往届不是仅赛一场吗?今年竟有两场!"

杨修禅看她兴奋得仿佛自己站在场上,扬唇无奈地笑起来:"是三场。等到午后,两场胜者会再赛一回,争夺魁首,你们今日可有得看了。"

李姝菀眯眼望向头顶热得晃眼的日头,忽然有些疑惑:"蹴鞠不比射御,便是一队胜了,单独一人也难得出众,何不将力气留至明日,在射御比赛上一展身手?"

杨修禅道:"往届的参赛者都如你这般想,所以蹴鞠赛参与者少之又少。不过今年武赛由太子所办,若能入太子的眼,今后无论是入仕或是从军,都有益处。"

李姝菀了然:"原是如此。"

她与杨惊春不约而同地将目光穿过宽阔的赛场,看向对面亭廊下唯一一处被白纱帐严严实实围着的席位。

风起,薄纱帐轻晃,端坐其中的身影投在纱帐上,如水影在烈烈日光中浮动起来。朦朦胧胧,叫人好奇得心痒。

蹴鞠赛开场前祈伯璟露过面,不过李姝菀和杨惊春来晚了,未能得见太子真容。

杨惊春将脑袋轻轻枕在栏杆上,偏头问李姝菀:"菀菀,你见过太子殿下吗?他长什么样啊?"

李姝菀也不知道。不过她想起宋静曾说过的话,猜测道:"他们说太子仁厚,那想来应当是端正温和之貌吧。"

杨惊春沉吟一声,天真道:"我问过哥哥,哥哥说太子殿下长得很是好看。身如松,面若玉,皮白发浓,像个小美娘。"

杨修禅坐在桌案前,正在嚼冰止热,听见"小美娘"三个字,喉头猛地一噎,急得冲过来捂杨惊春的嘴。

杨惊春猝不及防从背后被搂回席中,后仰着头看着头顶杨修禅的脸,无辜地眨了眨眼睛,以眼神询问:怎么了?

李姝菀也愣了下,回头看着二人。

杨修禅用力咽下嘴里半块坚冰,顾不得喉咙被刺得发疼,苦笑着低声道:"小祖宗,我何时说过这大逆不道的话,你可别害我。"

杨惊春看杨修禅神色认真,声音从他掌心闷闷地传出来,含糊不清道:"可我只是夸他啊。"

杨修禅道:"夸也不行。"

杨惊春叹气应下:"好吧。"

长空之上,艳阳高挂,李奉渊一路上马不停蹄疾行数日,终于赶在武赛首日入了望京。

蹴鞠的决赛在日头最热的时候开场,十七八岁的少年郎在烈日下奔走于平阔的蹴鞠场。李奉渊入武场时,比赛已经过半。

赛者皆汗湿了衣裳,气喘吁吁却又亢奋不止,更有甚者热得头昏,索性脱去了上衣,光着膀子露出结实的身躯,只在腰间围系了辨别敌我两队的异色腰带。

场上皆是身强体壮的少年郎,身姿挺拔不说,有几人模样也颇俊朗。俊美健壮的少年郎,没有谁不喜欢。

围观的年轻姑娘们看得脸热,也不知是日头晒的,还是羞的。

是时,恰逢一球如箭射入风流眼,观席中喝彩声高起,观赛者呐喊拍杆,几乎要将栏杆拍断。

李奉渊站在蹴鞠赛场的入口处,抬眸朝人影幢幢的亭廊下的席间看去,扫了两眼,很快便在席间看见了李姝菀的身影。

她着一袭浅色碧裙,与杨惊春站在栏杆后,抬手拊掌,正为方才那精彩的一球朗声喝彩。

二人一蹦半尺高,兔子似的欢快。

她一向温婉,做事慢条斯理,说话也总是轻声细语,李奉渊还从未见过她如此欢脱的模样。

李奉渊看二人面色振奋,以为是在为场上的杨修禅助威。他循着二人的视线往赛场上看去,却没瞧见杨修禅的身影。

只见一群少年追着蹴鞠满场跑来跑去,个个生龙活虎,意气风发,有着不同于李奉渊这个年纪该有的少年朝气。

李奉渊收回视线,往李姝菀和杨惊春的席间走去。

为不打扰其他看客,他从亭廊后绕了过去,来到李姝菀与杨惊春身后时,正听到二人闲聊说笑。

杨修禅也在,他盘腿坐在桌案后,单手支着脑袋,闭着眼正在小睡。

沉稳的脚步声自身后传来,他敏锐地睁开眼,往后看去,见李奉渊安静地站在他身后,似才刚到。

他风尘仆仆,额角有汗,不知道的,还以为他刚从蹴鞠场上下来。

杨修禅见之一喜,没想到李奉渊今日竟赶了回来。先前几人还聊起他,皆以为他要等比赛结束才回望京。

杨修禅正要开口唤他,不料李奉渊却竖起食指抵在唇前,示意他别出声。

杨修禅不明所以,待仔细一听,才听见杨惊春和李姝菀正又谈起他。

杨惊春一双眼望着场上激烈的比赛,嘴上却不耽搁,同李姝菀聊着闲天:"昨日哥哥叮嘱我,让我在武赛上照顾好你,我们都担心你因奉渊哥哥不能参赛而失落,会玩得不尽兴。"

李姝菀同样眼睛眨也不眨地看着场上奔跑的男儿,红着脸庞笑得灿烂,脑袋却轻点了点:"是有些失落。"

正说着,场上一名少年按住队友肩膀,借力一跃而起,倒身反踢,又进一球。

这一分拿得漂亮,李姝菀同杨惊春皆未忍住,惊呼了一声,在四周

第四章 生辰

的喝彩声中再度蹦起来兴奋叫好。

等心头稍稍平静,二人又继续聊起来。

杨惊春很少和杨修禅分别,兄妹俩几乎去哪儿都是一起。游玩踏青,宴席小聚,她常似条小尾巴跟在杨修禅身后,杨修禅也乐意带着她。

如今李奉渊一走大半月,杨惊春想了想,若是杨修禅与她分别这样久,她虽不太愿承认,但多半是会在夜里偷偷捂着被子哭的。

她凑近李姝菀,好奇地问她:"菀菀,奉渊哥哥一去这么久,你有想他吗?有没有偷偷地哭过?"

李姝菀似有些不太好意思承认,但还是如实地点头:"嗯。"

二人声音低,不过李奉渊耳聪目明,听得清清楚楚。

同样,看得也清清楚楚。

他抱着手,望着李姝菀脸上因蹴鞠赛而扬起的开怀笑意,几乎要怀疑自己听错了。

她这可不是想他想得偷偷哭又失落他不能陪她来武赛的模样。

杨修禅见李奉渊不作声偷听姑娘家讲话的样子,忍了又忍,却实在没忍住,大声笑了起来。

他笑得突然,李姝菀闻声回头,一眼就看见了站在杨修禅身边静静望着她的李奉渊。

她目光一滞,有些呆地微微张着嘴巴,痴看着他,实打实地愣住了。

出乎意料的惊喜降临,李姝菀的脑中反而一片空白,不知道该浮现什么神色。

李奉渊反应亦是淡淡,表情上看不出同她重逢有多喜悦。不过他缓缓向李姝菀张开了抱在胸前的手,声音低缓:"不认得我了?"

李姝菀似被这熟悉的声音一下子唤回了神,眼眶一红,抬腿奔向他,几乎是把自己砸进了李奉渊张开的怀抱里。

她伸出双臂抱住他的腰,脸闷在他的胸口,这些日的思念猛然爆发,看着都要哭了。

李奉渊察觉到腰间紧紧抱上来的力道,轻轻挑了一下眉毛,是一种被人深深惦记时有些得意的满足。

这滋味李奉渊鲜少体会，一时尝到，心头一片温热。

他低头望着扑进他怀里的小人儿，环住她薄瘦的肩，轻拍了拍她的背，心道：抱得这样紧，看来是有几分想。

李瑛曾叫李姝菀不要总哭，她听了一回便牢记于心，这些年拢共也就湿了几次眼眶。

她本以为自己还算能忍，然而此刻当她与李奉渊久别重逢，却发现自己怎么也止不住泪意。

哭得倒也不厉害，只是眼眶一直湿着，泪花如细雨，一抱着他就停不下来。

李奉渊自己心性坚韧，自然也不希望李姝菀长成一旦遇点小事便不能扛的软弱性子。

他一向教她做百折不摧的将门之女，然而此刻察觉胸前衣裳都被李姝菀哭湿了，却只轻轻扬起嘴角笑了一笑，像是把那些往日教她自强自立的话都忘了个干净。

李奉渊将手放在她脑后，感受着她因抽泣而时不时发出的轻颤，垂眸静静地看着她，任由她慢慢地哭，仿佛恨不得李姝菀哭得泪如雨下，思他入疾。

杨惊春从没见过谁家妹妹哭，做哥哥的却还在笑的。她一脸莫名地凑到杨修禅身边，盯着李奉渊面上淡得不太看得出来的笑意，疑惑道："他笑什么？菀菀都哭了他竟还在笑。"

杨惊春瞧见李奉渊鬓边有汗，同杨修禅小声耳语："他是不是日头下赶路热傻了？"

杨修禅倒是很能理解李奉渊此刻的心情，他低声道："他从前孤苦，如今好不容易得了个满心满眼都是他的好妹妹，心中欢欣，自然便要笑。"

从前的李奉渊向来是无人管亦无人问，李瑛远在西北，虽有心管他却也无力。

如今他下了趟江南，家里有一人日日夜夜盼着他归来，他不过离开二十来日，李姝菀便想他想得哭，他心里指不定多高兴。

只是他习惯闷着，苦憋在心头，乐也在心头，不会大大方方言明罢了。

第四章 生疑

杨修禅同杨惊春道:"你且想想,若是你出门远行时有人在家中时时念着你,刻刻想着你,你会不会觉得安心幸福?"

杨惊春抚颔沉思,想起自己每次出门玩乐都要被她娘催着早些回去,迟疑着摇了摇头:"我觉得……不大安心。"

杨修禅失笑:"那是因为你常被人管着,若从来无人管着你念着你,心中便万般希望有这么一个人了。"

杨惊春听杨修禅的语气艳羡,不知想到了何处去。她眯起眼望向杨修禅,忽而露出一副看穿一切的神色,贱嗖嗖地问:"哥,你是不是万般希望有这样一人念着你?"

杨修禅看她如此神色,上半身往后一仰拉开距离,防备地回望着她:"你这是什么表情?世间人自是都希望有他人念着自己,我又不是什么出家吃斋的和尚,当然也希望有所牵绊。"

杨惊春扬唇露出一个笑,长"哦"了一声:"我看某些人是想娶妻了!我回去就和娘亲讲,让她给你相看姑娘!"

她故意提高了声儿,想要闹得杨修禅羞红脸,说着还夸张地张大双臂比画:"就让娘亲将望京城里适龄的姐姐们的画像都搜罗起来,画这样多的画像——啊!"

她话没说完,杨修禅忽然忍无可忍地抬起手,屈指给了她额间一下。

他速度快,杨惊春都没反应过来,脑门上就吃了一记。

"咚"的一声响,又闷又沉,杨惊春吃痛,嘴巴一瘪,下意识抬手捂住脑门。

她可怜巴巴地瞅他一眼,又不敢说什么,便跑栏杆边看蹴鞠赛去了。

李姝菀听见二人笑闹,从李奉渊怀里抬起头来。

李奉渊伸手替她擦了擦眼下的泪痕:"不哭了?"

大庭广众之下哭完,李姝菀才觉得有些不好意思。她摇摇头,掏出帕子擦干眼泪。

近一月未见,李姝菀心里有说不完的话想同李奉渊讲,可话多了,挤到嘴边,只剩下一句:"路上可还顺利?"

李奉渊颔首"嗯"了一声,伸手将她鬓边的发丝顺到耳后,捏了下她哭红的鼻尖。

李姝菀摸了摸鼻子，抬头看他，见他脸上有汗、衣上有尘，忽然意识到李奉渊回京后并未回府，而是直接来此处寻她了。

她思及此，忍不住抿唇轻轻偷笑起来。

原来不是只有她在家中想着他，他也一直念着她的。

李奉渊一路策马疾驰而归，出了一身的汗，染了一身的尘。

李姝菀靠近在他衣上嗅了嗅，一股子热汗和尘灰的味道。

李奉渊见她凑过来闻罢立马又皱着鼻子退开，也抬臂闻了闻自己。

是有些汗，混着干细的泥土味，着实不好闻。

大汗淋漓的天，蹴鞠赛场外设有好几处厢房供人洗沐更衣。

杨修禅今日便带了一身干净的衣裳，上午赛后去将身上汗湿的赛服换了下来，梳洗一番后，又是位锦衣玉食的贵公子。

不过李奉渊才进城，从江南带回的东西都让人送回了府。他两手空空来武场，哪里备了多余的衣裳，要沐浴更衣就只得回府去。

李姝菀知道李奉渊素来喜净，他每日晨时练了武，回房第一件事便是沐浴更衣，别家的小姐都没他洗得勤。

李姝菀回头看了眼踢得热火朝天的赛场，有些舍不得这难得一见的蹴鞠赛，但亦不忍李奉渊一身汗地在这陪着她。

她嘴唇微动，正准备开口提出回府，李奉渊却像是看出了她的迟疑，率先道："不急，等你看完蹴鞠赛，再回也不迟。"

他说罢，撩起衣袍在桌案边坐下，冲她挥下了手，示意她去观赛就是，不必陪他。

李姝菀叫桃青给李奉渊端来一碗冰镇过的酸梅汁解暑热，这才转身去找杨惊春。

杨修禅笑着看向喝酸梅汁的李奉渊，问他："有人在家盼着自己的感受如何？"

李奉渊一口一口地喝着李姝菀让人端给他的酸梅汁，轻点了下头，不咸不淡地道："挺好。"

他一贯内敛沉闷，杨修禅听他如此说，知道他闷劲又犯了。

哪里只是"挺好",他一回京便直接来了武场找李姝菀,分明是喜爱得不得了才是。

杨修禅毫不留情地戳穿他:"口冷心热的毛病不改,我看你迟早要吃点亏。"

李奉渊对此不置可否,放下泛着凉意的瓷碗,咬着口中的冰块,扭头看向栏杆前的杨惊春和李姝菀。

二人观赛入神至极,头也不回,只顾着盯场上的一众热血沸腾的少年,也不知道是在看比赛,还是在看意气风发的少年郎。

杨修禅也侧首看去,身为兄长,他心中忽而生出几许惆怅。

他长叹一口气,道:"时光轻快,叫人唏嘘。昨日还咿呀学语的小姑娘转眼就长这么大了,再过几年便又到要择婿嫁人的年纪。也不知她们日后会属意哪家儿郎,万一看差了眼,喜欢上不学无术的纨绔子弟该怎么办?"

李奉渊倒从来没想过这事,在他眼里,李姝菀还只是个未长大的小姑娘,嫁人这种事还不知要等到猴年马月。

李奉渊看了杨修禅一眼,奇怪道:"为何突然想这些?"

杨修禅冲着杨惊春和李姝菀轻抬下颌,叹息着道:"就这姿势,已维持一天了,看得连眼珠都舍不得转。如果说她们单单是在看蹴鞠,我是不信的。"

李奉渊听他焦得心乱,给他出了个主意:"你若担心得很,不如想法子提升她们辨识男人的眼界,免得以后二人眼盲,瞧上那些个无用之人。"

杨修禅看他不慌不忙,侧身附耳,认真请教:"愿闻其详。"

李奉渊道:"只需以身作则,做学识,练武艺,习得文韬武略。有你这样文武兼备的兄长在身侧,她以后自然瞧不上中庸无能的男人。"

正说着,周遭喝彩声倏然并起,随之鼓声起,高台上传来一声:"胜负已定。胜出者——乙队!"

李姝菀和杨惊春闻声欢笑着拊掌高呼,双眼都笑弯成了月牙。

李奉渊转头看去,瞧见场上十数人围在一起,一戴面具的少年被众人簇拥其中,高高抛起又稳稳接住。

他似觉得此人身形有些眼熟,凝神细看片刻,问杨修禅:"这是殿下?"

杨修禅无奈地笑了一声:"是殿下,迷得场上的姑娘们乐不思归的太子殿下。"

杨修禅问李奉渊:"欸,你说,要读多少名书,习何种绝世武艺,才能比得过举世无双的太子殿下?"

李奉渊:……

蹴鞠赛后,四人一道回府。

李姝菀回去也乘杨惊春的马车。杨惊春看日头晒,叫李奉渊和杨修禅同乘,不过二人嫌挤,骑马在前面开路。

杨惊春和李姝菀虽已经离开武场,但心里还对方才的蹴鞠赛念念不忘,你一言我一语谈论着方才的赛况。

话间免不了要提起场上的风云人物——戴了面具、身份未明的太子殿下。

李奉渊听见两句,起初没放在心上,但马车走出老远后还听见二人在猜那人是谁,忽然如杨修禅一般生出了几许忧虑。

太子身份尊贵,非常人能及,若无意外,将来继位后,便是大齐至尊无上的帝王。

然自古以来,皇家皆重权薄情,杨修禅和李奉渊自然不愿自己家里的姑娘入宫。

若得宠也罢,若不得君心,即便做了世间最尊贵的女人,也不过是一只被困宫墙的鸟雀,郁郁不乐,悲苦半生。

不如做寻常人家的妻,有娘家护着,无论如何都能过得快活肆意。

当年李瑛突然从江南将李姝菀抱回来,把她扔在家中后便再没回来看过,李奉渊为兄为父,比起杨修禅,自觉更多一分沉甸甸的责任在肩头。

说不定再等几年,当真是要他来为她择婿。

第四章　生疑

李奉渊将满十七,怎么着也应比李姝菀更早成家,然而他此时不担心自己的亲事今后由何人来定,只忧心起李姝菀的亲事来。

他轻勒缰绳,放慢速度,缓缓靠近马车车窗,与之并行。

天热,里面的人怕闷,车窗未关,轻薄的纱帐垂落,隐隐能看见二人打闹的身影。

车内传来莺鸟似的笑语,李奉渊抬手轻敲了下窗框,很快,纱帐从里掀开,李姝菀露出脑袋,笑吟吟地从窗中抬头看着他,轻声问:"怎么了?"

李奉渊也垂眸望着她,未拐弯抹角,直言问道:"今日半个望京的小郎君齐聚在蹴鞠场上,你看了一天,可有属意的?"

大齐女子芳龄十四即可出嫁,十二三岁定下亲事的不在少数,李奉渊这话虽问得突兀,却也不奇怪。

可李姝菀却似乎被他问住,轻轻眨了下水灵灵的眼,敛了唇边的笑,好半天没回话。

李奉渊误以为这场上的少年都入不了她的眼,只当她喜欢年纪再小几岁的、与她同龄的男子,便又问:"若是没有,那你喜欢什么样的?"

李姝菀还是没回答,她见李奉渊神色认真,浅浅蹙起眉头,抿起了唇。

那神色瞧着有几分卑弱,很是惹人心怜。

她轻蜷起手指,有些迟疑地小声问:"你希望我早早嫁人吗?"

杨惊春本在一旁安安静静地剥荔枝吃,一听李姝菀这话,顿时对李奉渊露出了极为谴责的神色。

若不是她嘴里塞满了荔枝肉,口不能言,否则多少要吐出几句"阔论"来。

李奉渊见李姝菀误解了他的话,抬手弹她额心,训道:"尽胡思乱想。"

李姝菀挨了痛,却露了笑意。

她知自己想多,剥了颗洁白多汁的荔枝,伸长了手从窗户递给李奉渊赔罪。李奉渊伸手接了过来,但没吃,又塞回了李姝菀嘴里。

李姝菀鼓起腮帮子，咬破荔枝慢慢咽了。

李奉渊继续问："你还未告诉我，喜欢什么样的小郎君，我早些帮你留意，免得家世好才学佳的都被别人家的姑娘定下了，到时候你只剩下歪瓜裂枣可挑。"

杨惊春闻言，觉得这话有理。珍品人人都求之不得，出色的小郎君自然也不例外。

她嘴里含着荔枝，看着李奉渊，忙不迭地指了指自己。李奉渊了然："好，也替你相看相看。"

李姝菀认真地想了想，摇头道："我还没想过这些呢。"

她说着，看李奉渊额间有汗，从马车里拿出一把油纸伞，支出窗撑开了给他："打着吧，日头毒。"

李奉渊不爱打伞，不过李姝菀既已撑开，他便伸手接了过来。

阴影笼罩下来，挡住刺目的艳阳，李姝菀又掏出帕子给他："都晒出汗了。"

李奉渊松开缰绳，拿过帕子，擦干额头的汗，随手将帕子塞进胸前，忽而体会到了一两分爹娘嫁女的不舍心情。

李姝菀温柔体贴，处处想着他，以后嫁了人，便再无人会这般为他着想。

李奉渊这么一想，便突然觉得李姝菀今后若是不愿嫁人，他养她一辈子也未尝不可。

回去的路上途经明阳湖，四人在酒楼吃饱喝足才回府。

宋静知道李奉渊今日回来，早早便在府门口等着，一见李奉渊后仔仔细细将他打量了一番，看他安然无恙才放下心。

回栖云院的路上，他一路嘘寒问暖，询问着李奉渊这一路上的颠簸和江南之事。

这些事李姝菀在回府的路上就已和李奉渊聊过，此刻宋静再问起，李奉渊便回得笼统，有些懒散之态。

李姝菀看宋静担心，便一一替李奉渊认真回了。

宋静问了几句，索性不再问李奉渊了，直接和李姝菀说起话来。

第四章 生疑

李奉渊执伞罩在李姝菀头顶，放慢步子往栖云院走，乐得清闲。

宋静慢步跟在李姝菀身侧，温声问道："老夫人身体可还安康？"

李姝菀转述着此前从李奉渊那听来的话："老夫人年纪大了，时而会犯糊涂，记不清事，不过身体却还硬朗，宋叔不必忧心。"

宋静笑着连声应道："那就好，那就好。"

李奉渊身边没几个近亲之人，娘家那边便只有一个外祖母。洛佩身体康健，于宋静而言，那这世上便多一人爱护李奉渊，是再好不过的事。

李姝菀亦这般想。

李奉渊听二人提起洛佩，忽然想到件事，他看向李姝菀，开口道："今年冬，陪我去江南同外祖母过年。"

"嗯？"李姝菀闻言怔了瞬，宋静也有些意外。

李姝菀身份尴尬，与洛佩算不上亲故，她去陪李奉渊的外祖母过新年，怎么看都有些奇怪。

李姝菀偏头看向李奉渊，见他神色如常，不似说笑。

可她也不明白洛佩怎么肯见自己，毕竟洛佩从前待李奉渊便冷淡疏离，没道理会无端对她起了亲近之意。

李姝菀不好直言，便委婉问："我若突然前去，会不会有些冒犯？"

李奉渊知她心中顾虑，解释道："我回来时问过外祖母，她已答应了，没什么冒犯。"

李姝菀心中仍有些疑惑，但还是答应了下来："好。"

栖云院内，下人们正进进出出地往李姝菀屋内搬东西。

桃青和柳素分别盯着门内门外，正忙碌招呼着。

桃青叮嘱道："都小心着些，这都是少爷千里迢迢从江南买回来的，可千万别磕碰坏了。"

她说着，身边的小侍女提醒她："桃青姐姐，少爷和小姐回来了。"

桃青闻声回头，忙迎上前来，浅笑着行礼道："少爷，小姐。"

李姝菀有些茫然地看着堆在东厢门口的一大堆物件："这是在做什么？"

桃青看了一眼李奉渊,见他无开口之意,便解释道:"小姐,这些都是少爷从江南给您带回的礼物。您要不要现在瞧瞧?"

李奉渊素来嫌麻烦,出门更是轻装简行,连自己的行李都不肯多带,李姝菀没想到他会给自己带这么多东西。

她颇意外,又按捺不住欣喜,抿唇看向李奉渊:"买给我的吗?"

李奉渊看她神色期盼,淡淡道:"随便买了点儿。"

他说随便,实则让人从江南拉了一马车的东西回来,全是江南街头小市的地方玩意儿,说不上多金贵,但胜在有心,大多是他一件一件挑的。

李奉渊抬了抬下巴,大方道:"去看看吧,喜欢就留下,不喜欢的便扔了。"

他送的东西,李姝菀怎么舍得扔,还没看便一口道:"都喜欢。"

她提起裙子迫不及待地跑过去,跑出两步,又忽而折身回来,张开手抱了李奉渊一下,温柔地道:"谢谢。"

"我身上脏,松开。"李奉渊如此道,手却轻轻抚了抚李姝菀的脑袋。

李姝菀闻言乖巧地放开手。李奉渊看她松得不假思索,以为她嫌弃他一身汗尘,眉尾一动,改口道:"让松就松,看来不是诚心道谢。"

他说着这话,表情却又不怒不笑,李姝菀看不出他是当真生气了还是在捉弄她。

宋静倒是看明白了,但并没有指出来,无奈地摇头笑了笑。

李姝菀抬眸呆呆地盯着李奉渊看了会儿,实在辨不清楚,想了想,踮起脚在他脸颊上轻轻碰了一下,认认真真地道:"是诚心的。"

这回轮到李奉渊静了一瞬,问她:"谁教你的?"

李姝菀似乎不觉得这样随随便便亲人脸颊有什么问题,不明所以地看着李奉渊,李奉渊指了下脸。

李姝菀如实道:"惊春。"

杨惊春也算李奉渊看着长大的,生来一副欢脱性子。李奉渊有些头疼地道:"下次不许再随便亲旁人。"

李姝菀不想答应,但也不想违背李奉渊,她商量着道:"可是那是惊春,不是旁人。"

李奉渊只好松口："那便除了她，别人都不行。"

李姝菀又问："那你呢？"

李奉渊看着李姝菀明净的眼，难以说出拒绝的话，顿了须臾，道："等你再大些，就不行了。"

李姝菀捣鼓着李奉渊从江南带回的小玩意儿直到深夜，李奉渊落灯休憩时东厢的灯烛依旧透亮。

翌日，武赛比骑射之术。李奉渊既已回京，自然要赴祈伯璟的邀约，前去参加余下的比赛。

晨时，李姝菀还没醒，李奉渊已准备出门。他见东厢门窗紧闭，特意叮嘱下人，让李姝菀痛痛快快地睡，别去扰她。

是以等到巳时，日头初盛，李姝菀才慌慌张张爬起来赶到武场。

骑射比试的场地不在蹴鞠场，观者的席位也另设了位置，李姝菀找了一会儿才找到地方。

她姗姗来迟，十来名穿着精干的少年从马背上翻身而下，接连朝席间走来。李奉渊也在其中。

似乎刚刚比完。

他理着护腕，走下马蹄踏得尘土喧嚣的赛场，李姝菀正巧同他打个照面。

李姝菀看他靴上有尘痕，有些蒙地瞧着他，不可置信地道："已经比完了？"

李奉渊"嗯"了声，像是并不怎么在意这比赛，也不提一提比得如何，反问李姝菀："睡足了？"

李姝菀一觉睡到日上三竿，足得不能再足，头都睡昏了。

她愣愣地点了下头，随即又不死心地问道："当真比完了？"

她一句话问了两遍，惹得李奉渊定定地看了她一眼，开口回道："是，比完了。"

李姝菀有些难过地道："怎么这样快，我都还没看见呢。"

"场上尽是尘土和泥沙，没什么好看，不如多睡会儿。"李奉渊说着，入席间坐下，给自己和李姝菀各斟了杯茶，端起来喝了一口。

李姝菀站在他身旁，见他一身骑装，有些遗憾地道："可是我想亲眼看看你在赛场上的样子。"

他每日勤练苦读，从不懈怠，李姝菀在平日里已领教过他的学识，却还没目睹过他大展身手的英姿。

李奉渊闻言抬起头看她，似乎有些不理解她这念头，不过他也没多问，只道："你若想看，明早随我去武场，我练给你看。"

"那不一样。"李姝菀小声道。

再者，李奉渊每日起得比厨房养的那几只下蛋的鸡都早，她实在没法从床上爬起来。

之前郎中来诊平安脉，看她个儿小，叮嘱她夜里要早些睡，晨时要晚些起，如此才能拔高个。

李姝菀牢记于心，生怕以后长成个矮木桩子。

她缓缓坐下来，一言不发地端着茶杯抿。

李奉渊看她不出声，拿余光看她，问道："生气了？怨我早上没叫你起来？"

李姝菀从不生他的气，摇头："没有生气。"

她虽这般说，却怎么瞧着都不大高兴。

李奉渊看她这模样，忽然放下茶杯站了起来，朗声道："走。"

李姝菀不解地抬头看他："去哪？"

李奉渊道："教你骑马。"

李姝菀很是诧异："我吗？"

可她还没马高呢。

李奉渊道："你不是想看我比赛？看别人赛马有什么乐趣，待你学会了御马，迎风而行，驰骋天地，不比看人赛马快哉？"

他朝她伸出手："来。"

李姝菀有些迟疑地握上去，李奉渊稳稳地拉她起来："走，给你挑一匹小马。"

比赛用的马就在观席侧前方的马厩中，不过皆是战马，四肢矫健，毛发油亮，最矮的也已近五尺。

李姝菀站在它面前，能与之平视。

李奉渊从中挑了一匹温顺的，同李姝菀讲了几句初学马术的紧要处，而后掌稳了马身，直接让李姝菀踩着马镫扶着他往上爬。

他幼时随李瑛学骑马，李瑛什么都没教，牵稳了马便叫他直接往上爬，错处再改。

李奉渊当时踩马镫踩得太深，摔下马背时脚掌卡住，险些扭断脚腕，还是李瑛上前接住他才免于摔成个残废。

他那时候只有三岁，骑了一匹不及半人高的小马驹，马具皆是量身而制，李瑛估计也没料到他能摔下来。

洛风鸢知此事后，少见地动了气，将李瑛训骂了一顿。李瑛自知理亏，默默听着一声不吭。母子俩之后好几天都没理他。

李姝菀和那时的李奉渊信任李瑛一般信任他，她右脚踩住马镫，撑着李奉渊的肩便往马上爬。

身下的马打了一个响鼻，她有些紧张地侧坐在马鞍上。李奉渊见此，拍拍李姝菀的腿，道："左腿，跨过去。"

李姝菀看了眼自己的衣裙，有些犯难："可是自古以来女子骑马，都是侧身横乘，如男子纵乘，实属不雅。"

骑马当稳，哪管雅不雅。李奉渊有时觉得这些针对女子而设的繁杂琐碎的规矩实在莫名其妙。

他将李姝菀踩死在马镫上的脚掌抽出些许，淡淡问："那摔死了要不要侧着埋？"

这话直白得骇人，李姝菀不再犹豫，默默抬起左腿，跨坐在了马背上。

坐在马背上的视野比在平地上开阔一倍不止，抬眸远眺，目之尽头山脉横连，天地好似都变得更加广阔。

李姝菀看罢远处，又收回目光，低头看向马首旁站着的李奉渊，一眼瞧见他乌黑的发顶。

他依旧是挺拔的少年郎，只是居高临下看去，身形稍不及平日高挑，像矮了一截的青竹。

李姝菀没见过他这模样,莫名觉得有些趣儿。
李奉渊仰头,看她浅浅扬起唇角似笑又不敢笑,问她:"偷笑什么?"
李姝菀摇头不语。
她手握缰绳,在李奉渊的保护下,有些紧张又小心地骑着马往前走。
马儿步伐缓慢,铁蹄连粒尘沙都带不起来。
李奉渊倒也耐心,不催不急,走一步停一步,拉着马嚼子带着李姝菀在马厩旁的空地上慢慢绕圈,等她适应在马背上的感受。

不远处,一名身姿曼妙的少女站在亭廊下,静静地注视着烈烈暑日下闲适的二人。
少女名叫祈宁,姜贵妃之女,当今的七公主,年仅十五。
祈宁神似其母,容媚似妖,即便神色平静,眉梢眼角也带着一股说不上来的媚惑之色。
她问身后的宫女:"那便是李奉渊和李姝菀?"
宫女道:"回公主,是他们二人。"
祈宁观了片刻,忽而抬步朝二人走去。身后的宫女忙撑伞跟上。
李姝菀看着朝她走来的祈宁,虽不认得,却看得出祈宁气质不俗,身上所着的衣裙飘逸如云纱,似宫中之物。
她轻轻唤了李奉渊一声,示意他往身后看。
李奉渊曾在宫中见过七公主,他回头瞧见祈宁,朝李姝菀伸出手。
李姝菀默契地搭着他的手,小心翼翼地下了马,抚平了弄皱的衣裙。
祈宁行至二人身前,李奉渊抬手行礼:"公主。"
李姝菀闻她身份,并不意外,似已有所预料。她随李奉渊行礼:"问公主安。"
祈宁微微颔首。她看向李姝菀,见李姝菀目清神灵,温婉端庄,含笑道:"听闻将军府有一小女,聪颖明媚,宛如天上仙童,今日得见,方知此言不虚。"
称赞之语李姝菀听人说过不少回,或出自真心,或源自恭维,李姝菀都只是以笑回之。

第四章 生疑

然而面前的人不是旁人,乃是千金之躯的公主,李姝菀不知她是哪位公主,亦不知她性情,不敢仅以笑相对,是以低眉恭敬道:"公主谬赞。"

祈宁笑了笑,又看向李奉渊,缓缓开口道:"今年春,羌献首领乌巴托西击忽山部,夏初时,已收忽山部于囊中,随后又遣派使者向东欲与烈真部联手。若能成,想来待秋日养肥了兵马便要入侵我大齐。李公子可曾听过此事?"

李奉渊并未直面回答,而是问:"此乃军政要事,公主为何来告诉我?"

姜贵妃与李奉渊不和,李奉渊面对祈宁,亦抱有防备之意。祈宁也很清楚这一点。

她语气柔缓道:"没什么,只是方才在亭下看见你二人,忽然想起了此事。大将军驻守边疆,李公子为人子,定心怀忧思,时时关心着西北的战事。既然碰巧遇见,我想着便来同李公子和李小姐道一声罢了。"

李奉渊面色平平,拱手道:"那便多谢公主好意。"

李奉渊虽守礼,但态度很淡。不过祈宁似并不在意,道:"大将军久居西北苦地,守国卫民,才有我等安闲,当是我谢大将军。你身为大将军之子,不必谢我。"

李奉渊闻言,不动声色地快速看了祈宁一眼,见她神情隐露敬佩之色,这番话语似当真出自真心。

姜贵妃恨不得李奉渊从望京消失,她的女儿没道理待李奉渊此般和善。

李奉渊心生疑虑,却并未表现出来,只道:"父亲为人臣,蒙陛下信任驻守西北,此不过职责所在。"

祈宁道:"当年宫宴上,大将军也曾如此说过,李公子倒颇有令父之风。"

正说着,一阵高高低低的马蹄声忽而从前方的赛场上传来,祈宁抬眸看去,见一队刚赛完的少年郎骑马朝他们徐徐奔近。

祈宁望见那马上戴着面具的祈伯璟,目光凝了一瞬,显然认出了他,随后又看了眼旁边另一匹马上坐着的杨修禅与杨惊春二人。

209

她收回目光,同李奉渊辞别道:"李公子的朋友来了,那我便先行一步,不打扰了。"

李奉渊和李姝菀各自行礼,齐声道:"恭送公主。"

李姝菀看着祈宁远去的身影,小声问李奉渊:"这是哪位公主?"

李奉渊道:"七公主,祈宁。"

李姝菀有些诧异:"姜贵妃的女儿?"

李奉渊微微点头:"是。"

祈宁言语温和,待李奉渊和李姝菀的态度称得上和善,半点不似姜贵妃。

李姝菀不解,不自觉地蹙眉思索着道:"她与我想象中的有些不一样。"

李奉渊也作此想。他仿佛担心李姝菀因这一面而对祈宁生出友善,提醒道:"她行事莫名,若今后遇见,不可轻信。"

李姝菀乖乖应下:"好,我记下了。"

第五章 变故

参赛的少年郎驰马而归,观席中叫好声阵阵,铁蹄下尘土飞扬。

他人都是一人一骑,唯独杨修禅身前捎带了个闷闷不乐的杨惊春。

杨修禅在李奉渊和李姝菀面前勒马停下。杨惊春似只皮猴,无须搀扶,灵活熟练地从马背上跳了下来。

这个年纪的姑娘已明了男女之别,渐生男女之思,大多文静典雅,注重仪态,大家闺秀还是小家碧玉,都渐渐有了形貌。

杨惊春却似一只冲出土的春笋,没了泥土的遏制,肆意生长,越发活泼好动。

李姝菀一笑,正准备唤杨惊春,却发现她发间夹杂着许多泥黄色的尘土。

杨惊春瘪嘴,走到李姝菀跟前,委委屈屈地叫了她一声:"菀菀。"

李姝菀见她如此狼狈,愣了愣,关心道:"这是怎么了?摔了吗?"

杨惊春回首冲着杨修禅瘪了下嘴:"你问他!"

杨修禅翻身下马,笑得爽朗:"我已告诉过你了,叫你站远处看,你自己不听,非要凑到跟前来,才让马蹄扬了一身灰,怎能怪我?"

杨惊春娇蛮地哼了一声:"别人的马为何没扬我一头的灰,就你的马扬了,自然是故意的。"

杨修禅无奈:"怎么没有?好些人都从你身畔疾驰而过,踩得尘土飞扬,怎就只怪哥哥?"

他说好些人,其实除了他之外,也就一个祈伯璟。只是他不便言明,怕杨惊春当真去找祈伯璟的麻烦。

杨惊春一听,倒是忽然想起来:"哦!都险些忘了,还有那佩戴面具之人！"

杨惊春比李姝菀长得高些，她说着，在李姝菀面前低下头，将沾满灰的脑袋给她瞧，撒娇道："菀菀，帮我拍拍。"

李姝菀伸手替她轻轻拍着发顶。灰尘簌簌抖落，杨惊春看见尘土尽掉在李姝菀的裙鞋上，便往后退了一小步，站远了些。

杨惊春今日穿的紫裙，此刻像是北方被风沙打焉儿的茄子。她叹口气，嘟囔着道："赛马一点都不好玩，赛场是直道，鼓声一响他们便甩鞭奔出三百里，瞧不见人也就罢了，还扬我满嘴的沙，还好菀菀你没来。"

李姝菀听见这话，下意识抬眸看了看李奉渊。李奉渊读懂她的表情，缓缓地道："同你说过了，没什么好看的，现在信了？"

他这话仿佛李姝菀刚才在和他闹脾气，她有些羞赧地道："我没有不信。只是你这辈子只能参加一回武赛，没能亲眼观赏这一项比赛，还是觉得有些遗憾。"

几人正说着，祈伯璟忽然骑马缓缓走了过来。

他似乎听见了刚才杨惊春的话，看向像只小狸奴低着头让李姝菀撸毛的杨惊春，拱手道："方才赛马时事出紧急，不小心弄脏了姑娘的乌发仙裙，多有得罪，还望姑娘海涵。"

他声音很是温和，即便嗓音闷在面具下，也清朗沉稳，听得人舒心。

杨惊春并非斤斤计较之人，她方才与杨修禅说那些小气话，也不过是因为和杨修禅是兄妹，二人日常拌嘴罢了，并未当真动气。

杨惊春看祈伯璟高坐在马上和她致歉，问道："你既是来道歉的，为何又居高临下，岂不毫无诚意？"

杨惊春并不知道面前的人是当今太子，可杨修禅却深知这人的面具下藏着怎样金贵的真身。

他一听杨惊春的话，后背一凉，简直想给杨惊春嘴里塞满酸果子。

祈伯璟在场上刻意戴面具不示真容，杨修禅便不好直言一句"太子殿下"，以戳穿祈伯璟身份的方式来提醒杨惊春。

正当他犹豫的这一眨眼工夫，祈伯璟居然下了马。

面具下的眼含笑看向杨惊春，祈伯璟当真向她行了个无可挑剔的礼,再度道:"刚才是我之过,望杨小姐勿怪。"

杨惊春见他言行举止大大方方,敢做敢当,心头一丝丝微不足道的气也消了。她直爽地摆摆手:"好吧,我原谅你了。"

杨修禅实在看不下去了,轻"哼"了一声示意杨惊春不要再说了,再顾不得别的,低头向祈伯璟行礼道:"太子殿下。"

杨惊春一听,顿时吓得眼都瞪圆了。她惊慌失措地看了看杨修禅,又看了看祈伯璟。

杨修禅正准备为杨惊春找补两句,将错揽到自己身上来,不料祈伯璟压根不应他这称谓。

他道:"杨公子认错人了,在下只是一无名小卒,并非太子。杨公子此言,或会要了在下的脑袋。"

杨修禅一听这话,满肚子话都堵在了喉咙里,一句都说不出口了。

祈伯璟不再多言,同众人微一颔首,转身离开了。

杨惊春当真以为杨修禅认错了,虚惊一场,抬手一拳打在了杨修禅背上:"哥!你什么眼神啊,快吓死我了!"

杨修禅有苦难言,看向一直闷不作声的李奉渊,苦笑道:"好兄弟,你倒是说两句。"

李奉渊看戏不嫌事大,添油加醋道:"惊春说得对,你是该回去练练眼,下次可别再认错了人,说错了话。"

杨修禅:"……你可真是我的好兄弟。"

下午,赛箭术。一行十人齐比,共射十箭,以中靶数决胜。

骑射皆是李奉渊的拿手好戏。李姝菀错失骑赛,箭术场上,如愿以偿一睹李奉渊赛场上的飒爽英姿。

射箭备的是近两石的强弓,能开弓已极其不易。

然而李奉渊却好似生了一双力大无穷的铁臂,于烈烈酷日下,挽弓搭箭,眯眼瞄准远处箭靶,竟是速射速发,九发九中。

李姝菀在一旁连声叫好,喊得嗓子都发干。

李奉渊身旁便是戴了面具的祈伯璟,他射至还剩最后一发时,祈伯璟忽而偏头看向了他。

李奉渊注意到他的视线,黑眸盯着靶心,双臂发力,肌肉绷起,将弓弦几乎拉至极致!

随即手一松,弓箭破风而出,如势不可当的闪电直击靶心,竟然一箭将靶心射出了个窟窿!

杨修禅见此,面露钦佩,忍不住抚掌喝彩:"好!"

他知李奉渊心中抱负,是以这一声喊得高昂洪亮,似要叫场上众人都知他这兄弟射艺精湛。

不明所以的人听见杨修禅的叫好声,果然议论起来:"怎么了?可是谁又得分了?"

"是李家的公子,他最后一箭将靶子射穿了!"

"强弓穿靶有何稀奇,值得这样大惊小怪。"

"弓确为强弓,箭却是不中用的蜡箭头。能穿靶而过,此等臂力绝非常人能及。所谓虎父无犬子,这李公子确有其父雄风。"

周遭喧嚣声起,一时都在议论他。不过李奉渊并未理会,他率先射完十箭,不等结果,放下弓便走。

行过祈伯璟身后,听见祈伯璟低缓道:"宴后,我在此地等你。"

李奉渊在祈伯璟面前施展身手,等的就是这句话,他应下:"是,殿下。"

赛后,祈伯璟在武场设宴款待众人。

他脱了面具,换回了衮龙袍,以真容出现在众人面前。

赛场上雄姿英发的面具少年在短暂放纵了两日之后倏然消失不见,又变回了重责压肩的太子。

赛期祈伯璟一直未露面,宴会上,有人似乎已经察觉他与那戴面具的无名少年有些相似,不过往席间一看,又见席中还坐着一名戴面具的年轻人,便打消了疑虑。

只是众人不知,这人是祈伯璟命人假扮的罢了。

宴上男女分席,中间立了屏风。杨惊春吃饱后,没忍住好奇,从两扇屏风之间探出脑袋,偷偷看向上座正襟危坐的太子。

第五章 变故

他仪态端庄，挺拔如竹。夕阳斜落，照在他身上，好似一幅被火光映红的画。

祈伯璟自小便被立为储君，被一双双眼睛看着循规蹈矩地长大，言行举止也照着未来帝王的要求严格培养。

如李奉渊所言，太子仁厚，却也叫人不可亲近。

杨惊春偷看了会儿，总觉得天边的夕阳晃眼睛，看不太清楚。她收回脑袋，顺着屏风往前走了几步，又把脑袋从另一处屏风间隙里伸了出去。

女席中多些活泼好动的年轻姑娘，吃饱了坐不住，离了席，拉着相识的姐妹四处玩儿。

四周喧闹，杨惊春撅着屁股伸出脑袋往屏风另一边看，倒也没人注意。

不过好巧不巧，这回她的脑袋一探出去，恰在李奉渊所坐的席位后。

而李奉渊对面就坐着杨修禅。

杨修禅看见一个脑袋偷偷摸摸从李奉渊背后钻出来，定睛一看，险些被杯中酒给呛着。

杨修禅有些紧张地瞥了眼上面坐着的太子，见祈伯璟暂时未注意到杨惊春，忙给李奉渊使了个眼色。

他指了指李奉渊身后，李奉渊放下玉筷，头也不回，直接伸出手将杨惊春的脑袋摁了回去。

而后反手将屏风一拉，把她的视线挡了个严严实实。

杨惊春可怜巴巴地捂着脑袋，见此计失败，苦着脸回去找李姝菀。

李姝菀吃得慢，还在用膳。她见杨惊春头发有些乱，以为她是钻屏风弄乱的，没多问，只笑着问她："看见到太子了吗？"

杨惊春道："只瞥见一眼。"

李姝菀小口小口咬着绿豆酥，又问她："好看吗？"

杨惊春这回头点得快："没看得很清楚，但应当是好看的，长眉星目，甚是端庄。"

李姝菀一听，也有些好奇。不过她不像杨惊春胆子那样大，不敢越

217

过屏风去看。

她凑到杨惊春耳边小声问她:"是不是和你之前说的一样,像个小美娘?"

杨惊春认真想了想,死活没想起来方才那张仅模糊看了两眼的脸长什么样,一拍大腿站起来:"你等着,我再去看看!"

李姝菀鼓着腮帮子,吃得一刻不停,含糊道:"我在这里等你。"

杨惊春聊了几句再去,只跑了个空。祈伯璟已离席,李奉渊也已不在。

靶场上,两道人影正缓步同行。

余晖将地上的影子拖得瘦长,李奉渊落后祈伯璟半步,听着他说话。

祈伯璟背着手,道:"连发九箭,发发中靶,最后一箭贯穿靶心,此臂力若在军中,当持长枪铁盾冲锋陷阵,立功封侯。"

李奉渊道:"殿下过奖。"

祈伯璟笑笑:"你不必自谦,我知你才能所在。汝之才干,当随父掌兵,而非委身庙堂一隅一地。你可想过今后要如何,入仕与文官相斗,还是远赴边疆上阵杀敌?"

李奉渊没有正面回答,静了片刻,道:"羌献一日不除,大齐一日不得安定。但我家中妹妹尚幼,离不开人。"

祈伯璟知他顾虑:"若你想好,随时来找我。你的妹妹,我必当作亲妹照拂。"

李奉渊躬身行礼:"多谢殿下。"

祈伯璟扶他起来:"你我之间,何需多礼。"

他站定,抬眸看向远处天际红光,沉默须臾,肃色叹息道:"关外羌献部落意欲联合烈真部之事想来你已经听说过。此事若成,我齐国将士最艰难的一仗便要来了。"

秋风起,草盛马肥。降伏了忽山部的羌献部落联合烈真部,于八月来犯齐国边境。

李瑛拔营向北,与之交战近三月,退敌二百余里。

第五章 变故

十月末，胜讯入京，龙颜大悦。

十一月十七，西北暂平，又一封密信穿过万家欢迎新春的大红灯笼，送入了皇城。

大将军李瑛，因连年作战，负累不堪，已于十一月初八，病亡西北。

盛齐四十二年，大齐折损了一位将军，换来了齐国近十年来最艰难一仗的胜利。

萧萧冬日，寒风凛冽，大雪再一次覆满了望京。

李奉渊从皇宫出来时，天上飞雪如鹅羽，下得正大。

皇上身边的大太监王培撑伞罩在李奉渊头顶，亦步亦趋地跟在他身后。二人皆一路无言。

将军府的马车静静停在宫门外，刘大站在马车旁，望着眼前高峻的宫墙，有些紧张地来回踱步。

今日一早，皇上突然无名无由地宣李奉渊入宫，谁都不清楚发生了何事。

从前李奉渊并非没有入过宫面圣，有时是代李瑛领赏，有时是被邀参加宫宴，但大多时候都会派人提前知会一声。

今日毫无征兆地传他入宫，还是头一遭。

刘大心中难免隐隐有些不安。

宫门开启，刘大扭头看去，瞧见李奉渊从宫内出来，快步迎了上去："少爷。"

他往旁一看，见此刻跟在李奉渊身边的乃是圣上身边的太监王培，又见王培面上隐含悲色，心中忧虑更甚。

王培既是皇上身边的人，刘大自不能不敬，他恭敬唤了声"王公公"。

王培低低应了一声："哎。"

李奉渊入宫时下了马车便没撑伞，王培怕他冻着，将手中的油纸伞递向刘大，叮嘱道："天寒，撑稳些。"

刘大看王培手中空空，没接，而是道："车上有伞，公公拿着用吧。"

王培便又收回手，一路送李奉渊到了马车前。

他看向李奉渊，一声"世子"到了嘴边，忽而又顿了片刻，改口道："安远侯，奴才就送到这儿了。雪大，路滑，您回府的路上小心些。"

刘大听得这话，不由得怔了一下。

安远侯乃是皇上赐给李瑛的爵位，不过李瑛这些年远在西北，一直没回京受封领赏，明面上也还没正式册立李奉渊为世子。

是以寻常在外，旁人见了李奉渊，也都只是喊一句"李少爷""李公子"。

便是不拘小节的，也只称一句"世子"，怎么这时候王培竟将李奉渊叫成了"安远侯"。

总不能李瑛此番战苦功高，圣上赏无可赏，李奉渊代父受赏，进了一趟宫，便成了个了不得的侯爷。

刘大觉得自己这想法好笑，问道："王公公莫不是喊错了，怎么将我家少爷称作了——"

他说到这儿，话语忽然一止，脑中似倏然灵通了过来，满目不可置信地看向了李奉渊，喃喃道："少爷……将军他？"

李奉渊没有回刘大的话。

他神色浅淡，如寻常一样冷静平稳，让刘大不禁怀疑自己只不过是虚惊一场，猜错了。

可王培却微微摇了摇头，无声告诉刘大，事实的确就是他心中所猜想的那般。

王培似想说什么话来安慰李奉渊，可看了看李奉渊，又什么话都没说。

李奉渊也似乎并不悲痛，他同王培道过别，上了马车，声音从车内传出来："走吧。"

刘大驾车掉头离去，王培撑伞站在宫门前，看着逐渐隐入雪中的马车，心中百感交集。

王培既惋惜一代猛将亡于边疆，又感慨李府辉煌百年如今只剩下一对孤苦的孩子。

王培长叹了一口气，抬高伞沿，望着天上纷纷扬扬的白雪，在心中默默无声道：今冬的雪，下得可真猛啊。

　　李奉渊回到将军府时，李姝菀正在栖云院的书房练字。
　　心乱时，执笔可凝神静心。这是李奉渊教给她的。
　　听说李奉渊回来，李姝菀又像是把这话忘了，立刻搁了笔去找他。
　　一出书房，她就看见李奉渊孤身撑着伞走进院子。
　　李姝菀提裙跑向他，站到他伞下。
　　她正要问皇上召他入宫是为何事，可一仰头，突然敏锐地发现李奉渊的情绪似有些不对劲。
　　那情绪并不显于表面，而是隐晦地融在了他微红的眼和紧紧握着伞柄的手中。
　　李姝菀从未见过他这模样，有些担忧："怎么了？"
　　大雪里，李奉渊看着她，身体仿佛腐朽了一般。他缓慢地弯腰垂首，闭上眼睛，将脑袋轻轻靠在了她肩上。
　　他从未如此过，李姝菀感受着耳边被风雪吹得冰凉的温度，有些生疏地抬手抚摸着他的发顶。
　　她不知道发生了什么，但能感觉到此刻的他身上透露出一股难以言喻的悲伤。
　　李姝菀没有追问，只是默默挺直了肩背，静静地站着，努力让李奉渊靠得舒服些。
　　好半晌，她才听见李奉渊的声音沙哑地从耳边传来。
　　"我没有父亲了。"

　　十一月二十一日，李瑛的尸身运回望京，圣上下旨赐棺，举国致哀，李瑛陪葬皇陵。
　　满城的红灯笼尽数撤下，为这位征战半生的将军哀悼悲恸。
　　李瑛死了，李奉渊却没有落一滴泪，就连悲色也没在外人面前展露半分。
　　他只是比以往更沉默，吃得也要少些。李姝菀担心他压抑过甚，日日陪着他。

丧葬事毕这日，二人回到将军府，李奉渊屏退了下人，带着李姝菀走在停雀湖边的小径上。

这条路冷清，李姝菀不知他今日为何走这条路，也没有多问。

丧父之痛不可感同身受，所有的安慰都只是苍白无力的表面话，李姝菀唯一能做的也只是安静地陪在李奉渊身边，望他能好受一些。

李奉渊撑着伞，李姝菀与他并行，二人踩着路上蓬松的积雪沿着湖畔一路往前走。

这么多年过去，到了冬天，这条路上的景色仍和当初李姝菀进将军府那日一样。

大雪覆了花木，茫茫一片。清透的湖面结成了坚冰，湖中立着一座孤亭。

李奉渊行在靠近湖畔那一侧，李姝菀走在内侧。

他朝她的方向微微倾斜着伞，另一侧肩膀露在伞外。白雪淋湿了他的肩，他也没在意，好似并不觉得冷。

二人谁都没有说话，四周寂静，一时只能听见鞋底踩过细雪的簌簌轻响。

入眼四望，仿佛天地之间只有他们二人。

李姝菀抬头看着李奉渊平静的侧脸，纤细的手从厚袖中伸出来，默默拉住了李奉渊的衣裳。

李奉渊察觉到她的动作，低头看她："冷吗？"

李姝菀摇头："不冷。"

她显然在说假话。大雪纷飞，她不过一个十来岁的小姑娘，行在雪中，脚掌几乎冰得麻木，怎会不冷。

行走间，绣鞋鞋尖从裙下微微露出来，李奉渊看见她裙下的鞋面已被雪水打湿了。

李奉渊顿了一瞬，停了下来。

他将伞换了只手拿着，微弯下腰，手横过李姝菀膝弯，低低道了声"抓紧我"，然后单臂稳稳地将李姝菀抱了起来。

第五章 变故

李姝菀好久没被人这么抱过,她坐在他臂上,下意识搂住他的脖颈,这才看见他另一侧的肩膀湿了一片。

李姝菀什么也没说,只是默默替他将肩上未化开的雪拂去了。

李奉渊抱着李姝菀,没有回栖云院,而是去了祠堂。

这是李姝菀第二次来这个地方。

李奉渊将伞放在门外,熟练地从祠堂里的柜中拿出纸钱香盆,火一燃,房中骤然明亮了起来。

火光映着灵牌,驱散了房中凉意。

从前供桌上最下方只有洛风鸢的牌位,孤零零立着,如今旁边多了一个牌位,上刻着"齐大将军安远侯李瑛之灵位"。

李瑛曾在洛风鸢的牌位前请她在天庇佑,佑他平定西北再与她相聚。如今西北虽仍未定,但羌献已退,至少可得半年安稳,也算遂了他一半的愿。

李奉渊上了香蜡,扭头看向李姝菀,指着地上的蒲团,开口道:"跪下,拜。"

当初李瑛带李姝菀回府时,曾说过一模一样的话,只是那时候李奉渊将她拉起来,不让她跪洛风鸢的灵位,如今却要她跪拜先祖,无异切切实实认了她的身份。

李奉渊曾思索过要不要将李姝菀身世的真相告诉她,但如今他已有了定论。

就让她不知不晓,以为自己是秦楼女子所生,便是最安稳的结局。

上一辈的罪怨与她无关,她只需要永远做将军府的姑娘,平稳地度过这一生就足够了。

他会尽力护着她。

李姝菀不知李奉渊心中所想,她听他的话,屈膝跪在蒲团上,伏身叩首,拜了三拜。

李奉渊的声音响起:"从今往后,你就是堂堂正正的李家人。我不在时,家中一切事宜由你做主。"

他说到此处,顿了顿,放轻了声音:"你聪颖敏锐,自幼刻苦,一定会做得很好。"

李姝菀早已预料到李奉渊今后的打算,但此刻听见这话,还是湿了眼睛,再开口时声音带着藏不住的哭意:"带我一起去西北吧。"

李奉渊没有回答,只是低头看着她。

她跪直了身,也希冀地看着他,等着他的答复。

但不同于李奉渊心中复杂的情绪,李姝菀的神色里并无丧父的苦楚,有的只是对李奉渊的担心和不舍。

李瑛于她虽是父亲,但相处过短,并不相熟。算起来,李姝菀从小到大也就在从江南到将军府的路上和李瑛相处过一段时日。

多年过去,她对他仅有的那一抹孺慕之情,也慢慢消散了,即使还在,也远不及她对李奉渊的感情深厚。

李奉渊知晓这一点,可也正因为明白,他更不会带她去西北一起受苦。

他也带不走她。

李奉渊收回目光,终是没有答应她。

从祠堂回来后,李姝菀半夜便发起了热。

这些日她忧思过重,白日里又吃了风雪受了寒,柳素和桃青特意在她睡前将屋子烧得暖热,哪料还是没防住病气。

早上,天光昏蒙,桃青去看李姝菀醒了没,执灯进屋,掀开床幔一看,床上的人被子掀到腰侧,像只熟虾意识不清地蜷躺在床里侧,脸颊烧得通红。

"哎呀!小姐!"桃青吓了一跳,忙伸手去探李姝菀的额头,入手竟是又烫又湿。

桃青暗道不妙,忙又唤了几声"小姐",将灯烛拿近,看她状况。

朦胧灯光下,李姝菀难受地闭着眼,皱着眉头,几缕乌丝黏在脸颊旁,额头已全汗湿了。

桃青放下灯烛,用袖子替李姝菀擦着汗,扭头冲门外叫道:"来人!快叫郎中,小姐病了!"

第五章 变故

李瑛离世，府内这段时日人心惶惶，宋静忙里忙外，前日就累倒了。

如今李姝菀又发热，下人拿不定主意，去西厢请李奉渊，却听李奉渊一早就出了门。

这下府内倒当真没了主心骨。

刘二从外面请来郎中，急匆匆拖着人来到栖云院。

老郎中跑得气喘吁吁，还以为是病危急症，见了李姝菀一番望闻问切，才知只是受寒起热。

只是李姝菀身份金贵，马虎不得，是以郎中立马开了副退热的药方。

桃青接过方子，本想交给别人，想了想不放心，自己去拿药煎熬去了。

柳素留在房中照顾李姝菀，她看李姝菀昏睡不醒，替李姝菀擦了擦汗，着急地问郎中："大夫，我家小姐体弱，可有什么快些好起来的法子？"

郎中摇头，拎着药箱起身："治病只能一步一步来，没有速成之法可言。"

虽这么说，他还是在屋内看了看，随后指着房中的火炉道："这炉子先熄了吧，开窗通通风，但不可吹着小姐。再拿帕子沾了温水替你家小姐擦一擦额头手心。待热退了，便无碍了。"

柳素连声应好，谢过郎中，叫人去打水来，又让一名小侍女送郎中出去。

到了侧门处，小侍女将诊病的钱递给郎中，但郎中并没收。

他看了眼头顶挂着的白净穗帐，有些惋惜地缓声道："大将军退敌护国，亡故边疆。老夫身为齐国子民，深感将军之恩，敬佩不已。这钱就不必了。"

小侍女没想到他会这般说，愣愣地握着银钱，不知该作何言。

郎中没再多说，拱手行了个礼，撑着伞，背着药箱便离开了。

小侍女带着银钱回到栖云院，交给柳素。柳素正在用帕子给李姝菀擦手，见此疑惑道："怎么回事？"

小侍女道："郎中说感念大将军恩德，便没有收。"

柳素闻言沉默片刻，叹了口气，将钱接了过来。

又过了半个时辰，李姝菀终于悠悠转醒，只是脑袋还迷糊着。

柳素在床边候着，一直没离开。她见李姝菀醒了，忙让人将外面炉子上温着的药端了进来，扶李姝菀起身。

柳素抽了个软枕垫在李姝菀腰后，让她靠在床头，从侍女手中端过药，舀了一勺，吹温了递到她唇边："小姐，先把药喝了吧。"

李姝菀闻到那清苦的药味，偏头避开，不大想喝。

她眨了眨眼，声音有些沙哑地问："他呢？"

柳素看着李姝菀烧得发红的脸，放下勺子，替她将颊边的发别在耳后，温柔地道："小姐，少爷出门了。"

李姝菀听见这话，又问："他去哪里了？"

她病得恍惚，说话也慢吞吞的。

柳素摇了摇头，表示自己也不清楚，只知道今早刘大跟着李奉渊离了府，听说好像是入了宫。

李姝菀看柳素摇头，眼睛忽而就红了。

柳素看她眼中闪着泪花，慌道："小姐怎么哭了？可是身子哪里不舒服？"

李姝菀没回答，又问柳素："他……他是不是已经去西北了？"

柳素尚且不知道李奉渊要去西北之事，只当李姝菀病糊涂了，宽慰道："小姐从哪里听说的？少爷怎么会抛下小姐离开呢？"

李姝菀靠在床头没有说话，她知道，他会去的。

柳素看李姝菀这病弱难过的模样，不禁跟着心疼起来，哄劝着道："小姐，奴婢先喂您把药喝了。"

李姝菀还是道："我不想喝，苦。"

柳素有些无奈："小姐，喝了药病才能好。您这样，少爷回来会心疼的。"

正劝着，门外忽然传来一道沉稳的脚步声，紧接着，半掩着的门便从外面推开了。

李奉渊携风裹雪地入门，在看见床上的李姝菀后，径直朝她走了过来。

李姝菀倾身，愣愣地看着他，像是没想到他会来，迷糊的思绪在看见他后也终于清醒了两分。

李奉渊看了眼柳素手里端着的汤药，大概猜到发生了什么。他伸手接过药碗，坐在床边，同柳素道："出去吧。"

柳素应声退下："是。"

李奉渊看着床上烧得脸热唇燥的李姝菀，紧紧皱了下眉头。

这些年，他将她养得很好，李姝菀几乎没怎么病过，病成这样更是头一回，她看人的目光都是虚的。

李奉渊摸了下她的额头，察觉那滚烫的温度后，眉心拧得更深。

李姝菀喃喃地唤李奉渊。

"嗯，是我。"他舀了一勺子药喂到李姝菀嘴边，"张嘴。"

李姝菀看看他，又垂眸看了看面前的药，倒是意外地听话，低头便喝了。

药很苦，润过干涩的喉咙，李姝菀的眼睛忽而有些热。李奉渊看不见她的表情，又送了一勺过去。

喝完半碗，李姝菀突然低低地道："方才醒来，我以为你已经走了。"

李奉渊握勺的手一顿，沉默片刻，道："后日。"

他语气平静，李姝菀却听得鼻子一酸，一滴豆大的泪突然就从眼眶里掉了下来，落在了勺中。

黑色的药汁溅出几点，洒在床面上。

冬风穿过窗缝涌入房内，李姝菀忍着哭声问："真的不能带我去吗？"

李奉渊没答，只是将药一勺接一勺地喂到她唇边。

李姝菀知道了答案，便也没再问。她低着头，安静地喝着苦涩的药。

李奉渊看不见她的眼睛，却能感受到，在他握着勺子将药递到她面前时，一滴滴砸在手背上的眼泪。

滚烫，炙热。

就像一滴滴鲜热的血。

护送李瑛尸骨回京的人乃是李瑛的副将周荣。此番李奉渊便是随他一同前往西北。

李奉渊与周荣约在城门口相见。离别之日，杨修禅与杨惊春也来为他送行。

天地间雪飘如絮，一如当初李瑛离京之时。

府门上，"将军府"的牌匾已经取下，新挂的牌匾上刻着"安远侯府"四个字。

新匾浓墨，白穗帐绕挂在匾上，衬得字漆黑油亮，墨汁似要从牌匾上阴刻的笔画中流出来。

李姝菀的病还没好透，她披氅戴帽，脖颈间围着一条纯白色的狐毛围脖，巴掌大的脸露在外面，唇色有些苍白。

她站在阶下，看着背对着她整理马鞍的李奉渊，脸上没有一丝笑。就连素日开怀爽朗的杨修禅也在此刻敛了笑意。

杨修禅知李奉渊心中抱负，他想跟随其父的脚步投军从戎平定西北。杨修禅也希望李奉渊有朝一日能披甲上阵，一展宏图，但怎么也没想过是在此番悲伤的境遇下。

杨修禅吸了口寒气，上前将一块用黑布包裹严实的护心镜交给李奉渊："这是爷爷让我交给你的。这门护心镜受千锤百炼，曾随他出入敌军之中，数次救他于危难之际，愿在战场上能护你周全。"

李奉渊伸手接过，拱手道："替我谢过师父。"

杨修禅应下，又拿出一只灌满烈酒的酒袋递给李奉渊："这是我从我爹的酒库里偷偷翻出来的老酒，我尝了一口，辛辣如火。此路吃雪饮风，路艰难行，你带着，暖一暖身。"

李奉渊没有推辞，也接了过来。

杨修禅神色严肃地看着李奉渊，沉声道："战场刀剑无眼，李兄千万保重。"

李奉渊听见这话，第一反应是不放心地看向一直默不作声的李姝菀。

她不远不近地站在一旁，就那么安静地看着他，明明眼里没有泪，可发红的眼眶却叫人觉得她在无声地哭。

第五章 变故

李奉渊将酒囊挂在马鞍上,上前抱住杨修禅,在他耳侧以只有两人能听见的声音道:"你是我最好的兄弟。曾经你说你视菀菀如亲妹,我信你。如果我回不来,你就是她哥哥。生辰寿宴,嫁人生子,你都要为她坐镇。"

杨修禅听得这话,心头猛然一震。他动了动唇瓣,想说些什么可又觉得千言万语都显得苍白,最后只是咬紧牙关,用力点了点头。

李奉渊拍了拍他的背,松开了手。

杨惊春不知道李奉渊和杨修禅说了什么,只见自己哥哥红了眼眶,背过了身。

杨惊春不舍地看着李奉渊,在怀里摸索片刻,掏出一只平安符。

她要哭不哭地将平安符递给李奉渊:"奉渊哥哥,这是我之前和娘去寺里求来的平安符,你要好好带在身上。"

李姝菀这些日哭够了,此刻眼里无泪,杨惊春却忍不住,说着说着嘴巴一瘪,泪珠子就掉了下来。

"多谢。"李奉渊轻声道。

他将平安符塞在胸前,蹲下来看着杨惊春,嘱托道:"你是菀菀最好的朋友,我不在时,就把她交给你了。"

杨惊春一边抹泪一边点头:"我晓得的,你……呜……你不要担心。"

李奉渊摸了摸她的头,站起了身。

他离开后,李姝菀上有太子相护,左右有杨家兄妹相伴。如此,他才可以放心地去西北。

可即便他为李姝菀做好了万全的准备,当他看到李姝菀红着眼望着他时,愧疚之情仍如丝网缚在心头。

如今,他也成了他"抛妻弃子"的父亲。

风雪灌入肺腑,冷得发寒。二人在这雪中相顾无言,好像要说的话都已经说尽了。

李奉渊走过去,伸手替李姝菀拢了拢身上的毛氅,用拇指轻轻抚了下她冰凉的脸。

"我走了。"他说,随后下定决心般收回手,翻身上了马。

李奉渊曾经怨过李瑛，恨他将自己一个人扔在空荡荡的将军府，恨他离别时只有短短几句叮嘱，好似无话可说。

可如今当李奉渊站在李瑛的位置上撑起这个家，在离别时望着马下不舍看着他的人，才终于明白当初他的父亲每一次离家时是何心境。

不是无话可说，而是不知如何开口，任何一句话都可能变成不能兑现的允诺，就连一句简单的"等我回来"都有千斤之重。

此一去，不知多少年能回。

又或者他会如他的父亲一样，再也回不来。

李奉渊握着缰绳，深深地看了李姝菀一眼，而后收回了视线。

李姝菀知道他就要离开，睫毛一颤，眼泪倏然流了下来。她动了动唇瓣，像是没了力气，几不可闻地唤了一声。

李奉渊没有听见。

他握着缰绳，朝着风雪中驰去。马蹄跑动起来，片刻便跑出数十步远。

泪水模糊了视线，李姝菀望着李奉渊越来越远的背影，颤抖着、声嘶力竭地叫喊。

余音绕过长街，消散在风雪中。

马上的人似乎听见了，又似乎没有。

在那双盛满泪水的眼睛里，那道离开的身影一次都没有回头。

李姝菀今年才十二岁，而在这十二年里，她似乎一直在经历离别。

襁褓中时，她被生母遗弃在医馆门口。

七岁那年，她随李瑛离开寿安堂，来到了只在他人口中听过的都城。

之后她过上了从未奢想过的快乐日子，天真地以为可以和李奉渊长久相伴。

而如今，李奉渊也抛下她去了西北。

李奉渊离开后，无人敢在李姝菀面前提起他的名字，仿佛这三个字成了某种禁忌。

府内的下人眼睁睁地看着他们明媚活泼的小姐失去朝气，变得沉默

第五章 变故

寡言。

人人可怜她，却也比以往更加敬畏她，因为李姝菀如今就是这府内唯一的天。

一如曾经掌家的李奉渊。

夜雪覆了高檐，宋静披着厚实的绒氅，提着盏孤灯，独自穿过夜色来到了栖云院。

冬日天黑得早，傍晚时，雪好不容易停了，然而天气却似比昨夜更冷。短短几步路，宋静已被冻得喉咙发痒，咳了好几声。

他呼出口寒气，拢紧了灌风的衣襟。

明日便是除夕，新年将至，宋静方才收到杨府的来信，邀李姝菀明日除夕夜游，一同过年。宋静特意来询一询李姝菀的意。

府中如今清冷不少，宋静希望李姝菀能和好友出去走一走，散散心，切莫如从前的李奉渊一般，常常窝在府内，久而久之，容易失了生气。

到了东厢，宋静在门口跺了跺脚底沾着的细雪，才迈步进门。

房中暖热，主仆几人正围炉煮茶。李姝菀抱着百岁坐在一旁，看柳素给它做小衣裳。

她比宋静想象中要坚强许多。李奉渊走后，她便没再哭过，只是也不爱笑了，面色总是很静，像从前的李奉渊。

狸奴今年也有五岁了，性子温和了不少，像个小大人。入了冬后，它最爱做的事便是赖在李姝菀身上取暖。

李姝菀看宋静来了，让侍女搬来凳子给他。

宋静谢过，也围在炉边坐下。

炉火一烤，身上附着的寒气也跟着翻涌，宋静喉咙又发起痒，他没忍住，背过身咳了两声。

李姝菀看他咳得耳红，同桃青道："桃青姐姐，倒盏茶给宋叔吧。"

桃青应好，提起炉上的茶壶，倒了一盏热茶给宋静："宋管事，请用茶。"

炉上的茶烧得滚沸，宋静接过，粗糙的掌心很快被茶盏熨烫得暖热。

年纪大了，不怕烫，他轻轻吹了吹，入口一尝，辛辣至极，是祛寒的糖姜茶。

一股暖流从喉咙灌进身体，流经四肢百骸，宋静被辣味激得皱了皱眉头，却没停，吹了吹，又喝了一口，顿时觉得全身都发起热。

李姝菀看着他眼角树皮般的皱纹，轻声道："天寒，宋叔千万要注重身体，切莫再病倒了。"

宋静听她细声关心，一时有些恍惚，抬起老眼望向了她。

仿佛昨日面前的人还在李瑛怀里腼腆地叫他宋叔，今日突然就长大了。

宋静将茶盏放下，缓声道："多谢小姐挂念，小姐也要保重身体。"

他说着，从怀里掏出杨府送来的信，提起来意："这是杨少爷方才派人送来的，邀小姐明日出门一道游玩。"

每年除夕，杨修禅与杨惊春都要来邀李姝菀和李奉渊游闹市，李姝菀和李奉渊也年年都应邀。

李姝菀伸手接过信，却没拆开，又放在了桌上："待会儿我书一封回信，宋叔明日差人送去杨府吧。"

她轻轻抚摸着怀里的狸奴，道："今年不去了。明日我要下江南。"

宋静愣了愣："明日？这……之前并未听小姐提起过，会不会太急？"

既要出远门，随行的侍卫、路上的衣物用具，这些少不了要好生安排妥当，匆匆忙忙，恐有所纰漏。

宋静忙问："小姐为何突然急着去江南？"

李姝菀道："行明哥哥曾说今年带我去江南见老夫人，陪老夫人过年。他虽不在，但既已应承了老夫人，便要守信才是。"

她语气慢条斯理，似已经做好了打算。而宋静听她这么说，才想起是有这件事。

李姝菀继续道："之前因病耽搁了些时日，本就赶不上了，如今病好了，就不好再耽搁了。"

宋静不放心李姝菀独自前去，他道："老奴陪您一起去吧。"

李姝菀摇头："府内的事，你得看着。"

宋静叹了口气。他想劝一劝李姝菀，等开了春，路好走些再出发，可一看她平静的神色,知道自己是劝不住了。

他道:"那老奴待会儿就去安排。您此去江南,何时归呢?"

她要在江南待多久,全看老夫人的心意:若她得老夫人喜欢,或许就待久一些;若老夫人不喜欢,说不定待上一两日便要回来。

李姝菀缓缓道:"不知道。"

她说完这话,忽然愣了一下,想起自己在李奉渊离开前问他何时会回来,那时的他也是这样回答:不知道。

李姝菀心头忽而有些苦涩,但她并未表现出来。她轻轻抿了下唇,同宋静道:"若我在江南时他写了信回来,劳宋叔定要差信得过的人将信送来江南。"

宋静连连点头:"小姐放心,老奴省得。"

聊罢正事,宋静还要安排李姝菀去江南的一行事宜,便没多留。

他喝了茶,便离开了东厢。出门时,他回头看了眼静静地抱着狸奴坐在炉边的李姝菀。

她垂着眼,明亮的火光映照着她的面容,宋静只觉得她还是个需要庇佑的孩子,可偏偏,她肩上已压着看不见的担子。

少爷十二岁时,小姐入府,伴了他五年。

如今小姐十二岁了,不知又有谁来伴她度过今后这五年。

宋静轻叹一声,提着灯,如来时一样,踩着雪,安静地离开了。

李姝菀到达江南时,刚过元宵。

洛佩是洛风鸢的娘亲,说来和李姝菀之间并无亲故,是八竿子打不着的生疏关系。

二人之间,全因有个李奉渊联系着。

是以李姝菀此番来看望洛佩,心里其实有几分忐忑。

李姝菀听李奉渊提起过洛佩,知她独断惠明,非寻常深居宅院的女子,在江南有自己的产业,是经商的能手。

李姝菀心中越是敬佩,也越是担心自己粗笨,惹她不喜。

她入了洛府,一进门见到洛佩,就恭恭敬敬行了个礼:"晚辈李姝苑，见过老夫人。"

李瑛丧期未过，李姝苑穿得素净，未着锦衣金钗，也未戴玉挂镯，黑发白肤，整个人水灵灵的，一看便知是个守礼明理的好姑娘。

洛佩看着面前低眉垂目的李姝苑，起身迎了上来，热络地拉着她的手，上下打量着道："姝苑，真是好名字。你若不嫌，我便叫你一声姝儿，可好？"

李姝苑自是应好。

洛佩察觉李姝苑的手一股凉意，让人将自己的手炉拿来塞给了她，和蔼地道："这一路舟车劳顿，想来累着了。我已让人将水行苑收拾了出来，待会儿用了膳，便早些休息。若有什么需要，就找管事的张平，当在自己家一般自在，千万别拘谨。"

她态度非常和善，并不似李奉渊所说的那般面冷心热，不好亲近。李姝苑有些意外。

她看着洛佩脸上横生的皱纹，浅浅扬起一个笑："谢老夫人关心，我记下了。"

洛佩拉着她坐下，询问道："今年几岁了？"

李姝苑恭顺道："过完春，便十三了。"

洛佩道："真是春花一般的年纪。不过比我想象中看着要小些。"

李姝苑幼时吃了几年苦头，身子骨比寻常姑娘更娇小。洛佩道："奉渊人高马大，你怎么瞧着这样瘦小，是不是平日吃得不好？"

李姝苑忙道："饭菜可口，吃得好的。"

洛佩摇头："我知奉渊，吃食简单，不喜奢侈。你跟着他吃饭，一顿桌上怕都没有十个菜。他那南蛮子的体格，多半是承了他父亲。"

说起李瑛，李姝苑垂下眼眸，没有接话。

洛佩也轻叹了口气。

她曾道李瑛并非良婿，怨李瑛薄待了她的女儿。然而在李瑛征战病亡后，那些对他陈年的厌与恨忽然就随他的死而烟消云散了，只剩下敬佩与惋惜。

她失了女儿，知一个人过的日子是如何孤寂，看着还是个小姑娘的

第五章 变故

李姝菀，想起自己那已去西北的亲外孙，只觉得心疼。

怎么她们家的孩子，这辈子就过得如此遭罪。

洛佩握住李姝菀的手，轻轻拍了拍："这样小的年纪，真是苦了你俩了。"

李姝菀眼眶有点红，没有说话，只轻轻摇了摇头。

李姝菀在江南这一待便待了几个月，过了十三岁的生辰。

她私下托刘大打听过，得知寿安堂的婆婆冬日已去世了，就葬在寿安堂后，李姝菀偷偷去拜过一回。

她没提回望京，洛佩也不想让她回去，就留着她在身边，看账理事时也都带着她。

时而洛佩也会带李姝菀见其他商客。李姝菀见识过洛佩雷厉风行的商人之色，敬佩之心更甚。

偶尔洛佩糊涂了，李姝菀便陪着她说说话，细心照顾着她，每日竟比在望京读书时还忙上一些。

待到夏初，杨惊春给她来信，同她讲学堂已经开学好久，问她何时回去。

李姝菀看信良久，暂且将信收进了抽屉，没有回。

晚上，李姝菀陪洛佩用过膳，认认真真同洛佩道："外祖母，我想随您学经商。"

女子读书不能考学做官。李姝菀决定来江南时便打算好了，如果自己能合洛佩心意，便央她教自己经商。

洛佩这几个月带着她见客看账，其实就等着她这句话。

洛佩就李奉渊一个外孙，这些东西最终都是要留给他的。如今李姝菀肯接手，她再放心不过。

洛佩笑着点头，一连道了三个好字，又叮嘱道："只是你要用心尽力，学得快一些。我若完全糊涂了，就教不成了。"

当晚，李姝菀提笔回了杨惊春的信。

李奉渊离开时，几乎给李姝菀安排好了一切，但他一定没有料到李姝菀会走另一条他全然没有设想过的路。

235

她会随着洛佩下桑田，观纺织，理店面，入商会，周旋在商人之间，有自己一番天地。

她不想白白蹉跎了日子，不想望着府内四方的天，数着天数等李奉渊回来。

那太苦了，也太累了。

李姝菀写好给杨惊春的回信，随后又另写了一封。

她叫来柳素，将两封信都给她："一封送去望京杨家，一封送往西北，切莫弄混了。"

这几个月李姝菀写去西北的信没有五封也有三封，柳素应下："奴婢明早便差人将信送出去。"

她说罢便打算去把信收好，但李姝菀又叫住了她，低声问："……还是没有西北的信吗？"

柳素看李姝菀神色落寞，安慰道："少爷才去军中，想来一切都还生疏，等过段时间他熟悉了在军中的日子，应当就会写信回来。小姐别急。"

李姝菀没有说话，抬头静静地望着夜空中闪烁明亮的星子，在心里无声地许着平安的愿。

三年后。

浓秋，大雨。

雨幕似雾，笼住脉脉江南。街市外，一座不起眼的小织坊中，一位曼妙年轻的女子在前簇后拥下缓步而出。

骤雨细细密密地打在画了墨梅的油纸伞面上，发出悦耳的声响。

一名跟在她身侧的中年男人看着眼前的大雨，有些拘谨地同女子道："今年雨水足，听说桑树长得极好，小姐可去看过了？"

他说着，侧目偷偷朝女子看去。

男人落后小半步，只瞧见她小半柔和的侧脸。在他的印象中，她一向穿着素雅，就连耳垂也白白净净，未戴坠环。

秋蚕产不出夏丝。女子听出他言外之意，轻笑了声："秋桑还没看过，不过夏桑倒是长得好，蚕也养得好。你要的蚕丝三日内我便让人送

第五章 变故

过去，定不耽误你的工程，叫你的纺车空着被虫蛀坏了。"

男人见自己的心思被拆穿，有些尴尬，又不免松了口气。他跟着笑了笑："有小姐这句话，我便放心了。"

几人行至马车前，女子上了车。中年男人忽然又想起什么，叫身后几人将手里抱着的一长卷丝布放入后面一辆马车，隔着车窗同车内的人道："丝布已装好了，小姐回去看看，和别的织坊做出的新花色比对比对，若合意，那我们之后就按着这花色做。"

车内传来女子的话声："有劳了。"

男人毕恭毕敬地道："不敢，全仰仗小姐，我这小织造坊才活下来，能有口饭吃。小姐的恩德，在下铭记于心。"

这话他说过多遍，女子笑笑："不必谢我，谢你自己吧。你若无才，我当初也不会救下你这作坊了。"

她说着，轻敲车壁："出发吧。"

车轮滚动，马车渐渐远离了织造坊。

车内，女子坐在柔软轻薄的绒毯上，身子放松靠在椅靠上，轻轻闭上了眼。

窗门关着，车内昏暗，隐隐若现的微光从窗户透入，照在她身上。

女子乌发雪肤，玉容天成，好一副仙子之貌，正是十六岁的李姝菀。

三年过去，她不只容貌变了许多。在洛佩的教导下，她已几乎将洛家的产业尽数握在手中，磨炼得落落大方，已能独当一面，也变得愈发让人看不透。

马车停下，柳素提着一只食盒钻进马车。

她看着躺在车内闭目养神的李姝菀，目光扫过她被雨水打湿的绣鞋，摇了摇头放下食盒，颇有些无奈地道："小姐，您又湿着鞋袜不管。"

秋来事忙，李姝菀这些日走这跑那，累得连根手指头都不想动。

她闭着眼道："不碍事，回去再换吧。"

马车正向着桑田去，待会儿还得淋雨，柳素便暂且任着她去。

柳素打开食盒，端出一碗热乎的冰糖雪梨银耳汤："我刚才去酒楼买了一碗雪梨汤，小姐趁热用，祛祛寒气。"

237

李姝菀中午没顾得上吃什么东西，眼下是有些饿了。

她坐起来，拿起勺子舀起煮得软甜的梨肉，用了一口。

梨香入喉，李姝菀问道："你何时去的？这么快就回来了。"

柳素指指窗外，笑着道："是刘大骑马送我去的。"

李奉渊离开后，刘大刘二都跟着李姝菀来了江南。只要她出门，兄弟俩一定会跟着。

柳素坐下来，看着李姝菀瘦削的脸颊，心疼道："您得歇着些，这才几个月，瞧着又瘦了。"

李姝菀道："等忙过这阵子便好了。"

柳素只当她是敷衍之词，继续劝道："过了这阵，之后便不忙了吗？桑树年年长，蚕丝年年吐，哪里忙得完呢，您这样不顾及身体，等以后将军回来——"

柳素嘴比脑子快，话出了口，才意识到自己失言。她的嘴巴打结似的，上下嘴皮子一碰，猛然止了声。

她口中的将军，正是在外三年的李奉渊。

李姝菀拿着勺子的手顿住，缓缓垂下眼，半晌无言。

他已经三年没写过信回来了。

若非时而得知他在西北打了胜仗升官拜将的消息，李姝菀都快以为他或许已经战死了。

李姝菀忽略了柳素那后半句话，解释着前半句："外祖母年迈，手底下的人不安分得很，等着日后想咬下一块肥肉来。我准备让自己的人接替他们，有人替我看着，之后就不用事事亲力亲为地管着了。"

她三言两语说着解决之法，却只字不提新旧交替会引发的矛盾。

柳素问："他们肯轻而易举就把权力交出来吗？"

李姝菀语气平静地道："怎会肯呢。若我是那群聪明的老泥鳅，此刻便该想着要如何拿钱买凶，找个机会将我杀了。"

她开口就是打打杀杀，柳素被她的话吓了一跳，眼都睁圆了。

李姝菀好似不觉得自己这话吓人，听着窗外雨声，继续道："今日便是个很好的机会，难得的大雨，杀之后随地将尸体一埋，保管找都找不到。"

她说得煞有其事，柳素这下真是汗都下来了，对着车顶念叨道："我家小姐随口一说，各路神仙切莫当真。"

李姝菀看她如此，笑而不语。

待马车驶入山野，到了洛家种桑之地，驾车的刘二突然停下了马车。

柳素一愣，不知道是不是因为听了李姝菀的话，心中不安得很。

她正准备开口问一问怎么了，却听见刘大、刘二的声音几乎同时急急响起："小姐！有埋伏！"

柳素心跳如擂鼓，她不安地看向李姝菀，却见李姝菀神色自若地缓缓睁开了眼眸。

她平静地看着柳素，唇边甚至还带着抹预料之中的浅笑，好似在说：瞧，杀我的人来了。

僻远安静的道路上，大雨滂沱。道路左侧桑田绵延如绿海，右侧斜山崎岖高耸。

李姝菀的马车被田野间突然窜出的匪贼逼停在路中，进退不得。

刘大骑马随行在马车左侧，这帮匪贼恰巧直冲他而来。

雨大，路湿泥滑，马车行不快，若要掉头折返，也已经来不及。

刘二只好从车前下来，随刘大一同护立右侧。

二人各自拔出刀剑，警惕地看着蜂拥上来的众人，并没有轻举妄动。

行商之人，钱财颇丰，买凶杀人亦下得大手笔。

刘大与刘二背对马车，面向匪徒，心中默默数了数窜出的人马，共五十人。

刘大面色凝重，平日憨厚的刘二此刻亦握紧了手中久未饮血的长刀。

李姝菀此行就带了刘大、刘二与柳素三人。她与柳素不会武功，刘大、刘二武艺高深，倒能杀出重围。

可此时二人要护着马车中的李姝菀，有所顾忌，既不能离开马车，又不能让他人靠近马车，行动受制，便不能保证李姝菀的安全。

车内，柳素听见外面渐渐逼近的叫喊声，将车窗掀开了一道缝，偷偷朝外看了一眼。

外面的人皆蒙着面，个个持刀握剑，看起来都是杀人越货的贼徒。

柳素瞧见车外乌泱泱叫着冲上来的贼人后，脸顿时白得褪尽了血色。

李姝菀看她如此，安慰道："别怕，柳素姐姐。不会有事的。"

李姝菀故意挑着雨日出门，提前和刘大、刘二说过自己的计策。刘大、刘二一路都有所防备，但此刻见对方人数众多，也不敢保证能护得李姝菀周全。

刘大侧头对着车窗，压低声音向车内的李姝菀道："小姐，来人众多，怕挡不住！"

李姝菀还是不慌不忙，同刘大道："无妨，仍按我之前说的做。"

刘大心中不解，但听令应下，踩着马背飞身一跃上了车顶。

他快速扫视了一圈，目光落在人群后那衣着打扮异于旁人的贼匪头子上。

所谓擒贼先擒王，此刻若要脱困，最好的办法便是取贼王首级，待他们涣散之际逃出生天。

然而刘大发现了贼头子，不仅没上前迎敌，反而当着众人的面将拔出的剑插回了剑鞘。

噌——剑身铮鸣，于大雨中也异常清晰。

这些个贼子们拿不准他这是想做什么，脚下一顿，下意识停了下来。

斗笠遮不住大雨，刘大索性摘了去，随手一丢，抬手将额前湿发往后一抹，望着贼子大声喝道："喂——兄弟，那些个老蛀虫出了什么高价？让你来这儿送死。"

那贼头子听刘大此言，警惕地看着他，回道："你既知我为谁做事，就该知道今日我要定了那马车中人的命。你们不过区区二人，怎敢断定谁生谁死？不如缴械投降。"

刘大余光盯着慢慢围上来的人，手心冒汗，表面却丝毫不惧，反倒笑了一声："你见哪个有钱有势的人出门身边就带两个人？"

贼头子一愣，以为刘大有后手，没想却听刘大道："这鬼天气，你觉得我家小姐会蠢到来这破地方巡视？"

贼头子一愣，刘大双手抱臂，气定神闲地笑着看他："阁下若是为求财，自当多多益善。我家小姐今日引你出来，是有事托我与阁下相商。阁下若肯此刻打道回府，将出价买命之人杀了，我家小姐愿出百倍高价！"

那贼头子听得这反应过来，冷笑一声："车中有没有人，一会儿便知！我看你是在故意拖延时间！"

刘大眉头微敛，正要否认，可余光却忽然瞥见山中有一簇亮光闪过。

他松了眉头，转而粲然一笑，应了贼人的话："是！"

声音落下，一只云箭倏然自山上射出，如疾电没入那贼子喉头，将其射了个对穿！

那贼头子被这一箭的力道带得后退半步，瞪大了眼，下意识抬手捂住喉咙，吐出一口带着沫子的鲜血，一字遗言都未曾来得及留便轰然倒了地。

众人显然没有料到李姝菀他们暗中还有帮手，见老大眨眼的工夫死了个透，顿时方寸大乱。

此刻，不知是谁高喊了一声"杀"，众人醒过神，振奋大喝着持兵器冲上前来。

刘大见此，倏然拔剑而出，同时向下一跃，长臂一挥，眨眼收下前方喽啰的两颗头颅。

与此同时，安静的山中如风般冲出一队十来个作寻常打扮的健壮男人，脚步不停，直冲向贼匪之中。

刘大并不认识他们，但好似知道会有人前来相助，后撤到了马车旁，细细观察着这从山中冲出来的十来人。

这些人长得平平无奇，皆是过眼即忘的容貌，打扮也好似寻常百姓。

可动起手来十人又如一体，配合得当，出手也极利落。

刀剑相交，发出刺耳震响，顷刻，地上便躺了一堆血流如注的尸体。

李姝菀安静地坐在车内，听外面渐渐没了响动，才推窗看向外面。

居在江南的第二年，李姝菀隐约察觉到自己身边有一队人暗中相护，但一直不知他们是谁。

她写信问过杨家，问过宋叔，问过洛佩，都不是他们的人。

今日冒险行此举,一为引出贼子,以此为把柄将那些个尸位素餐的老泥鳅拉下高位;二来,则是为了引出这暗中之人。

她的目光仔细扫过这一队鲜血染面的好手,无一人相识。

目光不经意扫过地上的惨状,她轻蹙眉心,避开了视线。

她看着离她最近的一人,开口道:"多谢侠客相助。"

那人拱手道:"不敢。"

他似乎并不打算透露自己的身份,说罢这一句竟就要离开。

李姝菀自然不会让他们就这么白白走了,出声叫住对方:"敢问阁下是谁派来的?"

她心中隐隐有个答案,但并不确定,她有些谨慎地问道:"是……安远侯吗?"

那人步子一顿,否认道:"不是。在下是受殿下之命,暗中保护小姐。"

李姝菀一愣:"哪位殿下?"

男人犹豫了会儿,像是不知道该不该将殿下的身份告诉李姝菀。他想了想,还是觉得和盘托出为好。

他冲着都城的方向拱手一拜,徐徐开口,道出个李姝菀全然没想到的答案。

"太子殿下。"

说罢,不等李姝菀反应,他立马带着手下的人快速而安静地离开了。

很快,他们的身影便消失在山中,不知又隐去了何处。

李姝菀皱着眉,喃喃不解:"太子殿下?"

太子的人走了,留下一地残肢断首的横尸。

血水混着泥浆流往茂密桑田,铁锈般的浓烈血腥气弥漫在大雨之中。

"怎么也不帮忙处理干净尸体就走了?"

刘二嘟囔着,将地上的尸体挨个翻着看了看,并没从他们身上找到有用的信息。

不过倒是翻出了几包银钱,他也不客气,直接就塞进了自己的衣袋里。

刘大随手从尸体身上割下一块干净的布,擦去剑上的血,问李姝菀:

"小姐，这些人怎么办？"

方才那一行人下的全是狠手，开膛破肚，砍头断手，地上的尸体零碎恐怖，叫人作恶。

李姝菀听刘大开口，下意识往尸体上看了一眼，很快又避开了目光。

虽只短短一眼，但她还是犯起了恶心。

血腥气涌入鼻尖，她掏出帕子，捂住口鼻，忍住难受道："将那为首之人的脑袋砍下来，用锦盒装了，给泥鳅送过去。其余的人太多，埋起来也费劲，待会儿你再跑一趟衙门，报官处理吧。"

刘大也不想干挖坑埋尸的费劲事，他欣然应下："好。"

李姝菀叮嘱道："若衙门问你们这些贼徒是怎么死的，便说是你们杀的，不要牵扯出太子的人。"

刘大点头："是。"

他握上剑柄，想了想，又松开了。他朝着地上翻尸体的刘二走过去，伸手拔出刘二腰间的刀："借用一下。"

刘二回过头，抹了一把脸上的雨水，不解地看着他："你剑呢？"

刘大道："我的剑才擦干净。"

刘二：……

刘大来到贼头子的尸首旁，将尸体的上身提起来，用脚顶住背，让尸体呈坐姿。

死人软如无骨，尸体的脑袋往一旁倒去，无力地耷拉着，呈现一个诡异的姿势。

尤其那双眼还睁着，大张着嘴似要呼救，面色极其狰狞。

刘大抓着尸体的头发，将其提起来，缓缓拔出尸体的喉中箭。

而后他又裁下一块长布在尸体脖子上绕了一圈，随即手起刀落，利落地将其脑袋砍了下来。

鲜血顿时从断处喷涌而出，脖子上围绕的布料挡住大半，但仍有一部分喷溅在了刘大的身上。

血喷是一种很难用语言描述出的声音，叫人头皮发麻，即便雨声也掩盖不住。

马车内,李姝菀皱紧了眉头,闭着眼靠在椅背中,忍了又忍,实在没忍住,一把推开车门,伏在车头,将方才吃进肚子里的梨汤吐得干干净净。

清瘦的身躯跪在辕座上,她一手扶着车门,一手撑着辕座,头颅低垂,柔顺的乌发垂落在瘦削的肩头,露出雪一般的细颈。

她吐得厉害,身躯时而轻颤,整个人好似一截无可攀附的弱柳,娇弱得叫人心怜。

雨丝飘落在她身上,柳素喊了声"小姐",急忙撑开伞,斜举在她头顶,轻轻抚着她的背。

李姝菀吐了好一阵,几乎将胆汁都吐了出来才停下。她扶着门,缓缓直起腰身,面色苍白地靠着车门。

柳素倒了一杯茶给她,她漱过口,吐掉茶水,用帕子轻轻擦了擦唇,白着脸坐回车内,细声无力地道:"回吧。"

再怎么算,再多厉害,李姝菀也只是个仅有十六岁的姑娘。这样的场面,总会吓着她。

柳素心疼地看着她,轻轻擦去她脸上的几滴雨水,开窗对外面的刘大和刘二道:"回府。"

"好!"刘大、刘二同时应道。

刘大将贼头子的脑袋用布随便包起来,挂在马鞍上。刘二坐上辕座,一甩马鞭,打道往回走。

一行人回到府里,已近傍晚。

刘大半途分道,按李姝菀的吩咐,独自提着人头送礼去了,只有刘二和柳素跟着李姝菀一起回来。

主仆三人身上不是湿雨就是血腥气,有几分说不出的狼狈。

回到水行苑,撞上张平。他见几人如此,吓了一跳,忙问道:"这是怎么了?"

李姝菀道:"无事,只是去桑田的途中遇上了贼匪。"

她语气平静,张平却是心头一跳,上下将李姝菀看了个遍,见她好端端的没半点伤,才松口气:"小姐今后出门,还是要多带些人。我去安排些好手,今后若去桑田等僻远地,就让他们跟着小姐。"

李姝菀微微点头:"好。"

她说着,又叮嘱道:"今日之事,还请管事不要在外祖母面前提起半字,我怕她担心。"

张平应下。他转念一想,又觉得奇怪:"桑田那一片只一座荒山,从没听说过有什么匪徒,小姐可知这些匪徒从何而来?"

李姝菀边走边道:"外祖母将产业全权交予我,眼下我如日中天,眼红生妒者何止一二,他们统统都想让我死,才酿出今日这一场祸事。"

张平深知李姝菀如今艰难的处境,只可惜自己帮不上多少忙。他叹了口气,道:"产业之事老奴不懂,但小姐若有其他需要老奴和如儿的,请尽管吩咐。"

李姝菀闻言,忽然停下脚步,认认真真地看着他:"倒还真有件事要请如姐帮忙。"

张平来了精神:"小姐请说。"

李姝菀道:"如姐在外祖母身边耳濡目染多年,早练成了一身本事。这几个月我忙得不可开交,请她帮我做事,无论验收还是算账,她样样都做得来,便是有不懂的,稍一提点,也很快便悟透了。以如姐之能,只做侍婢实在屈才,我想请她统管洛家的织坊,做一做账目先生,不知道她肯不肯。"

张平有些难以置信地看着李姝菀,这哪里是要张如帮忙,这分明是要提拔她为左膀右臂。

张如这辈子都跟在洛佩身边,没有嫁人,也没有孩子。

为人父,张平不止一次想过等他和老夫人都走后,他这女儿一个人要怎么过。

李姝菀的提议好似一股涓涓细流淌入张平心头,疏通了他心中久堵不通的忧思。

他冲李姝菀弯下僵朽的腰,感激道:"小姐器重如儿,是她的福分,她定然愿意为小姐尽心尽力。"

"管事言重。"李姝菀伸手扶他起来。

她道:"如姐跟着外祖母多年,只有她帮我,我才会放心。"

她说着,抬头望向头顶阴沉的暮色:"这几日待我将那虫蚁蛀烂的位置收拾干净,她便可干干净净地上任了。"

与此同时,江南一座金碧辉煌的宅院中,一名大腹便便的男人推开书房的门走了进去。

他看见书桌上不知从哪儿冒出来的锦盒,有些疑惑地走过去将其打开。

在看见盒中血淋淋的人头后,男人脸色惊变,面色恐惧地瘫倒在地。

片刻后,他稍微平静了些,从地上爬起来,走过去看着盒中那张熟悉的人脸。

他大口喘着气,胸口起伏,神色渐渐变得愤恨至极,一挥手,用力将盒子摔在地。

带血的人头在地面上滚出数尺,留下一串暗红色的血迹。男人破口大骂:"贱人!"

李姝菀回到水行苑,梳洗过后,去洛佩的院子陪她一起用膳。

自从洛佩逐步将事务一一交给李姝菀,她清闲了一年多,糊涂症反而犯得越来越频繁。

到如今,洛佩一日里有大半时辰都迷糊着,常常认不清人。

莫说李姝菀,就是跟了她多年的张如,有时她也不认得,要提醒几句,她才能迟迟想起来。

李姝菀到时,桌上已摆好膳食,洛佩在桌边坐着,正在净手,准备用膳。

李姝菀缓步走过去,在桌边坐下,偏头看着她,温柔地笑着道:"外祖母,瞧瞧我是谁?"

洛佩闻声转头,有些疑惑地看了过来。

她动作慢吞吞的,眼神也褪去了年轻时的凌厉之气,干净又和蔼,有时候李姝菀觉得她就像个七八岁的孩子。

她看了一会儿,没有认出李姝菀,但看李姝菀笑意盈盈,隐约猜到

第五章 变故

李姝菀是自己亲近之人。

只是脑中的记忆仿佛一团乱糟糟的棉絮，她怎么也理不清楚。

李姝菀也不急，唇畔含笑，轻轻"嗯"了一声："外祖母不记得了，今早我还来见过您呢。"

洛佩想了想，还是摇头。

李姝菀道："外祖母，我是菀儿，李姝菀。"

洛佩思索片刻，恍然大悟道："噢，菀儿，蒋家的小丫头。"

这已经不是她第一次提起蒋家的姑娘，李姝菀从没听过江南有哪位蒋家和洛家有过来往，问了张平，张平也道不知。

洛佩迷糊时常常念起旧人，李姝菀只当这位"蒋家的小丫头"是洛佩曾经相识之人，并未多想。

她拿起帕子替洛佩擦干手，耐心道："外祖母，不是蒋家，是李家的小丫头。"

洛佩听她否认，又有些不明白了，将李姝菀左右打量了好一会儿，百思不得其解："是蒋家的丫头啊……"

李姝菀笑着无奈道："是李家的丫头。"

洛佩听她一再否认，又理不清了，看着她静静思索起来。

房中只有哑女和张如在伺候。哑女将净手盆端走，李姝菀问张如："如姐，外祖母今日胃口如何？"

张如道："和往常一样，中午只用了小半碗。不过午间小睡后，醒来难得清醒了会儿。"

她说着，忽然想起什么似的，说了句"小姐稍等"，然后去外间抱进来一只玉盒。

张如将盒子抱过来，打开给李姝菀看："这是葛家今日送来给小姐的，本想求见小姐，不巧小姐不在。老夫人清醒着，便代小姐见了一面。"

李姝菀朝盒中看了一眼，是棵用一整块红玉雕成的柿子树，玉透树真，一观便价值不菲。

往洛家送礼的人多得数不过来，大多都是有事相求。李姝菀抿了口茶，问道："葛家上门所求何事？"

张如想起来都觉得有趣:"也算不得事。只是葛家有一小郎君,今年刚满十七,今日上门毛遂自荐,说了一大通有的没的,话里话外都想和小姐攀亲。"

李姝菀一愣:"攀亲?"

张如含笑道:"是啊。他说曾在街头目睹小姐绝代风华,想入小姐院中,做小姐的郎君;便是不成,说是偏房他也甘愿。"

她容貌不俗,如今又有钱有势,向她提亲的人家多得要踏破洛府的门槛,或是看重她的财,或是看重她的貌,都想娶她入门。不过上门自荐想入赘的这倒还是头一个。

可惜李姝菀目前并无嫁人招婿之意,她有些可惜地看了眼盒中玉树,道:"明日差人将礼送回去,替我回绝了吧。"

张如正要将盒子抱下去,又听李姝菀开口:"等等,外祖母是如何说的?"

张如道:"老夫人表面上给了葛家面子,说等您回来问一问您的意,背地里说他癞蛤蟆想吃天鹅肉,痴心妄想。"

李姝菀听得好笑,如此做派,的确是洛佩曾经一贯的脾性。

洛佩听见两人的对话,怔怔地看着李姝菀,仿佛突然想通什么似的,拉着李姝菀的手道:"我想起来了,对,也是李家的丫头。"

李姝菀回握着她:"外祖母终于想清楚了。"

洛佩点头,精神道:"想起来了,风鸢还替渊儿和你定了娃娃亲呢。等嫁到李家,怎么不是李家的丫头呢?"

这话李姝菀倒是第一次听洛佩说起,她怔愣住,似被洛佩的话搅乱了思绪,也犯起糊涂。

须臾,她不自觉地轻轻蹙起眉心,问洛佩:"他有娃娃亲吗?何时的事?"

李姝菀自然没把洛佩口中"蒋家的丫头"当作自己,只当李奉渊自小和那不知是谁的"蒋家的丫头"定下了亲事。

洛佩点头道:"是啊,肚子里就定下了。"

张如听见两人的话越跑越偏,上前替李姝菀斟了杯,轻声道:"老夫

第五章 变故

人的糊涂话,小姐不必句句当真。还是快些用膳吧,待会儿就凉了。"

李姝菀听她提醒,缓缓松开眉心:"如姐说得是,是我犯傻了。"

她替洛佩舀了一小碗煮得软乎的米粥,暂时将这事抛之脑后:"先用饭吧,外祖母。凉了就不好吃了。"

洛佩点头:"好。"

随即她又不放心地认真道:"你同渊儿成婚的时候,可要请我去,我得替我家姑娘看着她的儿子成亲呢。"

李姝菀有些羞赧地抿起唇,听得耳朵根子都红了,但又怕拒绝洛佩伤了她的心,只好哄着道:"好,等他成亲了,我定让他亲自将请帖送到您手里。"

洛佩这才满意。

李姝菀将一颗血淋淋的人头送出去,钓得一池子"老泥鳅"翻涌不止。

官兵收敛了贼子几十具尸体,今日去这家盘查一番,明日去那家搜问一遍。

没两日,就有二人战战兢兢地来到洛家的商会,主动向李姝菀让位请辞。

李姝菀面上假意挽留,奈何实在挽留不住,只好欣然答应。他人上午辞,下午她就换上了自己的人,片刻机会都不留。

刺杀不成,反被将了一军,坚固的泥鳅窝烂了个洞,搅得人心惶惶。

最肥的"老泥鳅"恨得牙痒,按捺不住,终于现了身。

这日,又是雨天,细雨密密如青丝,如烟似雾罩着繁闹街市。

洛家商会的酒楼里,李姝菀坐在二楼,静静地隔窗观雨。

屏风影绰,柳素在后面烹甜茶,温甜的茶香弥漫在室内,难得清闲。

忽然,门口传来一阵沉闷的脚步声,随即敲门声响起,门外的侍童道:"小姐,丁老板来了。"

丁老板,丁晟,洛家商会的二把手,早年帮洛佩看铺子、管织坊、收用能手,因办事得力,很受洛佩重用。

不过到老野心勃勃,他趁洛佩年迈无力管顾,暗中敛了不少钱财。

李姝菀前年清账,发现他手中铺子的进账比其他同规模同地段的铺子少了足足四成,而洛家有十几间商铺都在他手里捏着。

这人不除,等再过上几年,洛家商会怕就得易名姓丁。

李姝菀正等着他来,放下手中茶杯:"进。"

丁晟挺着大肚子进门,毫不客气地将李姝菀前些日送给他的锦盒摔在了她面前的桌案上。

盒面上沾染的血迹已凝固成了深黑色,盒中正散发出一股极其难闻的腐臭味。

李姝菀没想到他竟还把这脑袋留着,此刻闻见这叫人恶心的味儿,下意识皱了下眉头。

她拿起桌上的镇纸,将盒子推远。窗外的风灌进来,往里一吹,这才好受许多。

李姝菀抬眸看着丁晟,开口道:"丁老板可算来了,叫我好等。我还以为丁老板要做缩头乌龟,不闻不问呢。"

丁晟黑着脸在李姝菀对面坐下,冷笑一声:"李老板都把人头送到我的桌子上了,再不来,我怕李老板兴起,哪天提着无头尸体来凑一具全尸。"

他说着,看出李姝菀不喜这味道,故意伸手将盒子打开,又推到她面前:"啧啧,李老板瞧瞧,都烂得生蛆了。"

商人穿不得锦衣丝绸,着不得金银玉带,丁晟便暗暗在里面的单衣上绣了金丝银线,动作间就能看见袖中丝光闪耀,金银暗涌。

盒中的头颅已烂得化水,蛆虫乱爬,恶心得要命。

李姝菀往盒里看了一眼,不仅没躲,反而扬唇笑起来,戏谑道:"这人乃丁老板熟识,我还以为丁老板会为他找一处风水宝地好生安葬,没想到丁老板却提着他到处招摇,是不是有些太冷血了?"

丁晟两手一抬,装傻充愣:"什么熟人?李老板可别乱说。这人头是李老板送来的,我可不认识。李老板虽然年纪轻,但也该懂得说话做事都要讲证据。"

第五章 变故

丁晟敢这么说，多半是买凶刺杀一事做得干净，不怕别人查到蛛丝马迹。不过李姝菀也没想过以此扳倒他。

"要证据做什么？"李姝菀笑着看他，"我正愁没理由涤秽布新，没想到就来了这么一场刺杀。消息一放出去，上上下下都在猜是谁下的毒手，我白捡一个好机会肃清商会蛀虫，该谢谢丁老板才是。"

丁晟闻言，脸色并不好看。

黄白色的蛆虫从腐臭的锦盒里蠕动出来，缓缓爬到桌案上，李姝菀余光瞥见那虫子爬上她的茶杯，面上笑意却更甚："丁老板，你说这幕后之人此举是粗心大意，还是压根没想过我能活着回来？"

丁晟冷冷地看着李姝菀，嘴皮子一掀，也跟着笑："丁某也好奇，李老板平日身边就只有两名侍从，是怎么从那么多刺客的手里活下来的？"

他说着，目光一转，不动声色地看向了屏风之后——中间有一道窈窕身影正煮着热茶，而旁边的暗处，立着两道沉默无声的身影。

李姝菀自然不会将太子派人保护她的事说出去，她随口道："自然是上天眷顾。"

李姝菀说话滴水不漏，丁晟套不出消息，耐心也逐渐告罄。

他看着面前仅仅十几岁就想把洛家几十年的人手改换一遍的李姝菀，实在不知道她哪里来的自信。

他压着怒气道："这几十年里，铺子也好，织造坊也好，底下的人手都是跟着各位老板做事，卖家也都是和各位老板在联络。小平、老余如今都被李老板赶出了商会，可是人人都看着。李老板有没有想过此举会损东家的信誉？从今往后，还有谁敢劳心劳力为东家卖命？"

吞了那么多钱，吃了那么多肉，李姝菀不知道他怎么敢说"劳心劳力"这几个字。

李姝菀淡淡瞥他一眼："这是我的事，就不劳烦丁老板多虑了。"

丁晟看她油盐不进，是打定主意自损八千也要把他们拉下马，终于忍不下去，一拍桌面，猛地站起身，怒极道："这么多年，大家都跟洛家吃一锅饭，李老板为何非要摔碗砸锅，把饭给别人吃！"

这动静不小，屏风后，刘大与刘二不约而同地握住了腰间的刀剑，无声地听着外面的动响，随时准备出手。

然而丁晟暂且没有这么大的胆子。

李姝菀冷冷看着丁晟肥得滴油的脸："这口饭被谁吃了？丁老板饱了肚子，然后联合一群人往众人吃的锅里掺糠添沙，然后再把饭分给别人吃，还有脸问我为什么？"

丁晟不服气，大手一扬，豪迈道："我辛辛苦苦为洛府一辈子，多吃点又如何？普天之下谁不是这么做事？就是皇帝身边的太监都比旁人多两斤油水。你不打招呼就要摔我的碗，难道还不准我反抗不成？"

李姝菀面色也冷下去："你可以反抗，可你千不该万不该，想一了百了地杀了我。"

丁晟仍不承认刺杀一事，还想开口否认，却又听李姝菀道："我穿着粗布衣和你们一同混在商会里，待得久了，丁老板就以为我只是个商人，觉得我年纪轻轻不知天高地厚，而忘了我的身份。"

丁晟听得这话，愣了一愣，不知道她这是什么话。

李姝菀冷笑一声，站起身，一双眼凉凉地看着他："我父亲李瑛，乃前任大将军。我兄长李奉渊，乃现今安远侯。我李姝菀，是望京侯府的女儿。权，我有；势，我有；钱，我也有！"

她抬手挥了桌上爬了蛆虫的瓷杯，脸上满是高位者的冷漠和轻蔑："我想让谁从洛家商会里的位置上滚下来，谁就得乖乖给我从位置上滚下来！轮不到你来问为什么！"

丁晟听得这一字一句，脸上的表情忽然空白了一瞬，仿佛才看清面前这位年纪轻轻的"李老板"究竟是什么人。

商和权，从来都是瓷与铁，前者一碰就碎。

他发蒙的脑袋醒过神，看着李姝菀那不屑一顾的眼神，嚣张气焰忽然散了个干净，双腿一软，竟如放了血的肥猪，瘫坐回椅中。

桌上的盒子被他肥胖的身躯碰倒，腐烂的人头滚落在他脚边，蛆虫缓缓顺着他的身体往上爬。

"你……你……"

他面白如纸地看着李姝菀，汗如雨下，唇瓣嗫嚅着，却半天说不出一句话。

李姝菀垂眸，居高临下地冷眼看着他："买凶杀我，真不知你脖子上有几个脑袋，够你这么挥霍！"

李姝菀厌恶地挥袖出门，边走边道："你跟随外祖母多年，以往你吞进肚子的钱财我就当喂了狗，我给你两日将事情交接办妥。你若敢暗中使手段，坏我的事——"

她停下脚步，声冷如冰："但凡铺子里的算盘少了一颗珠子，我都要你的命。"

刘大、刘二与柳素接连从屏风后行出，跟上李姝菀。

柳素头上的步摇轻晃，发出悦耳的响声。丁晟闻声，抬起发红的眼，眼神复杂地看着几人身上华贵的锦衣玉饰，嘴唇几番轻动，却终是未发一言。

丁晟作为洛家商会的二把手，他交权之后，蛇鼠一窝的其他商会老板自知无力抵抗，也纷纷向李姝菀卸甲投诚。

李姝菀扶持自己的人上位后，从此大小事务都有人代劳，日子总算清闲了下来。

她每日不必再忙忙碌碌东奔西跑，有了闲暇在府中陪洛佩。

一月过去，洛佩的恍惚之症越来越严重，有时清醒过来，她反而比糊涂时更加沉默，常常坐在椅中，望着门外的天一言不发。

李姝菀大约能够明白她的心情。她曾是心高气傲的洛家商女，名冠江南，富甲一方，可到了雪鬓霜鬟的老年，却渐渐变成了个糊涂失智、无法自理的废人。这是洛佩万不能接受之事。

洛佩袖子里一直备着一颗毒药，只待她认为自己永远无法恢复清醒的那刻服下，了却残生。

李姝菀知晓，却什么也没说。因为她知道，在洛佩眼里，比起生命，尊严重逾千斤。

李姝菀暗中一直在为洛佩拜寻名医，也写信给如今在朝为官的杨修禅，请他求助宫中太医，是否有诊治相关疾症的法子。

可答案都是无药可医，无法可解。

李姝菀眼睁睁看着洛佩一日日消瘦下去，却无力帮她分毫，心中亦是痛苦难言。

她唯一能做的，也仅是每日多陪着洛佩待一会儿，在园中走一走，散散心，说说话。

时光似水，匆匆而过。转眼，又到了初冬。

冬日寒气重，这天的日头却格外明媚。洛佩难得清醒，让李姝菀陪着她去洛家的商铺看看。

洛家商铺众多，所在的地段也杂，东西南北的街市都有洛家的铺子。

洛佩去的是最繁华的那条街道。二人到了地方，下了马车，李姝菀扶着她，慢慢悠悠循着街一路走一路瞧。

行过一间客人络绎不绝的大商铺，洛佩看着阔绰的门面，觉得这地方和以往有些不一样，停下了脚步。

她道："变了。"

李姝菀顺着她的视线看去，点头道："是。上半年我将两间铺子打通了并做一间，左边原是茶铺，如今改卖胭脂水粉，另一半铺面还是卖布。生意好了许多。"

洛佩道："我记得这前头有家铺子专卖胭脂水粉，生意也不错。"

她说着，往前头看去，瞧见那原先的胭脂铺如今已挂着洛家的招牌，卖的正是洛家的茶叶。

看着自己一生的经营在晚辈手中越发蓬勃兴盛，洛佩不禁倍感欣慰。

她看向身旁年轻的李姝菀，仿佛在她身上看到了曾经的自己，既觉骄傲，神色中又透出几分落寞。

洛佩知道李奉渊志不在商，曾忧心自己今后的家业将由谁来打理，李姝菀便来了江南。

她学得格外认真，在商业上的才干也远超洛佩的期望。洛佩轻轻拍了拍李姝菀的手，夸赞道："你做得很好。如此我便可以放心了。"

李姝菀不敢居功，道："都是外祖母教得好。"

第五章 变故

洛佩知她谦逊，笑了笑，没有说话。

又逛了会儿，洛佩有些累了，同李姝菀道："找个地方坐着歇一歇吧。"

街上车水马龙，前方恰好有座小酒楼，李姝菀道："外祖母，去前面的酒楼吧。"

洛佩眯起眼，抬头看着头顶灿烂的阳光，道："这样好的日头，去酒楼躲着做什么，那路边的小凉亭就挺好。"

李姝菀扭头看去，见那凉亭清静，便扶着洛佩过去坐下。

祖孙俩并肩同坐，阳光斜照在二人身上，李姝菀被晒得眯起了眼。

她偏头看向洛佩。只一会儿的工夫，她似又有些糊涂了。一双历经风霜的眼睛看着面前人来人往的喧嚣街市，面容沉静，不知道在想些什么。

李姝菀安静地陪着她，没有出声打扰。

忽然，洛佩轻轻叫了一声："菀儿。"

声音很低，夹杂在四周的叫卖吆喝声里，李姝菀险些没听清："嗯？"

洛佩双眼浑浊地看着她，里面好似蒙了层雾。她动了动唇瓣，缓声道："该走了。"

李姝菀闻言，扶着洛佩慢慢站起来。她以为洛佩还要逛一会儿，洛佩却迈着缓慢沉重的步子朝着马车走了过去，看来是打算回去了。

李姝菀取了软枕给洛佩靠着，将窗幔拉开一层，让清透的光透过薄纱照进来。洛佩靠在奢华软和的车座中，神色有些恍惚，拉着李姝菀的手一动不动地坐着，就像往日犯糊涂时的模样。

她一路上都没有说话。回府进了院房，洛佩缓缓坐到了她最常坐的那把黄花梨木宽椅中。

李姝菀听见她长长吐了一口浊气，仿佛在回来的路上一直撑着的一股劲儿忽然泄掉了。

方才晒了太阳，李姝菀正打算为她倒一杯茶润润喉，可忽然听见洛佩又唤了她一声："菀儿……"

声音极低，但好在房中安静，李姝菀听见了。

她忙折身回来，温声关切道："怎么了，外祖母？"

洛佩看着她，抬手似乎想摸她的脸，可又无力地垂了下去，最后只是缓慢而迟钝地眨了眨眼，道："我走了……"

李姝菀听她说这话，愣了一瞬。洛佩浑浊的眼微微动了下，望着前方虚无处，气若游丝地道："我娘……和鸢儿……来接我了……"

她这一句话断断续续，出口十分吃力。李姝菀听清之后，神色忽然空白了一瞬。

洛佩正坐在宽椅中，如一根年迈但依旧笔挺的朽竹，双手搭在扶手上，是一个很端庄又威仪的姿势。多年以来，洛佩都是以这个姿势在人前见客，高高在上，露尽了风采。

然而此刻，在说完那句话后，她的脑袋便慢慢垂了下去。

李姝菀呼吸一滞，缓缓蹲在洛佩身前，小心翼翼地抬头看她。

洛佩已经闭上了眼。

"外祖母……"李姝菀轻轻唤她，声音颤如拨动的丝弦。

洛佩没有回答。她的面容安详而宁静，胸口慢慢停止了起伏。

李姝菀颤抖地伸出手去拉她，手上传来了极其微弱的回应，但只有短暂的瞬间，那回应的力道便消失了。

李姝菀松开手，那苍老如枯木般的手掌便无力地垂落在一旁，再也没了响动。

滚烫的眼泪夺眶而出，李姝菀闭上眼，缓缓将额头抵在洛佩手臂上，感受着她身上最后一点温度。

良久，单薄的肩头耸动起来，房中响起了一两声低微的呜咽。

仿佛在这寒冬来临之前，春鸟在温暖的江南冬日，最后发出的泣鸣。

第六章 归来

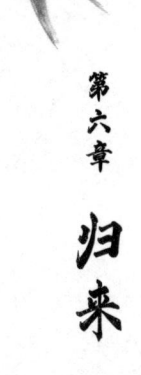

盛齐四十六年，冬。

李姝菀遣散了洛府大部分仆从，留下少许人看守府宅，收拾行囊，离开江南，回到了望京。

杨惊春收到她提前送来的信，算了算她抵达望京的日子，当日一早便拉着杨修禅到城门处接她。

除夕将至，年前都不上朝，年底户部忙得脚不沾地，杨修禅好不容易偷几天懒，这天却天不亮就被杨惊春从床上拽了起来。

他困得眼睛都睁不开，哈欠连天地和杨惊春在城门口等，中途实在没撑住，在马车里睡过去好几次。

杨惊春坐在车窗边，开窗盯着城门口进进出出的马车。寒气涌入，杨修禅冷得打了个颤，迷迷糊糊地问："到了？"

杨惊春把手搭在窗框上，下巴抵着手臂，嘟囔着回道："还没呢。"

杨修禅"唔"了声，扯过座上的毯子盖住肩，抱着杨惊春不用的汤婆子，背过身继续睡。

望京的冬，仍是寒冷的雪季。

午时，李姝菀的车队在粒粒细雪中缓缓驶入城门。

城门口车水马龙，杨惊春看见其中一辆马车前挂着只小巧的荷包，认出是李姝菀的马车，伸手猛地在杨修禅背上一拍："来了来了！！"

她说着，跳下马车，提着裙摆便跑了过去。

"菀菀！"

驾车的刘二看见一道人影风似的冲过来，怕马儿受惊，忙勒马放缓车速。

几年不见,杨惊春抽条长高,面上施了粉黛,刘二第一眼还没认出来。

倒是刘大认出了她,敲了敲车窗,笑着同车内的李姝菀道:"小姐,杨小姐来接您了。"

车内,李姝菀正在看书,听得这话,推开窗往外看,还没瞧清窗外景色,就察觉车身稍稍往下一沉,随即车门被人从外面打开,明光乍然涌入,李姝菀被扑过来的杨惊春紧紧抱了个满怀。

她被突然抱过来的杨惊春撞得往后倒,纤薄的背抵靠在车座上,发出沉闷的一声响。她的脑袋也磕上车壁,头上珠钗轻晃,打在车壁上发出清脆的响。

李姝菀被杨惊春压在车座上,直不起身。她后倾着身,单手撑在座上稳住身形,瞧见面前只看得见头顶的黑乎乎的脑袋,惊喜中又有几分茫然:"惊春?"

姊妹四年未见,该是情难自禁喜不自胜。

然而李姝菀方露出笑意,杨惊春便抱着她哭了起来,边哭边怨道:"你的心定是石头做的,这样狠硬,一走便是四载!说不回就不回!"

李姝菀哪想到杨惊春会哭,有些无措地任她抱着,生疏地轻轻抚上她的背。

李姝菀也没料到一别就是四载之久,有些愧疚地安慰道:"惊春,是我不好,你不要哭。"

杨惊春抽了抽鼻子,从李姝菀身前抬起头,红着眼眶看她。

李姝菀这两年见惯了人精,看人时眼神中总带着一分凌厉,可此刻在杨惊春面前,却又仿佛变成了曾经的模样。

面色柔和眼神清透澄澈,似十来岁时的姑娘模样。

杨惊春见她还是如以往一般似尊玉人,才放下心,埋怨道:"你好久没回来,你知不知道我攒了好多话都想和你说。"

李姝菀见她哭花了妆,掏出手帕给她擦泪痕,轻声哄道:"你写给我的信我都认真看了,字字句句,不曾落下半字……"

"书信简短,能书几字?满篇也不够。"杨惊春说着,又问她,"你呢,有没有很多话要和我说?"

这些年李姝菀已磨砺得能独当一面，大多事都习惯埋在肚子里。杨惊春这一问，她倒当真想不起来有什么话想与人说。

杨惊春看李姝菀一时没开口，顿时如遭晴天霹雳。

她哀怨地看着李姝菀，不敢置信道："菀菀，你……你莫不是在江南有别的好友了？"

李姝菀见她一副被自己辜负真心的模样，忙摇头否认："没有。除了你，没有别人。"

杨惊春擦了擦眼泪，狐疑地看着她。李姝菀举手立誓："当真没有！我每日忙得脚不沾地，哪有时间交朋友玩？"

杨惊春嘟囔道："我爹也是这么和我娘保证的，结果去年被我娘抓到他偷偷在外养了个女人。"

李姝菀连忙表明真心："我待你一心一意，万不会有二心。"

杨惊春看李姝菀神色不似有假，眼里又装着她，这才被哄顺。

被杨惊春一巴掌拍起来的杨修禅，坐在车中醒了醒神，正了正衣冠，这才下了马车，朝李姝菀的马车走来。

刘二暂时将车停在了路边，车窗开着，杨修禅一走近，就见车内座上枕毯杂乱，姐妹俩抱在一起说悄悄话。

车内光线倏然被挡住，李姝菀下意识扭头看向窗外。

杨修禅年初因公务途经江南，李姝菀还与他见过，此刻见到他，半点不觉得陌生，还是如以往一样浅笑着唤他："修禅哥哥。"

她想起身，却又被杨惊春压着动不得，只好半靠在车座中和杨修禅说话。

杨修禅见她二人依旧亲密无间，轻挑了下一侧眉尾，笑着道："你可算回京了，你不在，她一身劲儿无处使，都快把我烦死了。"

他说着，伸手去捞杨惊春："起来，待会儿人要被你压坏了。"

杨惊春不情不愿地起身，仍抱着李姝菀不肯松，紧贴着她坐着。

杨修禅颇有些无可奈何地摇了摇头，同李姝菀道："我在明月楼定了好酒好菜，为你接风洗尘。你要先回府休整一番还是我们直接去酒楼？"

李姝菀估计杨修禅和杨惊春在这儿等了许久，哪里还好让他们继续等，她道："现下就去吧，正好也饿了。上一次去明月楼用饭，还是和行明哥哥一起……"

与故人相逢，便忍不住说起旧事。李姝菀提起李奉渊，又忽然止住话声，稍稍收了笑："都是好久以前了。"

杨修禅察觉出李姝菀情绪低落，只当她想李奉渊了，豪爽道："那我们待会儿便在酒桌上杯酒遥寄相思情，共书一封信于他。"

他说着，让仆从骑马先一步去明月楼找店家备好酒菜，随后翻身上马，伴行在李姝菀的马车旁，几人一道往明月楼去。

杨惊春在车内拉着李姝菀说话："菀菀，你在江南，当真没有结交新友吗？"

李姝菀以为杨惊春还在狎醋，又表真心："我心里想着你，哪有心思和别人做朋友？"

杨惊春听她这么说，抿起唇，静静地看着她，虽见李姝菀笑着，杨惊春心里却不免泛起了酸涩。

在杨惊春的印象里，李姝菀仍旧是那个温柔内敛的姑娘，若没有朋友相伴，这几年不知该过得有多寂寞。

杨惊春心疼道："为何不交几个好友呢？菀菀，你一个人在江南，一个朋友都没有，这四年该多无趣啊。"

李姝菀没想到杨惊春会这么说，愣了一下。

杨惊春摸了摸她细瘦的腰身，心疼得眉头都皱紧了："菀菀，你是不是过得不好？我听哥哥说，你在江南跟着洛老夫人做生意。你这样年轻，旁人会不会看轻你，有没有人欺负你？我和哥哥不在你身边，奉渊哥哥也不在，洛老夫人有没有为你做主？"

她说着，忽然发现李姝菀着一身雪白素衣，脸上亦未施铅华，又思及她此番突然回京，像是想到什么，问道："菀菀，洛老夫人她……"

李姝菀轻轻点头："外祖母已于冬初辞世了。"

杨惊春闻言，轻叹了口气，想说些安慰话，却又觉得千言万语都显得苍白。

车窗外的杨修禅沉声道："节哀。"

第六章　归来

李姝菀道："她走时无病无痛，是为善终，不应难过。"

重逢之际，李姝菀不想让这些事坏了心情，扯开话头，笑着问杨惊春："你呢？不是说有好多话想和我说吗？"

说起自己，杨惊春忽而别扭起来，像是不知如何开口，好半天她才道："之前我在信中和你说我认识了一个人，你还记得吗？"

李姝菀想了想，问："是那名在街市上认识的青年吗？"

杨惊春曾在信中说她结识了一名青年，不过只有寥寥数字，也并未提及那人的身份家世，是以李姝菀不太清楚。

杨惊春点了下头："是他。其实就是当初武赛上那名戴面具的青年。我后来在街上偶然遇见他，赞叹他球技高超，同他说了几句话，之后又在机缘巧合之下同游过几回。"

李姝菀听出端倪，试探着问道："惊春，你是不是心悦他？"

女儿家，婚姻是大事，情爱更是难得，没想杨惊春却是大大咧咧一摆手："这话另说。"好似压根没把情爱之事当回事。

她不平地道："那些都先不谈，主要在于我真情待他，没想到他竟骗我！"

李姝菀一惊，以为杨惊春受了欺负，看向车外的杨修禅，以唇语道：怎么回事？

杨修禅忙推辞道："我身份卑贱，可不敢妄议，你听春儿自己和你说吧。"

杨惊春一拍大腿，恼道："我看他成日戴这个面具，在我面前既不饮水也不吃饭，还以为他是哪家毁了容心生自卑的小公子，待他怜爱万分。结果你知他面具下藏着的是哪张脸吗？"

李姝菀见她气成这样，既为她不平，又被勾起了好奇心："哪张？"

杨惊春附在李姝菀耳边道："小美娘！"

李姝菀听见这话，愣了一愣，过了一会儿才迟迟反应过来，捂唇道："太子殿下？！"

杨修禅听得二人这话，冷汗都冒出来了，低声问自己这口无遮拦的妹妹："春儿，你没在殿下面前这么叫他吧？"

263

杨惊春心虚地搅手指:"……叫过一回。"

她看杨修禅表情凝重,找补道:"但我并未连名带姓,他兴许不知我在叫他呢……"

"你还想连名带姓?!"杨修禅简直觉得不可思议,不知道她哪里来的那么大胆子。

杨修禅顿时觉得一把冰冷的铡刀紧紧卡在了他脖子上,仿佛预见自己的死因,心如死灰地闭了闭眼,痛苦道:"祖宗!你可真是我的活祖宗!"

祈伯璟身居高位,又居在宫内,被无数双眼睛盯着,按道理应当不能常常出宫。

李姝菀好奇,问杨惊春:"你们二人以往一般如何相约?"

杨惊春回忆了会儿,道:"其实很少相约,或许是缘分,我上街市或去城郊踏青,时而会碰到他。"

杨修禅听见自己妹妹这傻话,无奈地摇头道:"都城这么大,街道繁复,人山人海。若非故意为之,如何能一次又一次巧遇?"

杨惊春并不赞同,仍认为她与祈伯璟之间是缘分使然,反驳道:"他也有送信于我啊,只是少罢了。若如哥哥所言他是刻意与我相遇,又何必书信呢?"

不过一说起信,杨惊春又恼起来,同李姝菀埋怨道:"第二次遇见,我问他姓甚名谁,家居何处。他坏透顶,竟还现编了一个假名给我,说自己是某某远方亲戚,借住在望京。亏我当了真,以为他寄人篱下,身不由己,把自己买的梨糕都送给他了。虽相见不多,可每次见面,我都想方设法讨他欢心,游山玩水,好玩之事我统统带他玩了一遍。哼!结果却是养了骗人鬼。"

杨惊春在杨修禅的看顾下慢慢长大,这么多年,性子仍如从前。

李姝菀觉得她实在可爱,笑着轻轻捏了捏她的脸:"说不定,殿下当真是在故意与你偶遇。你想想,自你知晓他身份后,你和他还遇见过吗?"

第六章 归来

杨惊春认真思索片刻，摇了摇头。

自从她得知青年的真实身份是太子祈伯璟后，他好一阵子都没出过门，这数月里，二人都没有见过面。

李姝菀以为是两人到此都默契地与对方断了联系，没想到却听杨修禅道："她胆子大着呢，殿下那般尊贵的人化名邀约，她都敢拒了。殿下不辞辛苦书信叫人送来，她随随便便看完就往香炉里扔。火一燎，烧了个干净，当没发生过。"

杨惊春抱胸不满道："他堂堂太子，做人如此不痛快，我为何还要和他再往来？"

李姝菀看她神情不快至极，明白杨惊春其实十分在意祈伯璟，凑到她耳边问："你避而不见，若又是真心悦于他，岂不浪费了这段姻缘？"

杨惊春豪迈道："天底下男子何其多，哪里差他一个？我昨日能喜欢他，明日自然也能喜欢别人。就是坏了这段姻缘，又有何妨？他堂堂太子，难不成还要纡尊降贵来堵我，找我算账？"

李姝菀听她把太子和其他男人相比，忽而有些明白杨修禅为何总担心她在祈伯璟面前失言，摇头笑了笑，没再多问。

杨惊春大放豪词，出口就忘，全然没放在心上。

除夕夜，杨惊春和杨修禅来找李姝菀，三人如当年一般同游夜市。

望京的除夕夜仍是万人空巷的热闹场面，烟火长放，炸响在夜空，焰火烛光照得夜晚亮如白昼。

年岁渐长，姐妹二人性子也沉稳了些，不似从前般孩子气，这也要看那也要玩的。

三人慢慢悠悠地行在闹市中，主要看个热闹。

李奉渊不在，原来的四人同行如今只剩三人。杨惊春担心李姝菀感觉落寞，可见她整夜都笑意盈盈，丝毫没有难过。

杨惊春咬着糖葫芦，看李姝菀面上未落下的笑意，有些说不上来的感受。

李姝菀察觉到杨惊春的目光，偏头问道："怎么了？我脸上有东西？"

　　杨惊春摇头，正想着该如何开口，忽然间，余光竟瞥见不远处的人群中立着一道有些熟悉的身影。

　　杨惊春还以为自己看错了，转头细看，那人高出周围人不少，身着锦衣，戴着一张完整的狐狸面具。

　　分明看不见面具下的眉眼，但杨惊春敏锐地感觉到他就是在看着自己。

　　夜市中戴面具者成百上千，这人也分明没有戴武赛上那张面具，但杨惊春就是一眼便认出了他是谁。

　　他单单立在人群中，也好似一块天山璞玉，非常人能及。

　　杨惊春有些奇怪自己之前要眼拙成什么样，才能将他当作寄人篱下的自卑小公子。

　　李姝菀见杨惊春忽然蹙着眉，一动不动地盯着一个地方看，也顺着她望的方向看去。

　　李姝菀看见那戴着狐狸面具的人迎面渐渐走近，又看杨惊春如此反应，大抵猜到了那人是谁。

　　李姝菀附在杨惊春耳边，有些担忧地小声道："惊春，殿下好像当真来堵你了。"

　　祈伯璟穿过喧嚷的人群，来到几人面前。

　　他看似一人独游，其实身边跟着扮作寻常百姓的随从，仅是李姝菀能辨认出来的就有四人。

　　他们或腰间环着软剑，或袖中藏着刀刃，耳目注意着祈伯璟周围的每一个人。

　　李姝菀毫不怀疑，这街市旁的酒楼乐馆中，也都有人在暗中保护他。

　　杨修禅和李姝菀看着祈伯璟，恭敬行礼："见过殿下。"

　　杨惊春没开口，嘴里叼着糖葫芦，只跟着行了个礼。

　　祈伯璟戴着面具出门，既为安全，也不想让人认出来。他微微抬手，嗓音温润："不必拘礼。"

　　话是同三人说的，目光却只落在一人身上。

第六章　归来

杨惊春低着头,当没看见。祈伯璟也不恼,将目光收了回来。

杨修禅知道祈伯璟今日是为了自己亲妹而来,但祈伯璟不开口,他又不好明说,是以干巴巴地寒暄道:"殿下也来游夜市?"

祈伯璟微微点头:"今夜好节难得,我便约了人同游。"

这回答倒是叫杨修禅没有想到,他疑惑道:"既是约了人一起,怎么又只见殿下独身一人?"

祈伯璟仍用温和的语气回道:"她还未应约。"

这胆大包天不应约的人是谁,杨修禅压根不敢多想,他喉咙一哽,想说些漂亮话圆一圆,但想了半天,也没吐出一个字来。

杨惊春自然还是不说话,只顾着低头啃自己的糖葫芦。祈伯璟不点明,她便装死不吭声。

她啃完自己的,又巴巴地看着李姝菀手上那串,李姝菀便又将自己的糖葫芦给了她。

李姝菀察觉气氛微妙,开口打破寂静:"江南数年,多谢殿下派人一直暗中相护。"

杨修禅在之前的书信里听李姝菀提过遇刺一事,也听她说起暗中一直有一群人在跟着她。

不过李姝菀并没说过那些是太子殿下的人,杨修禅此刻听得这话,有些好奇。

祈伯璟道:"奉渊在外行军打仗,大破蛮敌,我自应当照顾好你。"

李姝菀闻言,向着祈伯璟又行一礼:"多谢太子殿下。"

祈伯璟浅浅笑了笑:"菀儿姑娘既是奉渊的妹妹,又是惊春交心的挚友,倒不必如此生疏,不如也称我一声兄长。"

李姝菀听得出来,祈伯璟这是因李奉渊和杨惊春在同她拉近关系。此时此景,想来更多是她与杨惊春交好的缘故。

李姝菀看着祈伯璟面具下温和仁厚的一双眼,想了想,大方应下来:"那便多谢太子哥哥。"

杨惊春去拉李姝菀的手,嘴皮子细微动着,以极低的声音道:"菀菀,你是我的好友,可不要被他收买了。"

她担心得很:"他可会蛊人了!"

祈伯璟就在跟前站着,李姝菀没有回答,不过宽袖下遮住的手却回握住杨惊春,轻轻捏了捏。

杨惊春这才放心。

也不知是不是因为祈伯璟察觉到了两人的小动作,他再次将目光转向了一直没有和他说过话的杨惊春。

"惊春。"他温柔地唤她,说完似知道这称呼太过亲近,又欲盖弥彰地加上两个字,"……姑娘。"

杨惊春还是低着头,嘟囔着问:"殿下叫我做什么?"

杨修禅一听她这敷衍的语气,忙伸出一根手指戳了下站在自己旁边的李姝菀。

李姝菀会意,又戳了戳杨惊春。

杨惊春这才抬起头看向祈伯璟,不情不愿地放柔语气又问了一遍:"不知殿下有何吩咐?"

祈伯璟低头看着她,哄着她般道:"我有些话想和惊春姑娘说,不知姑娘是否愿意借一步说话?"

他态度好得离奇,杨惊春没有拒绝的理由,也不能拒绝,只好应下:"噢。"

祈伯璟带着她走到街边人少的暗处,停了下来。随身的侍从隔了几步守着二人,没有靠近。

二人独处时,祈伯璟的语气反倒更加温柔,他看着杨惊春,轻声问:"还在生我气吗?"

杨惊春干巴巴地回答:"不敢。"

她的态度明明白白地摆在明面上,连猜都不需要猜。祈伯璟解释道:"之前骗你,是我不对。我并非有意瞒你,只是我知你生性热烈,如天上鸟、海中鱼,自由无拘。我担心一开始就表明身份,你会因我的身份而远离我,所以才出此下策与你相处。我本来是打算等时机成熟再告诉你,结果我弄巧成拙,倒伤了你的心。"

他温声细语,杨惊春还是只顾着低头啃糖葫芦,啃得专心,唇边沾了红色的糖渍,似乎都没有察觉,也不知有没有在听他说话。

祈伯璟止了话声,静静地看她。杨惊春听他半天没了声音,这才有所反应。

她正想抬头看他,就在这时,只见一只白玉般的、骨节分明的手伸到了她面前,食指微屈,轻轻一动,亲昵又温柔地将她唇边的糖渍擦去了。

杨惊春愣了一下,挑起眼角有些茫然地看向祈伯璟,不知道是惊于他熟稔却突然的动作还是不满他随意碰自己。

她今日盛装出游,化了时下正流行的红狐妆。

眼尾处挑了一道狭长浓艳的红线,眼下点了一颗绯红的小痣。

微微歪着脑袋,自下往上挑着明亮的眼眸看人时,纯真又妩媚。

杨家就她一个嫡女,养她如养玉中花,恐其碎忧其愁,花了百般好心思才养出这样直爽动人的好姑娘。

祈伯璟看着她终于肯转向自己的眼,面具之下,唇角轻扬,无声地笑起来。

他解释道:"糖粘在唇上了。"

说着,他抬手微微从下方抬起面具,没有揭开,只露出玉一般的下颌与薄润的唇。

头顶的红灯笼光影朦胧,流泻出的光亮仿佛一张薄薄的红盖头罩在他身上。

隐隐约约,什么都看不真切,吸引着人想看清他面具下究竟藏了一张怎样漂亮的脸。

可面具挡着,无论怎么仔细看,最多也只能看见那漂亮的唇。

祈伯璟微微低着头,将食指抵上唇瓣,在杨惊春的注视下轻轻一吻,将那点甜腻的糖渍吮入了唇齿。

手指与唇触碰处,发出暧昧的一声响。

不大不小,刚好够杨惊春听见。

一瞬间,她的思绪好似被这一抹吻指声蛊住了,她觉得自己该生气,可眼睛却只顾着盯祈伯璟唇上那一抹诱人的水色。

她一时看得眼睛发直，手里的糖葫芦都不想啃了。

杨家人丁兴旺，杨惊春的父亲有众多小妾，旧的去新的来，后院塞满了莺莺燕燕。

人一多，她爹就顾不过来，有些为了争宠，便走上了偏路。

使心机耍手段都是常态，更有些爱露一些上不得台面的狐媚本事。

杨惊春小的时候，有一回去找其他院里的小姐妹们玩，误闯进妾室的小院，看见她爹坐在庭中的躺椅上，一个女人坐在她爹身上，用嘴叼着葡萄去喂她爹。

杨惊春当时年纪小，看不出二人这是在做什么，但心头隐隐觉得这事不太对劲。

她和姐妹痛痛快快玩了一场，傍晚跑回院里问她娘，才知那女子所行之事统称为狐媚功夫。

而她那喜欢这些狐狸精的爹则是个脑袋长在胯下的蠢王八。

杨惊春她娘担心她以后嫁的夫君也是个像她爹一般的滥情之人，是以在她长大一些后，开始慢慢教她管家之能。

其中，自然少不了对付那般狐媚子小妾的本事。

她娘教，杨惊春便认真学，学到现在已出了师，自认以后嫁的夫君便是纳了三百来个狐狸变的小妾也能应对得了。

可惜她娘教得不全面，只教了她怎么对付迷惑蠢王八夫君的狐媚子。

杨惊春只在女人身上见识过狐媚功夫，如今看见温文尔雅的祈伯璟也这样做便全然不知如何应对了。

祈伯璟为皇后所出，还没被立为太子之前，学的便是君子坦荡之道。后来他被立为太子，前朝太傅百官，后宫太监宫女，上上下下无一不盼着他日后成为一位贤明之君。

未来的帝王，当承天运，行正路，方为人君。

如此气宇轩昂的正人君子此刻若有若无地做着吻指吮糖的惑人动作，勾得杨惊春是一颗心胡乱蹦跳，面颊红如云霞，不舍得眨眼。

第六章 归来

她脑中思绪纷乱如麻，痴想着：他的嘴巴看着水润润的，好像很软。

他身上染了好闻的熏香，站在他身旁，鼻尖都是他身上的味道，他的嘴巴会不会也是香的……

哦，对。这款熏香还是她之前教他制的，是她喜欢的香气。

杨惊春咽了咽喉咙，脑中杂乱的思绪逐渐凝成一个清晰的念头：……想亲。

杨惊春目光灼灼，祈伯璟却好似没有察觉出来她在想什么，又或者，他假意没有看见。

他吮净指上的糖，放下手指，戴回了面具。

不过片刻，他又变成风光霁月的温柔君子，仿佛方才杨惊春所见只是昏朦夜色里的错觉。

祈伯璟微微低着头，目光透过狐狸面具上的眼睛看向杨惊春面上的红晕，低声道："惊春姑娘的糖好甜。"

杨惊春喃喃："啊？哦……哦，是很甜。"

她应声后，察觉到自己失态，欲盖弥彰地别过眼，用力咬了一口糖葫芦。

舌尖触及红山楂外裹着的光滑冰凉的糖面，脑海里还没消散的念头顿时又浮现而出，她本能地用舌尖轻轻舔了一下甜腻的糖面。

甜，但一点也不软。

她胡乱嚼了嘴里的糖葫芦，强迫自己静下心神。

祈伯璟看着她泛红的耳朵尖，面具下的眼笑意更盛，但并未笑出声。

他从袖中掏出一个细长的红木盒，伸手打开。柔软的丝布中，躺着一支做工精致的白玉簪。

他拿起簪子，看向杨惊春脑后的乌发，似乎想簪在她发间。

可她今日盛装梳扮，头顶的发饰刚刚好，少一支寡淡，多一支烦琐。

祈伯璟有些遗憾地将簪子放回盒中，盖上盒子，递向杨惊春。

他温声道："此前隐瞒身份是我不对，这簪子希望姑娘收下，以解我愧疚之心。"

明明是他送礼，说得却好像杨惊春收下是解他愁思。

他态度太柔和，杨惊春想找借口拒绝都于心不忍。

她正要接过，不知怎么忽然又想起了幼时在学堂发生的一桩事。

那时菀菀去给她哥送荷包，被李奉渊拦住截走了，他还叫菀菀不许给外男送这类的东西。

杨惊春当时不懂，如今长大了，明白了这些男女间的道理。

她踢了踢脚下圆滚滚的石子，问祈伯瓃："太子殿下给别人道歉时也送首饰吗？"

以祈伯瓃的身份，天底下能有什么事需得他向旁人低头认错？

可祈伯瓃还是认认真真地回了她："从未，今日是第一回。"

他又道："这簪子也是我挑玉料命工匠新制，没有旁人戴过，故而花了些时日。"

杨惊春心里欢喜得要命，面上却不显，伸手接过盒子："噢。"

祈伯瓃看她收下，知道她已经消气，温和地问道："今夜仓促相见，难以尽兴。日后我呈帖相约，惊春你愿意来吗？"

杨惊春脑子都还没想一想，头就点了下去，点完又忽然回神似的，轻咳一声："我……我看有无闲暇吧。"

祈伯瓃笑着应下："好，我会盼着你的好消息。"

杨惊春与祈伯瓃去别处私谈，李姝菀和杨修禅便找了街边一处视野开阔的茶座坐着等她。

旁边是个卖干果蜜饯的小摊，甜腻浓郁的果蜜香冲淡了空气里的烟火气息。

李姝菀幼时在寿安堂日日嗅闻苦药味，长大了极爱吃酸甜之物，闻到蜜饯香，下意识往旁边的小摊看了一眼。

杨修禅注意到她的视线，本已坐下，又站起了身。他同李姝菀道了句"等我片刻"，然后到摊上买了两大包蜜饯。

他买完回来，将其中一包递给李姝菀："吃吧。"

李奉渊走后，再没人给她买过小零嘴。李姝菀浅浅地笑了笑，伸手接过："谢谢修禅哥哥。"

第六章 归来

杨修禅也笑:"喜欢就说,下次还给你买。"

他不怎么爱吃甜,另一包是给杨惊春买的。

杨修禅坐下饮了口茶,看李姝菀挑着酸梅干往嘴里扔,问她:"好吃吗?"

李姝菀点头:"嗯!酸酸甜甜的。"

杨修禅笑了笑:"真这么好吃?给我尝尝。"他说着张开嘴,李姝菀挑了块果干喂给他。

他动了动腮帮子,含着一咬,腻得眯起眼:"太甜了。"

李姝菀看他龇牙咧嘴,笑意更盛。

在杨修禅眼里,李姝菀和杨惊春并无太大差别,都是他的妹妹。李奉渊临走时将李姝菀托付给他,他便应担起做兄长的责任。

他想起李奉渊走的那日和他说的话,嚼着果干,若有所思地问李姝菀:"菀菀,你在江南待了四年,可遇见心仪的小郎君了?"

李姝菀有些茫然地摇了摇头:"怎么忽然问起这个?"

杨修禅叹气:"春儿的终身大事已有着落了,做兄长的,自然也得帮你相看相看。"

他说着,扭头往杨惊春方才离开的方向看去,不知道她被祈伯環拉去了何处,没看见人影。

李姝菀将嘴塞得满满的,含糊道:"我还小呢,不急这些。"

碧玉年华,已然不小了,都城里好些姑娘到这个年纪都嫁人生子了。

不过李姝菀当真不急,她偏头看着杨修禅,反问道:"修禅哥哥呢?今年应当已二十有二了,杨伯母不急吗?"

"急!天天给我看姑娘的画像,看得我都晕画了。"杨修禅说着,一摆手,"不过奉渊都还没着落呢,我也不慌。"

他说到这儿,忽然想起来件事,小声同李姝菀道:"欸,听说宫里有位公主心系于他,想入住安远侯府,你听说没有?"

李姝菀头一次知道这事,愣了一下,低声道:"我不晓得。"

"奉渊没和你说吗?"杨修禅问她,问完又自言自语地答道,"哦对,都忘了,他从不寄信回来。"

273

李姝菀没有回话。

杨修禅问:"洛老夫人辞世,你告诉奉渊了吗?"

李姝菀嚼着蜜饯,轻"嗯"了一声:"处理完丧葬之事,我便书信送去了西北。"

杨修禅道:"他也没回?"

"没有。不过我替外祖母整理遗物时,发现他写过信给外祖母。"李姝菀说到此处,垂下眼眸,心里有些不是滋味。

她问杨修禅:"他写信给你了吗?"

杨修禅耸肩:"他都不肯寄一封家书给你,何况于我。"

他无奈道:"这或许是他们行军打仗的人的习惯,我爷爷在外征战那会儿也不爱往家里写信。"

李姝菀敛眉,问道:"为什么?"

杨修禅正要回答,可又怕说了惹李姝菀担忧,便摇了摇头,道:"不知道,或许在外行军打仗的人有他们自己的想法吧。"

话音落下,不远处的钟楼上忽然传来一声浑厚悠长的钟响。

一声过后,又是一声。街上的人闻声,欢喜地向河边涌去。

河岸旁长啸声起,李姝菀和杨修禅不约而同地抬眼看去——几簇遮天蔽月的巨大烟火接连在上空炸开,璀璨夺目,点燃了整片天空。

杨修禅望着烟火,同李姝菀道:"菀儿,新年快乐。"

烟火之后,藏着云间孤月,月辉清浅,安静照着热闹人间。

李姝菀仰头,望着烟火后的皎洁圆月,轻声回道:"新年快乐,修禅哥哥。"

她的目光越过月色,望向遥远的西北,在心中低声道:新年快乐。

西北。

皎皎月色下,大雪覆满黄沙,映出一片银白。

大齐与羌献相交的边城——兀城里,这里的百姓和驻守此地的将士也如远在望京的人一样,正于夜晚中欢庆着新春的到来。

军营里,篝火烧穿了黑夜,将士们围坐在一起,食肉饮酒,拊掌齐歌。

第六章 归来

周荣和弟兄喝了几口酒,聊了会儿闲天,聊着聊着左右看了一圈,意料之中没见着那人。

他摇摇晃晃地站起身,随手拎起了一旁的两坛子烈酒。

身旁一个满脸络腮胡的弟兄看他突然起身,一把拽住他的腰带:"上哪儿去,喝一半就跑?"

周荣朝一个方向指了指。

络腮胡看了眼他手指的方向,了然地点了下头,又道:"你等会儿。"

他说着也站起身,取下篝火上烤得滋滋冒油的羊肉,用刀割下几块好肉放在盘中,撒了撮盐,递给周荣:"喏,一起送去。"

周荣笑着拍了拍他的肩,接过盘子。

他一手端肉一手拎酒,穿过沿途的篝火和将士,来到了主将的营帐前。

帐帘垂落,帐内透着光。周荣压低声儿问帐前值守的士兵:"将军在里面吧?"

年轻的士兵回道:"在。"

周荣点头,伸脚踢开帐帘一角,就要钻进去,不料却被士兵伸手拦了下来。

周荣一愣:"怎么了,将军在忙?"

"不是。"年轻的士兵道,"周将军,医官也在,可能不太方便。"

周荣浑不在意:"在就在呗,都是大男人,有什么不方便。露个腰露个腿,还看不得了。"

他说着,屈肘顶开帐帘。

帐中光亮透出来,照在他脚下,周荣还没来得及往里踏一步,就听见一个老头的声音从里面传了出来:"我说过别让人搅扰我给大将军看病,耳聋了吗?"

这声音听着老,但中气十足,带着股不耐烦的火气。

周荣一听,刚抬起来的脚跟被刺了似的,立马收了回来。

他小声同方才提醒他的士兵道:"你怎么不告诉我常先生也在?"

年轻的士兵看着他,无辜道:"属下说了啊,医官也在。"

275

周荣两只手都拿着东西,腾不出手,气得拿脚踹他:"营内医官百八十个,我怎么知道是哪个?"

周荣力气大,这一脚踹在小兵身上,疼得他皱了下眉,但脚下却没动上半寸,整个人站在营前,桩子似的稳当。

士兵道:"属下知罪。"

过了一会儿,帐内传来一道沉稳的脚步声,周荣耳尖,听见声音,吊儿郎当的身形立马站正了。

帐帘从里面掀开,一名白发苍苍的清癯老者走出来,和门口站得端正的周荣打了个照面。

周荣咧嘴一笑:"常先生。"

常安是军中多年的医师,医术相当了得,军中将士都敬他几分。

不过他素来不苟言笑,年纪又大了点,是以周荣见了他跟见了爹一样。

常安垂眸看了眼周荣手里的酒和盘中的肉,道:"大将军不能饮酒。"

周荣闻言,立马把两坛子酒塞给门口值守的士兵,正色保证道:"常先生既然说了,那就不喝。我看着将军,绝不让他喝。"

他自己都一身酒气,说的话也不知能不能当真。常安叹了口气,提醒道:"酒多伤身,少喝。"

周荣点头如捣蒜:"定然,定然。"

不过他那神色,怎么看都没往心里去。

没有不饮血的刀,没有不喝酒的将士,所谓今朝有酒今朝醉,这东西在军营里是劝不住的。就是断了胳膊少了腿,临死前也还想来上一口。

常安不再多言,背着药箱转身离开。

周荣冲着他离开的身影谄媚地笑了笑:"先生慢走。"

说着,他屁股一撅,钻进了营帐中。

营内,一位身着青衣的男人坐在案前,烛光亮着,正看什么东西。

周荣走过去,将羊肉放在他面前,催促道:"趁热吃,趁热吃,再一会儿就凉了。"

男人抬起头来,烛火映照着面容,深眸冷脸,正是当初随周荣来西

第六章 归来

北的李奉渊。

四年过去，西北的黄沙将当初锦衣如玉的少年磨砺成了冷硬似山的男人，曾经养尊处优的公子气也早已在一次又一次的死里逃生中消磨得一干二净。

周荣没拿竹筷，李奉渊直接用手捻了一块肉放进嘴里，嚼两下咽了，点评道："有点咸。"

周荣跟着尝了一块，点头道："是有点。那要不出去吃现烤的？兄弟们都在外面呢，你一个人窝在这儿，不无聊？"

李奉渊几口将羊肉吃了，掏出帕子随便擦了擦手："待会儿再去。"

"行。"周荣自顾自抽了张凳子坐下，问道，"常先生方才来做什么？腿又疼了？"

李奉渊淡淡"嗯"了声："今夜多半要下雪。"

周荣低头看了看他的左腿，叹气道："一变天就疼，你这年纪轻轻的怎么得了，等打完了仗得好好养养，不然瘸了腿可娶不到媳妇儿。"

他说着，把桌上的油灯扯过来，探着脑袋朝李奉渊手里看："看什么呢？家里寄来的信？"

他一身酒气，李奉渊嫌他把信染了味儿，往旁边挪了挪。

周荣看他藏着掖着，有些好笑："给我看一眼怎么了？！"

他说着作势要起身绕到另一侧去看，刚一动，李奉渊便立马将信一折，塞回了信封。

他速度快，动作却轻，小心翼翼地，塞回去时信角都没折一下。

周荣见他半个字都不给自己看，实在没忍住，扬唇笑了一声："针孔大的心眼。不知道的还以为是你媳妇儿写的呢。"

周荣从前是李瑛的副将，赤胆忠心追随李瑛多年，私下里，二人情同手足。

后来李瑛病故，周荣护送李瑛的尸骨回京安葬，看见十七岁的李奉渊时，仿佛见到了年轻时的李瑛。

父子俩形神皆似，如同一个模子里刻出来的。

周荣十六岁就娶了妻，但与妻子聚少离多，一直没有孩子。在他眼里，李奉渊就如他半个孩子。

周荣没能守住李瑛，做好了以命护住他唯一的儿子的准备。不只是他，军中许多李瑛的旧部都是和他一样的打算。

而李瑛深知李奉渊的抱负，料到李奉渊会在他死后来西北，于临终前将自己的三千亲兵交到周荣手中，后来周荣将这三千人给了李奉渊。

十七岁的李奉渊自一开始便展现出了惊人的领兵之能，他在军中四年，前三年回回都铆着送命的劲儿在打，先设计降服忽山，后出奇兵歼灭烈真，以血换来一身军功，也落了一身伤。

周荣亲眼看着他一步步爬到李瑛的位置，他表面风光傍身，实则只有身边的将士才知道他这位置来得有多不易。

昏黄的烛火里，李奉渊将信封装回去，余光瞥见周荣醉红着脸，满脸怜惜地看着自己。

周荣一个中年男人，露出这表情实在怪异，李奉渊背上起寒，看他一眼，问道："想什么？笑成这样，有些瘆人。"

周荣笑着打了个酒嗝："想大将军如果还在，见着如今的将军，必会心生骄傲。"

李奉渊刚来军中时，有因李瑛而敬他忠他的人，自然也有不少因李瑛而嫉恨他的人，因此李奉渊在军中很少提起李瑛。

周荣也是这时候喝多了酒，又是在私底下，才会在李奉渊面前说起李瑛。

李奉渊随口问："你如何知道？"

他说着，起身走到一旁的柜子前，拉开了柜子的抽屉。抽屉里放着两个大小一样的木盒子。

他打开其中一个，里面装着厚厚一叠书信。李奉渊将手上的信放进去，盖上盒子，又关上抽屉。

身后周荣道："这有什么不知道？将军曾和我们说起过你，那表情，啧啧，骄傲得很。"

李瑛的话比李奉渊还少，李奉渊从没从自己父亲嘴里听见过一句夸赞，他看向周荣，有些好奇："他说我什么？"

第六章 归来

周荣听李奉渊问，咳嗽一声清了清喉咙，坐直了身，沉下声音，模仿着李瑛说话时的平静语气："行明年纪虽小，但性子沉稳，读书练功一日不落，无须我操心。"

周荣跟在李瑛身边多年，学起他来有模有样，李奉渊有一瞬恍惚，似在周荣身上看见了李瑛的影子。

他收回目光："他倒是没和我说过这些。"

周荣扮完，松了挺直的背，又乐呵道："他在我们面前说得也少，只是那次有人问到你，他才说了两句。"

周荣说起李瑛就有点停不下来，又道："我有一回还撞见他偷偷给你做帽儿呢，不过当时只看他做了一半，也不知道他后来做完没有。"

李奉渊从李瑛那儿得过书，取过刀枪，但从没得过什么帽子。他愣了一下："给我做……帽子？"

"是啊，冬帽，用小羊羔的毛皮做的。好多年前的事儿了，那时候你还小，将军做的那帽子也就比巴掌大点。"

周荣说着用手比画了个大小："你没收到？"

李奉渊摇头："没有。"

那时李瑛做得认真，多半不会丢了，周荣想了想："那估计还在他的遗物里放着。之前我护送将军回京时带回好几个大箱子，将军在军中用的东西都放里面了。你打开看了吗？"

李奉渊当初走得匆忙，李瑛的遗物至今仍堆在家中，还没动过。

李奉渊还是摇头："没有。"

周荣道："那等回京之后再去找找，应该能找到。"

他说着，又觉得指不定哪天上战场他们就没了，又道："或者你写信问问家中人。"

李奉渊沉默片刻："我不给家里写信。"

周荣听他这么说有些意外，但一想，的确从没看见他写过信，奇怪道："为什么不写？不会这么多年一封都没写过吧？"

李奉渊不置可否。

周荣想不明白："都说家书抵万金。我刚离家那会儿，成亲没多久，一得空就写信回去，怕信断了，家里的妻子便不记得我了。"

李奉渊听他这么说，竟然道："于我而言，不记得也好。"

周荣看似大大咧咧，实则心思通透。他忽然琢磨明白，思忖着问："将军是想让家里人断了念想？"

李奉渊轻点了下头。

若为将，可坐镇后方。为士，便要冲锋陷阵，随时都有战死的可能。按李奉渊从前不要命的做派，不担心自己突然殒命才奇怪。

但周荣还是不赞同这一刀断情的做法，摇头道："你这样，家里人怕是会恨你。"

李奉渊淡淡道："恨也好过痛。她只同我过了五年，情浅忆短，时间一长，就能将我忘了。若我有朝一日战死，她也不会太难过。"

周荣想说些什么反驳，可又觉得李奉渊这话有理。

情越重，痛越深。老母痛过新妇，妻儿痛过兄弟。

若是将士数年不归，一朝战死，新妇哭上两日便能心安理得地改嫁他人。若是十载之妻，舍命相随也不无可能。

可周荣想起刚才李奉渊收信时的举动，叹了口气："那你呢？离家这些年，对家中人的情淡了吗？"

李奉渊没有回答这话。他取下衣架上厚实的大氅，披在身上，只淡淡道了一句："她还小，记不住事。"

谈起家人，心里难免沉重，周荣没再问下去。他站起身，揽过李奉渊的肩，豪爽地道："不说了不说了！走，出去烤火吃肉！"

冬日过，春风起。万物复醒，百祸横生。

盛齐四十七年，春，羌献内乱。李奉渊秘密请旨，趁机出兵，分三路，深入北地，与羌献交战。

此战历时十月，折损三万将士，终斩乌巴托的头颅于马下，俘羌献王族上百人。

羌献群部失首，人心涣散，各部分裂散零，权势不复以往。

至此，动荡不安数十载的西北，终暂得稳固。

第六章　归来

　　江南的产业虽有张如看着,但毕竟是放权的头一年,李姝菀放心不下,到了年底,下江南盘了盘一年的账。

　　这一去,过了年才回。

　　马车缓缓进城,街道旁的茶座有人饮茶说书。李姝菀手捧书卷坐在马车中,听得车外嘈杂的环境中醒木拍响,说书人语气激昂地讲起西北将士打了胜仗的消息。

　　李姝菀往外看了一眼,凝神听了两句,听见"我军战胜"几字,又捧起了书。

　　西北战事才定,军务要事,百姓也只听得个风声,不知详情。

　　说书人亦讲得囫囵笼统,半编半吹,将西北的将士吹得神勇无双,以一当十。

　　这么多年,西北的战事从未断过,柳素掀开窗帘听了会儿,没听出个什么名堂,只当西北又赢了一战,但战况仍续。

　　她摇头放下车帘:"这些个讲书的真是越讲越神乎了,说得我国的将士如战无不胜的铜铁之躯。若真如此,敌人莫不闻风丧胆,哪还有仗可打?"

　　李姝菀没说话,靠在椅中看着书,眼皮子都没掀一下,好似不怎么在意。

　　马车回到府中,李姝菀坐下没片刻,得知她回来的宋静便迈着老腿匆匆赶来栖云院,没等进门,已出声唤道:"小姐——"

　　屋内桃青听见他的声音,放下手里的活,出门相迎:"宋管事,小姐在屋里呢。怎么了这是,如此匆忙?"

　　宋静笑意盈盈:"好消息,好消息。"

　　房中,李姝菀正看侍女给百岁擦脏爪子。百岁如今已是十岁老猫,行动缓慢得像个小老头,每日都得人照拂打理,不然光是给自己舔毛都能舔得背过气。

　　李姝菀听见宋静的声音,让人提前端来了凳子。

　　宋静已经老了,双鬓银白,满面皱纹。好在李姝菀已经成人,能独当一面,他少操不少心,精神气倒比以前养得足。

他年纪大了，平日里行事也稳重，不急不躁，时而还有些慢吞吞的。

这两年，李姝菀少见他如此时这般匆匆忙忙。

宋静进门，李姝菀抬手示意他坐，又让人奉上温茶："宋叔，喝口茶，坐下说。"

宋静一路走得口渴，伸手接过茶，却没急着喝。他满面笑意地从怀里掏出封信，递给李姝菀，笑眯了眼："小姐，西北来信了！"

李姝菀看着宋静递过来的信，以为自己听错了，愣了一下："……什么？"

宋静看她忽然怔住，有些欣慰又有几分心疼地看着她，轻声又道了一遍："是西北的信，小姐，少爷写信回来了。"

他说着，将信又往李姝菀面前递了递。

李姝菀这才伸手接过信。她拿着信，面色却有些茫然，仿佛觉得宋静这话是在诓她。

她望着手里轻薄如无物的信，缓缓皱起了眉头，第一时间竟不觉得惊喜。

这封信她曾日夜以盼，足足盼了五年，到了不再盼望的时候，那人却写信回来了。

他写信回来做什么？

李姝菀看着信封上所写的"李姝菀亲启"五个字，却迟迟未动。

她沉默片刻，将信原封不动地放在了桌上。

这信宋静自然没有拆开过，心里好奇得很。他见李姝菀不仅没有急着读信，反而平静地饮了口茶，心里有些疑惑："小姐，不看吗？"

李姝菀不急不忙地放下茶盏，淡淡地道："我入城的时候，听说近来西北打了胜仗。"

宋静不知道她为何突然说起此事，但打赢了终归是好事，于是笑着应下："是打了大胜仗，听说这一仗或许能平定西北呢。"

他面容开怀，李姝菀脸上却不见有多欢喜，她道："打了仗，又不见人来府内报丧，想来人还活着，没死。那这信便不是遗书，也不必非得看。"

第六章　归来

宋静听李姝菀突然说起生生死死，心头一时有些骇然。

周围的侍女听见她的话，隐隐能察觉出气氛不对劲，更是大气不敢出。

"这……"宋静被李姝菀几句话搞得心里糊涂得很，他捧着茶盏，试探着问，"若是不看，信中如有要紧事的话岂不耽搁了？"

李姝菀瞥了眼桌上的信："若有要紧事，他早该写信回来了。等到如今再写，想来不是什么要事。何必看它？"

她语气淡得听不出喜怒，又似乎暗藏讽意。宋静细细观察着她的神色，一时觉得李姝菀此刻的神色、说话的语气像极了曾经的李奉渊。

时而冷淡时而语气带刺，好似对什么都不在意。

宋静不知如何回话，端起捂在手心半天的茶，徐徐饮下。

杯中茶叶沉底，茶叶泡久了，浸出几分难言的苦。涩味入喉，宋静忽然琢磨明白为何李姝菀是这般态度。

失望太久，小姐这是已生出几分怨气了。

盛齐四十八年二月，朝廷将齐军大破羌猷的喜讯昭告了民间。圣上大喜，大赦天下。

同月，大军班师回京，百姓夹道欢迎，城内外挤满了观望的人群。

沿途的乐师弹琴吹箫，曼妙的秦楼女子从二楼轩窗探出身子往下张望，掩着唇，与友人耳语轻笑。

几条手帕有意无意地脱了手，从楼上飘下来，落进骑着烈马的将士怀里，满怀馨香。

将士抬头望去，凛凛目光与上面的姑娘对上，惹得又一阵莺燕似的欢笑。

一入城，周荣便往街道旁的人群里左瞧右看，走了一路，看了一路，片刻停不下来。

李奉渊知他在寻妻子的身影，无奈与他骑马并行，左侧的余光里全是他探头朝四处打望的身影，眼都被他晃花了。

行至一条宽阔的大街，周荣终于找着想见的人，屈肘撞了撞李奉渊，兴奋道:"看！我妻子！"

李奉渊偏头循着他的目光看去，瞧见人群里，一位面容淑静的妇人正抬起手朝着周荣的方向轻挥。

几年未见，周荣盯住了便舍不得眨眼，只顾着傻笑望着她，正想抬臂回应，手才一动，又忽然"嘶"了一声。

最后一战中，周荣于两军交战时不慎落马，摔在石头上伤了手臂，如今伤势尚未痊愈。

此刻他左臂打着夹板，缠了纱布挂在脖子上，有几分说不出的狼狈。那妇人似乎也看见了他的伤，微微背过身，低头拭泪。

周荣一看人哭了，立马也跟着慌了，断了手连哼也不哼一声的男人，此刻在队伍里急得没办法，下意识哄道"哎哟哎哟，别哭啊"。

二人隔着老远，这焦急之声传不到他心尖人的耳中，全哄进了李奉渊的耳朵里。

李奉渊看了看那名仪容柔静的妇人，又扭头看向胡子拉碴五大三粗的周荣，只觉得姻缘之事实在奇妙难言。

周荣的妻子于人群外跟着周荣行了一小段路，走到水泄不通之处才停下来，暂同他挥手作别。

周荣见到了日思夜想的人，心情大好，乐呵着问李奉渊："可看见家中人了？我帮你找找？"

李奉渊正要回答"未曾"，忽然听见四周的嘈乱之声里似传来了"奉渊"二字。

他循声看去，瞧见前方酒楼上一扇打开的圆窗上，一名漂亮的姑娘探出半截身子趴在窗沿处，朝着他大喊："奉渊哥哥——"

都言女大十八变，李奉渊看了一会儿，才认出来那摇摇欲坠趴在窗上的是杨惊春。

杨修禅也在她身旁站着，左手死死提着她的后领子，生怕她一不小心摔出窗户掉到下方去。

李奉渊见到旧识，也浅浅扬起了唇角。他看着杨惊春和杨修禅，只觉得二人的性子仍如记忆中一样，仿佛一点没变。

第六章 归来

杨修禅看见李奉渊抬头看过来，亦笑得爽朗，冲着他空手做了个举杯饮酒的动作。

李奉渊立刻颔首，以做回应。

街上铁蹄踏响，军旗猎猎。酒楼上的杨惊春望着李奉渊身后森严肃穆的军队，赞叹不已："奉渊哥哥真是好威风啊！"

自己的好兄弟做了将军，杨修禅心中与有荣焉，赞赏道："都是做将军的人了，自然威风。"

周荣瞧见李奉渊和酒楼上的二人打招呼，好奇地问李奉渊："那便是家中人？"

李奉渊摇头道："朋友的妹妹。"

他回着周荣，一双眼仍望着酒楼上的窗户，仔细寻着李姝菀的身影。

可等他的目光扫过一扇扇圆窗，却没看见人。

李奉渊微微敛眉，又盯着窗后的人挨个看了一遍，可还是不见李姝菀的影子。

杨惊春与李姝菀一向形影不离，情如亲姐妹。杨惊春既然在这儿，她应当也在，可为何不见她？莫不是她这些年与杨惊春起了嫌隙，关系不复以往，所以没在一处？

大军跋涉回京，路远时长。回来的途中，李奉渊想象过与李姝菀重逢的情形。

想着她或许仍如从前一样明媚乖巧，又许是长变了模样。

相见时，她可能如从前一般要红着眼眶落下几滴泪珠子，也可能已成长得坚韧不屈，不再轻易垂泪。

但无论如何，李奉渊都没有想过她不会来见他。

当初李瑛入殓落葬，周荣匆匆见过李姝菀一面，不过没记得住模样，眼下此刻心里好奇得很。

他也仰着脑袋朝着前头的酒楼上看，问李奉渊："那她在哪儿呢？"

李奉渊皱着眉，微微摇了下头。

周荣不明所以："什么意思？没来吗？不会吧。"

李奉渊沉默片刻，道："……或许吧，也可能是我眼拙没瞧见人。"

周荣没察觉出他在嘴硬,应和道:"街上人多,是难看清。没事,等待会儿办完正事,回府就见着了。"

二人说着,缓缓行至了酒楼前。

酒楼下,泱泱人群之后,停着一辆外表普通的木质马车。

薄纱车帘轻轻垂落,车内纤细的身影朦朦胧胧地映现在白纱之上,仿佛水中倒影。

李姝菀坐在车中,安静地听着车外兵马行近的声响。待那铁蹄声在马车外响起,她微微侧过头,透过纱帘望着最前方高坐马上的高大身影。

行经的军队掀起微风,掠过纱帘,帘帐如秋波轻轻晃动。

冥冥之中,李奉渊似察觉到什么,侧目朝着马车看了过来,却因纱帘挡着,只看得见车内一道模糊不清的倩影。

在这喧闹欢庆的街头,车内人仿佛置身事外,始终端坐未动。

而那阻隔了车外人视线的纱帘,也一直没有掀开。

李奉渊返京后,先与同行的几名将士卸了兵甲入宫面圣,交还了兵权。

出宫之后,不等各自回府,祈伯璟又派人请众人去参加贺宴。

太子相邀,李奉渊如今为人臣,不好拒绝,于是只好和其他几位将军一起去赴宴。

华宴设在明阳湖船上,几人到时已是傍晚。

暮色低垂,晚霞黯淡。华灯初上,湖面上似隐绕春雾,朦胧如仙境。

湖中,数艘画舫船以铁索相连,中间以木板横接,供各船的客人往来。

此宴虽是私宴,但主要在于犒劳此次回京的将士,是以此刻登船的武将众多。而除此外,祈伯璟也请了一些闲散宾客。

应邀前来的客人接连登上各船,其中权贵之众都被侍从引着去到了中间最大的画舫船上。

画舫中处处灯明似火,照得船上明亮如露天白昼。彩绸垂落,各处以画面精致的折屏相隔。

第六章 归来

耳畔琴声悠扬，似从天上而来。美艳的舞姬随乐而舞，轻衫拂动，温香漫漫。宾客坐于席中，觥筹交错，交谈不绝。

周荣看着眼前场景，哗然叹道："真是好大的场面！"

李奉渊曾见多了华宴，不觉得新奇，点评道："像是西北的酒肆。"

周荣摇头："西北那地方的酒肆可没这精细贵气，水稀缺，那里的酒也浊得跟尿一样。"

他说着，忽而瞧见个有些眼熟的身影，抬手一指，同李奉渊道："欸，那好像是你朋友的妹妹？"

李奉渊抬头看去，瞧见几位年轻的姑娘聚在一处，正低声谈笑，其中一人眉眼灵动，正是杨惊春。

宴上未设男女之别，不少姑娘都聚在一处饮酒说笑。

周荣咂舌，在李奉渊耳边嘀咕道："这么多姑娘，太子殿下设这宴是存了选妃的心思啊。"

祈伯璟年纪已经不小，但一直未立太子妃。太子乃皇储，太子妃便是将来的一国之母，需得仔细斟酌人选，暂且不立也罢。

可东宫如今就连侧妃之位也一并空着，太子身边更是连个侍妾都没有。如此洁身自好，这就有些说不过去了。

城里不少官员都虎视眈眈地盯着太子妃之位，盼着自己的女儿入主东宫，自己做未来皇上的岳丈。

如今祈伯璟难得设宴，又承皇后之意邀请了几位官家女子，好些官员闻得风声，都趁此机会将家中待嫁的女儿一并送来参宴，这才有了眼前这莺燕环绕的画面。

周荣好奇得很，和李奉渊说悄悄话："听说皇后择了好些个名门贵女给太子挑，咱们的太子殿下一个都没挑上。将军你和太子关系近，这事儿是真的吗？"

李奉渊有些无奈："我这些年一直在西北，从何得知这些？"

他说着，朝四周看了一圈，望见不远处的席中坐着军中相熟的将士，冲那方向微微抬了抬下颌："你先去喝酒，我过去打个招呼。"

"行，那我先去喝着，你待会儿来啊。"周荣应下，撇下李奉渊大步走了过去。

　　李奉渊朝着杨惊春走去,然而不等他走近,杨惊春忽而端着酒盏往人群里一钻,身影隐在一扇屏风之后,很快便消失不见,不知去了何处。

　　李奉渊看她离开,只好暂时作罢。他朝四周鼎沸人群看去,目光扫过一张张年轻漂亮的脸庞,寻找着什么,但终究无果。

　　李奉渊敛眉思索:莫不是不在望京,去了江南?

　　他转身朝着周荣走去,打算先去见祈伯璟,待会儿再去找杨惊春,问一问李姝菀在何处。她若没来,他也可早些回府见她。

　　这才一会儿,周荣便喝了不少,他打了个酒嗝,问李奉渊:"这么快就打过招呼了?"

　　李奉渊道:"还没,等会儿再去,先去见殿下。"

　　他说着,拍了下周荣的背:"挺直身,消消酒气,别失仪。"

　　周荣正了正神色:"是,将军。"

　　画舫宽阔,二人找了一会儿,才在里面稍微僻静些的地方找到坐在席间的祈伯璟。

　　一拨宾客刚从他身边散去,眼下他身侧没什么人,只有一名姑娘在和他说话。

　　那姑娘背对着李奉渊与周荣,看不见脸。

　　周荣拉住李奉渊,提议道:"太子殿下正忙呢,要不要过会儿再去?"

　　李奉渊见那姑娘与祈伯璟相谈甚欢,和周荣在就近一处空着的席位上坐了下来,打算等那姑娘离开后再过去。

　　他端起桌上的茶饮了一口,听见和祈伯璟谈话的姑娘笑了一声。笑声轻细,在周遭一群男人低沉沙哑的嗓音里很是悦耳。

　　李奉渊抬起眼眸,朝她看了一眼,目光触及那窈窕的背影,又淡淡收了回来。

　　然而下一刻,李奉渊似觉得她身上有种莫名的熟悉感,放下手中茶杯,又看了过去。

　　这一眼,看得久了些。

第六章　归来

仿佛察觉到身后探究的视线，那姑娘徐徐回头看了过来。

金钗玉珠，雪肤润唇，眉间花钿似火，落在李奉渊眼底，似一簇灼灼火星。

四目相对，谁都没有说话。

李姝菀侧着身，端着酒杯，就这么静静地望着他。

他脱去了戎装，身着一身简单的青布长衫，不像个将军，也不像个世家公子，更像个着布衣的年轻朝官。

比起从前，他周身的气势沉稳许多，面色依旧冷淡如霜，只是此刻，那双锐利的眼眸中有几分难掩的错愕。

不过很快，又归于了冷静。

李姝菀看见他脖颈上多了一道一指长的斜疤，他变了许多，却又好似哪里都没变。

她盯着他看了一会儿，没有开口唤他，仿佛没有认出他来，就连神色都没变过。

在李奉渊的想象中，李姝菀或会欢喜地抱上来，又或者红着眼眶委屈地落泪，无论哪种，都不该像此刻这般用如此陌生的眼神看着他，仿佛看着从未相识的陌路人。

相视片刻，李姝菀缓缓放下酒杯，带着几分醉态伏在祈伯璟耳侧："太子哥哥。"

祈伯璟低低"嗯"了一声，温柔道："怎么了？"

李姝菀蹙眉看着李奉渊："那人瞪我。"

声音不大不小，刚好叫李奉渊听得清清楚楚。

他盯着李姝菀透出几分薄红的醉脸，缓缓拧紧了眉心，有些怀疑自己听见的话。

……那人？

李姝菀轻飘飘的一句话，落在李奉渊耳里，怎么都不是滋味。

自己的家里人平白认了他人作兄，偏偏还装作不认识自己，没有哪个人能无动于衷。

偏偏一旁的周荣听见后还探着头去观察自家将军的神色，见李奉渊皱眉看着李姝菀，掩唇低咳一声，屈肘悄悄撞了下他，嘴皮子微动，压低声音提醒道："将军，别看了，那姑娘好像说的就是你。"

李奉渊看他一眼，沉默无言。

周荣不清楚李姝菀和李奉渊的关系，祈伯璟却一清二楚。

李姝菀刚才和他说话还清醒着，此刻却又装作不认识李奉渊，在祈伯璟看来有些奇怪。

不过祈伯璟素来是个人精，很快便反应过来李姝菀这是在气李奉渊多年杳无音讯，是以配合着她道："姝儿妹妹既恼他瞪你，不如叫他过来给妹妹赔罪。"

祈伯璟看热闹不嫌事大，含笑看着李奉渊，拱火道："就是不知道将军知不知错，肯不肯自罚以得宽恕。"

周荣听得这话，眉头一拧，隐隐咂摸出不对味来。

姝儿妹妹，姝儿。他隐约记得，将军府的那个小姑娘好像就叫李姝菀来着。

莫非……

周荣看了看李姝菀，又看了看李奉渊，觉得自己大抵是猜错了。

那叫姝儿的姑娘神色淡淡，显然压根不认识他们将军。

不过既然太子已经发话，周荣见李奉渊坐着没动，他身为副将，自当为将军出头。

周荣站起身，端起桌上酒壶向李姝菀一拱手，诚恳道："姝儿姑娘，我们将军素来冷面热心，目炬如鹰，并无意瞪姑娘，不如由在下自罚一壶，解姑娘不快。"

李姝菀心里恼李奉渊，但无意找旁人的麻烦。

况且她记得周荣，当初是他送李瑛回京安葬。她对他心存感激，眼下见他伤了手臂，又如何会让他罚酒。

她起身向周荣行了一礼，敬佩道："周将军保家卫国，我敬佩不已，不敢让将军自罚。"

周荣有些意外："姑娘认得我？"

"将军劳苦功高，京中无人不识将军。"

第六章 归来

周荣心中奇怪,既然都认得他,那不该不认得李奉渊啊。

他以掌指向坐着的李奉渊:"那我们将军……"

李姝菀垂眸看着李奉渊,突然又恢复了那三分酒醉的模样,无辜地摇头:"我醉了酒,眼花,看不清楚,但既然是将军,自然都是没错的。"

她盈盈行了一礼:"是我失礼了。"

她不说究竟认不认得李奉渊,只拿一句醉酒作托词,李奉渊心中疑虑如云,棉絮塞住似的闷堵。

搭在桌上的手不自觉地握成了拳,他看着李姝菀,正欲开口,却忽然听见周围嘈乱的声响里一道脚步声自背后直冲他而来。

李奉渊下意识侧身避开,快速起身,回头一看,竟是杨惊春欲捉弄他。

她似想从后面蒙住他的眼,此刻看自己被发现,索性张开手用力抱了他一下:"奉渊哥哥!"

李奉渊轻轻推开她:"已是大姑娘,怎么胡乱就抱上来?"

他还如以前一派老成,倒叫杨惊春分外想念。

"你是哥哥,有什么关系。我又没有胡乱抱别人。"杨惊春假装委屈,但很快又笑起来,蹦蹦跳跳地问他,"你见到菀菀没有?菀菀今日也来了。"

李奉渊听她这么说,知她和李姝菀关系仍如从前,稍微放下心。

他道:"见了,就在此……"

李奉渊说着,回头看去,却见身后只剩下祈伯璟一人,李姝菀不知何时已悄无声息地离开了。

他愣了一下,有些无力地浅叹了口气。

"哪儿呢?"杨惊春歪着脑袋越过他往前方看去,没看见李姝菀,只瞧见正襟危坐的祈伯璟。

杨惊春一怔,随即理了理衣裙,向着祈伯璟行了个礼:"太子殿下。"

祈伯璟侧首看着她,目光扫过她发间那支他送她的玉簪,唇畔浮出笑意,柔声道:"惊春姑娘。"

明明可以如唤李姝菀一般叫一声"惊春妹妹",祈伯璟偏要拖长了声音叫一句"惊春姑娘"。

不生不熟的四个字从他嘴里蹦出来，莫名透着股缱绻暧昧之意。

也不知道私下会面时他叫这称谓做了什么，杨惊春一听，瞬间烧红了脸。

好在脸上脂粉抹得厚，并不明显。

她欲盖弥彰地用手指探了探发热的脸："我……我去找姝菀，先走了。"

说罢，她也顾不得李奉渊，扭头就跑了。

李奉渊看着杨惊春落荒而逃，隐隐猜到她与祈伯璟关系非同一般，但并没多问。

姑娘们都已离开，祈伯璟伸手示意李奉渊和周荣入席："将军们，坐。"

李奉渊和周荣一同坐下。李奉渊看着李姝菀留在祈伯璟桌案上的酒盏，忍了忍还是没忍住，问祁伯璟："殿下可知她因何动气？"

祈伯璟听他发问，却没有给他答案，笑着道："姑娘的心思，我不便猜测，不如你之后回家亲自问她。"

周荣听得云里雾里，他见李奉渊伸手拿起桌上李姝菀留下的空酒杯，忽而明白过来，讶异地看着李奉渊："将军，那姑娘真是李姝菀啊？"

李奉渊微微颔首："嗯。"

周荣有些奇怪："是不是认错了？我看那姑娘不像认识你啊。"

他无辜地一把盐撒下来，李奉渊看他一眼，凉声反问："你会错认你五年未见的妻子吗？"

周荣挠了挠鬓角："……是我失言。"

李姝菀在李奉渊面前虚与委蛇露出三分酣醉，离席后立马清醒如常。

贺宴上多是粗犷的将军，谈笑声中气十足，豪爽是真，却也吵人。

李姝菀让柳素给杨惊春的侍女带了话，打算下船回府。

画舫规模堪比酒楼，不止设了客房，甚至还建了几处不小的庭院。陆上花木移栽船上，身处其中，恍然叫人以为身处陆上园林。

第六章 归来

李姝菀离开宴席，寻了一条较为僻静的路下船，穿过一处安静的梨园时，忽然听见昏暗处的一棵梨树下传来了男女交谈之声。

四下宁静，宴上喧闹声远远传来，那树下二人的话语声低如私语，在宴会的嘈杂声里时而清晰时而模糊。

李姝菀无意偷听，但那声音被细微的夜风裹挟着送入她的耳朵，其中一男子的声音令她觉得有些耳熟。

李姝菀在一棵树后顿住脚步，抬眸朝不远处的梨树下看了过去。

天上月光如水，流照在苍劲的梨木上，含苞待放的梨花缀在梨树枝头。

树下，一位身形高挑的男人背对李姝菀而立，而在他面前，隐约可见站着一位姑娘。

在宴会上背着众人幽会的男女令人唾弃，却也不算稀奇，但李姝菀在看清那男人的背影后，却没忍住露出了些许惊讶之色。

因那男人不是旁人，正是今夜陪杨惊春来赴宴的杨修禅。

在李姝菀眼中，杨修禅是成熟稳重的兄长，亦是正气凛然的君子，断然不会做出与女子私会之事。

如李姝菀所想，事情确非如此。

不知那女子和杨修禅谈了什么，他忽然有些慌乱地往后退了一步。脚步匆忙，如被那女子压住了气势。

他从树下退至月光里，李姝菀也借此机会看见了他面前那姑娘的模样。

着华裳，簪金钗，满身金银软玉堆砌成的凛然贵气。

不过她面上戴着一张月白色的面纱，只露出一双凤眼，锋利亦含情，极惹人眼。

李姝菀的目光在那姑娘的衣裙上停留了片刻，察觉出不对来。

她做了多年的丝绸生意，虽隔了几步距离，却也能看出那姑娘身上的衣裳并非寻常布料，而是后宫妃嫔和公主才可穿的云锦。

妃嫔不可出宫，那么这女子自然是某位公主。

李姝菀本来觉得自己还算清醒，如今一见杨修禅与公主私会，忽又

293

觉得自己真是醉了酒，误入歧路，竟撞见如此了不得的场面。

那公主似乎喜欢极了杨修禅，抬步靠近他，大胆诉情："当年武赛上，君少年英姿，令宁一见倾心，日夜难忘。"

宁。李姝菀听见这话一怔。姜贵妃之女，七公主祈宁。

李姝菀身为旁观者都觉得惊诧，杨修禅身处其中更是不知如何应对。

祈宁是当今圣上最宠爱的公主，而他不过一名朝臣。公主在上，尊卑有别。他是跑也不得，应也不得，这才被祈宁绊住许久，叫李姝菀撞见。

祁伯璟也好，祈宁也好，姓祈的皇室贵胄或许都是狐狸变的，祈宁容貌姣好，一双凤眼媚惑近妖，此刻目不转睛地盯着杨修禅，叫他眼睛都不知该往哪里看。

他还没见过哪个姑娘如她这般行事大胆。姜贵妃教出来的女儿，果然非比寻常。

杨修禅拱手作揖，拉开距离，干巴巴地道："在下惶恐，公主请自重。"

祈宁被他婉拒，也不见羞恼，仍旧直勾勾地看着他，语气认真地问他："我若自重，便能得你欢心吗？"

这叫什么话？杨修禅被她问住，耳根子都有些发热，不知道如何作答。

他想了想，一咬牙，决定拉兄弟下马。

他在心里道了一声对不住，而后对祈宁道："微臣曾听闻公主属意当今大将军李奉渊，在下疏于武艺多年，早已不复当年少年之气，远不及李将军如今英姿。李将军洁身自好，至今尚未婚配，公主何不对大将军用情到底？"

李姝菀本来已打算离开，忽然听见杨修禅这一招祸水东引，眉心一蹙，又留了下来。

她抬手摇动头顶梨树枝，杨修禅闻声一惊，下意识挡在祈宁面前，回头看去："谁？！"

李姝菀捏了捏脸，将脸蛋捏得微微发红，随后醉醺醺地从树后走了出来。

第六章 归来

她看了看杨修禅和被他挡住大半的祈宁，一脸茫然："修禅哥哥，你这是？"

杨修禅见是李姝菀，骤然松了口气，他如见救命稻草，忙道："姝儿妹妹！你来得正巧。"

杨修禅想让李姝菀帮他解围，不料李姝菀却忽然退后一步，愧疚道："呀！是我唐突，行错了路，扰了修禅哥哥与这位小姐的清静。"

她装模作样，杨修禅如何看不出来。

他一听她这话，立马猜到她刚才多半听见了他和祈宁的交谈，她这是正恼他将祸水引到李奉渊身上去。

杨修禅喉咙一哽，恳求地看着李姝菀："没扰、没扰。"

李姝菀仿佛没听见杨修禅的话，她微微垂首，假装没看清祈宁的模样，劝道："修禅哥哥也到了婚娶之年，莫要辜负一片真心，应委身事人才是。"

委身事人。听听这说的什么话，杨修禅有苦难言，还欲抓着李姝菀这稻草不撒手："姝儿妹妹……"

但李姝菀却不给他机会，报复道："月色正好，梨花正白，此地安静，修禅哥哥好生和姑娘说会儿话吧，我就不打扰了。"

李姝菀说完，不等杨修禅挽留，快步离开了此地，打算绕条道下船。

她担心杨修禅与祈宁独处被人发现会招致不利，退出庭院后，叫来宴会上的侍卫，吩咐道："这院中有贵客在歇息，守在此处，叫人不要打扰。"

那侍卫应下："是。"

李姝菀这才放心离开。

庭院里。

祈宁看着面前想走又不敢走的杨修禅，追问道："那好姑娘走了，你也想走吗？可你还没回我的话，你走了，我今夜想着此事，必然不能安眠了。"

杨修禅拿祈宁没办法，不敢不敬，也不敢太敬，索性直接讨饶："公

295

主，饶了微臣吧。"

祈宁闻言，眼眸一垂，有些难过地道："我让你不自在了？"

杨修禅一听这语气，忙道："不敢。"

祈宁唇畔浮现一抹苦笑："嘴上说着不敢，拒绝我倒是很果断。"

杨修禅实在没法子，心一横，胡言道："实话告诉公主，其实在下心中已经有人了。"

祈宁一愣，喃喃道："谁？"

谎言掺着真话才最可靠，杨修禅道："在下认识一位姑娘，书信往来多年。"

书信往来是真的，但对方是不是姑娘就不一定了。

望京城内有一书坊，设了一处"五湖四海皆兄弟"的小书阁，在此可拟笔名，以书信交友，探讨学问诗文。

杨修禅也在此以信交了几位友人，与其中一位更是书信来往了两年之久。

他从未与对方见过面，但对方书法狂放，见识匪浅，信中不经意透出股郁郁之气。杨修禅觉得对方多半是某寒门士人。

但士人不士人、寒门不寒门眼下都不重要，杨修禅继续胡编乱造道："在下早已与她心意相通，情根深种。"

学问通也是通，兄弟情也是情。

杨修禅继续道："在下早已立志，今生非他……呃……不娶，请公主另觅良人吧。"

他表面说得情真意切，心里却在唾弃自己。

祈宁显然信了杨修禅的话，她闻言沉默下来，定定地看他半晌，再开口时声音有些轻颤："既如此，为何不早说？"

她说完，忽然背过身去，抬手轻抹脸颊。

杨修禅看不见她的动作，但瞧得出她是在擦泪。

他似没想到祈宁对他用情至此，心里有些过意不去，但也明白乱情当断的道理。

"是在下之过……"

第六章 归来

祈宁放下手，挺直了腰背，开口打断他的话："不必说了，你没什么错。你走吧，今夜的话就当我没说过。"

杨修禅看着她的背影，不知为何心头并不觉得轻松。

他抿了抿唇，抬手行礼："深夜清寒，公主千金之躯，早些进内室吧。在下告退。"

沉稳的脚步声逐渐远去，树下，祈宁回过头，静静地看着杨修禅离开的背影。

云后圆月微移，月光落在她脸上，只见那漂亮的凤眼中干净清明，并无半点湿意。

宋静得知李姝菀和李奉渊都去参加了太子举办的贺宴，到了晚上，他便在府门口翘首以盼，欣喜地等着二人一道回来。

但没想到，最终只见李姝菀独自回了府。

柳素扶着李姝菀从马车里下来，宋静探头往空荡荡的马车内看去，奇怪道："小姐，怎么未见侯爷？"

宴上的酒是给将士准备的，闻来甘醇，实则烧烈。李姝菀喝了几杯，又摇摇晃晃坐了一路马车，眼下头脑晕胀，胃里也不适得很。

她蹙着眉，向宋静轻轻摆了摆手，难受得不想说话。柳素扶着她小心往府内走。

和李姝菀一起回来的刘二同宋静解释道："小姐走的时候侯爷还在宴上呢，估计要等一会儿才回来。"

宋静点了点头。他看李姝菀难受，赶忙叫人抬来软轿，抬着李姝菀慢慢回了栖云院。

轿子落地，李姝菀一下轿，便扶着东厢门口的柱子吐了出来。

她晚上没吃什么东西，吐也没吐出什么来，只吐了一地的胃中酸水混着清亮的酒液。

宋静吓坏了，忙叫人去请郎中，又让侍女端来早早煮好的醒酒汤。那醒酒汤一直温在食盒里，备在房中。

李姝菀从江南回来后，宋静就在府内养了名郎中。没片刻，人就

297

到了。

李姝菀闭目坐在宽椅中,纤细的手腕搁在桌上,腕下垫着脉枕,腕上搭着一张薄帕。

郎中隔着帕子诊了诊脉象,又问了几句李姝菀的作息膳食。

李姝菀没有开口,桃青都一一答了。

郎中收回手,道:"无碍,只是小姐夜里未进食又突然饮了酒,胃脏受了刺激导致呕吐。喝少许温水,等好些了用些清淡的小粥,休息会儿就好了。"

医者仁心,郎中收回脉枕,又多叮嘱了几句:"烈酒烧胃,小姐脾虚胃弱,应当少饮,最好点滴勿用。"

李姝菀没睁眼,低声开口:"有劳。"

郎中垂首恭敬道:"不敢,分内之事。"

桃青出门送郎中离开,柳素扶着李姝菀进了内室更衣。

李姝菀穿着雪白的中衣坐在妆镜前,柳素替她摘去头上发饰,轻轻取下戴了一天的耳坠子。

她偏头看着李姝菀薄软的耳垂,心疼道:"这坠子重,小姐的耳朵都被扯红了。"

李姝菀伸手摸了摸有些疼的耳洞,垂眸一看,指肚上有一点鲜红的血色。

她没在意,接过侍女递来的热帕子,轻轻擦去了面上的妆容。

铅华洗去,方才还几分艳丽的面容立马变得素净淡雅。

雪肤乌眉,秋眸似水,宛若云上仙。只是原本红润的唇色此时有几分苍白,仿若气血不足的久病之人。

李姝菀擦净脸,又从妆奁里拿出核桃大的一小罐桃红色的唇脂。她用手指蘸了一些,点在唇上正在抹开。

但这时,李姝菀看着镜中自己粉白的唇色,忽然又改变了主意,换了另一小罐颜色浅淡的唇脂。

抹上后,唇仅仅润了些,气色瞧着还是不好。

这时,桃青推门从外间进来,问李姝菀:"小姐,厨房在做肉粥,派

第六章 归来

了人来问您想配什么小菜吃。"

李姝菀放下小瓷罐,轻声道:"不吃,让他们不必忙活了。"

柳素正替她梳着长发,闻言劝道:"小姐多少吃一些吧,方才郎中还说要用些清淡的粥食才好。"

李姝菀摇头:"不想吃,没什么胃口。"

从前的李姝菀还听二人的劝,如今说一不二,很少有人能劝动她。

桃青知她现在的脾气,有些无奈地叹了口气,出门回话去了。

李姝菀走后,李奉渊和祁伯璟聊过一阵,便也匆匆离了宴。

他回到府中时,天上月色正圆。

宋静顾着李姝菀,刚忙活完,手底下的人便来禀报说李奉渊已经回来了,眼下回栖云院去了。

宋静五年没见李奉渊,闻言大喜,匆匆往栖云院赶,但他腿脚慢了一步,刚进院,就看见李奉渊推开东厢的门进去了。

二人如今都已不是孩子,半夜还互串房门实在有些不妥。

宋静一愣,疑心自己看花了眼。他看了看黑漆漆的西厢,回头问执灯跟在自己身边的仆从:"方才进小姐房门的可是侯爷?"

仆从也不确定:"瞧着像是。"

宋静正准备上前去,忽然又见那东厢门在他面前关上了。

宋静又是一愣,那仆从问:"管事,还去吗?"

宋静看了看紧闭的房门,想了想,领着仆从往西厢去:"算了,不急,去西厢等吧。"

李奉渊进门时,李姝菀已经歇下了。柳素和桃青宿在外间,刚准备熄灯就见李奉渊推门进来了。

二人在宴上没见到李奉渊,此刻看着突然进门的李奉渊,像是已有些不认得如今的他,呆站着看了他片刻。

李奉渊倒是很快认出了二人,他问道:"小姐呢?"

他的声音和当年也不太一样,听着更沉了。

柳素和桃青听他开口,这才回过神,福身行礼,回道:"侯爷,小姐

299

已经睡了。"

这话有赶人之意,叫他不要打扰李姝菀休息。可李奉渊像是没听出来,腰上挎着剑就进了内间。

今夜月色大好,李姝菀未落床帐,睁眼便能看见透窗而入的月光。

李奉渊一进门,也能看见床上躺着的李姝菀。月光照在床畔,似笼了层淡淡的清雾。

李奉渊抬步走过去,立在了她的床榻边。

或许是在睡梦中听见了脚步声,李姝菀缓缓睁开了眼。

床前月光被李奉渊高大的身躯挡了大半,皎皎月光在他的背后烙下一圈月白的淡光,却没能掩去他身上半分杀伐之气。

李姝菀似乎并不意外李奉渊会半夜前来,脸上没有丝毫惊讶,像知道自己一睁眼他就会出现在这里。

四下安静,李奉渊站在她床边,盯着她看了许久,直到她面上的睡态散去,确定她已完全清醒过来。

他认真注视着她漂亮的眼睛,里面没有欣喜,也没有思念,明明她已经清醒,可她看他的眼神却仍和在宴会上时一样。

李奉渊握着剑柄,缓缓皱起了眉头。

那人。他又想起她在宴上是如何称谓他的。

良久,李奉渊终于开口,他沉着声音,低声问李姝菀在宴会上说过的那句话:"太子是哥哥,那我是什么?"

李奉渊骑马而归,身上寒气深重,李姝菀搭在被子外的手几乎能感受到他身上的冷意。

他背对月光,看着她的眼眸深得辨不明情绪。因常年坐镇军中,他周身的威严叫人有些不敢直视,可李姝菀并不怕他。

她看着等着她答复的李奉渊,缓缓坐了起来,没什么血色的唇瓣动了动,吐出两个字:"将军。"

声音很轻,但在这安静的房间里足够李奉渊听得清清楚楚。

称太子为兄,称他为职。冷冷淡淡的一声"将军",仿佛是故意要激怒他。

第六章　归来

　　李奉渊的眉头果然皱得更深，心中的郁气几乎摆在脸上，可李姝菀想象中的、或许会更严厉的质问并没有发生。

　　粗糙的指腹搓磨过剑柄上的硬纹，李奉渊忽然屈膝蹲下来，以微微仰视的角度看向靠坐在床头的李姝菀。

　　深沉的目光扫过她柔静的眉眼，他不仅没有发怒，反而放轻了声音问她："在生我的气？"

　　西北的风沙磨砺出了男人一身硬骨，而对几千里外的人的长久思念亦养出了男人柔情似水的一面。

　　这是李姝菀从未见过的李奉渊。

　　从前的李奉渊不会这样蹲下来，以如此柔和的语气仰望着她说话。

　　他的语气总淡然得很，听不出多少起伏。

　　不像现在，仅仅是一句话都让人觉得温柔。

　　月光自上而下落在他仰着的半张侧脸上，李姝菀有些不自然地眨了下眼，睫毛随之轻颤，她有些不知道要如何回答他。

　　她情愿他冷漠以对，叫她能毫无愧疚地把那些伤人的话一句一句刺进他胸口，而不是像现在这样。

　　她别过脸，不想看他。

　　绸缎般的乌发披落在肩侧，清水般的皎皎月光里，李奉渊看见她光洁柔软的耳垂上有一点星子般的红，像是干涸的血。

　　他松开剑，伸出手轻捏住她的耳垂。些微的刺痛传来，李姝菀下意识抓着他捏着自己耳朵的手，转回了头。

　　他没有沐浴更衣，回来便进了她的闺房，李姝菀能闻到他身上散出的酒气。

　　很淡，不及她回家时自己衣裳上沾染的酒味重。

　　或许就是因为知道自己在外行了一日，衣衫染尘，所以李奉渊才没有贸然坐在她的床沿上。

　　李姝菀垂眸看着蹲着的他，拉下了他的手，不过李奉渊却又握了上来。

　　他的衣裳是凉的，掌心却很热。

他如从前那般将她的手包在自己宽大的手掌里,又问她:"为什么生气?气到装作不认识我。"

他五年来没有回来过一次,没有寄回过一封家书,带给她一句问候。他行事那样绝情,竟问这种话。

李姝菀挣扎着想抽出手,李奉渊却不让。他牢牢握着她,开口道:"这辈子都不打算认我了?"

李姝菀没有回答。

她蹙眉看着他,索性直接开始赶人:"夜深了,我要休息了,将军回去吧。"

李奉渊没动:"你像以前一样称呼我一声,我就走。"

堂堂大将军,蹲在她的床前像个流氓头子一样威胁着她喊人,这实在不像是他的作风。

李姝菀有些诧异地睁大了眼,不可置信地看着他。

李奉渊表情认真,大有今天晚上若不能从她嘴里听见这一声称呼,便在她房间里守一整夜的架势。

李姝菀不想叫,她任他拉着一只手,负气地自顾自躺下来,背过了身去。

李奉渊怕她扭着手,松开了她,将她的手放进被窝,起身替她掖了掖被子,然后就没了动静。

李姝菀睁眼看着里侧的床架,身后没有声音传来。

但她知道他在,就站在床边看着自己。

她抓着身下的床单,不知道过了多久,终于在昏暗夜色的遮掩下道出了那个在心里叫了无数遍的称呼。

很轻,几乎不可耳闻,融进夜色便散了。好似不甘不愿,又仿佛终于盼得人归,如愿以偿。

轻细的两个字传到身后人的耳朵里,李姝菀听见李奉渊似乎笑了一声。

声音很低,如拂耳而过的微风,一瞬间便散了,她并不确定。

房内光影浮动,李奉渊得了这声称呼,拿起桌上的灯盏,看着床上

第六章 归来

李姝菀背对他的纤细身影,开口道:"好好休息,我走了。"

李姝菀没有应声。

李奉渊说完,便如来时一样,悄声离开了。

脚步声渐渐远去,直到消失,床上一直没动的人才慢慢转过身。

李姝菀抬眸看向李奉渊离开的方向,却发现他仍站在门口,根本没走,仿佛就等着她回头。

李姝菀愣了一下,猝不及防与他对上了目光。

李奉渊见她回身,浅浅地扬起了唇角。

但他像是又担心李姝菀因此生气,低下了头,可手中的光亮照在他脸上,那唇边的笑意仍遮挡不住。

这一回,李姝菀将他脸上的笑看得清清楚楚。

她红着耳朵别过视线,抬手"啪"的一下狠狠打落了床帐。

李奉渊抬头看去,见床帐轻晃,只瞧得见半张床尾。

他并没戳穿她别扭的心思,拿着灯盏,终于出了东厢。

西厢外,宋静还在等着李奉渊。

宋静年纪大了,立在门口,等得都快站着睡着了。

一旁的仆从看见李奉渊从东厢出来,忙叫醒宋静:"管事,侯爷出来了。"

宋静睁开困倦的眼,看着月色下穿庭而来的李奉渊,先露出了有些恍惚的神色,随后眼眶一下子便湿了。

李奉渊走近,站在宋静面前,目光扫过他的白发,拱手道:"宋叔,这些年府中多亏你了。"

宋静哪敢受他的礼,忙伸手扶他,含泪道:"都是老奴应该做的。况且小姐如今长大了,府中的担子如今都是她在挑,老奴没出多少力。"

宋静上上下下将李奉渊打量了一圈,见他没缺胳膊少腿儿,苍老的面容上露出抹笑:"高了,也壮了。"

他说着,让开路,连忙迎李奉渊进门:"老奴叫人备了水,您待会儿洗个热水澡,去去一路上的风尘。"

303

进了屋子，光线骤然明亮起来，宋静说着，目光忽然瞥见李奉渊脖颈上那道半遮在衣领下的长疤。

他怔怔看了两眼，抬袖抹泪，心疼道："这些年，您一定吃了不少苦。"

李奉渊解下佩剑放在桌上，淡淡地道："都过去了。"

东厢的灯再度灭了，宋静闻到李奉渊身上的酒气，猜到他在宴上没吃多少东西，问他："厨房备着夜膳，您饿不饿，要不要吃些东西？"

李奉渊道："不必。"

他说着，忽然想起什么，问宋静："小姐在府中吃得不好？"

宋静不知他为何这么问，回道："吃得好，不过小姐一贯胃口小，所以看着纤瘦些。"

说起李姝菀，宋静恨不得把这些年关于她的事全告诉李奉渊。他接着道："不过到了年底盘账的时候，小姐一旦忙起来，有时候便顾不得用膳，胃也因此有些毛病。今夜回来时，因饮了酒，还吐了。"

宋静回罢，这才问李奉渊道："侯爷怎么突然这么问？"

李奉渊想起李姝菀那淡得没什么血色的唇和握起来细瘦如笔杆的手指，有些担忧："她看着脸色不好，让厨房每日做些补气养胃的东西送到东厢去。"

宋静点头应下："好。"

主仆二人又坐着寒暄了几句，不知不觉夜就深了，宋静怕扰着李奉渊休息，便起身告退。

夜里睡得晚，翌日，李奉渊却起得比从前在家里时还早。

他去祠堂拜见过爹娘，回到西厢时，桌上已经备好饭菜。

东厢的门也已经开了，李奉渊洗净手，坐在桌前，同下人道："去请小姐来用早膳。"

"是。"

没一会儿，前去东厢请人的侍女便回来了，不过只有她一人。

她低头看着地面，有些紧张地道："回侯爷，小姐说这些年她一个人用膳用惯了，叫您自己用。"

第六章 归来

"……"

还在生气。

李奉渊沉默须臾,问道:"她用过了?"

"应该还没,奴婢过来时瞧见东厢正在上菜。"

李奉渊闻言站起来,道:"将饭菜送到东厢。"

他说着,直接就朝着东厢去了。

她不来,他去也是一样。

李奉渊到东厢时,李姝菀刚落座。

她平日在家里一个人用饭,房中也只有一张梨木小圆桌,不大,比李奉渊西厢的那张桌子小了一半多,刚好够她一人用。

李姝菀见李奉渊进门,愣了一下,似乎没想到他会过来。

紧接着,数名侍女跟在他身后端着菜肴进门,放在了李姝菀面前的桌子上。

可桌上放不下,侍女只好撤去几道相同的菜。

李姝菀抬眸看向李奉渊:"这是做什么?"

李奉渊坦坦荡荡地道:"陪你用膳。"

他说着,看了一眼屋内伺候的侍女,侍女会意,忙端来凳子。

李奉渊也不等李姝菀说话,直接坐了下来。

这哪叫陪她,这分明是非要和她一起用膳。

李姝菀见他如此,总不能赶人,只能端碗闷声吃起来。

她昨夜喝多了酒,今早没什么胃口,用的清淡,桌上小菜也不吃,只拿着瓷勺子慢慢喝粥。

李奉渊的胃口倒是很好,用了三大碗粥,将桌上的饭菜扫去大半。

他吃完放下碗,看着慢条斯理用饭的李姝菀,问她:"今日打算做什么?"

他这话问得像是待会儿要陪着她,李姝菀拿着勺子的手一顿,没有回答。

李奉渊见她垂着眼不理自己,也不恼,继续问:"要不要随我去军营看看?"

李姝菀听他安排起来,这才开口:"我有自己的事要做。"

她说完,立马便反应过来李奉渊是在诓她。军营重地,哪是随随便便可以去的?便是当朝公主也不能随意入军营。

李奉渊的确只是想引她开口,他听她回了自己,接着她的话拉回了开头的话题:"既不去,那是打算做什么去?"

从前他就爱管着她,李姝菀无论去哪儿都要向他报备,回来晚了还要受他的训。

他一向不放心她,若她要出府,只要他得空便会陪她一起。

李姝菀小时候习惯追在他屁股后面跑,也喜欢他跟着自己,可她这些年习惯了独来独往,做自己的主,忽然一下子回到从前,心里有些说不出的不自在。

她咽下口中清粥,语气故作冷淡:"和惊春约好了,去书坊看画。"

李奉渊道:"你何时结束?我来接你。"

李姝菀放下碗,淡淡道:"不用。"

李奉渊没有强求。他看向她碗中,见里面还剩半碗粥,而李姝菀却像是不打算再用了,起身准备离桌。

李奉渊伸手拉住她,将她按回桌前:"吃完。"

李姝菀腿都没站直就被他拉了回来。李奉渊将勺子塞回她手里,用公筷替她夹了一点小菜:"离用午膳还有两个时辰,你待会儿要出门,再用些。"

李姝菀看他往自己碗里添了几筷子菜,还夹了一只水晶包,不高兴地看着他:"吃多吃少你也要管?"

李奉渊"嗯"了一声:"管。"

李姝菀一听,眉心蹙得更深。

她还以为他和从前一样,现在看来,简直比起当年有过之而无不及,控制心太重,也不知是不是做将军做惯了。

李姝菀抿唇,不满地称他职位:"大将军,这里不是军营,你不要把我当你手里的兵。"

这话的意思就是不听他管教了。李奉渊看她拿着勺子不肯动,解释道:"宋叔跟我说你胃不好,胃虚者切不能受饥,亦不能饥一顿饱一顿。你中午多半要与杨惊春去外面的酒楼吃,到时候饱食一顿填满空了半日的肚子,伤胃。再多用一半也好。"

李姝菀看他说得头头是道,安静片刻,终是端起了碗。

她吃下他夹给她的小菜,目光扫过他脖子上的伤疤,忽然问他:"你在西北,也挨过饿吗?"

李奉渊从前不爱吃蒸饺,方才送去西厢的早膳里也没有这道菜,只有李姝菀桌上才有一份。

可李姝菀方才却看见他吃了许多。

李奉渊似乎不太想提起这件事,随口道:"行军打仗,难免。"

李姝菀皱眉:"军粮短缺吗?"

这两年,她往国库捐了不少粮食,洛佩留下的大半现银她都买粮捐了出去,指名道姓要用在西北抗敌的将士身上。难不成被贪了?

李奉渊听她这么问,似乎知道她在想什么,回道:"你捐的粮一路顺利运到了西北,无人敢动,已经吃进将士们的肚子里了。"

李姝菀扭头看向他,奇怪道:"你如何知道我捐了粮?运去西北的粮食上又没有写我的名字。"

李奉渊道:"太子殿下告诉我的。"

李姝菀只当是昨夜祁伯璟与他说的,微微点了下头。

这一动,满头珠翠都跟着晃了一晃。

李奉渊瞧见她耳垂上鲜红如血的红玉耳坠,伸出手掂了一下,察觉到那重量,问她:"戴这么重的东西,耳朵不疼了?"

李姝菀躲开他的手,低声道:"起初疼,如今结疤了,就不疼了。"

她话里有话,李奉渊听得明白。

他看着她脸上淡漠的神色,想说些什么,但最终还是没有开口。